大鱼

有爱的青春陪伴者

长河

宋昭——著

四川文艺出版社

图书在版编目（CIP）数据

长灯 / 宋昭著 . -- 成都 : 四川文艺出版社 , 2024.
8. -- ISBN 978-7-5411-7023-2

Ⅰ . I247.5

中国国家版本馆 CIP 数据核字第 2024RV5983 号

CHANG DENG

长灯

宋昭 著

出 品 人	冯　静
责任编辑	邓　敏
特约编辑	蒋彩霞
装帧设计	Insect　唐卉婷
责任校对	段　敏

出版发行　四川文艺出版社（成都市锦江区三色路 238 号）
网　　址　www.scwys.com
电　　话　0731-89743446（发行部）　028-86361781（编辑部）

排　　版　长沙大鱼文化传媒有限公司
印　　刷　长沙鸿发印务实业有限公司
成品尺寸　145mm×210mm　　开　本　32 开
印　　张　10.5　　　　　　　　字　数　400 千字
版　　次　2024 年 8 月第一版　　印　次　2024 年 8 月第一次印刷
书　　号　ISBN 978-7-5411-7023-2
定　　价　45.80 元

目录

目　录

第1章
你有遇到这样的人吗

关洁直播到尾声，窗外忽然下起了雪。

雪花顺着未关严实的窗户飘进来，落在脸上，冷得刺骨。

关洁偏头望着窗外密密麻麻、无声无息飘落的雪花，寡淡的脸上终于有了一丝愣怔。

算起来，这应该是今年上海的初雪。

直播镜头正好对着窗户，屏幕里，观众看到雪，在评论区刷个不停。

有写新年愿望的，有@男朋友、女朋友观看，也有讨论南北差异，回忆往事的。

关洁粗略扫了几眼，最后将视线定格在ID为"一只小麻雀"的留言板上——

【有人说，你要是遇到一个很喜欢的人，一定要陪他看场雪。西西，你有遇到这样的人吗？】

毫无征兆地，关洁脑子里冒出一个人。

那人沉寂已久，却在此刻突然鲜明、清晰起来。

某些早该尘封的、腐烂的记忆也好像随着这段话慢慢变得鲜活。

"一只小麻雀"并没像其他人不停刷着重复的评论，而是静静地等待关洁的回应。

好似笃定她会看、会回。

事实证明，关洁确实无法视而不见。

关洁清了清干涩发哑的嗓子，半抱着吉他，耷拉着寡淡的单眼皮，盯着屏幕上不停滚动的评论，轻轻吐出一个字："有。"

答完，评论区炸了锅。

张牙舞爪：【啊啊！！！谁啊？】

黑哥：【谁谁谁？快说说！】

张飞不是我：【不敢相信！西西心里居然有人！】

星星纸：【啊？！西西！不会吧！】

精灵龙：【不可能，是骗我的！西西是我一个人的！】

…………

关洁直播一年半，除了唱歌，几乎不回复粉丝的评论、私信，更不论及个人隐私。

好几次榜一大哥带头在评论区刁难关洁，她都当没看见，直播一结束，立马闭麦走人，压根儿不管后续。

这样的脾气可谓又臭又硬，惹得网友们褒贬不一，有骂她端着饭碗装怪的，也有人疯狂表白夸她有个性，说她是当代玛丽莲·梦露的。

沉默良久，关洁抱着吉他盘腿坐在电脑椅上，极淡地笑了一下："他没什么好讲的，就是个浑不论。生来得天独厚，什么都不缺。除了有张好皮囊，一双痞坏的丹凤眼，没别的优点。他脾气很坏，抽烟、喝酒、打牌样样齐全，身边女孩换得比衣服还勤。我跟他认识那几年，没见他回过头。"

说到最后，关洁的语速不自觉地慢下来："他过得太疯了，疯到最后坐了牢。"

言语间，半是惋惜半是嘲笑。

没人知道，这短短几句话的背后，她和他有着怎样的交集、过往、故事。

直播结束，关洁关闭摄像头，随手将吉他扔在一旁，整个人虚脱地仰躺在床头。

深色床铺上，关洁身体卷着被子侧卧床沿，安安静静地合上眼睛，陷入梦境。

梦境中有一人影，远看瞧不真切，走近才发现是京剧里的青衣。

青衣红面，一颦一笑都是戏。

恍惚间，仿佛能瞧见虞姬站在乌江边拿剑自刎的场面。

拿的是天子剑，端的是情意绵绵，留给后人评说的却只一句短短的叹惜。

心脏好像一张被捏皱的废纸，无声的疼痛沿着胸腔一路蔓延到四肢。

心情也像上海的冬季——阴冷、潮湿。

"砰砰砰……"

几道急促、突兀的敲门声震醒了睡梦里的关洁。

"西西，我给你带了一点吃的，你起来趁热吃。我今晚出去一趟就不回来了啊。"

门外，室友朱真隔着门板一字一句地交代关洁。

听到动静，关洁迷迷糊糊地睁开眼，起身坐在床头缓了好一阵才掀开被子，踩上拖鞋，顶着一头凌乱的短碎发走出卧室。

打开门，刚到卧室门口就见朱真穿了件嫩黄色的呢大衣，踩着卡其色的长靴，单手扣着包，气鼓鼓坐在客厅沙发跟电话里的人不停哭诉：

"杨竞文，你找我除了要钱就没别的事了吗？

"我这个月刚交完房租、水电费，剩下几百块钱都是生活费，我现在去哪儿给你拿这么多钱。

"找我爸妈？杨竞文！你的良心被狗吃了？我为了跟你来上海都跟爸妈闹翻了，你居然还让我去找他们拿钱！你让我的脸往哪儿搁？

"你自己去吃吧，我不想出去了。我懒得跟你——"

许是察觉到关洁的存在，朱真话说到一半，默默闭了嘴，转头时，眼眶里噙着水光，要哭不哭的模样，眼圈红红的。

等电话挂断，关洁抿抿嘴唇，趿拉着拖鞋，面不改色地走向客厅沙发。

刚走近就见米白色的茶几上摆着一份热气腾腾的三鲜馄饨和一份纸袋装的生煎饼。边上还放了一款 A9 型号的索尼相机，朱真自己花大价钱买的硬货，专门用来录视频的。

她大学学的摄影，倒是一点没浪费。

"今天又出外景？"关洁随手提过一旁的矮凳坐在茶几角，一边拎过三鲜馄饨，一边抬眼问还在气头上的朱真。

朱真跟关洁同属一个直播公司，同一个老板、同一个经纪人，甚至同一天签合同。

她做音乐，朱真弄美妆。

之前两人没什么交集，最多算待一个群打卡的关系。

直到去年除夕夜朱真跟男朋友吵架，被丢在马路上，关洁刚好路过顺便捡了这姑娘回家，两人才有接触。

谁知这姑娘住了一晚就缠着关洁不放了，非要跟她一起租房。

关洁那时候手头紧，但房租贵得出奇，便没多犹豫，当天就扯了一张空白 A4 纸，随随便便拟了几条约定就把合租这事定了下来。

两人合租快一年了，倒是没红过脸。

合租约定里有一条规定是不能带男朋友回来过夜，朱真一直守着这点，每次跟杨竞文约会都出去住酒店，再缺钱都没往出租房带。

这姑娘心眼实、单纯，为了男朋友不靠谱的电竞梦不顾父母反对一路跑到上海。好好一个富家小公主不当，非要为了所谓的爱情，生生困在这座不夜城。

偏偏这姑娘的男朋友还不太靠谱，三天两头找她要钱，经常冷落、气哭这姑娘。

关洁每回都看在眼里，却从不干扰、劝说。

这次也不例外。

她自顾自地掰开一次性筷子，夹起一个馄饨塞进嘴里。

口感咸香爽滑，一口下去，胃里一股暖流涌上，惹得关洁惊讶："万寿斋的？"

朱真揉了揉眼角，双手撑着下巴，扯出一个勉强的笑脸："刚好路过，顺便给你买了一份。"

刚说完，朱真的手机再次"嗡嗡"响起来。

朱真想也没想，直接摁断。

那头消停一会儿，又开始短信轰炸，一条一条进来，吵得人晕头转向。

关洁余光扫过去，正好看到最新一条：

【宝贝，我错了，真的错了。你就原谅我这一次。我带你去人和馆吃饭好不好？】

还没看完，后续又来了几条。

只见朱真的嘴角上扬了两分，最后"扑哧"一下笑出声。她脸上灿烂得跟朵花儿似的，露出的两排牙齿又白又亮。

关洁知道，这姑娘又被几句甜言蜜语哄好了。

下一秒，朱真笑意盈盈地拍拍身上的褶皱，站起身轻快地交代："西西，我出去跟他吃饭啦。"

关洁头都没抬，喉咙里挤出一声轻音表示知道了。

"嘭！"

房门被人关上。

朱真一走，客厅瞬间陷入死寂。

关洁捏着筷子，望着塑料盒里剩下的几个馄饨，忽然就饱了。

下午五点半，关洁接到了酒吧老板的来电，得知酒吧转让给了别的老板，要重新装修，她这两个月不用去驻唱了。

难得空闲，关洁换了身衣服，收拾完东西准备回趟家。

房子租在北外滩，家在闵行区，中间隔了好几个区。

关洁转了好几趟地铁才踏上闵行区的土地，这几年上海发展迅速，连带着闵行也成了重点发展区域。

老房子拆的拆、重建的重建，早已不是原来的面貌。

关洁家在七宝街附近，里面还保留了几分老上海的模样。

一到弄堂口就能瞧见两旁排得整整齐齐的自行车、电瓶车，横在左右屋檐的晾衣绳，夏天上面挂满了花花绿绿的短袖短裤，冬天倒是空荡荡的，什么都没挂。

关洁轻车熟路地绕过几家住户，再转两个弯，一路走到89号才停下脚步。

她的脚还没来得及踏进去，屋里便传来"哐当哐当"的响动声。

"啪"的一声，一张藤椅被人从屋里扔出，砸在门口的墙沿，再顺着坡滚到关洁脚边。

藤椅被这么一砸，早没了骨气，四分五裂躺在地上，正式寿终正寝。

"关珍容，老子耐心有限，这钱你今天不还也得还！你去偷也好，抢也好，要拿不出来钱，就别怪我张远心狠手辣。"

屋内，一道凶狠、粗犷的男声响起。

"张哥，再宽限我几天行不行？你搜，你搜，我真的没钱……能不能看在上次——"

"我宽限你，谁来宽限我？深哥说了，我今儿收不回钱，就打断我一条腿。你说，是我的腿重要，还是你重要？"

"要不你去找我女儿拿？她是网红，一定有钱。真的，她一定有！她就住在北外滩，远哥，你去找她。我马上给你写地址，你等我，我马上给你写。"说着，关珍容披头散发地爬起来，发了疯似的往窗台旁的书桌钻。

屋里被砸得一团糟，关珍容找了好几分钟才找到一支断了半截的铅笔。

找到笔，关珍容神情激动地喊："你等等，我马上给你写。你找她拿，她肯定有。"

屋外，关洁听完最后一句话，忽然没了推门进去的欲望。

只是没等关洁转身离开，关珍容立马丢下笔，推开拦在门口的两人，抬手指着门口的关洁喊："那是我女儿，她有钱，你们找她拿！"

"还有——"

"噗"一声，匕首穿透皮肉的声音回荡整个院子。

那一瞬，时间好像停滞了，关洁脑子里只剩下关珍容嗜血、疯狂的脸。

直到关珍容失血倒下，关洁才醒过神。

刚才，张远以为关珍容要跑，条件反射般地拉了关珍容一把。谁知关珍容不小心撞在水果刀上，水果刀顺势插进她的肚子，鲜红的血顺着指缝不停地流。

男人意识到出事，急急忙忙地带人撤出院子，离开时还不忘警告关洁趁早还钱。

关珍容清醒过来时已是傍晚，关洁没闲过，这期间去医院缴了费，又去派出所做了笔录。

笔录做完，关洁回到病房，随手拉开一旁的塑料凳坐在关珍容床前。

审视几秒心虚到不敢抬头看她的关珍容，关洁嗤笑一声，见怪不怪地问："你这次又欠了多少钱？"

关珍容咳了咳，抬头瞪着关洁，理直气壮地说："能欠多少，也就十来万。你要有钱就替我还了。"

关洁像是听到了什么好笑的笑话，一下子推开凳子站起来："十几万，还没欠多少？关珍容，你这么能怎么不去抢银行？你一天除了打麻将、赌钱、跟男人厮混，还会什么？"

关珍容被关洁一下子揭开蒙羞布，火气上头，立马破口大骂："我是你妈，你不替我还谁替我还？别以为你现在有点名气我就不敢拿你怎么样，要把我逼急了，我亲自在你粉丝面前揭穿你的真面目。大一就跟那些不学无术的富二代混，真当我不知道？要不是那男的坐牢了，你现在在哪儿鬼混还不知道呢。"

许是刚刚在张远那里受了气，这会儿关珍容找到发泄口，停不下来了，嘴里的话一句比一句难听。

关洁听了一半听不下去，捡起包就往病房外走。

走到医院后花园，关洁神色烦躁地丢下包，坐在假山边上的长椅舒气。

正巧经纪人打来电话，关洁刚准备接电话，一抬头就看见不远处的玻璃门里走出一道深沉、羸弱的背影。

那人走出医院后门后径自走向人工湖旁的停车位。

他的右脚似乎有点问题，走起路来总是慢一拍。

他很瘦，黑色长款大衣裹在身上空荡荡的，每走几步，便会停下来咳嗽几分钟。咳嗽时，男人半驼着背，声音又哑又涩，宛如稻田里用旧了的脱谷机。

他剃了寸头，昏黄路灯下那一茬茬短发像是镀了一层薄金。

从关洁的角度看过去，只能勉强看个侧脸——

轮廓很深、很锋利。

关洁刚开始没太注意，直到听到一个年轻男人喊了声"祝先生"才反应过来。

该怎么形容她那时的心情呢？

大概是不敢置信占多数的。

她怎么也不肯相信，她见到的那人是祝政；更不肯相信，曾经意气风发、肆意妄为的人成了如今这副模样。

她摁断电话，装作若无其事地离开了原地。

比起重逢，她更愿意相信那是一场梦。

原来，不是所有的久别重逢都值得喜悦的。

关洁回到出租屋已是凌晨，打开门，屋里空荡荡的。

客厅窗户忘了关，冷风钻进屋里，吹得墨绿色的窗帘到处飞。

下午那场雪下了不到半个小时，蜻蜓点水般飘过上海，不带走半分情分。

要不是那场直播完完整整地记录了下来，关洁甚至怀疑今日上海有没有下过雪。

又或者，她在医院见到的人真的是祝政吗？

直到进了门、换了鞋，甚至躺在床上了关洁还在想她到底有没有看错。

这两年日子过得浑浑噩噩、漫无目的，要不是朱真每天在她耳边唠叨，她甚至分不清今年是哪年哪月。

关洁本以为她跟祝政不会再有交集，就算有一天相见，他俩必定也会以难堪收场，殊不知是如今这模样。

按理说，他还没到出狱的日子吧？是什么时候出来的呢？又为什么来上海了呢？

有太多疑问盘旋在关洁心里，可她想破脑袋都没法探究出一二。

睡到下半夜，关洁接到朱真打来的语音通话。

关洁还未来得及出声，那头的朱真率先哭出声来。

哭声夹杂着呼啸的风声一同传入听筒，关洁的睡意醒了大半。

"西西，你能不能……能不能来接我？我被杨竞文扔在马路边了。我……我找不到路，也打不到车，手机也快没电了。西西，我是不是不该一次又一次地相信他……我再也不要跟杨竞文在一起了。"

电话里，朱真的话一句接一句地往外冒，说到最后哭声由小变大，变成号啕大哭。

通话结束，关洁留意了一眼时间——凌晨一点二十六分。

换好衣服，关洁拿着钥匙、手机匆匆出门。

电梯就停在六楼，关洁摁下下行键，一头钻进去。

红色数字不停跳动，最后安稳停在一楼。

"嘀"的一声，电梯门打开，关洁快步走出，一路越过大厅、半敞的玻璃门、保安亭，站在种满梧桐树的马路边打车。

夜不算深，马路上车流依旧很多，一辆接一辆的五颜六色、各种牌子的私家车一晃而过。道路两边，一盏盏路灯整齐排列，蔓延到深黑色的天边。

光秃秃的梧桐也被昏黄灯光照得亮灿灿的。

到底是冬季，冷空气席卷过来，打在身上冻得人发抖。

关洁出门急，身上只披了件深紫长开衫，里面穿了件浅灰薄毛衣，下面是一条阔腿牛仔裤，膝盖处挖了一个大洞，露出小片白皙细腻的皮肤。

短发及耳，风一吹，有几根落到嘴唇多了两分凌乱。

她身上的清冷、疏离感在这夜里更甚，像北京的深秋缓缓飘落的黄叶，还像长江中下游的梅雨季节。

关洁等了不到五分钟就拦到了一辆出租车，出租车司机是外地人——中年，偏瘦，一身灰扑扑，看着很老实。

"嘭！"

关洁钻进后排，关上车门，抬头朝前排的司机报了朱真给的地址。

司机听到地址后，腼腆地摸了摸后脑勺，不好意思地说："姑娘，我刚干一个月，路况还不熟。您说的地方，我还没走过。"

关洁听到一口塑料"川普"，脑子"嗡"了一下，问："会用导航吗？"

男人窘迫地从兜里翻出一部破旧、边角磨得褪色的翻盖手机摊给关洁看。

关洁秒悟，主动说："我给你指路。"

途中，关洁怕朱真一个人出什么事，一边给司机指路，一边给朱真发短信稳定她的情绪。

凌晨两点，关洁在郊外一个森林公园找到朱真。

找到时，朱真蹲在马路边，满身狼狈——

中午精心化的妆已经被泪水冲花了，脸颊上挂着两条黑色水渍，是哭花了的眼线。裙角满是泥点子，连带着她一直宝贝的名牌包也没能幸免，被丢在脚边的水坑里泡着。

关洁扫视完，弯腰捡起包，翻出里面的钱包、气垫、口红、钥匙，将包口朝下，手指捏住两个包角倒出里面的污水。

倒完，关洁将东西重新放回包里。

朱真早在关洁赶到时便从臂弯抬起了头，她坐在马路边，眼神呆滞地看着关洁处理这一切。

出租车司机还等在一旁，关洁垂眸看了看朱真，见她一脸可怜相，忍不住叹了口气，抬手拍拍她的后脑勺，用近乎哄人的口吻安慰："乖，别哭了，回家。"

哪知这话一下子戳到朱真内心柔软处，朱真刚收拾好的情绪立马土崩瓦解，一下扑在关洁怀里放声大哭，嘴里断断续续发誓：

"我再也不要爱他了。

"爱一个人好痛苦，我再也不要了。

"为什么我还比不过游戏呢？

"我好后悔，后悔大一那年去篮球场看比赛，后悔认识他，后悔大学毕业背井离乡跟他来上海。

"真的，我再也不要跟杨竞文在一起了。"

失恋的姑娘总爱在分手后放很多狠话，却又总在那个人身上重蹈覆辙。

关洁由着朱真哭，等她哭累了才扶着她坐出租车回去。

到了目的地，关洁给司机多付了二十块，感谢他耐心等了一阵。

安抚好朱真，再次躺回床上已经凌晨三点半，这回关洁怎么都睡不着了。

窗外起了雾，灯红酒绿的外滩被笼罩在大雾里，只剩几团模糊的灯影。

关洁睁着眼挨到天亮，眼看漆黑的夜被一道白光撕开一个口子，口子越撕越大，直到白天彻底吞噬夜晚。

新的一天开始了。

早上八点，关洁掀开被子起床去做早饭，简单做了两个三明治，一个给朱真，一个给自己。三明治端上桌，关洁又返回厨房，从冰箱里拿两瓶牛奶。

朱真的房门紧闭，窥探不到半点动静，关洁在门口站了两分钟决定不去叨扰她。

吃完早餐，关洁又接到酒吧老板的电话，让她晚上回去驻唱。

关洁不知道老板抽啥风，前脚刚通知她最近不用去了，现在又喊她过去，想着闲着也是闲着她便顺势答应了。

中午关洁没事做，待在房间写曲子，写到一半，又端起吉他试音。

怎么写都不满意，她索性放下笔，开了一场直播。

她平时都在傍晚七八点直播，粉丝都没想过她中午会直播，这会儿直播间人少，她也不在意，自顾自地抱着吉他弹唱，好似在唱独角戏。

视频不露脸，画面最多截到下巴。只能从服饰风格看出她是个很有个性的人。

关洁是烟嗓，唱歌总给人深情、伤感的错觉。

她大多数时间都在唱一些冷门、小众歌曲，很多人都没怎么听过。

刚开始她并不火，视频点赞数两只手都数得过来，直到有次发了一首翻唱歌曲才让人开始注意她。

翻唱的是卢巧音版本的《好心分手》。

视频点赞数超过百万，被各个音乐平台传播，粉丝数量直线上升，一周内涨了十万，关洁也因为那个视频签了一个中规中矩的直播公司。

她也发过几首原唱，都不怎么火，几乎可以说"查无此曲"。

到现在，她的平台粉丝也才二十多万。

有广告商找她打广告，她做一个广告视频跟拍个微型电影似的，很有质感。

视频完成，产品后期销量挺高，对方挺满意她的引流，都愿意给她介绍资源。

可拍一个广告要耗费她几个月的时间，她一年下来最多接四五个广告，赚不了太多钱。

她也不在意，只要有事做就行。

她物欲不高，除去房租、水电费、必要的生活开支，没什么别的消费项目。

大多时候她白天待在家里写文案、拍摄、剪辑或是写歌，晚上就去酒吧驻唱。

要是遇到以前认识的人，对方一定会很惊讶地评论一句：关洁，你变化真大。

直播两个小时后，关洁为了保护嗓子没再唱歌。

放下吉他，一个人趴在案桌写东西。

摄像头没关，粉丝可以看到关洁穿着灰色低领毛衣、短发别在耳后，手里捏着一支中性笔在没用过的 A4 纸上不停地写写画画。

粉丝不再刷评论，而是聚精会神地盯着关洁以及她手掌下的纸张。

他们看见她在上面胡乱写了几行字——

我贫瘠、落魄、无知、庸俗，

我一无是处，我跌落尘埃，

我渴望有人路过我的世界，踩踏一切无法用言语表达的夙愿。

在很多年前，我曾拥有过你、占有过你，

在西安摇滚音乐节，在哈尔滨街头，在北京长城脚下，

那一天，太阳灿烂辉煌，我一抬头就看见了你。

酒吧老板姓厉，叫厉朗，是个不差钱的二代少爷，留学归国后凭借一腔热血开了一家酒吧。

奈何他读的是哲学，对于经营一窍不通，自酒吧开业那天起一路亏损到负债。

亏到他不得不忍痛将酒吧转让出去。

倒不是没想过法子，只不过他高价请过来的专业人士、团队都被撬走，搞得厉朗很没面子，这次转让估计也是他第一次创业失败的教训。

关洁跟厉朗认识纯属意外，那段时间她生活状态太糟糕，机缘巧合下开始直播、拍视频。

厉朗刚回国，也急需证明自己，忙着创业开酒吧。

大概境况一致，两人多少有互赌、惺惺相惜的成分在里面。

关洁的第一场直播结束（观看人数不到十人），厉朗就点开私信问她愿不愿意去他酒吧驻唱，她看到他的头像（他的头像是基里安·墨菲）那一秒就直接草率答应了。

她跟厉朗的缘分就是这么开始的。

厉朗五谷不分、不食人间疾苦，对这个世界始终充满善意，被底下员工糊弄了，他也只是一笑而过，还体贴地说一句：他也不容易。

关洁既享受着厉朗的高薪照顾，又对他一无是处的天真表示好笑。

那也是关洁第一次意识到不是所有有钱人家的小孩都像祝政那样疯狂傲气。

晚上八点，关洁在厉朗的连环夺命 call 中准时赶到酒吧。

刚下出租车就见厉朗站在酒吧门口东张西望。

他穿得跟花蝴蝶似的，一身亮紫色拼接休闲西装，染了头金发，要不是那张奶油小生的脸撑着，一定是"杀马特本特"。

要说酒吧生意惨淡到关门也不太准确，至少凭着厉朗那张脸还是吸引了不少富婆的照顾。

奈何他卖艺不卖身，死活不肯将就。

关洁倒是就这事打趣过厉朗，厉朗眼一斜，皮笑肉不笑地骂："我脑子有坑。"

没等关洁走近，厉朗就已经赶到跟前，一把拽过关洁的手臂将人往里带，边走边交代："酒吧今晚就转出去，买主是我发小哥们儿。一北京人，刚来上海什么都不熟悉，本来之前说要重新装修，来现场后说不重新装了，稍微改造一下就成。

"那哥们儿没别的要求，就让我帮忙找个好点的驻唱。我一寻思，这不有个现成的吗？你先去台上唱几首，待会儿我引你到包间见见人。"

关洁就这么半推半就上了台。

酒吧里零零散散坐了几桌人，大多都是老顾客。关洁上台，台下全都捧场地停下手中的事，主动喊要听什么歌。

关洁架好话筒，抱着吉他坐在高脚凳上开始调音。

音调完，关洁习惯性地看一眼台下，视线刚好对上右下角那桌。

桌边坐了两个男人，一个穿着花衬衫，一个长得瘦巴巴的。其中穿花衬衫的男人眼神黏糊湿冷，跟毒蛇舔过似的。

关洁下意识地皱了下眉头。

穿花衬衫的男人似乎察觉到关洁的注视，主动端起酒杯，举起手臂，露出阴恻恻的笑容，主动朝关洁自来熟地打了个招呼，而后没等关洁反应直接仰脖灌了一整杯酒。

关洁沉默半秒，默不作声地收回目光，继续手里的事。

这边王铮瞧见赵济的异常，偏头瞧了眼台上唱歌的关洁，笑眯眯地问："看上了？"

赵济的虎口抓着浅口玻璃杯转了两圈，咂了口口水，冷笑："这女的看着跩得很，有点意思。"

"一视频女主播，老子看了她好几回直播，打到榜一，求她见个面，结果居然被拒绝了。要不是听到她的声音差点没认出来，你说我今天能咽下这口气？"赵济紧盯关洁，邪里邪气地问。

王铮瞥见好友眼底呼之欲出的欲色，掌心扣住杯口，脸上划过一丝短暂的情绪，配合地说："自然不能。不过这歌手跟我倒是有点渊源。"

赵济嘴角轻撇，问："什么渊源？"

王铮对上赵济探询的目光，隔着圆桌俯身凑近赵济，招手示意他凑近点。

赵济见状，边偏头边调侃："看来这渊源不一般啊。"

王铮没情绪地笑了下，直奔正题："知道两年前我姑父的事吗？"

赵济跟王铮都是上海本地人，一个圈子里混，大家都认识，再加上两家有合作，两人一来二去也就熟了。

都是吃着父辈打下来的基业的纨绔子弟，兴趣爱好又差不多，自然能做狐朋狗友。

前两年王铮姑父潘家伟出了那么大的事，他自然是知道点内幕的。

想到这儿，赵济坐直身子，讳莫如深地问："怎么还扯到你姑父身上了？"

王铮笑而不语，端起酒杯干完半杯威士忌，视线掠过台上的人影，晦涩不明道："那女的当年跟过我姑父，当时还跟一北京的公子哥扯不清。那公子哥气不过，开车撞了我姑父。我姑父现在还在轮椅上坐着呢。兄弟，听我一句劝，离这女人远点，晦气。"

赵济听完反而更有兴趣了，直说今晚就要把这女人追到手。

说这话时，赵济满脸下流。

男人最懂男人，王铮自然知道赵济在想什么，还主动替他支招："待会儿我有个局，你跟我一块儿去，让她去包间唱两首，牵线让你俩认识认识。"

赵济嘴角的笑意放大，他抬起酒杯敬酒："兄弟，一切尽在酒里。"

台上唱歌的关洁对这一切一无所知，只余光瞥见那桌空了，心里那阵硌硬感才慢慢消散。

关洁唱了几首就被厉朗拉到二楼包厢助兴。

包厢里光线昏暗，只勉勉强强看清中间几个人影。

厉朗临时来了个电话，没来得及跟她介绍新老板，只交代她先唱几首活跃气氛。

屋里暖气很足，关洁在门口站了不到两分钟，手心里全是汗。

不知道是她打断了包间的气氛，还是包间本身就比较冷清，她进去这几分钟竟没有一个人出声。

矮桌上摆满了高高低低的酒瓶，红的白的，国外的国内的，应有尽有。

关洁舔了舔干涩的嘴唇，自顾自地走到点歌台，拉开高脚凳坐下，调了几下话筒距离，就着话筒开口："我是这里的驻唱歌手关洁，你们有什么想听的歌吗？"

关洁一出声，底下立马站起一道身影。那人举着酒瓶，情绪激动地喊："来一首《老婆老婆我爱你》。"

"抱歉，我不会。"关洁听到歌名，掀了下眼皮，拒绝。

赵济似乎猜到关洁会拒绝，也不恼，顶着笑脸继续喊："那来一首《你的妈是我丈母娘》。"

关洁的眼皮跳个不停。

放下吉他，关洁站起身，面不改色地拒绝："不会。"

赵济被关洁脸上的清高和眼底若有似无的鄙夷气到，一手砸掉酒杯，轻笑一声，语带威胁地喊："我今天还就要你唱！不会是吧？来来来，我给你翻出来，你照着原唱唱。"

说着，赵济走到关洁身边，从兜里掏出手机，手指在屏幕上随便划拉了几下，翻出歌曲播放起来，边放边将手机往关洁面前塞。

关洁见状，脸一黑，抬手甩开赵济的手臂，提起吉他就要走。

赵济哪能让关洁走，趁她不注意，一把搂住她，在她耳边呼了口浊气，故意要酒疯："来来来，我陪你唱。

"我花了几个月打到榜一，投了那么多钱在你身上，还不能让你唱首歌？你不是挺能唱吗？给我唱个听听。

"'再见赵四'，这是不是你的 ID？我就是赵四，怎么见到我本人还不开心了？"

恶心感顿时爬满关洁全身。

赵济似乎并没意识到关洁的抗拒，继续拉扯关洁的胳膊，在她耳边直白追问："听说你以前跟祝政混的？他撞人坐牢这事在圈子里都传烂了，他还没出来吧？"

关洁听到祝政的名字时胸口一颤，整个人像是被重锤敲了一下，痛到不能喘气。

赵济察觉到关洁的变化，咧了咧嘴，满嘴恶劣："他就算出来也不可能找你了，要不你跟我玩，你要什么我都给你买？"

"砰！"

玻璃瓶砸在白梨木的桌角，砸出一道清脆的响声。

酒瓶登时四分五裂，液体流淌在大理石地板发出"咕噜咕噜"的声音。

包厢陷入短暂的沉默，赵济被打扰，满脸不耐烦地看向动静处。

瞥见地上的玻璃碴，赵济耸了耸肩膀，笑着开玩笑："哟，还是白的，谁不想喝酒整这出？"

包厢角落，久未吭声的人影弹了弹手里的烟灰，冷不丁地出声："知道我坐过牢，不怕成为下一个潘家伟？"

男人声音低沉、嘶哑，自喉咙深处溢出，说出来的话裹挟着丝丝缕缕的阴冷。

赵济没想到装×装到了当事者本人面前，尤其是对上祝政那张狠戾、硬挺的面孔，忽然没了叫嚣的底气。

跟赵济的手足无措相比，关洁好像没什么反应，整个人安安静静地站在原地，只用余光往那角落粗略扫了几秒。

余光中，那人缓缓站起身，捡起沙发靠背上的大衣挂在臂弯，迈开长腿，泯然众生地走出人群。

走到门口，那人才停下脚步，偏过头望向关洁，轻飘飘地问："走不走？"

关洁脚底生了根似的，半天迈不开腿。

祝政也不急，慢悠悠地捧起打火机，点燃一根烟等在门口。

他抽了两口烟，似是想起什么，扯起嘴皮问："潘家伟现在过得怎样？等我有空了去拜访拜访他，毕竟一条人命，他那一条腿怎么够赔。你说是不是？"

祝政这话一出，赵济脸色大变，下意识地将目光投在不远处的王铮身上。

王铮早在祝政出声那刻就黑了脸，却没敢搭一句话。

祝政似乎预料到没人回，也不在意，只抬眼看了下关洁，转身走出包间。

祝政一走，包间里一片唏嘘，全是讨论祝政的。

关洁趁着没人注意，悄无声息地溜出包厢。

她转了两圈才找到祝政，他孤身一人站在路灯下，手里的大衣已经被他披在肩头，没穿，衣摆一长一短垂在两侧。

他的长相原本就比较凶，留个寸头更显凶狠，像草原上龇牙咧嘴的狼——凶猛、狂躁。

他背对着光，关洁看不清他的脸，只隐约感觉他变了个彻底。

明明三十岁不到，她却在他身上体会到了一种油尽灯枯的衰败感。

沉默半晌，关洁迟疑地问："你还好吗？"

祝政歪过头，盯着她看了片刻，喉结滚动："以后甭搭理这些烂人。

"包括我。"

第 2 章
我也从来没有求过

时至晚上十点，外滩正是热闹的点。

黄浦江上轮船一艘接着一艘，东方明珠闪烁着它独有的光芒，马路上车水马龙，一切好像都井然有序。

关洁站在路灯下，沉默好一阵才抬眼看向祝政。

他站在路口，裹满一身腐朽、陈旧的气息，似乎与这明艳、高贵的繁华都市完全脱节。

仔细看，他这一身装扮，好像也是前两年流行的款式、品牌。

连手上那块腕表，品牌也出了好几个新品，而他的那块，已经过时好久了。

一阵冷风卷过，祝政握拳捂住嘴，弓着腰咳嗽不止。

他咳得太狠，脖子到脸全充血了。

咳嗽声也如田野上"嗡嗡"不停的拖拉机，又哑又涩。

关洁的思绪猛地被祝政的咳嗽声打断。

她转过头才看到，祝政已经穿好大衣，也扣紧衣扣将自己裹得严严实实。

关洁这才发现，祝政怕冷，且怕得很。

明明还不到深冬，祝政却冷到瑟瑟发抖的地步。

关洁翻出包里的纸巾，一边扯出一张递给祝政，一边想——

他在里面到底遭遇了怎样的变故呢，又是怎样的变故能让一个冬日穿短袖都能熬过的人，如今半点冷都受不住了呢？

祝政久未听见回应，皱起眉追问："我跟你说话，你听见了吗？"

风还在继续吹，关洁有意识地挡在祝政面前，嘴里却说出跟行动完全相反的话："祝政，我和你的故事早在北京就结束了。如果不是这次意外相遇，我们永远不可能有交集。"

祝政像是被人按了暂停键，半天没有动静。

直到背后有人喊关洁，祝政才回过神。

回头望着不远处逐渐走近的人影，祝政晦涩不明地开口："关洁，你要的，我给不起。以前给不起，现在更不行。"

关洁像是早有预感，笑着点点头，捧着手边哈气边回："我知道，我也从来没求过。"

说着，手机毫无征兆地响起，是厉朗打来的电话。

关洁缓了口气，举起不停振动的手机往祝政眼前晃了两下，示意她还有事先走了。

祝政看着手机屏幕上一晃而过的"少爷"两个字沉默不语。

屏幕里的"少爷"厉朗就站在马路对面，关洁没接电话，只趁着绿灯间隙，一边同他挥手打招呼，一边朝他那边走。

祝政没拦关洁，只站在原地默默注视关洁的背影。

直到关洁同男人的背影彻底消失在夜色里，祝政才伸手搭在电线杆上，弓身将堵在喉咙里的那口痰吐出来。

咳到最后，祝政缓缓蹲下身，捂住嘴，沉默地注视着马路上来来往往的车流。

他就蹲在那儿，慢慢与这夜色融为一体，慢慢变得渺小，变成一个看不清的圆点。

关洁刚走到酒吧门口，还没来得及推门进去就被厉朗一把拽住后领拉了回去。他站在门口的台阶上，双手插袋，盯着关洁，问："包间里出什么事了？人家都投诉到我这儿了。"

离得太近，关洁被灌了一鼻子香水味，刺得她直皱眉。

见状，厉朗下意识地揪起衣领凑到鼻子前闻了闻，闻到身上浓郁的女士香水味，他抹抹嘴，浑身不自在地转移话题。

"那哥们儿跟你认识？"

即便厉朗没有指名道姓，关洁也清楚他说的是祝政。

刚收拾好的情绪一瞬间土崩瓦解，关洁别开眼扫向祝政所在的方向，嘴上毫不犹豫地否认："不认识。"

像是知道没有说服力，关洁又匆匆补一句："第一次见。"

厉朗一向天真好骗，这次却久久未发言。

久到关洁觉得刚才的对话太没意思，想要挣扎着再说点什么，厉朗却不慌不忙拆穿她："西西在撒谎。"

全身的痛觉神经像是突然被针扎了个遍，关洁差点没扛下来。

硬生生抑制住所有翻滚的情绪，关洁扯了扯嘴角，低头一言不发地盯着台阶上歪歪斜斜的影子。

影子被灯光拉得老长，从台阶一路延伸至地面，落到她的脚尖。

关洁不动声色地踩住厉朗的影子，笑着仰头："所以呢？认识又怎样，不认识又怎样？"

厉朗无声无息地看了几眼嘴比心硬的关洁，扭头就走。

走到一半，厉朗不忍心，又折回去拉她一块儿进去。

厉朗边走边在关洁耳边叽叽喳喳地说，那哥们儿就是他酒吧的新买主，马上就要签合同。

还说带她一起去签约，把她介绍给新老板。

又说他会跟新老板商量尽可能让她的工资保持现状，至于福利他也会替她努力争取。

厉朗知道关洁缺钱，也知道她爱音乐，却小心翼翼照顾她的自尊心，不肯让她看出他对她的特殊对待。

关洁想了又想，还是没拒绝厉朗的好意。

签转让合同时，关洁就跟在厉朗身边当第三方见证人。

包间里就四个人，她、厉朗、祝政还有祝政的助理陈川。

关洁和祝政除了在进门前对视了一眼，一直到签完合同都没说过话。

倒是厉朗操碎了心，一个劲地把她推到祝政面前说好话，夸她业务能力强，又说酒吧客人大半都是她的歌迷。

关洁听了几句，差点没听下去。

且不说祝政早年就是开酒吧的，不是随随便便几句好话就能糊弄的，就酒吧现在的生意，明眼人都能看出离倒闭不远了，更别提客人有多少了。

祝政也没揭穿厉朗的谎言，只单手合上合同，视线往关洁那儿瞥了一眼，轻描淡写地说："我对上海不熟，短时间也找不到好的驻唱歌手。她要可以，就她吧。"

关于他俩的恩恩怨怨，都在这两句话里了。

一如 2015 年的北京，也是同样的场景。

那年关洁大二，学费没凑齐，辅导员连催了好几次。

她那时候到处找兼职，偶然看到 DEMON 酒吧新开张，老板在找驻唱歌手。

她那时没什么经验，弹唱也水，进去面试前压根儿没抱任何希望。

当时也是祝政面试，那天他穿了一身黑，反坐在吧台椅上，手里捏着一根没点燃的烟。看她进间，他愣了两秒，从头到尾只问了她三句话：会喝酒吗？很能唱吗？能豁得出去吗？

她还没来得及回，祝政像是想到什么，直接朝她宣布："你要可以，就你了。"

关洁一半惊一半喜，半天说不出话。

后来关洁才知道，那天是 4 月 21 日，是祝政前女友的生日，也是他俩分手一周年的日子。

不得不说，那年的祝政真是风华正茂的好年纪，做人肆意妄为、不屑变通，做事也嚣张、不顾后果，身边还跟了一群狐朋狗友，今天跑去东城打麻将，明天跑去香山飙车。

只有他想要的，没有他得不到的。

连带她也跟着他到处跑、到处疯，见证了他所有肆意妄为的日子。

想到这儿，关洁眼底涌上一股涩意。

她很少感慨，如今却也忍不住感慨这世道多少是对祝政有点不公平。

合同签完，厉朗还得跟祝政交代其他细节，关洁精力不济，找了个借口提前离场。

走出酒吧，外面依旧灯火通明，街道人来人往，随处可见的热闹、拥挤。

许是将近元旦，道路两边挂了不少红灯笼，倒是将这光秃秃的梧桐树衬得格外喜庆。

关洁站在路口等红灯，等到一半，陈川突然开车停在她脚边。

陈川跟了祝政很多年，时间长到关洁都说不清，只记得她跟祝政疯的那几年，陈川一直待在祝政身边。

关洁后来才知道，陈川是孤儿，从小在孤儿院长大。

而祝政是陈川的资助人，陈川从初中到大学的学费、生活费全是祝政出的钱。

陈川大学学的计算机，毕业后没进公司，转而到祝政新开的酒吧工作，平时帮祝政打理酒吧生意、处理账务，偶尔兼职当司机、助理。

祝政进去那年，酒吧被强行关闭，店员散的散、走的走，都怕跟祝政沾上一点点关系，躲得远远的。

那天，连关洁也只能远远地站在人群里，眼睁睁看着祝政被警察锁上手铐，推进警车。

走到尽头才发现，祝政身边来来往往那么多人，唯独陈川一个人留了下来，唯独他尽心尽力帮着祝政。

"哥让我送你回去。快上车，这里停不了多久。"许是耽误太久，陈川降下车窗，双手握方向盘，歪过脑袋出声催促关洁。

关洁这才打开副驾驶座的门，提起阔腿牛仔裤"窸窸窣窣"钻进车厢。

系好安全带，关洁下意识往后排扫了一圈，后排空荡荡的，没有人。

刚好绿灯，陈川来不及多说，一脚踩下油门，一下开出好几米。

直到转出环形交通路口，陈川才得空将部分注意力放在关洁身上。

见她安安静静地坐在座椅里，陈川顿了顿，主动出声寒暄："哥进去以后，你电话不接、短信不回，到最后直接换了电话号码、地址，恨不得彻底告别以前的一切。我以为你永远不会出现了，没想到在上海遇见了。

"刚刚碰到，我差点没认出你。你这两年都在上海？还是一个人？过得怎么样？"

关洁之前最怕有人提起往事，最怕几年不见的熟人见面后突然关心。

可此刻，她却也不得不追忆一下往昔。

她抿了抿干涩的嘴巴，右手贴在膝盖，指腹轻轻摩挲着牛仔布料，低头组织好了一番语言，才有一句没一句地回应："2018年上半年去了西藏、西安、成都、贵阳，还去哈尔滨待了两个月。下半年回到上海安定下来，一直到现在都待在上海。

"日子过得不算太好，也不算太差。

"每天都在忙着赚钱、写词编曲，应付生活中绝大多数讨厌的东西。"

说到最后，关洁搓搓手心，转头问："那你呢？"

陈川直视前方，语调平和地说："我一直待在北京等哥出来。"

说完，陈川扭头意味深长地看她一眼，道："关姐，我以为你会跟我一样。"

跟我一样，待在北京等哥出来。

一声"关姐"将关洁喉咙里将要说出口的话死死堵在了嘴边。

一股突如其来、浓郁的苦涩缓缓蔓延整个口腔，像吞了苦汁一样，苦到她直打战。

论年龄，陈川比关洁还大一岁。当初在北京，关洁本身性子就野、不服输，再加上背后有祝政撑腰，更是肆意。

酒吧几十号人，无论男女老少、职位高低，全被关洁压着叫"姐"。

其他人也不等关洁提醒，全都服服帖帖地喊一声"关姐"，唯独陈川死活不肯，无论关洁怎么逼迫。

关洁不服输，跟他磨了快一年都没让他改口。

到最后，她自己放弃了。

直到2016年的冬天，酒吧有几个醉汉发酒疯故意闹事，又是打架又是砸东西，伤了店里好几个客人。

关洁那天刚好在台上驻唱，瞥见这一幕，直接丢下吉他，从两米高的台子上纵身一跃，"扑通"一声跳下来，朝着闹事的地方走，边走边顺手拖住一张椅子用力砸在闹事头子的后背。

头子被砸得一脸蒙，等反应过来，扭头瞪住关洁，捏起拳头，凶神恶煞地要打她。

关洁仰起脖子，嘴里冷嗤一声，单脚踩在椅子上，面色铁青地指着男人威胁："你要再敢闹事，我让你在北京待不下去。

"哪儿来的滚哪儿去。"

男人被关洁的气势吓到，硬生生将怒火憋了回去，其余几个见状也都默契地闭了嘴。

离开前，关洁还不忘从旁人那里拿来纸笔记下店里的损失塞到男人怀里，并警告他三天内必须还清所有损失费，否则将他交给警察处理。

这事后来被祝政知道，祝政先是一惊，而后扶着关洁的肩膀笑得不能自已。

一是笑她狐假虎威，二是笑她够胆儿，谁都敢得罪。

等祝政笑够了才问她要真把人惹生气了，人家打她怎么办？

关洁听完，扯扯嘴角，不咸不淡地接："那我活该呗。"

祝政当即搂着人哄："那你放心，有我在，没人敢碰你。"

也是那次后，陈川彻底改变对关洁的态度，主动改口叫她"关姐"。

关洁为此得意了好几天，天天往陈川面前晃，时不时逗他，逼他喊"关姐"。

车厢里闷得慌，关洁小幅度地挪了挪屁股，默默将紧闭的车窗降下三分之一。

刚一降下，冷风"呼哧呼哧"从缝隙钻进车厢，瞬间卷走车里不少热气，又有点冷了。

沉默良久，关洁垂下眼，低声发问："他什么时候出来的？"

"10 月 23 日。"陈川停顿两秒，还是说了实话。

关洁惊讶片刻，两个月前？

"他怎么会来上海，北京不好吗？"

陈川像是被关洁的问题问住了，面色僵了好几秒才反问："你觉得哥出来以后，北京还有他的位置？"

关洁顿时哑口无言。

即便陈川没有细说，话里的那些细枝末节也够关洁琢磨了。

"他不是进去两天，也不是两个月，而是整整两年。这两年能改变的东西实在太多了。

"哥的位置早没了。他如今失去的，远比他以前拥有的多得多。

"如今的北京，除了几个对他虎视眈眈、警惕防备的人，他什么都没了。

"哥现在的身体状况很差——"

话还没说完，一道手机铃声打断了陈川的话。

是陈川的手机。

关洁只轻瞥了一眼屏幕上的号码便知道了来电人是谁。

车子刚好开到北外滩名江七星城附近，关洁见状，及时叫停陈川。

"呲"的一声，轮胎擦过柏油路面，划出很长一条痕迹。

关洁身子惯性向前冲，若不是及时扶住车门，脑袋差点撞到车窗。

等车停稳，关洁迫不及待地解开安全带，飞快推门下车，试图逃离现场。

只是她刚迈出两步，就被背后的陈川叫停脚步。

陈川一边拿手机，一边喊："关姐。"

关洁后背一僵，条件反射般地闭了闭眼。

两秒后，关洁转过身，一言不发地看向驾驶座的陈川。

只见陈川弯腰打开储物箱，从里翻出一颗红苹果，伸长手臂递给关洁。

"哥给你留的，圣诞快乐。"

关洁深吸了一口气，竭力保持平静，上前接过陈川手里的苹果。

拿到手的那刻，关洁仿佛握了千斤坠，沉得她几乎握不住。

直到那辆黑色奥迪消失在视线里，关洁才呼出那团浊气。

她后知后觉地想起来，今天是圣诞节，难怪街上这么多人，这么多人戴圣诞老人的发卡，这么多人化圣诞妆。

关洁不是第一次过圣诞节。

2016 年圣诞节，西安有一场摇滚音乐节。祝政临时起意，订了两张机票带她去西安看演出。

当时她大三，有一堂课讲音乐理论，教授是个老派音乐家，上课很严格，为人古板，看不惯新起的摇滚乐。

关洁那时候一直在听摇滚乐，很爱摇滚乐队里的"三三乐队"，其中尤爱乐队主唱柯珍。

知道演出里有柯珍，关洁于圣诞节下午直接跟祝政飞到西安看演出。

演出晚上八点开始，祝政不知道从哪儿搞来两张 VIP 票，一进场直接入座 VIP 席。

关洁刚开始都很淡定，直到三三乐队出来，才激动地吼了好几声。

祝政瞧见她的激动样，盯着台上的女主唱，冷冷淡淡地笑了一下，不明不白地评价道："唱得也就那样，没什么好听的，早知道不来了。"

为这事，关洁还跟祝政闹了一晚上别扭。

祝政那天心情好，没跟她计较。

关洁是后来才知道，柯珍跟祝政是同父异母的兄妹，也是祝政心里又爱又恨的那个人。

演出结束，两人又赶去附近的一个民俗村过节。

民俗村人山人海，好似全国各地的人都聚一块儿了。

就在民俗村广场大坝，居民们边举办篝火晚会，边准备各种各样的美食。

气氛一度热闹到顶点，热闹到祝政也被身旁的姑娘拉进人群跳舞。

那晚关洁坐在篝火旁，边烤火边看祝政跟当地姑娘跳舞。

那年全国还没禁放烟花，晚上十二点，天空"砰砰"炸出五颜六色的烟花，连续放了一个多小时。

大半边天都被染上了各种各样的颜色，好似一幅幅油画洇染开来。

烟火绽放最盛时，关洁也被祝政一把拉起，共同融入当地的热闹里。

那一晚，他们在漫天烟火中相拥接吻，在热火朝天中无声对视，他们成了万千情侣中最耀眼的一对。

关洁回到出租屋，朱真正在直播。

她背对着客厅，坐在阳台藤椅上，正忙忙碌碌拿新产品给粉丝做推荐。藤椅旁的圆木桌摆满了瓶瓶罐罐，她嘴里不停念着产品特性，时不时还插一句谢谢谁谁谁的打赏。

朱真的直播间女粉丝居多，大多都是二十来岁的女孩。

她性格本就热情开朗讨人喜欢，再加上化妆技术好、极具亲和力，很容易圈粉，直播不到半年就攒了百来万粉丝，好过大部分人，以至于公司铁了心地把她列为重点对象培养，生怕她出点什么意外。

许是人生太过顺遂，朱真老是在杨竞文身上吃亏，有两次差点出事。

为了这事，老板还找朱真谈了好几回，每次都劝诫她不要把所有心思放在别人身上，要给自己留条后路。

朱真也倔，死活不相信，总说杨竞文会变好的。

关洁每次听都一笑而过。

这世界不会有人是在别人的期待下变好的。

可除去找了个不太好的男朋友，朱真没什么大的缺陷。

关洁也曾羡慕过她的纯粹、天真。

那些东西，她或许相信，但是永远不会拥有。

想到这儿，关洁站在玄关处朝阳台瞧了两眼，刻意没去打扰朱真，换完鞋，径直往自己房间走。

走进屋、合上门，关洁后背抵在门板，合上眼，半天没动弹。

那些乱糟糟的情绪、回忆此刻肆无忌惮充斥在她脑子里，挤压她所剩不多的理智。

那感觉就像在高空走钢丝，稍有不慎，便落得个粉身碎骨的下场。

此刻若是有人问她该如何面对现在的祝政，她一定说——

"我永远热爱赵四先生。"

我爱高高悬挂的明月，却永远不会仰头摘月。

凌晨两点，关洁躺在床上翻来覆去睡不着。

挣扎几分钟，关洁认命地起身，打开灯，掀被下床，一把拉开椅子坐在书桌前，随后弯腰拿过搁置在右上角的吉他抱在怀里胡乱弹了几下。

几个不成调的音符弹完，关洁又捞过手机，打开直播平台，调整好镜头角度，准备直播。

关洁坐了一阵儿，才打开直播，刚开始直播间寥寥几个人，有好几个网友进来转了一圈便退出去了。

估摸着是不小心点错了。

关洁也不在意，自顾自地抱着吉他，翻出曲谱开始弹唱。

如果说祝政是她人生中为数不多的一抹亮色，那么，音乐一定是她唯一的救赎。

她这潦草贫瘠的一生里，除了音乐，一无所有。

弹着弹着，关洁想起了从前她跟祝政在 DEMON 酒吧疯玩的日子。

那时候的她正是叛逆期，天天跟祝政厮混，能做的叛逆事几乎都做了。

以至于后来祝政坐牢，关洁还在后悔、自问，是不是他们玩得太洒脱，连老天都看不过去，所以才想要惩罚惩罚他们。

思绪乱如麻，关洁强行忍下一切，将注意力全部放在手机屏幕上。

屏幕里，几个为数不多的粉丝在朝关洁毫不吝啬地吹着"彩虹屁"。

有人夸她唱歌一如既往地好听，也有人夸她服饰好看，还有人夸她太漂亮、太有个性。

有的夸得太过，关洁不忍直视，还是忍不住出声提醒粉丝们不要太没原则。

这一说，粉丝们情绪更加高涨，鼓足劲夸关洁谦虚。

说也没用，关洁索性不再动嘴皮子了。

弹到第五首，直播间突然弹进一个新观众，ID 名叫"赵四"。

"赵四"一进直播间，话不多说，直接砸了上百个嘉年华，惹得粉丝们纷纷讨论。

一时间，关洁手机满屏的打赏提醒。

望着那个顶着 ID 名"赵四"不停刷礼的人，关洁恍了好一会儿神，才伸出手指点开"赵四"的主页。

是个新账号，主页空荡荡的，连地区都是无，看不出半点信息。

关洁一时分不清这人是谁。

她试图将答案往祝政那儿想，可念头刚起便被她自己迅速否认。

不可能是祝政，祝政从来不会玩这些，更不会知道她的直播账号。

肯定是哪个钱多人傻的呆瓜。

想通这点，关洁心底那抹犹疑、期待被抹得干干净净。

"赵四"足足打赏了将近一个小时，关洁连说了好几声感谢，到最后还发私信劝"赵四"不要再打赏了。

"赵四"这才回一句——

【我钱多，没处花。】

关洁瞥见那几个字，更加确定这人就是钱多人傻，搁她这儿做慈善了。

毕竟这样的情况，其他主播也遇到过，还上过几次平台热门。

评论区有人提议唱《走马》，关洁今晚被这一冲撞，也没拒绝。

关洁喝了口水，翻出《走马》的曲谱，抱着吉他开始弹唱。

"赵四"打赏完就退出了直播间，关洁唱到一半，"赵四"又进了直播间。

关洁刚好唱到"难过时你走了走了走了走了"，直播间里的粉丝见"赵四"进来，一个劲地喊"大哥"。

一个小时之内，"赵四"直接打榜第一，成了关洁直播间里的大哥。

> 过了很久终于我愿抬头看
>
> 你就在对岸走得好慢
>
> 任由我独自在假寐与现实之间两难
>
> 过了很久终于我愿抬头看
>
> 你就在对岸等我勇敢
>
> 你还是我的我的我的

关洁唱过陈粒不少歌，唯独不敢唱这首。

如今这一唱，几乎字字句句落到她心里。

关洁本身就是烟嗓，平时唱摇滚还好，一旦唱这种抒情歌，一定会唱哭听众。

因此有人说：最怕西西唱情歌，眼泪不值钱，哭个不停。

这次亦然。

最后一个音截止，粉丝已经在评论区嚷嚷着要关洁赔眼泪了。

关洁没再继续唱，放下吉他准备睡觉。

她刚要关直播，评论区弹出"赵四"的评论——

【唱得不错，很动情，勾起很多往事。】

这句话像是魔咒，反复在关洁脑子里跳跃。

一直到关洁关闭直播，人都躺床上了，那句话都还清晰地浮现在脑海。

她甚至在揣测，那个人到底是谁，为什么要取"赵四"做 ID 名？

后来想想，叫"赵四"的多了去了，不差祝政一个。

且除了几个亲近的，没人叫过他赵四。

凌晨三点，祝政坐在空荡荡的酒吧里，握着手机看着屏幕上"直播结束"几个字，半天没有反应。

两个小时前，祝政跟厉朗谈完所有细节，一个人留在包间休息。

睡了不到四十分钟，陈川送完人回来接他。

祝政懒得折腾，打发陈川回去睡，他自己则在包房将就一晚。

陈川不放心，怕祝政出什么意外，跟着留了下来，打算等他休息了再睡。

祝政见状也没再催促，继续在沙发上坐着。

两人面面相觑坐了几分钟，陈川闲着没事干，掏出手机打游戏。

声音有点吵，祝政连着皱了好几次眉。

陈川也察觉到祝政的情绪波动，心里朝几个队友鞠了几躬，而后默默退出游戏。

许是气氛太过沉闷，陈川舔了舔嘴唇，主动提起关洁。

"关姐变化挺大。

"这两年她估计……过得也不怎么好，精神状态挺差的，我刚刚跟她说话，她走了好几次神。

"我开车离开时，她一个人蹲在马路边，背影看着太单薄了点，跟没吃饭似的。我记得她以前挺有肉的。

"她好像在做直播，我去搜了一下，粉丝还可以，都二十多万了。"

…………

祝政窝在沙发里，跷起二郎腿，手搭在膝盖，自顾自地听着，没发一句言。

直到陈川自作主张翻出关洁的直播账号，点开她的视频递到祝政眼前，祝政才掀开眼皮看向屏幕。

是关洁拍的一个短视频，内容是上海的部分街头照和她的一些剪影，配音也是她唱的。

最后出现的是某品牌的口红。

打的一个广告。

十五秒的视频，祝政连着看了两三遍，看到第四遍才问陈川："她就靠这个挣钱？能有多少？"

陈川尴尬地摸了摸鼻子，解释道："还有直播打赏，好的能有几千万，差的……可能也就几百。"

祝政沉默半秒，主动问："怎么打赏？"

"……哥要打赏？"陈川满脸迟疑。

祝政没再吭声，只用眼神催促陈川快点弄。

陈川犹豫片刻，拿过祝政的手机，给祝政申请新账号、绑定银行卡。

改 ID 时，陈川抬头问一句："哥，要改 ID 名吗？"

祝政想起关洁的 ID 名，滚了滚喉结，说："就叫赵四。"

陈川闻言多看了两眼祝政，随后闭上嘴，将那串没有规律的数字改成"赵四"。改完，他将手机还给祝政，自己则出包间抽烟。

陈川离开，祝政从头到尾翻了一遍关洁的账号主页，二十来个作品全被他翻了个遍。

刚翻完就弹出关洁的直播，祝政无意识地点了进去。

一进去就见关洁穿着一条深棕色的棉麻裙，露出两条胳膊，怀里抱着吉他在唱歌。

镜头对到下巴处，看不见脸。她背后的墙上贴着一张京剧海报，仔细一看，是张虞姬。

红面青衣，唱尽人间百态。

祝政以前喜欢听京剧，有事没事拉着关洁去听，最爱点的一出戏是《霸王别姬》。

久而久之，关洁也会唱几句。

后来见关洁对京剧感兴趣，祝政求了有名的京剧大师收她做徒弟，还特意去给她量身定制了一套戏服。

那套戏服至今留在北京，除了关洁，没有任何人碰过。

她也只穿过一次。

他二十六岁那年，她穿着那套戏服，给他完完整整唱了一出《霸王别姬》。

她扮演的角色是虞姬。

等祝政回忆完，关洁刚好在唱——

> 世界孤立我
>
> 任它奚落
>
> 我只保持我的沉默
>
> 明白什么才是好的坏的

祝政见过各种各样、形形色色的人，唯独没见过第二个关洁，如此独特、惹人爱恨的关洁。

第3章
我永远热爱赵四先生

1月初，公司组织了一场年会，老板特意邀请公司旗下主播去现场参加年末聚会。

关洁和朱真也被邀请在列。

朱真拿到名单，瞥到主播林贞贞的名字，先是一嗤，随后撇撇嘴，满脸不乐意："怎么还邀请她啊？"

林贞贞是公司新签的艺人，某二本大学的在读学生，半年前开始直播，以美妆为主。

直播方式和内容都跟朱真很相似，却又找不到证据指认她抄袭。

且直播时林贞贞总爱提朱真，故意套近乎，刚开始总营造"小朱真"人设，等有热度后，又倒打一耙，阴阳怪气地说朱真模仿她。

林贞贞长相本就偏柔弱，又刻意往纯欲方向营造，自然吸引了不少颜粉，即便有路人在评论区提抄袭事件，也被林粉骂得狗血淋头。

久而久之，抄袭成了习惯，也就没人再讨论了。

又或者颠倒黑白、倒打一耙，反而诬陷朱真抄袭。

即使有粉丝知道林贞贞抄袭，对方也理直气壮地来一句："她长得这么好看，抄一下又怎么了？"

朱真的野心并不在工作，即便知道林贞贞模仿，她也不在意。

林贞贞真正引起朱真的讨厌是因为杨竞文。

朱真曾为了去现场看杨竞文打比赛，拒绝了公司组织的两场直播。

林贞贞知道这事后，在直播间有意透露朱真是个"恋爱脑"，为了一场无关紧要的游戏丢下几十个工作人员，白白耗费大家一个多月的直播准备。

话一出，惹得路人、营销号纷纷跑到评论区骂朱真太过分，有的甚至跑到关洁那里问这事是不是真的。

关洁这才知道这姑娘看着慈眉善目的，实则心思极深。

"我本来不打算去的，但是林贞贞要去，我也要去！

"上次的账我还没跟她算呢。跟我抢产品、抢代言、抢客户我就不说了，居然还跑到杨竞文的社交账号上发私信要他的联系方式，这也太过分了吧！

"得亏我看见了，不然他俩要是——"

朱真愤愤不平说了几句，又抱着关洁的胳膊撒娇，企图拉她一起去聚会："西西，你跟我一起去嘛，好不好？"

关洁禁不住朱真的软磨硬泡，又想着找老板谈续约的事，顺势点头应下。

朱真得到关洁许可，像是突然有了底气，浑身充满干劲，转头就投入如何穿戴才能赢过林贞贞的问题上。这件试完，试那件，恨不得将她整个衣柜的衣服都翻出来。

关洁看得眼花缭乱，偏生朱真还拉着她一个劲地问建议。

换到最后，朱真丢下床铺上一大堆衣服，重新捡起第一件试穿的抹胸复古白纱裙，边往胸前试边自言自语："我还是觉得这件更好看，就穿这个吧。"

关洁："……"

年会地点在外滩某酒吧，关洁没看邀请函，不知道地址，等到现场才发现是祝政新接手的酒吧。

酒吧名字已经换成"DEMON"，里面布置也换了个遍。

整体效果很有复古感，全新的桌椅、灯光，连功能区都改了一遍，将之前不合理的地方全都调整到了合适的位置。

要不是明确知道自己身处上海，关洁都怀疑自己又置身在了几年前——几年前的北京、几年前的 DEMON 酒吧。

那时候，她没变，祝政也没出事，他们都在最好、最意气风发的年纪。

关洁同朱真进去时，陈川正站在吧台调酒，吧台椅上还坐了一年轻姑娘，姑娘趴在桌上，红着脸，嘴里不停说着什么。

没见祝政的踪影。

关洁没想好怎么跟陈川打招呼，准备悄无声息离开，哪知刚走两步，陈川就在背后喊："关姐。"

朱真最先反应过来，扭头看了看吧台后的陈川。见他盯着她俩的方向瞧，朱真挽住关洁的胳膊，小声提醒："西西，有人叫你。长得还挺帅的。"

关洁这才转身，谁知，一抬头就对上陈川满怀关切的眼神。

一如在北京的日子，他也这样亲近、贴切。

"你怎么来了？"陈川停下手中的事，聚精会神地看向关洁。

酒吧修整这段时间一直没营业，关洁自然也没来驻唱。

虽然没上班，可工资依旧准时打到她银行卡里。

关洁之前没查，只是在收到短信提醒时问厉朗干吗还给她转钱。

厉朗先是一愣，而后告诉她不是他转的。

关洁这才明白转钱的人是祝政。

工资卡里的数字足足翻了两番，关洁试图联系祝政，想问问他到底怎么算的。然而等手指按出那串熟悉的数字后，她反而不敢拨出去了。

这事也就不了了之了。

陈川面前的姑娘还在说些什么，撞见这一幕，很不友善地瞪了一眼关洁。

关洁当没看见，简单同陈川说了几句就跟朱真进了包间。

她并没注意到，那姑娘一直盯着她的背影看，且眼里满是怨念。

关洁两人进去，二楼包间到了一大圈人，全是生面孔。

除了几个稍微有点名气的博主，其余全是公司签的新人。

她俩刚走到门口，里面的人全都将目光转移到她俩身上。

最先反应过来的是老板，看到她俩，老板站起身，笑容可掬地走过来同众人介绍。

"这是我们公司的顶梁柱朱真，还有这位是我们的大艺术家西西。前两年公司差点破产，得亏这两位大将拯救于水火，这才有今天的诸位……"

老板四十来岁，是个有情怀的中年男人，当初公司面临破产，为了找出路，曾三顾茅庐请求关洁签约他公司。

关洁当时也狼狈，同老板随随便便谈了几条合约便签了合同。

签完合同，老板立马拉了一个群。

里面就四个人，她、朱真、经纪人杨丽华还有老板。

四个人共同撑过了公司最艰难的日子，要说她跟朱真是公司元老也是说得过去的。

即便公司境况一度窘迫到捉襟见肘，关洁也没想过换，就那么待了下来，一直待到现在。

苦中作乐那段日子，朱真老调侃老板比她还落魄，公司能在寸土寸金的上海活下来真是奇迹。以至于公司发展到如今十几二十个人的规模，关洁都觉得老板已经尽全力了。

老板介绍完，底下一众新人全都恭恭敬敬站起身同她俩打招呼，有的面带笑容，有的一脸惊慕，有的满是迟疑。

关洁不大习惯这样的场合，除了开头说了两句客气话，全程没再开口。

朱真忙着跟林贞贞明争暗斗，也没工夫关心关洁。

包厢里的人又是敬酒又是发表感言，一时间觥筹交错，笑里藏刀还是推心置腹全在酒里了。

关洁喝了两杯酒，浑身热乎乎的，头也昏沉沉的。

找了个间隙，关洁趁着大家不注意，推开椅子，准备出去透透气。

酒吧刚整修完开业，客人并不算多。

走出包厢，关洁找了个人少的角落，想清静一会儿再进去。

谁知她刚站稳脚跟就听到楼梯拐角传来两道鬼鬼祟祟的男声。

关洁顺势低头，瞥见下方站了两个男孩，一个穿黑色卫衣、瘦高个，一个穿灰色棒球衣、胖矮身材，两个看着年纪都不大，估计是刚出校门或者还在上学的大学生。

两人窝在角落，正在秘密商量什么。

关洁本来没准备待下去，结果听到一些不对劲的东西，迟疑地止住动作，站在原地一言不发地听完全过程。

"哪儿来的？"

"你不是喜欢郑雨薇？趁这次拿下她，等她醒了，就说是酒后误事。她也喝多了，肯定不记得事。这样，你不说，我不说，谁知道？"

卫衣男孩有些迟疑："这样会不会不太好？"

"有什么不好的？反正到时候生米煮成熟饭，她再不喜欢你，也是你的了。"

卫衣男孩终于下定决心般点头："我试试。"

两人没待多久就离开了，离开前还不忘回头看看。

关洁一直站在阴影处没出去，直到两人完全消失在楼梯角，她才面色寡淡地走下楼。

她没着急回包间，转而去了一楼大厅。刚走到散座区就瞥见那两个男孩偷偷摸摸往酒里放什么东西，边放边往吧台区坐着的女孩看。

卫衣男面上挣扎几秒，咬咬牙，将所有慌乱的情绪掩饰住，端起酒杯不慌不忙走向吧台区。

关洁顺势看过去，一眼就瞧见了吧台前坐的那个倒霉姑娘。

正是刚刚瞪她一眼的女孩。

关洁轻嗤了一声，忍不住想，这世界还真小。

许是察觉到关洁的视线，女孩扭头敏感地扫了眼关洁所在的位置。

见是关洁，女孩满脸不高兴。

关洁见状，先是一笑，而后转身就要走。

走到一半，关洁挣扎片刻，又扭头回去。这一次关洁没理会女孩的目光，径自走到吧台，自顾自地端过卫衣男孩放在女孩面前的那杯酒。

"你干什么，这是我的酒。"女孩见关洁拿酒，伸手要去抢。

关洁装作没拿稳，酒杯"啪"的一声摔在地上，摔得四分五裂，杯里鲜红的液体立马顺着地板流向四面八方。

女孩当场涨红脸，气急败坏地指着关洁斥责："大姐，你到底想干吗啊？我又没惹你，你干吗非跟我过不去。"

关洁没回应，转头看向一旁心虚到抖腿的卫衣男孩。

女孩没得到回复，变本加厉起来，非要关洁道歉，还要她赔酒。

关洁抿抿嘴唇，垂眸看着地上流淌一地的红酒，一脸平静地说："不好意思，拿错了，我赔你一杯。"

说完，关洁右手搭在吧台，用身体刻意隔开卫衣男孩和郑雨薇，又歪头面带微笑地凝视着卫衣男孩问："弟弟不介意我打碎你的酒杯吧？"

卫衣男孩早慌了神，迎上关洁那张清淡、冷艳的面孔，他涨红脸，好半晌才摇头："没……没事。"

"我才不相信！你就是故意找碴儿的，谁知道你想干吗。"郑雨薇见宋唯被关洁蛊惑，像是被冒犯到，整个人立马炸毛。

"你不管不顾洒了我的酒，还故意搭讪我同学，我看你就是心怀不轨吧。我要你跟我道歉，不然我就报警。宋唯，你小心她碰瓷！"

"酒吧最容易碰见这种酒托了，假装请你喝酒，后面就敲诈你。"

说着，女孩作势翻出手机要报警。

关洁见状，嘴角扯了扯，神色淡淡道："随便你。"

"不过好人做到底，我还是想提醒一句，妹妹，交友要谨慎啊。"说完，关洁转身就要离开。

女孩哪肯让关洁走，一把扯住她的胳膊，非要她道歉。

旁边的卫衣男孩本来就理亏，见事情越闹越大，悄无声息地抽身离开。

郑雨薇本来嗓子就尖，再加上得理不饶人，很快就把动静弄大，一时间，周边围了不少人，全都是看热闹的。

望着这群麻木看热闹的人，关洁忽然有些心累。

就当她是多管闲事吧。

"随便你，你爱报警就报警，我还有事，没空跟你折腾。"

关洁一把扯开女孩的手，转头就准备走。

她还没迈开腿，人群外突然传来一道低沉、熟悉的嗓音："给她道歉。"

关洁脊背一凉，缓了好一阵才隔着人群看向不远处的男人。

男人站在原地，波澜不惊地重复："道歉。"

聚会结束，关洁一个人蹲在马路边，面无表情地凝视着前方的黄浦江。

黄浦江上，两岸灯光折射在江面，衬得江面金灿灿的一片，似镶嵌在深秋的镜子。

风一吹，镜子碎成四分五裂，化作鱼鳞似的光影。

波光潋滟中，一艘轮渡绕过繁华、璀璨的东方明珠塔，静悄悄滑过那片黄色金海。

破碎感油然而生，一如半小时前酒吧里那只摔得不成样的玻璃杯。

半个小时前，祝政拨开人群，一步一步走到关洁面前，神色淡淡地扫了一圈周围，伸手指着郑雨薇，站在她面前不容置喙地说："给她道歉。"

郑雨薇像是耳鸣了般，半天才反应过来："什么？"

祝政不动声色地站在关洁背后，大手贴在关洁后背，低声、耐性十足地重复："给她道歉。"

郑雨薇心脏猛地一缩，刚想出声反驳，抬头就撞进祝政深邃、波澜不惊的黑眸。

一时间，郑雨薇的喉咙像是被胶水粘住了似的，半天扯不出一个音。

郑雨薇哪经历过这样的场面，当即熄灭她盛气凌人的气势，在祝政的气势压迫下，反而半天张不开嘴。

奈何祝政并不愿意私了，也不听郑雨薇的解释，当着所有人的面，口吻强势地让她道歉。

"给你三个选择：一是道歉，二是去派出所，三是去你们教务处举报。"

郑雨薇被祝政吓到说不出话，好半晌才哆哆嗦嗦说了句对不起。

这样一来，反而像是祝政以势逼人，故意为难酒吧顾客。

周围议论声四起，大家你一句我一句地添油加醋，似想凭借各自的推测、想象捏造出这一出"碰瓷"为何而起。

短短几分钟，关洁就成了碰瓷不成反诬陷的坏女人。

有多事者，甚至在一旁起哄这事不能就这么算了，就应该报警处理，把她交给警察才作数。

场面越来越混乱，关洁置于舆论中心，面上却依旧寡淡、平静。

除了最开始面上划过一抹惊讶，到现在，她已经没了表情。

她本就长了张寡淡的脸，再加上又是单眼皮、狐狸眼，更添了两分疏离。

与对面年纪尚小、面容稚嫩，天然处于弱势的郑雨薇形成鲜明的对比。

天平早就偏了，即便祝政不要求她道歉，她也会在这场舆论里丧失话语权。

关洁想通这一点，内心纠结的东西忽然就释怀了。

众目睽睽下，关洁缓缓眨了两下眼，面带笑意地扯起嘴角，开口说："哦，我接受你的道歉，但是不代表我原谅你。"

说完，她绕过人群，不管不顾地往外走。

她走得很快，没多久就消失在了众人的视线中。

宛如一阵没有方向的风，来无影去无踪。

除去祝政，没人看到她倔强背影后的委屈、难过。

可正是因为看得见，祝政才难受。

他以为他用了最好的方式解决问题，却发现，无论哪种方式，都是以伤害她为前提。

想到这儿，祝政面色越发难看。以至于郑雨薇还在一旁不停抱怨关洁时，祝政阴沉着脸，淡声说："以后DEMON不会再接待你以及你的两个同学。"

郑雨薇瞪大眼，满脸不敢相信："为什么？"

祝政抬了抬眼，余光望着关洁离开的方向，波澜不惊地回："看见你们，我心情不好。"

郑雨薇愣住，怀疑祝政是在说笑。

后来郑雨薇才知道，祝政没开玩笑。他说将其纳入黑名单，就一定会纳入。

至于关洁，郑雨薇后来才从旁人口中得知，那位是DEMON酒吧老板心里最特殊的存在。

如果有谁是例外，那人一定姓关。

关洁坐到腿麻了才起身。

金陵东路有卖船票，两元一张，首班早上七点，末班晚上九点，关洁刚好赶上最后一班。

乘的东金线，"东昌路渡口—外滩"路段。

买好船票，关洁捏着票跟着行人陆陆续续挤上船舱。

轮渡分上下两层，关洁一进船舱就上了第二层。

选了个中间靠边的位置，关洁坐在其中，静静等待乘客上齐再开船。

等了不到五分钟，船身开始轻微晃动，随后慢慢驶出码头。

外滩正是灯火辉煌的时候，坐在轮渡上遥看陆家嘴，几座高楼直插云霄，颇有破天的气势。

对面外滩坐落着一派欧洲风格建筑群，无论是亚细亚大楼还是气象信号塔，都是外滩的标志性建筑，一度被列入全国重点保护的建筑物。

在这里，仿佛能看到一百多年前的老上海与一百多年后的新上海的完美融合、对话。

关洁虽然是上海人，却很少接触上海的历史、人文。

连坐轮渡，也只有寥寥几次。

关珍容从来不是个称职的母亲，早年与一富豪厮混，不小心怀孕。

富豪勒令关珍容打胎，她却另怀鬼胎，试图用肚子里的孩子逼宫。

哪知逼宫不成，反被富豪太太教训。

此时月份过大，关珍容无法打胎，只能生下。

自此之后，富豪丢下一笔钱，与关珍容断绝联系。

关珍容拿到钱，一边挥霍，一边憎恨刚出生的关洁断了她的财路。

十三岁以前，关洁被寄养在外公家，十三岁以后，外公去世，关珍容又将她接回家。

本以为她能跟母亲住一起，却不承想，关珍容整日都在外面打麻将。

关洁的生活起居全靠自己。

除去关珍容偶尔愧疚，离开家前给她留一笔钱，关洁没收到过任何补贴。

要说没有抱怨是假的，可生活本就如此艰苦，她有什么资格去指责。

冬日江风吹来，冷得人骨头都是冰的。

二层露台，没有任何遮挡，风一扫，吹得人直打哆嗦。

这一个小时的行程非但没有旅游体验，反而受尽折磨。

关洁吹了半个小时的冷风，忽然有些后悔。

人一旦倒霉，就容易乱想。

正如此刻，她又想起了祝政。

想他怎么变成了这副样子，想他为什么要来上海，又想他是不是有什么难言之隐。

想来想去，关洁都没意识到，她的每一个念头都在为祝政开脱。

坐完轮渡，关洁一个人回了出租屋。

到家刚过晚上十一点，屋里一片漆黑，朱真还没回来。

关洁换完鞋，径自钻进卫生间。

简单洗漱一下，关洁撑着疲倦的眼皮，脚步沉重地走进卧室准备睡觉，刚躺上床，手机铃声忽然响起。

关洁揉揉眉心，坐起身，一手捞过扔在床尾的手机。

看都没看来电人，她直接按下接听，随后闭上眼，重新躺回床铺。

对方迟迟没开口，关洁等得不耐烦，主动问："喂？"

"关姐，是我，陈川。"那头，一道干净的嗓音缓缓响起。

关洁的心跳不自觉地慢了一拍，声音也轻了好几度："嗯，有事吗？"

酒吧，陈川余光扫了扫坐在对面岿然不动的男人，紧了两下手心，仔细斟酌语言："是有点小事。是这样的，酒吧前两天刚修整完毕，今天才试营业，没想到晚上就出事。当然这事跟姐姐没关系，我打电话也不是怪罪关姐的意思。

"不过姐你也看到了，店里实在没什么客人，我就是想问下你这两天可以来上班了吗？之前听厉老板说，原本酒吧很多客人都是你的歌迷，如果你能来驻唱，想必可以挽救一下酒吧的颓势。"

陈川说得客气、委婉，关洁突然有种陌生感。

以至于过了好一阵，关洁才找回思绪，捏着手机深呼吸两下，拒绝："抱歉，我还有别的工作，暂时可能抽不开身。如果你们介意的话，可以解除合同，之前发的工资我也可以退回来。"

陈川当场愣住，没想到关洁拒绝得这么干脆。

他刚想问祝政怎么办，还没问出口，祝政像是受了什么刺激，忽然咳嗽起来。

咳嗽声太大、太急，也传到了关洁耳中。

关洁还未说出口的话也随着这突如其来的咳嗽声消失。

好半晌，关洁才听到那头传来说话声。

是祝政的。

"药在我兜里，不碍事，别担心。

"别跟徐医生讲，他比你还唠叨。"

这一夜关洁睡得并不安稳，梦里梦外都是祝政的影子。

有他坐在酒吧抽烟的，有他站在云雾里瞧她的，也有他蹲在路灯下玩手机的，以前的、现在的，笑的、疯的，都在梦里交织。

其间，她隐约听见门外传来开门声、水流声，只是没等她彻底清醒，一切又归于平静了。

直到早上，大门外传来粗暴的砸门声，关洁才从梦里惊醒过来。

砸门声断断续续传进屋，关洁脑子混沌迷糊，分不清是梦里梦外。

她真正清醒是听到了朱真的尖叫声。

朱真最先起身，听到门外的动静，立马穿着睡衣，踩着拖鞋，懒洋洋地往外走。

她边走还边让门外的人别再敲门，谁知，话没说完，门一打开，迎面对上几个高猛大汉。

为首的抵在门口，梳了个大背头，身穿皮衣皮裤，嘴里叼了根烟，一副下九流样。男人背后还有三四个大块头，个个凶神恶煞，跟港剧里街头火拼的小弟似的。

朱真头一次碰见这场景，吓了一跳，刚想关门，还没来得及行动就被张远一把甩在门板旁。

"嘭"的一声，朱真后背不小心撞到鞋柜，疼得她当场叫出声。

眼见张远要进门，朱真吓得惊慌失措，下意识地掏出手机报警，电话还没按出去，手机就被张远夺了。

张远一把扯住朱真的手腕，上半身凑近她，右手攥着朱真的下巴提醒："我是来找关洁收债的，这事跟你没关系。你现在要么回去躲着，要么出去，否则出什么事了可别怪我。"

说着，张远朝后面的人递了一个眼神。

小弟们立马反应过来，拿起棍子就开始砸房间里的东西。

看到什么砸什么。

一时间，屋里"噼里啪啦"一阵响，花瓶破碎声、脚步声……全都混在一块儿了。

朱真被张远吓到失声，人也瘫在鞋柜边，不敢动弹。

眼见砸到关洁那扇门，朱真忽然站起身，颤抖着嘴唇，否认："关洁不在这儿！我不认识她！你们砸错了！"

张远听到声音，扭过头满脸惊奇地看向朱真。见她满脸苍白却强行鼓足勇气的模样，张远狠狠吸了口烟，好笑地问："不在这儿？"

张远话里半是调侃半是威胁："年纪轻轻的，撒谎可不好。你幼儿园老师没教过你，小孩不能撒谎？"

朱真倒吸了口气，颤颤巍巍地重复："没在这儿。"

正说着，关洁的房门突然被打开。

"吱呀！"

房门缓缓从里打开，紧跟着露出一道身影。

张远掀了掀眼皮，顺势往门口看去。

只见关洁穿了条裸色吊带裙，赤着双肩，露出精致的锁骨，裸露在外的皮肤白得反光。

吊带裙的长度到膝盖下方，堪堪露出两条细长、匀称的小腿，脚下踩了双灰色条纹拖鞋。

往上看是一张寡淡的面孔，及耳短发，因刚醒的缘故，还没打理，看着有些凌乱、蓬松，左边还翘了两根。

她眼睛半睁着，漆黑的眼仁里满是冷漠。

看地上一片狼藉，关洁扶着门，揉了揉酸胀的眼睛，抬头看向沙发旁站着的张远，语调不温不凉地说："你找错人了，欠债的是关珍容，跟我没关系。还有——砸坏的东西记得原价赔。"

张远也不气，自顾自地找了张椅子坐下来，跷起二郎腿，摊了摊手，满脸无奈地看向关洁："几十万的事怎么能说跟你没关系就没关系。当初你妈借钱可是你亲自签字盖章做担保的。如今你妈还不起，自然是你这担保人来还。

"妹妹，你也知道，哥我也就是个跑腿的，这么大的事我也做不了主。要不是被逼无奈，我也不至于找到这儿来，你说是不是？"

说着，张远朝边上的人使了个眼色，示意看住关洁，别让她跑了。

朱真见到关洁，像是抓到了救命稻草，趁人不注意，飞快地溜到关洁身边，抓紧关洁的手臂问："西西，这些人是谁啊？一大早上的，吓死我了。

"你欠他们钱了吗？欠了多少，快还了吧，别跟他们牵扯。太可怕了，他们手上还有棍子。"

"开门就开始砸，屋里东西都快砸完了。我要报警手机都被抢了。"

关洁没想跑，却也明白再这么耗下去，折腾的是自己，再加上旁边还有个无辜的朱真。

她闭了闭眼，咬牙问："不是十万？哪儿来的几十万？"

张远捡起地上的棍子，握在手里，不慌不忙地敲了敲手心，不要脸地说："你欠银行都有利息，借我的当然也有，你说是不是？

"当初借钱，白纸黑字可写得清清楚楚，要赖账可不行。"

不用想，关洁都知道关珍容借的是高利贷。

关洁深吸一口气，拒绝："我没钱。"

张远愣了一下，脸色忽然变黑，一字一句地威胁："没钱可就不好说了。

"我想想，上个月还是这个月？也是有个人欠债不还，最后怎么着来着？好像——没了一条腿？"

张远越说越吓人。

朱真在旁边吓得不敢说话，瞪大眼，差点喊救命。

"好好的人没了一条腿，这谁受得了？你说是不是？"

客厅里，张远的声音冰冷，没有任何温度，配上他那张扭曲、布满疤痕的脸，显得越发恐怖。

时间一分一秒地过去，关洁紧绷的心也随着墙壁上不停转动的秒针飞速跳动。

她的心跳得太快，下一秒似乎就要跑出嗓子眼了。

"扑通扑通扑通——"

张远的手机铃声忽然响起。

张远翻出手机，接通。

那头传来清晰、急促的嗓音："远哥，有条子，快跑。"

"啪"的一声，张远一棍砸向头顶的吊灯，吊灯瞬间四分五裂，玻璃珠"噼里啪啦"掉在地上，滚动好几圈。

张远甩掉棍子，气势汹汹地走到关洁面前，一把扯过关洁的头发，抬腿踹她。

踹完他又咬牙切齿地说："你挺会玩，又报警。"

说着他又用力扇了关洁两巴掌，俯身凑在她耳边阴恻恻地威胁："老子有的是时间跟你玩，你最好祈祷不要栽我手里，否则——"

话说到一半，张远的手机跟催命似的响起。

张远瞥了眼屏幕，脸色阴沉地挂断电话，随后大步流星往外走，走之前将关洁推倒在地上。

张远离开，屋里混乱不堪，朱真早失去冷静，蹲在地上哭得稀里哗啦。

关洁坐在一旁，她的脸有些肿了，但安安静静的没出声。

一时间，空荡荡的客厅，只剩朱真的哭声。

抽了几口，关洁掐断烟头，主动伸手扶朱真。

朱真没经历过这些，被吓得不轻。

再加上关洁被威胁时，朱真在旁边目睹全程，对她来说，这一切几乎可以说是残忍。

关洁这么一碰，朱真条件反射般地往后躲，人直接坐在了碎玻璃碴上，扎了她一手血。

朱真疼得直抽气。

关洁不怎么会安慰人，只能尽量安抚朱真的情绪，然后打车去医院。

一路上朱真又是哭又是喊，关洁一直在旁边照顾。

司机见两人这状况，差点没敢继续往前走。关洁好说歹说，司机才同意继续走。

进了医院，关洁顶着一身狼狈去挂号，朱真坐在椅子上哭。

包扎伤口的医生是新来的实习医生，光是取玻璃碴都花了半个小时，取完，实习医生满头大汗。

朱真情绪不稳定，包的时候一直在哭，实习医生也紧张，包得很辛苦。

关洁看在眼里，没在一旁打扰，同朱真简单交代两句，便走出病房。

医院里病人又多又挤，关洁走到哪儿都有人，直到绕到后花园的一处假山堆，人才少点。

关洁随便找了块石头坐下来，抬头望着对面的高楼，人有些恍惚。

坐了一阵，关洁心情烦躁不安，各种各样的思绪在脑子里翻滚。

身上还是早上穿的那件吊带裙，她只在外面随便披了件外套。

回过神，她才意识到冷。

嘴角的伤口已经结痂，脸上的红肿却还没消，被踹的地方也钻心地疼。

关洁冷嗤一声，掏出唯一带出来的手机，翻开关珍容的电话号码打了过去。

连续打了四五通都在通话中。

关洁皱了皱眉，摁断电话，又打给邻居。

铃声响了四五秒，终于接通。

见电话打通，关洁莫名松了口气。

"喂？谁啊？"电话那端，一道温柔的女声缓缓响起。

关洁搓搓手背，难以启齿地开口："慧珍姐，是我，关洁。"

"啊，小关啊。我刚换了新手机，把你电话弄丢了。刚还在跟你哥说你好几个月没打电话了呢。

"怎么了？是不是问你妈的事？你放心，你叔每周都给你妈送新鲜菜，昨天还送了一袋米。你妈说想吃饺子，我刚包好给她送去。

"对了，你每个月给的生活费够了呢，还剩几百块我给你存着。得亏你把钱给你哥，要给你妈，估计又输完了。

"你这孩子什么都好，怎么就摊上这样一个妈？"

对方喋喋不休说了好半天，话密到关洁插不上嘴。

关洁一直等到对方没声了才出声问："慧珍姐，关珍容现在在家吗？"

周慧珍一顿，过了好几秒才说："刚才我去送饺子的时候，她还在呢。"

关洁舔了舔干涩的嘴皮，低声问："我打她电话没人接，能不能麻烦慧珍姐喊一声关珍容？"

"那你等等，姐去帮你找找。"

"麻烦慧珍姐了。"

"你这孩子，跟我还客气。有空回家看看我就行了。"

周慧珍性格温和，很好说话，关洁小时候没少受周慧珍夫妇照顾。

到现在，关洁都没把他们当外人看，而是家人。

关洁等了将近半个小时，周慧珍才电话过来。

打过来，还没出声，关洁就听到了搓麻将的声音。

紧跟着，里面传来周慧珍同关珍容的对话。

"婶子，关关的电话。"

"没看我忙着呢，我跟她有什么好说的。找她要钱跟要命似的，还打电话，可别耽误我打牌。"

"婶子，话不是这么说的，关关多孝顺一姑娘。上大学时怕你冻着饿着，给你寄衣服寄棉被，还托我们夫妇照顾你的饮食起居。你怎么还跟孩子闹别扭？"

关珍容听完，不耐烦地拿过电话，摁开免提，手上动作没停："你有什么事赶紧说，我打牌呢。"

关洁闻言，闭了闭眼，直截了当地问："你到底借了多少高利贷？"

麻将搅动的声音忽然停了下来，关珍容做贼心虚地拿起手机，急步往外走。等走到没人的地方她才翻个白眼，诅咒："关洁，我发现我上辈子欠你的。你非要招惹我是吧？

"我不是跟你说了，欠了十万、十万吗？你随随便便就还了，跟我这儿扯什么扯。"

关珍容言语间满是责骂，没有半丝悔改，关洁忽感心累，冷不丁地开口："关珍容，我们断绝母女关系，明天就去公证。"

关珍容吓一跳，也没了刚才的嚣张气焰，嘴上开始服软："我说你，跟你开个玩笑还生气了。好好的，跟我断绝关系，说出去也不怕人笑话。"

关洁冷笑一声，态度坚决："我不怕被笑话。"

关珍容见关洁语气认真，思索两秒，开始打起感情牌："我是你妈，血缘关系怎么能说断就断。再说，你还记得你六岁那年发高烧，人都快烧死了，我背着你到处找医生，整日整日照顾你。

"要不是我，你早死了。生恩不记，这你还不记我恩情？

"我是算不上称职的母亲，可好歹也是喂你奶的，就算再没资格，也是你的责任。

"你想想，除了我，这辈子还有谁跟你这么亲近？"

关珍容歪理一大堆，关洁听着听着忽然笑了。

她这一生，活得还真是够了。

她当然记得那件事，可关珍容嘴里要是有半句真话她也不至于闹到断绝关系的地步。

要是她没记错，她发高烧是因为关珍容把她丢冰水里泡了很久。

背她去找医生也是为了让那富豪回心转意。

情有几分真呢？

关珍容久没等到回应，害怕自己的摇钱树就这么没了，又开始用苦肉计："我一个人辛辛苦苦拉扯你到现在，被周围人唾骂、被外人翻白眼我也没丢掉你。怎么，你现在发达了就要抛弃我了？

"关洁，做人可不能这么没良心。"

关洁没心情再听下去，面无表情地摁了挂断。

知道关珍容还活着就行。

怕朱真久等，关洁打完电话就往回走。

走到电梯口，人很多，关洁刚要随着人流进去就碰到正要出来的祝政。

旁边还站着一个女人。

关洁下意识地往旁边让了让，女人没注意到关洁，正满脸温柔地仰着脑袋，扶着祝政的手臂往外走。

电梯口人来人往，关洁站在角落，两人一直到离开都没看到关洁。

等两人离开，电梯门早关了。

走廊只剩下关洁一个人，站在原地不知所措。

沉默良久，关洁偏过头，望着祝政他们离开的方向，无声喊了个名字：

计——绿。

是她啊。

第4章

我虔诚爱你，以灵魂骚动你

关洁第一次见计绿是在傅津南组的局，当天她跟祝政到场，正好撞上要走的计绿。

她长得不算惊艳，属于气质型，人很耐看，有一头黑发，笑起来，嘴角还有两个梨涡。

看人时，计绿眼里总蒙着一层水雾，惹得人说话都不敢大声，害怕一说话就惹哭她。

不得不说，这长相很讨长辈喜欢，也容易让人产生同情心。

要没有计绿后来找人在酒吧找关洁麻烦的事儿，关洁一定也会忍不住对她产生怜惜。

后来，关洁不小心翻到祝政的手机相册，瞥见相册里跟计绿九分像的姑娘才明白，计绿不过是披着别人的皮在活着。

掩饰在她内心深处的，是跟她外表完全相反的东西。

她或许爱祝政，但是更爱他背后的荣耀、钱财、权势。

祝政进去那天，关洁去找过计绿。

她在计绿经常光顾的商场守了一周才见到人，计绿当时穿得光鲜亮丽，正拉着姐妹逛街，脸上看不出半点悲情。

关洁见到人，求人的话还没说出口，反被计绿冷嘲热讽了一番。

印象里，她从未见计绿这般刻薄过。

那天，计绿丢掉刚买的定制款礼服，抱着双臂，趾高气扬地告诫关洁："你以为祝政真的宠爱你吗？你也不过是周瑶的替身罢了。

"那个女人不但占据祝政大半个青春，还使得祝政与赵姨母子离心。

"她条件虽然不算好，可跟你比，好太多了。就她这样的，赵姨都不接受，你以为你会是那个例外吗？

"当然，现在的祝政，挺配你的。"

关洁第一感觉不是尴尬、难堪，而是在想，祝政这圈子的人有几个对他是真心的呢？

再见计绿，关洁恍若隔世。

北京的一切于她而言好像已经是上一世的事了。

那些话却如此清晰、深刻。

关洁上楼找朱真，朱真人已经离开。

走之前，朱真给她发了条短信。

【西西，我去找杨竞文了。】

关洁看了好几遍才回了个好，回完又发了句抱歉。

朱真秒回，告诉关洁别愧疚，她没事，还说过两天她回去帮忙把家里收拾好。

关洁看完短信，不知道回什么。沉默半刻，关洁摁灭手机，裹紧外套重新摁电梯，下楼。

电梯间人多，关洁等了几分钟都没挤上去，于是收好手机走楼梯。

走到头，关洁在医院后门撞到正在打电话的祝政。

关洁脚步一滞，人站在原地，一言不发地看着眼前的人。

祝政的余光瞥见关洁，转过身，不慌不忙地挂断电话。

结束通话，祝政握了握微微发烫的手机，抬腿不紧不慢地走近关洁。直到距离不到半米时，祝政才堪堪止住脚步。

凝视几眼关洁有些红肿的脸颊，祝政皱起眉，一脸严肃："脸上怎么回事？"

关洁抬手轻轻碰了两下发烫的脸颊，笑着摇头："小伤，不碍事。"

祝政没得到想要的回应，神色淡淡地掀了掀眼皮，重复问："谁打的？"

关洁摇头，拒绝回答。

两人对视几秒，关洁受不住祝政的无声压迫，率先移开视线。

祝政苦涩地滚了一下喉结，沉声说："关洁，我没你想的那么不堪。"

关洁蒙了几秒，急忙否认："我没有这样想，你别这样妄自菲薄。"

怕祝政不信，关洁神色认真地看向他，一字一句道："祝政，我从来没有觉得你是个不好的人。"

祝政没再说话，自顾自地掏出打火机，点了根烟，不管不顾地抽了起来。

烟雾缭绕中，祝政的轮廓变得逐渐模糊。

天空忽然下起了小雨，绵绵密密地落在发梢，凝聚起细碎、轻薄的白珠。

站太久，关洁身上的热量不断消失，惹得她连打了几个喷嚏。

打到第四个，祝政掐断烟头，解开身上的驼色大衣，伸手披在关洁肩头。

大衣刚落下，一股淡淡的木质香味立马充盈鼻间。

关洁冻了两个小时，也没客气，单手扣住大衣领口，穿上大衣。

穿好，关洁搓了几下起了大片鸡皮疙瘩的手臂，又捧手哈了口热气，边仰头打量祝政边问："你呢，怎么在这儿？"

话刚问出口，关洁就瞥见祝政左手提着的白色塑料袋，里面装了四五种药。

透过塑料袋，关洁看清两种药名，全是治疗胃病的药。

昨夜打电话，祝政说的药就是这个吧？

关洁还没得出结论，祝政清淡的嗓音缓缓响起："过来拿点药。"

"嗯……看到了。"关洁抿了抿嘴唇，动作迟钝地点头。

祝政脱掉大衣，身上就只剩一件黑毛衣，低领，偏厚，袖口处手工缝了一朵红玫瑰。

关洁盯着那朵红玫瑰看了好一阵儿，直到祝政咳嗽，关洁才回过神。

祝政身体虚，很怕冷，大衣脱了没到两分钟便咳得面红耳赤。

关洁怕他感冒严重，当即又脱下大衣还了回去。

祝政不肯接，关洁强行套在祝政身上，边套边指责："身体是自己的，别不管不顾。万一出个什么事，怎么办？"

祝政听罢，没再反驳。

套好外套，祝政站在路边打了辆出租车送关洁回去。

关洁不肯走，祝政也不动。

关洁拗不过祝政，只能弯腰上车。

见关洁服软，祝政才跟着上了车。

一路上两人都没怎么说话，各自坐在车窗边，静静地看着窗外的景色。

走到一半，祝政主动搭话："我大学校区就在闵行区，离你家远不远？"

祝政那个圈子的人，大多都是国外名校出身的，只有他本科在上海交大。

据说为了祝政出省读书这事，祝父还跟他吵了好几次。

劝了不听，祝父懒得再劝，直接断了祝政的所有开支。以为祝政会向他低头，谁知，到了开学那天，祝政拎着行李直奔上海。

那年祝政十八岁，关洁还没来得及参与他的少年时期。

想到这儿，关洁眨了下眼，摇头："不算远。"

不知道是这雾蒙蒙的天气让人忍不住心生愁绪，还是这犯困的时间点让人不由自主追忆往昔，祝政心里明显多了一丝说不清的情愫。

透过车窗，偏头眺望屹立在黄浦江畔的东方明珠，祝政语气略带复杂地问："你说，要是我大学就遇到你，结果会不会不一样？"

关洁沉默片刻，坚决否认："不会。"

祝政怔住，捏着打火机半天没吭声。

关洁吸了口气，故作轻松地说："我才十四岁。你要那时遇到我，恐怕会被人骂变态。"

祝政差点被口水呛到，捂着胸口，咳了好几声才稍缓过来。

咳完，祝政煞有介事地承认："也是，我再不靠谱，也不会打未成年的主意。"

关洁无声笑了笑，没再说话。

"你说，要是我大学就遇到你，结果会不会不一样？"

遇到了的，只是你不知道罢了。

人真的很奇怪，无论过了多久，曾经遇到的一些人与事，你总不会忘记。

关洁当时就在交大附近读高中，每天放学都会路过交大门口。

有次路过，她一眼瞧见祝政。

他一个人坐在交大门口的一家面馆吃面条。

面馆又小又破，生意却很好，里面坐满了人。

他坐在靠门的位置，边上放着一把新吉他，打扮得很夺人眼球——

穿了一件姜黄色卫衣、一条阔腿牛仔裤，留了一头金色短碎发，耳朵上还戴着一颗黑钻耳钉。

气质很像韩流偶像，但脸上还存着几分稚气。

关洁那天在面馆门口站了足足半个小时，看着他吃完面条，又看着他付完钱，一边打电话，一边背着吉他走出面馆，最后坐进一辆蓝色法拉利扬长而去。

后来的几个月，关洁去面馆吃过几次面，去交大校园逛过几回，又去那条街走过几遍，可惜，再也没遇到过他。

她以为她这辈子都不会再见到他了。

后来在北京，她去 DEMON 酒吧面试，见到祝政的第一眼，她就认出了他。

那一刻，她想，原来兜兜转转，缘分天注定。

一个小时的路程，祝政连接了四五通电话，最后一通是计绿打的。

电话里，计绿异常关切地问："你的药拿到了吗？"

祝政握着手机，简短地"嗯"了一声。

计绿顿了顿，隔着屏幕简单交代："刚到机场，时间有点赶，我先去检票，到北京再给你打。"

祝政想也没想，随口说："随你。"

那头气氛出现短暂停顿，除了机场人群的吵闹声以及航班提醒声作背景乐，听不见计绿发出半点声响。

沉默太久，久到关洁以为通话已经结束，那头冷不丁地传出计绿略带迟疑的声音："我爸挺希望你今年能回北京过年，大家聚一块儿吃个团圆饭，然后聊聊我俩的婚事。

"我以为我这次来上海能让你改变主意，没想到你还是一意孤行选择待在上海。祝政，你到底怎么想的？

"你跟我爸在背后有什么交易、合作我不会插手，但是只要你点头同意娶我，就意味着我们之间的关系再也无法割离，无论利益还是感情。

"以你现在的处境看，跟我结婚一定是你最好的选择。你是商人，应该知道这笔生意只赚不赔。"

说到这儿，计绿的语速慢了下来，语调平缓地说："祝政，你已经不是两年前的你，祝家也不是两年前的祝家。

"现在的我，配你绰绰有余。"

计绿的话很直白，直白到没有任何修饰。

姿态更是高傲，高傲到让人反感。

偏偏，她说的每一句话每一个字都格外真实、残酷。

车厢内鸦雀无声，连带着呼吸声都轻了又轻，关洁没忍心看祝政的反应，装作不在意地扭过头看窗外。

天太冷，车窗全部紧闭。

关洁隔着玻璃看外面，灰蒙蒙的一片，乌云密压城市上空，试图压倒钢筋水泥建造的高楼大厦。

雨还在下，整座城市笼罩在云雾里，仿佛误入仙境。

如果没有旁听到这通电话，关洁心情一定会好很多。

看了片刻，关洁又将余光落在祝政身上。

他瘫坐在座椅上，一手伸直搭在膝盖上，另一只手轻捏手机搁在耳边，面上波澜不惊，不见起伏，看不清情绪。

计绿那番话在关洁听来都觉得是侮辱，更何况祝政本人。

要是之前的祝政在听到这番话后，估计早就暴跳如雷，开始发脾气了，可如今，祝政只是抠了两下大衣纽扣，没有任何动作。

时间一分一秒地过去，直到结束，祝政才极淡地笑了一下，很是客气地说："他朝你遇良人，我一定拱手成全。"

计绿气得不行，立马挂了电话，挂电话前还不忘讽刺祝政一句："你这脾气跟从前比，倒是没怎么变。可惜，你回不到从前了。"

通话结束，车内立马沉寂下来。

这通电话祝政并没刻意回避关洁，再加上车厢本就安静，即便祝政没有开免提，关洁也一字不漏地听到了。

说不唏嘘是假的。

换作以前，祝政在计绿面前哪有这么吃瘪、难堪的时候，可如今，计绿给他的，只剩难堪，连最后一丝体面都没有。

关洁见过祝政很多得意的瞬间，也见过他狼狈不堪的模样，唯独见不得他在这样的状况下还被人奚落、嘲讽的样子。

司机踩下刹车，将车安稳停在小区门口，不慌不忙地等待两人付款、下车。

祝政递过车费，抬手轻拍两下关洁的手臂，示意她下车。

关洁这才清醒过来。

她抬手揉了揉发涩的眼角，弓身钻出出租车车厢。

刚站稳，出租车扬长而去，只留下一道残影。

正好站在风口，风"呼哧呼哧"吹个不停，关洁别在耳后的短发被风吹得到处飞，有几根落在脸上，挡了视线。

站了不到两分钟，关洁率先出声："谢谢你送我回来。"

祝政掀了下眼皮："没什么好谢的。"

实在没什么好说的，关洁也不再提其他事，只客气地问祝政一句："你要上去坐一坐吗？"

本以为祝政不会答应，没想到他点了点头。

关洁噎了一下，仰头望了望天，这才领着祝政往小区走。

这个时间点，没多少人在外面，电梯一路畅通无阻，很快走到家门口。

摁完密码锁，关洁推开门，刚想邀请祝政进去，话还没出口就见屋里一片狼狈，东西砸了一地。

沙发边的地面还残留着朱真的血迹。

关洁舔了舔干涩的嘴唇，手撑在门沿，略带迟疑地问："你……还要进去吗？"

祝政一眼扫尽屋里的现状，抬腿跨过门口的碎玻璃，走进屋，面不改色地说："有点口渴，麻烦你倒杯水。"

关洁吸了口气，应声说好。

厨房里，关洁双手撑在料理台边沿，半弓着背，静静望着眼前的烧水壶。

烧水壶"嗡嗡"作响，关洁也不嫌吵，就站在旁边，硬生生等它烧开，停止响动了才从柜子里找出一个新的玻璃杯倒了杯开水。

等关洁端水出去，祝政已经靠在沙发上睡着了。

关洁没忍心打扰，小心翼翼地将开水搁置在茶几上，又轻手轻脚地走进卧室取出毛毯盖在祝政身上。

然而毛毯刚碰到祝政的肩膀，他就突然惊醒了。

惊醒时，他眼里满是警惕、畏惧，以及化不开的愧疚。

他眼里的情绪太过复杂，关洁一时间没有反应过来。

许久她才意识到，他还没从柯珍的意外事故里走出来。

难道他这一生都要抱着愧疚过吗？难道老天也不想给他一个弥补错误的机会吗？还是说，他剩下的日子只为赎罪？

她被这一认知吓到，愣了好几秒才开口："怕你着凉，我给你盖床毛毯。"

祝政紧绷的神经渐渐松懈，抬手捏了捏发疼的眉心。捏完，他低头瞄了两眼膝盖处厚实、柔软的毛毯，掩饰住眼底深处的厌恶，哑着嗓子问："条件反射，没吓到你吧？"

关洁试图窥探祝政的情绪，但他藏得太好，她窥探不出任何情绪，只能放弃，摇头否认："没有。"

许是刚刚那一出的缘故，祝政困意全无。瞥到茶几上搁置的白开水，他弯腰端来喝了几口便要起身离开。

关洁见祝政不对劲，有心阻拦，奈何祝政态度坚决，她只能放他离开。

祝政一走，屋里一片寂静，关洁一个人睁眼坐到天黑。

屋内漆黑空洞，屋外灯红酒绿，正是风流时。

关洁坐到腿麻了才动弹。

晚上七点，关洁翻出手机，打开通话记录，找到三天前的一通电话重新拨了过去。

"嘟、嘟、嘟……"

手机铃声连续响了十几秒，那头才摁下接通。

电话里，陈川语气不太确定地问："关姐？"

关洁省略打招呼的环节，直截了当地问："祝政在里面是不是出过什么意外？"

陈川沉默好半天才承认："是，出过几次意外。"

关洁咬了咬牙，不依不饶地问："他怎么了？"

"受过两次伤，一次在腿，一次在胸口。要不是医治及时，恐怕——"

许是不愿意面对现实，陈川不愿提及这事，转而说了别的。

"哥那几年在里面不肯让人帮忙，也不允许探监，那两年，我每次去，他都拒绝探监。

"我知道得也不多，因为那两次受伤，才了解一星半点，我只听说他一直挺自暴自弃的，具体的……只有他自己清楚。

"关姐，哥能有现在的模样，已经很不错了。我之前甚至以为……以为他……"

这话一出，关洁忽然没勇气问了。

陈川话没说透，可意思全在那儿了。

她连事实都不敢接受，那祝政呢？祝政又是如何度过那些日子的呢？

2017年12月31日，下午五点，祝政判刑第八天，关洁借了傅津南东风，得以见祝政最后一面。

关洁至今记得那是个阴天，天灰蒙蒙的，云层又暗又低，看不出边际。

她在探监室等了足足半个小时才见到祝政，这半个小时足够漫长，漫长到需要她用分秒来拆分。

每等一秒，她身上仅存的理智、勇气就少一分。

那是个辞旧迎新的日子，北京大街小巷都挂满了红灯笼，整座城都笼罩在新年新气象的热闹里。

全国上下都在期待着各个电视台的元旦晚会，期待主持人倒数一二三进入新的一年，期待新的一年可以万事胜意、健康喜乐。

关洁来之前去了趟广济寺，她想给祝政求个平安符，以此保佑他平安无事。

只是走到寺门口，关洁望着那古朴、暗红的寺门，忽然不敢跨门而入了。

她站在寺门口，迟迟未动，不肯进去，也不愿走。

她抬头望去，庙里人山人海，全是欲望满地的俗人。

她看着他们烧香焚纸、鞠躬作揖，然后默念阿弥陀佛，求佛保佑万事万物。

香客浩如烟海，抬头低头皆是脑袋，关洁刚想挤进人群，耳边忽然响起祝政的声音——

"求佛不如求己，拜神不如拜自己。"

"轰"的一声，关洁心中的大神猛然碎了一地。

关洁蓦然回首，以为回头就能瞧见祝政，瞧见他叼着烟、吊儿郎当地立在人群中嘲笑她这病急乱投医的样子。

可她找遍所有角落都没瞧见祝政的身影。

那一刻关洁失望透顶，眼里满是遗憾。

她才明白，佛不度他，神也没救他。

探监室狭小昏暗，只墙顶开了扇小天窗。天窗处，一束微光缓缓从天窗打下，落在探监室的桌面、地面，构成明暗交接的两面。

光影里，满是细碎、多得数不清的灰尘。

关洁刚好坐在明处，而姗姗来迟的祝政，自动坐在暗处。

他俩面对面坐着，一个在明，一个在暗，好似画了楚河汉界，你不见我，我也不见你。

有那么一瞬间，关洁想，他们这样界限分明到没有交集，是不是再也没有重逢时了。

以至于她见到人，就试图将能说的、不能说的全说了个遍。

只是她没料到，她见到的祝政，会是这样的祝政。

这样颓唐、落寞，又这样狼狈不堪。

她至今记得，当天祝政戴着手铐、穿着统一规整的狱服走进探监室的模样。

他剃了个光头，下巴的胡楂也全冒了出来，看到她时，眼神满是迟钝、呆滞。

不知道有多少个日夜没睡，他黑眼圈极重。人也瘦了不少，瘦得眼窝深陷，没什么精力说话。

关洁尝试跟祝政说几句话，他端坐在桌对面始终一言不发。

无论她说什么，他都保持沉默，没有任何回应，连一个眼神都不愿递给她。

关洁绝望，沉重地闭了闭眼，试探性地问他："祝政，你有在听我说话吗？"

祝政依旧缄默，不说分毫。

直到关洁提到周瑶，他才淡淡地掀下了眼皮。

那时的关洁尚且存着一两分骄傲，见祝政这般差别对待，心里紧绷的弦"吧嗒"一下断裂，一股扑面而来、无法躲避的失望肆意围着她。

她坐在椅子里笑到不能自已，笑到最后，眼泪直流。

哭得太久，鼻涕、眼泪流了她一手心。

哭完，关洁站起身，看了祝政好半天。

她用力吸了吸鼻子，止住眼泪，红着眼眶，哑着嗓子强调："祝政，我永远不会活在别人的光影下，当一个没有名字的替身。"

最后一分自尊，她敬自己满腔热忱、永不回头。

祝政似乎被关洁的哭声吵扰，抬起眼看了看泪流满脸的关洁，面色平静地交代："你走吧，有多远走多远。别待在北京，这里不适合你。

"我给你留了笔钱，密码123456，卡在陈川那儿，你离开前记得找他拿。

"别去折腾，我自愿的，没人逼迫我。"

关洁立马泪崩，仰头捂脸哭了好长一段时间。

祝政说完就走，不给关洁任何说话的机会。

探监时间结束，关洁走出探监室，人昏沉沉的，分不清东西南北，脑子里只剩祝政那几句话翻来覆去浮现。

她跟祝政的故事始于2015年的春天，终于2017年的冬天。

春去冬来，四季一如既往，唯独人不复人。

从此山高路远，再见已是陌路人。

回忆乱如麻，关洁自认不是伤春悲秋的人，这两个月却一直陷入旧事中不可自拔。

为此，她还发了一场高烧。

事后第二天朱真就回了出租屋，还找了装修公司重新修整了一遍，将破旧的、摔坏的家具全换成新的。

关洁半夜发高烧烧到39℃，朱真忙得火急火燎，又是打电话又是收拾行李。

等车到楼下时，朱真咬牙背她下楼，到电梯里都没放下，一路背到车里才肯放下。

到医院，关洁睡到第二天下午才醒，醒来口干舌燥，浑身酸软无力。

她抬头扫了一圈周围的环境，才发现在医院。朱真累得够呛，人已经趴在床尾睡着了。

关洁没吵醒朱真，自顾自地坐起身，下床倒了杯热水，仰头一口气喝完。

喝完水，关洁在原地站了几分钟，有些无所适从。

看到手机搁置在床头柜上，关洁捡起，看时间才发现已经过了一天一夜。

手机里除了一个未接来电，没有未读信息。

是陈川打过来的。

关洁盯了两秒电话号码，默默走到窗边，指腹摁住那串红色数字，重新拨了过去。

刚拨通，那头便传来陈川熟悉的嗓音："喂？"

关洁舔了几下干涩的嘴唇，缓缓开口："陈川，是我。"

"我知道。"陈川刚在调酒，没注意看，这才发现是关洁打过来的。

关洁顿了一下，哑着嗓子问："你有事吗？"

陈川擦干手里的杯子，开门见山地问："关姐晚上有空吗，能不能来酒吧唱一晚？

"不少客人都奔着你来的，你走之后，老顾客走了不少。本来酒吧竞争压力就很大，再加上哥一外地人来上海开酒吧，不太容易混得出头。

"哥也不太懂现在的行情，很多事还在摸索。再说……毕竟在上海，确实不太便利，比不上北京熟悉。"

说到这儿，陈川态度诚恳地邀请："你要是能来，我会轻松很多，哥也是。"

关洁推开病房窗户，双手撑在窗台，一言不发地看着远处的天。

一到冬日，上海很少见太阳，老是阴雨天。

今天也不例外，是个雾蒙蒙的绵雨天。

听筒出现短暂的沉寂，只剩各自若有似无的呼吸声。

沉默片刻，关洁缓缓眨了两下眼，一边闭着眼感受绵绵细雨，一边答应陈川："晚上八点我过来。"

陈川得到关洁的答案，说了好几句感激的话。

通话结束，朱真在背后凉飕飕地开口："你烧刚退又折腾。"

关洁一愣，抬头望去，只见朱真苦着脸，满脸不赞同。

朱真长得可爱，即便生气也透着两分可爱劲。

关洁瞧了几秒气鼓鼓的朱真，忍不住失笑："我没事，别担心。"

"你就逞强，我看你是事多了去了，还没事。你何必这么辛苦呢？"

关洁指了指对面的黄浦江，一本正经地开玩笑："因为我要在上海好好活下去啊。"

朱真拿关洁没办法，只能耸肩表示她尽力了。

人各有志，路有长有短，不到最后，谁知道结局呢。

晚上八点，关洁匆匆赶往酒吧。到了酒吧，里面客人来了不少，陈川在吧台调酒。

见到关洁，陈川放下手里的事，特意去找她。

关洁挥了挥手，示意不用管她。

陈川这才止住脚步，重新给客人调酒。调完酒，陈川抽时间到关洁身边寒暄了几句。

寒暄完，关洁提着吉他轻车熟路地走上唱台。

架好话筒，关洁翻出吉他抱怀里，垂眸扫了一圈周围。

客人不算多，三三两两坐一堆。

没见祝政。

关洁调完音，弹了两首摇滚乐，氛围立马活跃起来。

不少客人聚在唱台下方，等待关洁唱歌。

关洁嗓子本身就哑，再加上高烧刚退，嗓子更哑了。

弹了几首，关洁的喉咙又干又疼。中场休息，关洁坐在台上，弯腰咳了好几声，咳完想找水喝。

她还没起身，一杯温水及时递在手边。

关洁以为是陈川，动作熟练地接过温水喝了几口。

喝完，关洁下意识说谢谢，才发现是祝政。

他穿一身黑色休闲装，人站在暗处，悄无声息地等着她。

关洁动作一滞，手里没喝完的水洒了好几滴。

祝政像是没看见，滚了滚喉结，轻描淡写地说："不能唱就休息，别把嗓子唱坏了。"

关洁抿抿唇，将水杯还给祝政，抱着吉他说还唱最后一首就结束。

休息结束，关洁扶着话筒对台下的客人说："我今天嗓子不太舒服，下面还唱最后一首，一首粤语歌，张敬轩的《骚灵情歌》，送给你、你们。"

祝政刚要走，听到最后一句，脚步当场停住，抬头看向关洁。

关洁也往祝政的方向看了一眼，两人的视线在空中短暂对上几秒，又很快移开。

收回目光，关洁坐在座椅开始弹唱。

关洁的粤语不算太好，只能到及格的程度，这首《骚灵情歌》，她却在私底下练习过无数次，尤其是那句"我虔诚爱你，以灵魂骚动你，骚动到有乐器奏到心扉，我全神看你"，她唱得最为动情、致命。

2016年，祝政曾组了一次局，那天他心情极好，在一众人的起哄下，他自愿献唱一首歌。

唱的便是这首《骚灵情歌》。

祝政的外婆是中国香港人，他小时候在那边待过两三年，又跟他外婆打电话讲粤语，使得他粤语极好。

那时他的嗓音本就性感、深情，唱粤语歌更是不在话下。

他一开口便是绝唱。

如果真要说骚动灵魂，那一定是有的。

唱完，关洁丢下吉他，不动声色地走下台。

角落里，祝政偏坐在一张墨绿色的单人沙发上，胳膊搭着扶手，一言不发地抽着烟。

灯光昏黄、暗淡，他无声无息地坐在那儿，宛若公园里精心打造出的雕像。

关洁站了几秒，绕过一排排桌椅走向他。

走近才发现祝政在走神，寡淡的丹凤眼目不转睛地盯着左手边的玻璃杯，黑色瞳孔微微收缩，眼窝陷得有些深，看着像是好几天没睡过好觉。

关洁看完，默默拉开祝政对面的椅子坐下来。

刚坐下，对面的人忽然抬眼朝她瞄了下，眼神很深、很重，深到她无法窥探，重到她无法承受。

关洁的心脏也跟着皱起来，好似一块布，被人慢慢揉过、搓过。

手指揉搓过的地方，浮起一层又一层褶皱。

祝政收回眼神，弯腰拿起关洁用过的玻璃杯，波澜不惊地问："喝酒吗？"

关洁低头扫视一眼祝政手里的玻璃杯，顺势点头："可以啊。"

祝政得到允许，脱掉身上的大衣，起身便往吧台走。

关洁坐在原地，目不转睛地看着祝政的背影。

看着他避开人群、绕过吧台，看着他从酒柜里随手拿了瓶白酒，又偏头跟陈川说了两三句话才拿着酒瓶往回走。

祝政刚转身，陈川就跟关洁打手势，示意她看手机。

关洁眨了下眼，等祝政快到了才慢半拍地掏出手机。

手机刚点开就见陈川发了两条信息过来：

【别让哥喝酒，他身体还没恢复好。】

【拜托了。】

看完短信，关洁摁灭屏幕，抬头朝陈川递了个眼神，表示知道了。

"这酒有点烈，喝得惯？"祝政回到座位，将酒搁在桌面，问。

关洁低眸望了望面前包装良好的白酒，笑着说："我那几年天天跟在你身边混，酒量早练出来了。只不过这两年很少碰白的了。"

祝政闻言，脸上浮出一抹淡淡的落寞，只是转瞬即逝，速度快到让人怀疑压根儿没有过。

关洁意识到自己说错话，抿了抿嘴唇，找补一句："还能喝点，换换口味。"

说着，关洁俯身拿过白酒瓶，拧开酒瓶，自顾自地倒了大半杯。

倒完酒，关洁迟疑几秒，抬头问："待会儿你送我回去，这酒我喝，你不喝，行不行？"

祝政人坐在沙发，半晌没吭声。

关洁也不管他同不同意，端起酒杯就往嘴里灌，跟灌水似的，"咕噜咕噜"就喝了一大半。

喝完，似乎还不过瘾，她干脆拿过白酒瓶仰头往喉咙里灌。

白酒确实够烈，关洁灌完一小半，喉咙火辣辣地疼，头也昏沉沉的，脚踩在地面，跟飘在云雾里似的，仿佛风一吹，人就要往下倒。

祝政还没来得及反应，她人已经瘫睡在座椅里了，那瓶白酒还被她抱在怀里。

祝政坐了两分钟，站起身，弯腰拿开关洁怀里的酒瓶，又抬手轻轻碰了碰关洁的短发。

短发又顺又滑，触感好似丝绸。

祝政收回手，搓了两下指腹，低头凑在关洁耳边轻问："醉了？"

话音未落，关洁猛地抬头。

祝政躲闪不及，下巴撞上关洁的后脑勺，疼得他抽气。

关洁晃了晃头，伸手抓住祝政的衣领，脸凑在他面前，笑着否认："没醉。"

祝政望着跟前醉醺醺的人，眼底起了两分笑意。他勾了勾唇，配合她说："嗯，没醉。"

关洁得到想要的答案，仰起脑袋盯了祝政两秒，催促他："我要回家，你快送我回去。"

祝政不动声色地瞥了眼关洁，问她："你在这儿等我两分钟，我去拿车钥匙，行不行？"

关洁立马摇头："不行。"

祝政有些好笑，问："嗯？"

关洁摸了摸滚烫的脸，皱着眉反问："你要是走了呢，我怎么办？"

祝政沉吟两秒，眉眼温柔地回："你就等我两分钟，我很快回来，不会走。"

关洁似是听进去了，又好似没听清楚，半晌没动静。

沉默良久，关洁松开抓在祝政衣领上的手指，抬头望着祝政，眼神涣散地说："我之前等过一个人，等了他好多年，他到现在都没回来。"

祝政心口一滞。

喉咙突然又痒又痛，祝政立即一只手捂住嘴，另一只手扶着桌角，弯腰咳了好一会儿才好受点。

咳完，祝政扭过头望了眼在吧台调酒的陈川，抬手示意他过来。

陈川见状，立马丢下手里的事，着急忙慌地往祝政那儿走。

等陈川走近，祝政摊手朝陈川要车钥匙，说他送关洁回去。

陈川犹豫着将车钥匙递给祝政，见祝政捡起大衣打算披在关洁身上，陈川下意识地皱眉，提醒："哥，你身体不好，别着凉。"

祝政搭衣服的动作一滞，只是没等陈川说第二句，祝政已经把衣服盖在关洁身上了。

陈川见祝政一意孤行，有些难为情地摸了摸耳朵。

祝政盖好衣服，俯身抱起关洁。转头看了眼满脸担忧的陈川，祝政轻描淡写地开口："我自己的身体自己清楚，这点冷，我还受得起。"

说完，祝政头也不回地走出酒吧，空留陈川一个人在原地懊恼说话太不过脑子，伤了祝政自尊。

祝政没着急走，人坐在驾驶座，点了根烟不慌不忙地抽了起来。

抽到一半，一通电话突然打了进来。

祝政降下车窗，伸长手臂朝窗外不紧不慢弹了两下烟灰才弯腰捡起手机，看也不看地接电话。

电话接通，祝政想也没想就开口："喂。"

那头缓了片刻才出声："祝政吗？是我，周瑶。"

祝政捏烟的手一顿，缓慢掀了两下眼皮，平静地问："有事吗？"

电话那端，周瑶听到祝政波澜不惊的嗓音，人愣了愣，说："我前天刚回国。最近一直在找你，能不能跟你见一面啊？你现在人在北京吗？我过两天有场个人音乐会，想邀请你去听，你能去现场吗？"

说到最后，周瑶试探性地问一句："我们之前约定过的，你没忘吧？"

这下轮到祝政沉默了。

车库这会儿没什么人，夜里空荡荡的，安静得针掉在地上都听得见。

祝政合了合眼皮，连忙往嘴里递了口烟，试图用尼古丁压下心底所有翻滚的情绪。

等情绪冷静，祝政面色平静地问她："我人在上海。你音乐会什么时候？"

"你人在上海？"似是听到了什么好消息，周瑶语气里满是惊喜。

祝政点了点烟灰，又一次开口："在上海。"

"我也在上海，我还以为你在北京呢。我问了好几个同学都没你的消息，吓得我以为再也联系不上你了。"

"你在上海就更好了，我的音乐会主办方就在上海，地点还没确定，等通知了我再告诉你？"

电话里，周瑶的情绪很是激动，隔着电话都能感受到她的兴奋。

祝政下意识地偏头瞄了眼副驾驶座的关洁，见她窝在座椅里睡得安稳，他不自觉地放轻声音："随你。"

"那就这样说定了。对了，我们能不能抽时间见个面？"周瑶一如既往地热情，热情到祝政无法招架。

当初就是她的过度热情，让他误以为他找到了一个真心人。

祝政顿了顿，委婉道："我最近很忙，恐怕——"

周瑶似是猜到祝政要说什么，急忙开口："没关系，我最近很闲，可以去找你的。

"你还在开酒吧吗？我之前听邹宇说你开酒吧开得挺好的，我还没去过，能不能去你那儿见见世面？"

见世面是假，见他是真。

这么多年过去，这姑娘的心思还是浅到他一眼就能瞄到。

想到这儿，祝政无声笑了笑，说了 DEMON 酒吧的地址。

关洁其实没怎么醉，就是人太累，躺沙发上睡着了。

祝政伸手抱她那刻，她就已经醒了。

只是醒的时机不太对，她不知道如何处理，也不知道该说什么，索性闭眼睡觉，装没听见。

一直到祝政结束电话，将车开出好长一段距离，关洁才装作若无其事地揉了揉眼尾，睁开眼，不动声色地望着眼前空洞、漆黑的夜。

祝政察觉到动静，透过后视镜看向窝在座椅里失神的关洁，问："醒了？"

关洁这才眨了下眼睛，扯下祝政的大衣抱怀里，声音沙哑地回了个"嗯"字。

祝政闻言皱了皱眉，单手打开收纳箱，从中取出一瓶矿泉水递给关洁："喝点水，润润嗓子。"

关洁看着祝政手里那瓶水迟迟没有动静，祝政也不动，就这么伸着手臂，等她拿水。

两人就这么对峙着，好半晌，关洁挨不过才接过水，拧开瓶盖喝了口。

水喝完，关洁的脑袋靠在车窗边，情绪不明地看着一路倒退的路灯、路牌、树影。

许是车厢太过安静，祝政主动开腔："你的粤语比以前好多了。"

关洁猛地转头，一本正经地问他："如果我说我私下练过上千次，你信吗？"

祝政想了想，很是肯定地说："信。你有多爱音乐，我知道。"

这个答案还真是在意料之外又在情理之中。

关洁忽然想起了刚才那通突如其来的电话，想起了周瑶，想起了北京。

关洁深吸一口气，半是玩笑半是认真地说："如果可以，我希望我的爱广阔一点、肤浅一点，这样就可以爱很多事、很多东西、很多人了。"

长廊

第 5 章
看对眼罢了

刚好走到南浦大桥，桥上灯火辉煌、人来人往，很是热闹。

祝政放慢速度，余光凝视几眼边上一动不动坐着的关洁，轻滚喉结，缓缓开口："你不是她。"

关洁肩膀猛地一抖，屏住呼吸，合了合眼，她扭头迷迷糊糊看向祝政，满脸疑惑地问："什么？"

祝政顺势开出南浦大桥，找了个偏僻的地方停车。

车停好，祝政松开安全带，摁下小半部分车窗透了会儿气又重新关上。

车厢里暖气开得很足，即便有凉风进来，这会儿也被暖气吹散。

关洁刚才太蒙，没明白祝政话里的意思，等回过神才意识到祝政说的"她"是指周瑶。

许是牵扯到往事，祝政脸上或多或少带了点异样的情绪。

他取了根烟衔嘴里，没有点燃，而是眼神晦涩难懂地望向关洁。

关洁坐着没动，任由祝政打量。

看了一阵儿，祝政抬手摸了一下眉心，语调平稳地说："你是你，周瑶是周瑶，我从来没把你们认错，也没把你当成她的替身。"

关洁从来没想过有一天，祝政会这般直白、裸露、平静地点开这个话题。

也没想过，他会亲口承认她跟周瑶不是同一个人。

几年前，谁要是在祝政面前不小心提到这个名字，他一定会大发雷霆的。

他那时脾气实在差劲，跟炮仗似的，一点就着。

关洁很少去揭人伤疤，也不怎么喜欢探知别人内心深处不愿诉说的秘密、隐私。周瑶这个人在她这儿，顶多是一个名字、代号，或是一个无足轻重的符号，压根儿算不上什么特别危险、难以对抗的情敌。

她自认为算不上什么好人，常人所评判的一些规矩、道德准线，她也不想刻意去遵守。

她到现在都可以很坦然地承认她爱祝政，想跟他有未来，也想他会爱她。

但事与愿违，她所有愿望全都落空，没一个实现。

当然，她没资格怨恨上天不公平，也不后悔遇到祝政。

她唯一介怀的便是祝政试图将对周瑶的情感转移、寄托到她身上。

这比祝政不爱她的事实更让她难堪。

她不需要这份施舍。

她生来独一无二，生来就是关洁，生来赤裸、平庸，生来命运坎坷却又不肯信命。

她长在荒野，生活落魄，有一个旁人难以启齿、惹人诟病的家庭，还有一个难辨是非、没有道德羞耻感且没有自我的母亲。

这些都是她关洁的代名词，或许卑微、庸俗，但是有什么办法呢，这就是她，就是在这样的环境下长成的，跟任何人都不沾边、不相像的关洁。

祝政也是头一次跟人提周瑶这个人，好似无从开口，以至于说了好几个开头都无疾而终。

到最后，他选择用最简单粗暴的方式说出来。

他沉默片刻，理了理身上衣服的褶皱，轻咳两声，道："她性格活泼开朗，人很热情。我跟她是高中同学。她很爱管闲事，大事小事都管，不过人长得挺讨喜，老师、同学都爱跟她聊天。因为这点，还从班主任那里讨了个纪律委员的职称。

"她刚当上纪律委员就拿我当重点对象照顾。大早上跑男生宿舍催我起床上早自习，晚上又跑网吧拉我回学校上晚自习。

"我缺课，她不辞辛劳抄两份笔记给我，每节课都不落。"

说到这儿，祝政无声地笑了笑，嘲笑道："这姑娘自己成绩糟透了，还好意思催我学习。

"可就是这么个人，成了我那几年疯狂、颠沛流离的理由。"

祝政提起往事，情绪很淡，好像在讲一段无关紧要的回忆，语气里并没有旁人想的那般痛不欲生或者遗憾终身。

"她是音乐生，学钢琴的，每天都练四五个小时，没一天中断。据说她的梦想是做第二个舒伯特。

"我有很长一段时间很厌恶北京，为了逃离它，我放弃了很多机会，走了很多弯路，最终躲到了上海。

"她是从小在北京上学的上海人，为了跟我上同一所大学，每天拼命学，费了劲地往上海考。我每天陪她刷题，陪她去琴室练琴……

"后来高中毕业，我们理所当然地在一起了。我曾以为我们可以走到人生尽头，可以结婚生子，可以幸福美满。到最后发现，我们走着走着就散了。"

他极轻地笑了一声，歪过头，沉默不语地看了眼关洁，很是无奈地说："我妈年轻时是个顶漂亮的大美女，身边追求者数不胜数。可惜，她眼光太差，找了个不太好的丈夫。"

说到这儿，祝政喉咙罕见地哽了一下。

"她生来骄傲、自负，以为我父亲这辈子只会爱她一个人。谁知，结婚没两年他就出轨，还在外面有了私生女。她爱他如命，为了这事，精神受到严重刺激，曾几度想不开。

"我父亲受不了她的无能狂怒，将她送进了精神病院。

"她精神时好时坏，少有冷静的时候。我跟周瑶那段，她得知以后，很是反对。

"我不知道那天她跟周瑶到底谈了什么，只知道那天周瑶出来，精神很恍惚，眼泪流个不停。我伸手想去碰她，她放声大骂让我滚。

"我以为她只是耍性子，没想到两天后，她全家突然迁到国外，与我彻底断联。有两次我飞英国去看她，没见到她，只见到了她父亲，她父亲当场痛斥我害了她一辈子。"

车厢里寂静空荡，只剩祝政沉重的呼吸声。

提到这儿，祝政满脸愧疚，久久不能平复心情。

他单手撑在车窗，俯身弹了弹烟灰，笑说："年少无知，不懂什么是喜欢，也不懂什么是爱。如今想来，我跟她都错了一整个青春。"

他深知往日不再，也知当初种种都是天意弄人，如今再提，只剩唏嘘。

"2015 年遇到你的那天，正是周瑶出国的第二年。你推门进来的那刻，我眼前一亮，只一眼就认定了你。

"不是因为你跟周瑶有什么关联，而是你身上那股独特的气质是我少见的。"

说到这儿，祝政停顿两秒，总结："要真要理由，只有一个——看对眼罢了。"

祝政向来话不多，人也深沉，不擅解释。

今日说了这么一堆话，实属难为他了。

关洁说不清自己什么感受，只觉脑袋"嗡嗡"作响，没有任何思考能力。

这段往事跨时太长，情节也太过冗长，她很难在短时间内给祝政或者给自己一个满意的回应。

就算回应了，后面也会有一大堆事等着他们。

想到这儿，关洁张了张嘴，嗓音沙哑道："先回去吧，回去睡一觉再说。"

祝政控制不住咳了两下，握拳抵在嘴唇，顺势点头应下。

后半段路两人都没再出声，车子一路畅行到小区门口。

到了小区，关洁没邀请祝政上楼坐坐，自顾自地解开安全带，拎着包迫不及待下车。

"嘭"的一声，车门合上。关洁背对祝政，绕过保安亭，疾步往里走。

祝政人窝在车里，偏头，沉默不语地盯着关洁离去的方向。

她的背影仓皇失措，没有任何优雅可言。

直到关洁的背影消失，小区一片空荡，祝政才缓缓收回视线，启动引擎开车离开小区。

关洁一路跑进电梯，钻出电梯，按密码开门进屋才停下来。

放下包，关洁人瘫在门板，身体慢慢往下滑，最后滑倒在冰凉的地板上。

她全身控制不住地颤抖，连牙齿都在跟着打战，手抖得也厉害，她竭力抓住手腕，结果抖得更厉害。

屋里没开暖气，地板冰凉，她坐在地上，冻得手脚发麻。

最后她放弃抵抗，后脑勺靠在门板上，抬起头，目光呆滞地望向天花板。

渐渐地，关洁脑子里浮出一些乱七八糟的东西。

2015年，五月末，关珍容赌钱输了两万，打电话找她要钱。

电话响起时，她人在台上唱歌，是祝政接的那通电话。

关珍容听见是祝政的声音，说了不少恶心的话。

祝政听了两句，面无表情地挂了。

电话刚挂，关珍容的短信接二连三地发过来。

祝政瞄了两眼内容，皱眉关了机。

等关洁唱完，发现手机已关机，一边找充电线充电，一边开机。

刚开机，关珍容的短信一窝蜂地朝她轰炸过来，其中有几条还提到了祝政。

关洁怕他瞧见，有意将手机往怀里遮。

祝政察觉到她的动作，嗤之以鼻地问她："这就是你妈？整个一无赖，你早跟她断了，早省事。"

她那时是怎么回的？

她想了想，说："我这辈子可能都无法摆脱她。"

祝政皱了皱眉，咬着烟头问她："我替你处置？"

关洁没吭声。

祝政瞬间明白关洁的想法，只说她这样犹犹豫豫，迟早要在关珍容身上吃大亏。

关洁对关珍容有种病态的照顾，从她出生那刻起，就意味她跟关珍容这辈子都割离不开，会互相折磨到和对方一起死。

她恨关珍容，恨关珍容的不负责、恨关珍容的随便、恨关珍容的所有。

可她也爱关珍容，她的生命、身体、血液都是关珍容给的，这些永远无法割裂。

也许关珍容百分之九十九的时候都在折磨她，可还有百分之一留给她。

有很多个瞬间，关洁躺在床上想，要不她这辈子就跟关珍容互相折磨到和对方一起死好了。

反正躲不开、逃不掉。

后来，祝政替她拿了两万块钱。

那也是祝政第一次跟她有金钱来往。

从此，她跟祝政无论走到何种境遇，她都处于劣势。

她深知祝政不爱她，她于他而言，顶多是施与舍的关系。

那几年，她极力控制，控制到欺骗自我。

以至于到后来，她自我调节说，她跟祝政之间只是一场交易。

她疯狂敛财，他安心做慈善。

朱真人在家，听到门口有响动，以为是贼。

想起上回的事，朱真给自己壮了壮胆，飞快跑进厨房拣了把锋利的菜刀后，钻出来查看究竟。

见是关洁，朱真紧绷的弦立马松弛，扔下菜刀，踩着拖鞋疾步跑到关洁身边，伸手拉关洁的胳膊。

关洁浑身没劲，鬓发被汗水打湿，人瘫坐在地上，姿态瞧着很是难堪。

朱真足足拉了三回才勉强将人拉起来。

等关洁站稳，朱真揽过关洁的手臂压在自己的肩膀上，扶着她跟跟跄跄往屋里走。

因为蹲坐许久，双脚发麻，关洁每走一步，脚趾便能感受到抽筋剥皮似的疼痛。

短短两分钟的路程，两人硬是走了足足十分钟。

好不容易送关洁回屋，等关洁安安稳稳躺床上了，朱真才在一旁小心翼翼地问："西西，你怎么了？是遇到什么不开心的事了吗？"

关洁身心疲惫，连开口跟朱真说句没事的力气都没有。

朱真也察觉到关洁此刻情绪很崩溃，并无多余精力告诉她其中内幕，朱真抿了抿嘴巴，没再追问。

她替关洁盖好被子，凑在关洁耳边小声交代："有事找我，我今晚直播，哪儿也不去。"

关洁缓慢地扇了两下睫毛，表示知道。

朱真离开，房间恢复死寂。关洁躺在床上，被周围的冷气无形挤压，挤压到她喘不过气。

窗外霓虹遍地，宛如昼日刺眼、夺目。

关洁几乎整夜无眠。

直到凌晨四点，睡意扑面而来，她才彻底陷入浑浑噩噩中。

她做了很多梦，梦到很多人、很多事。

醒来，她尝试记起其中的某些片段，可无论她怎么绞尽脑汁地想，都记不起只言片语。

直到清晨七点，门口响起一道急促的敲门声。

关洁这才睁开眼，掀起被角，起身去开门。

门刚打开就见朱真抱着平板凑在她面前，满脸惊喜地点了点屏幕，边点边示意她看："你在酒吧唱歌的视频被网友发在了视频平台上，上了平台热榜第一哎。哇，一夜之间，涨了几万粉啊。

"好多粉丝都在夸你唱歌好听，长得好看，还有一副天赐的嗓子。

"还有人问你要不要参加节目，说你这样的，肯定话题度很高。

"西西，你晚上直播吧，这样又能涨一拨粉。到时候多来广告商，你代言费又会多很多。

"这次可别忘了收打赏费，别老退回去。对了，上次那个新榜一大佬我不小心错过了，这次我一定旁观！我倒是想知道，他是做慈善，还是看上你的才华了？"

朱真眉眼里满是兴奋，那模样比自己火了还开心。

关洁光是听她语气都能感受到她此刻有多激动。

网友发的是昨天晚上她唱《骚动灵魂》的视频，那时酒吧氛围正好，冷白色灯光打在她身上，衬得她本就清冷的打扮更加清冷。

她唱这首歌时，余光一直在祝政身上，拍视频的人正好站在祝政的方位，这样一来，将她所流露的情绪全都拍了出来。

那感觉怎么形容呢？

就像她抱着吉他坐在孤岛上，周围是一片一望无际的深海，她被绝望淹没，想要奋力挣扎、逃离，可无论她怎么喊都无人回应。

直到她看到远处驶来一艘游轮，她忽然心平气和下来，忽然有勇气弹唱，忽然记起自己不是孤岛。

一夜过去，关洁情绪已恢复稳定，面上找不出半点昨夜的影子。

许是朱真大早上带来的这个称得上好消息的消息，她这一上午，倒是没去想一些乱七八糟的事。

白天无事，关洁接完两个电话，一个人坐在房间里写歌词。

写得不怎么顺利，卡了好几个地方，关洁也不急，卡住了就抱起吉他试弹，通顺了又继续往下写。

　　这一写，写到下午五点。

　　朱真跑了几趟菜鸟驿站，拿了一大堆快递，全是商家寄来做测评的。

　　关洁写完最后一句，丢下笔头，推开椅子，开门察看朱真的动静。

　　关洁出去时，朱真正在拆快递。

　　她今日穿得可爱，上半身是一件加厚款的奶黄色卫衣，下半身穿着深蓝色牛仔裤，脚上套了双姜黄色袜子，袜子边缝了一只毛茸茸的小白兔。这会儿她盘坐在客厅沙发前的黑白格地毯上，边上堆满了大大小小的快递盒，怀里还抱着一个正在拆分。

　　面前还摆着相机、手机，领口别了一个麦，她正在直播拆快递。

　　关洁没出声打扰，绕过那堆快递盒，走到厨房，从冰箱里拿出一瓶矿泉水，拧开瓶盖，仰头灌了好几口。

　　水喝完，关洁重新拧紧瓶盖，将没喝完的矿泉水放回冰箱。

　　刚要关冰箱门，关洁瞥见冷藏室角落放了两个鲜肉月饼，这才想起是她中秋那天买的，还没来得及吃。

　　现在已经过期了。

　　关洁取出月饼，尝试性地剥开一个，还没来得及开口尝就闻到变味了。

　　她立马停下动作，将月饼塞回包装袋，一股脑地扔进垃圾桶。

　　关洁合上冰箱，失落地走出厨房。

　　朱真还在直播，关洁无事可做，又回到房间，从一堆杂物里翻出几件要扔的衣服，打算出门吃点东西，顺便扔个垃圾。

　　收拾好旧物，关洁找了个纸箱子装好，又换了套衣服。

　　她衣柜里的衣服大多以黑白灰为主，少有颜色鲜艳的。

　　想着去附近的苍蝇馆子吃东西，关洁在衣柜前犹豫两秒，还是选择了那件深灰色长款羽绒服。

　　里面搭了件斜领米色肌理感针织衫和一条驼色拼接裙。

　　气质一如既往地冷淡。

　　出门前，关洁压低声问朱真想吃什么，给她带回来。

　　朱真想了想，说了两样上海特色小吃——生煎包和三鲜馄饨。

　　关洁正好顺路。

　　小区里有回收旧衣服的地方，关洁每次都把旧物放那边，这次也不例外。

　　处理完旧物，关洁走出小区门，转了个弯，往左边的路口走。

　　走了差不多十分钟就到了她要去的苍蝇馆子。

　　这里的苍蝇馆子全是老上海人开的，一进去就能听见老板用正宗的上海话跟她打招呼。

关洁在外面不怎么说上海话，到这些地方倒是会跟他们闲聊几句。

老板家里拆了两套房，压根儿不差钱，如今还留着这馆子，纯粹是闲不住找点事做。

关洁经常光顾这家面馆，老板对她早眼熟了。

见她进门，老板很亲切地打招呼："侬来了伐。长远伐见，侬最近好伐？"（你来了啊。好久不见，你最近还好吧？）

老板是个热情好客的大叔，年过五十，头发白了大半。家里儿女双全，大的比关洁小一岁，小的刚大学毕业。

每回见到关洁，他总说关洁跟他女儿似的，很亲切。

关洁朝老板露出一个久违的笑容，站在门口笑着回："吾老好额，侬呢？"（我很好，你呢？）

老板摸了摸下巴的胡楂，满脸笑容地回："是额，我阿蛮好。"（是的，我也蛮好。）又问，"侬还是老样子，一锅生煎包，一碗冷面？"

关洁点点头，没再打扰老板做生意，找了个靠窗的位子坐下，静静等待。

窗边正好可以瞥见道路两旁的梧桐树，深冬季节，梧桐叶早落得干干净净，如今只剩灰白、蜕皮的树干。

这条路走到头便是南京路，南京路贯穿静安、黄浦两区，东起外滩，西至延安西路，是一条商业街、游客打卡景点最多的繁华路段。

这里有着新旧交织的文化，有着上百年的历史，这条路更是有"十里南京路，一个步行街"的称号。

关洁出神的工夫，冷面和生煎包已经被服务员送上来了。

生煎包刚出锅，还冒着腾腾热气，冷面摆盘漂亮，让人很有食欲。

关洁从桌上的筷筒里取了双筷子，端过冷面，夹了一箸塞进嘴里，满口留香。

味道依旧正宗，很好吃。

这一顿吃了足足半个小时。

吃完最后一个生煎包，关洁抽了张纸擦擦嘴角，将筷子规规矩矩地搁好，起身离开。

离开前，关洁又给朱真打包了一份生煎包和一碗三鲜馄饨。

店里还保留着收现金的习惯，关洁从兜里掏出一百块递给老板，老板只收了朱真那份，她吃的那份，免费。

关洁试图说点什么，老板挥挥手，说不用再给，今天他请客。

这世界还是有好人的。

关洁没再勉强，提着打包盒走出馆子。

回到家，朱真直播刚结束，人躺在沙发上打电话。

关洁关上门，换完鞋，将手里的生煎包、馄饨搁在茶几上，示意她快点吃，不然凉了。

朱真立马翻身坐起来，弯腰拿过纸袋，从里翻出一个生煎包咬了一口。

吞完，朱真朝关洁眨眨眼，表示感谢。

关洁轻轻点了点下巴，又回到房间写东西。

时间过得很快，她这一趟来回花了一个多小时。

时至傍晚六点，窗外天色渐渐暗下来。关洁打开许久没打开的软件，准备直播。

刚打开，消息便如洪水般倾泻过来，没一会儿，就见红色数字飙至"99+"。

响到手机一度瘫痪。

见消息不停响，关洁索性搁置手机，等它响一阵儿了才点开页面。这一看才发现，粉丝已经涨到快100W。她前天新发的视频，点赞数上了35W。

私信更是多到数不过来。

关洁简单看了几眼，退出个人页面，点了左上角的直播。

直播没两分钟，观看人数"噌噌"往上涨，评论更是刷到停不下来。

关洁见状，微微地皱了下眉。

缓了几分钟，关洁拿过一旁的吉他抱在怀里。

调完音，关洁望着"噌噌"上涨的人数，想要说点什么，结果酝酿好半天都没吐出一个字。

关洁索性什么也不说，自顾自地开始弹唱。

第一首是她自己想唱的，陈粒的《历历万乡》。

开嗓时，她有意瞥了眼打赏榜单，"赵四"的名字依旧在榜一，不知是否在线。

关洁看到"赵四"依旧在怀疑，这人到底是谁。

换作平常，榜一多少会向主播提点要求。上一个榜一就一直想跟她私底下见面，说一起吃个饭。

关洁不喜欢这一套，等直播结束，把她得的那份全退了回去。

其他人的打赏也没收，她觉得她受之有愧。

唯独"赵四"的，她还没来得及退。

她以为他会主动找她，却不想半个月过去了，也没见他说几句话。

自那次以后，他的头像一直没换过。

评论区清一色的好评，大多都在夸，偶尔有几个冷嘲热讽的，关洁一眼扫过去，也没在意。

她直播时话不多，大多时候都在弹唱，偶尔停下来回几个问题。

这次评论区大多数都在刷那个爆火视频的事，说是看到那个网友发的视频才找过来的，还问关洁是不是一直在那个酒吧驻唱，也有人问酒吧地址。

关洁唱完，想了想酒吧现状，最终说了 DEMON 的名字和地址。

原谅她有私心。

直播到一半，"赵四"突然进了直播间。

上次"赵四"的出现就引起了轰动，这次自然也是。

不过这次他没打赏，也没发言。

关洁在"赵四"进直播间那刻，心脏莫名漏跳一拍。

她竭力冷静，冷静到心口波澜不惊。

有粉丝想听《不要怕》，关洁之前去大凉山待过几个月，听得懂部分彝语，还同当地歌手学过这首歌。

这首歌对她来说，还是挺有意义的。

关洁清了清嗓子，主动说自己彝语不太好，唱得不好不要怪罪。

屏幕上被清一色的"没关系"刷屏。

关洁这才翻出《不要怕》的曲子，开始弹唱。

唱第一句时由于调子起太高，关洁又停了下来，重新开始弹。

> 风起了，雨下了
> 荞叶落了，树叶黄了
> …………
> 不要怕，不要怕，不要怕，不要怕，不要怕
> 无论严寒或酷暑
> 不要怕……
> 无论伤痛或苦难
> 不要怕……

"不要怕"的彝语是"Ap jie lop"，关洁在凉山那几个月，朋友说得最多的话就是这句。

那是 2018 年初，祝政进去的第二十五天，她跑重庆与唐晚告别后，在重庆街头行尸走肉地转了好几圈，最终在广告牌上瞧见大凉山，她想也没想，直接买火车票去了成都。

又从成都坐六个小时大巴到大凉山西昌市，到西昌后，又坐六个小时车到布拖县。

布拖县下辖两三个镇，二十几个乡，人口只有十几万人，地处偏远，经济也不发达。

关洁过去的那天，朋友开着摩托车接她。地势险峻，路途遥远，关洁坐到

一半，直接蹲地上呕吐。

朋友很不好意思。

关洁吐完，胸口舒服多了，再加上后半段路程，朋友开得很慢，她情况好很多。

那段时间是她人生低谷期，她即便到了布拖也整日窝在房间不出来。

朋友看不过去，强行拉她出去走走。

他带她去了乐安湿地，那是全省第二大高原湿地，面积仅次于若尔盖高原湿地，随处可见黑鹳、苍鹭等珍稀鸟类。

黑鹳红嘴红脚，嘴长且粗壮，背部全黑。成片的黑鹳在湿地啄食，偶尔一两只飞起来，掀起翅膀，宛如一幅图，漂亮美好。

远处是望不到尽头的山，天空云层很低，压下来，与地面形成一条线。

关洁瞥见这幕，内心深处压着的大石头忽然被碾碎，成了粉末，随风而逝。

朋友是民谣歌手，唱的多是彝语歌，跟她一样，都是小众派。

有几年他经常在外面流浪，睡过马路、躺过火车站，也沿街卖唱过。

关洁也跟着他流浪过几天。

在布拖街头，在无人认识的广场，在深山老林。

她身上除了一把祝政送的吉他，再无任何外物。

那年，她割裂一切与祝政相关的人和事，隔绝所有声音，只为找到一个能安放灵魂的地方。

后来才发现，灵魂无法安放，她也未能免俗。

直播结束，祝政退出页面，搁下手机，人瘫坐在深棕皮质沙发椅里，情绪浓稠地点了根烟。

烟雾缭绕而上，书房寂静无声。

书房没开灯，只有书桌上亮着盏阅读灯，明黄色的光打在桌面，并不刺眼。

抽了几口烟，祝政掐断烟头，站起身，索然无味地走出书房。

他向来不怎么喜欢玩手机。

这两次直播，他倒是坚持到了最后，尽管昏昏欲睡，提不起精神。

评论区说得对，关洁确实生了一副好嗓子，无论唱歌还是说话，只要从她嘴里钻出来的声音都动听。

晚上八点，祝政刚洗漱完，正准备去睡觉却被陈川一通电话打搅。

电话里，陈川火急火燎道："哥，听陈院长说，赵老师下午拿剪刀不小心伤了手腕，现在人在医院抢救。

"医院那边也还没出结果，恐怕有点严重。"

祝政喉咙一紧，脑子转了一圈，很快做出反应："订张最早的机票回北京。"说完，又交代一句，"你留在上海，我一个人回去。"

陈川对于这个决定有些迟疑，张了张嘴，想说点什么，结果犹豫几秒，还是没说出口。

订的是晚上九点五十五分的航班，祝政什么都没来得及收拾，只匆匆换了套衣服便往机场赶。

一路上，陈川狠踩油门，跟开赛车似的，生怕赶不上航班。

祝政一直沉默不语地坐在副驾驶座，即便面上情绪看着没什么起伏，可气氛烘托下，多少能看出几分他表皮底下的紧张。

要说祝政内心最柔软、最不能触碰的地方，一定不是周瑶，而是赵娴——

那个生他、爱他，却被父亲强行送进精神病院的母亲。

赶到机场，时间还剩不少。

见赶得上航班，陈川这一晚上的紧张、担忧缓解不少。

祝政站在机场大厅打电话，打了好几个都没通。

打最后一通，陈川已经取好登机牌。

将所有证件递给祝政，陈川边嘱咐祝政注意安全，边祝福他一路顺利。

电话依旧没通。

祝政没再打，摁断通话，接过登机牌、证件，转身大步流星地往检票口走。

走了几步，像是想起什么，祝政扭头情绪深沉地瞧了眼陈川。

陈川察觉到祝政有话要说，立马快步跟了上去。

祝政见人走近，滚了滚喉结，声调平缓地交代："我不在，她要有事，你看着帮衬一把。"

这个"她"自然是指关洁。

陈川听懂祝政话里的意思，郑重其事地点点头，表示记下了。

晚上九点五十五分，航班起飞。

祝政窝在座椅里，歪头静静看向窗口，窗外夜色深沉，伸手不见五指，分辨不清任何方向。

他好像又站在了人生的分岔口，无论他选哪条路走，都将失去另一条路的风景，失去选择、后悔的机会。

一如 2017 年末，他在天津得知柯珍去世时的场景。

也是这般无措、慌乱。

他深知是自己害死了柯珍，却又无法指认杀手。

他那时也深陷两难，父亲去世，家产纠纷成了祝家上下的难题。

他一面要应对二叔陷害，防止祖业败在二叔手里；一面还要处理潘家伟丢给他的那堆烂摊子。

稍不注意就会面临不可挽回，甚至牢狱之灾的地步。

不过他怎么也没想到，跟潘家伟的这桩生意会害得柯珍落得如此下场。

柯珍葬礼前一天，他赶回北京，跑殡仪馆门口偷偷望了几眼，没脸进去。

后来得知车祸真相，祝政装着满腔怒火找到潘家伟对峙。见潘家伟毫无悔改，祝政这才气血上头，开车撞残潘家伟一条腿。

事发地点有好几个监控，祝政也没想逃。

警察找上门的那刻，他心底的罪恶感、愧疚感忽然有了安放处。

到现在，他都承认他是自愿的。

自愿坐牢，自愿忍受牢里那些不为人知的辛酸，自愿这一辈子都做一个有罪的人。

深夜十二点，飞机抵达大兴机场。人群窸窸窣窣离散，祝政也跟着下机。

出了机场，祝政站在路口，招手打了辆出租车直奔医院。

一到北京，扑面而来的熟悉感、压迫感将他严严实实包裹，压得他喘不过气。

车窗未关严实，风"呼哧呼哧"地往里钻，祝政冻得浑身僵硬，嘴唇都泛白。

等到医院，已是四十多分钟后了。

赵娴还在抢救中，手术室的灯一直亮着，祝政裹着深灰色棉服，一个人孤零零地坐在走廊的长椅上等结果。

其间有护士跑来跑去，时不时朝他瞥一眼，许是他面容太过阴沉，来来往往不少人，硬是没有一个敢上前搭话。

等到凌晨五点半，手术室的灯终于熄灭。

祝政偏头，动作迟缓地看向手术室。

坐了整整一夜，腿脚早坐麻了，祝政缓了好几分钟才站起身。

手术室的门打开，几个医生陆陆续续走出来。

见到祝政，为首的医生走到他面前，笑着祝福："手术很成功，病人还在昏迷中，暂时没有生命危险。"

祝政这才掀了下眼帘，好半晌才找回自己的声音："麻烦了。"

等将赵娴送到 VIP 病房，祝政进去待了大半个小时。

病房里有一股消毒水的味道，祝政待不惯，拿了烟盒、打火机，转身走了出去。

找了个僻静的角落，祝政蹲在地上，颤颤巍巍地点了根烟抽。

他还没从这场生死离别里走出来。

差一点，只差一点就结束了。

赵娴这次伤口割得很深，要不是抢救及时，恐怕……

祝政不愿去想，一把剪线头的小剪刀是如何划那么深的，也不愿想划出的伤口有多难看、有多痛。

陈院长早上来了一趟，满含歉意地交代了几句赵娴最近的状态。

说最近她的病情又严重了，还说半个月前有人找过赵娴，那人同她聊了半个多小时。聊天内容，陈院长不清楚，只知道聊完，赵娴生出死意。

这样的情况发生过两三次，这次最严重。

祝政无法形容他听到这些话时，心情是怎样的痛苦、挣扎。

等陈院长离开，他瘫坐在座椅上，抱头痛哭，难受到不能自己。

王小波说："人的一切痛苦，本质上都是对自己无能的愤怒。"

如今的祝政，大抵就是处在这样的境遇。

他曾拥有很多人羡慕、向往的财力、权力、地位，身旁还有一群招之即来、挥之即去的狐朋狗友。

如今，他所拥有的，寥寥无几。

想来，他也不过是个非常普通、平凡的人，没有通天本领不能起死回生，也没能力停止悲剧上演。

还好，赵娴第二天醒过来了。

醒来后，她精神状态还不错，没往常那么糊涂，还一眼认出祝政。

她坐在床上，伸手摸了摸祝政消瘦的脸庞，满脸怜惜关心："小四怎么这么瘦了？妈妈看着好心疼啊。

"你爸爸又没回家是吧，家里阿姨煮的饭菜是不是不合胃口？怎么这么瘦了呢？

"小四啊，让你爸接我回家好不好？我不想待在这里，这里太可怕了。你看我好着呢，哪里有病呢。

"回家妈妈给你做饭，妈妈新学了几道菜，到时候你尝尝，叫上嘉遇、津南一块儿。

"对了，柯珍人还在吧？小四你可千万不要跟柯珍生气。她母亲去世，她一直怪你，你也别太在意。她妈的事，是我跟你爸的事，跟你和她都没关系。你别去欺负她。

"小四，除了爸爸，妈妈最爱你了，你一定要救妈妈出去啊。"

祝政恍惚两秒，忽然意识到赵娴的记忆还停留在几年前，她刚进精神病院的时候。

那时候她精神还算正常，没现在这么严重，身上还存着几分理智、优雅，没有被生活折磨得不成人形。

她出身名门，平日教养极好，没发病的日子，说话总是很温柔。

即便发现祝父出轨，她那时也是很能隐忍，从不在孩子面前流露情绪。

唯一一次发脾气还是祝父要搬出去跟别的女人住。

祝政与柯珍关系恶劣，一是心疼赵娴，故意疏远柯珍；二是怕赵娴一个人难受。

他跟柯珍针锋相对十多年，倒是没见过柯珍朝赵娴恶言相向，甚至很少在她面前出现，怕惹她难过。

连续三十几个小时没睡觉，祝政困得睁不开眼。

等赵娴情绪稳定点了，祝政又去跟赵娴的心理医生交流了两个小时，最终决定把赵娴接回家照顾。

祝政没告诉赵娴，父亲已经去世两年的消息，怕她承受不住。

也没说柯珍出车祸去世，他坐了两年牢。

之前的老宅还留着，祝政将赵娴接回老宅，又挑了几个信得过的人二十四小时贴身照顾她。

赵娴回到老宅，第一件事就是找祝父。祝政哄她父亲在外出差，半年才回来一趟。赵娴发了几句牢骚，像是习惯了这样的生活，没再问祝父的行踪。

安抚好赵娴，祝政精力不济，撑不太住，找了个空隙躺下休息。

醒来已是晚上，屋里灰蒙蒙的，人也陷入浑浑噩噩中。

祝政晕了几分钟，坐起身，打开灯，拿过床头的手机瞥了眼时间。

晚上八点十二分。

手机里有几个未接来电。

祝政犹豫片刻，解锁手机，翻出通信记录里的未接来电拨了回去。

"嘟、嘟、嘟——"

响到第四声，那头按下接听，一道久违、熟悉的嗓音响起："回来了？"

"我昨天人在重庆，今天刚回北京，才知道赵姨出事，抱歉，没替你照顾好她。"电话里，傅津南满是歉意地说。

祝政心里不是滋味，一时间不知道该怎么开口。

"我知道你如今不太想见我们，可到底是从小玩到大的兄弟，你要还认这份情，就听我说几句。

"珍珍走了这是无法改变的事实，你也进去待了两年，要赎罪，也差不多了。

"别太折腾自己。有需要帮忙的地方，尽管开口。

"日子总是要过的，别太沉迷过去。"

祝政久未出声，那头也迟迟未挂。

良久，祝政才哑着嗓子道谢："老三，谢了。"

傅津南顿了顿，主动邀请："好不容易回来，出来见个面。我在老地方等你。"

说完他也不等祝政回应，直接挂了电话。

祝政望着已经结束通话的手机，不由自主地笑了一声。

晚上九点，祝政开车往空山居赶。

空山居还是满娘在打理。

见到祝政，满娘又是惊又是喜，激动得半晌说不出话，到最后也只红着眼眶，主动伸手抱了抱他。

随后她别开眼，边擦眼泪，边催促祝政进包间。

祝政倒是没这么大的反应，还淡淡笑了笑，打趣满娘这些年有没有追到傅二叔。

满娘满脸娇嗔地斜他一眼，没跟他扯。

祝政也正了正神色，抬腿往包间走。

进了包间，屋里只有傅津南、唐晚夫妇，没其他人。

祝政站在门口仔细打量一圈两人。

见两人状态不错，他心里松了口气，笑着开口："看来感情不错，当初你俩结婚，我还缺一份随礼，今日补上。"

说着，祝政从兜里掏出一个鼓鼓的红包，递给坐在沙发上出神的唐晚。

唐晚偏头望向傅津南，等傅津南回应了才接下红包。

聊的都是些无关紧要的小事，没提什么不该提的话题。

到底几年没见，即便情谊重，也有几分生疏在里头。

直到尾声，祝政忙着要走，唐晚才匆匆问一句："有见到关洁吗？

"这几年我一直联系不上她，不知道她在做什么，也不知道她在哪儿。我也没想到，当初那次重逢，会是我们最后一次见面。

"早知道这样，我那天就不该匆匆离开。

"前几天我在网上看到有她的消息，才知道她也在上海，你们有见过面吗？"

猛然从别人口中听到关洁的名字，祝政恍惚了好几秒。

迎上唐晚迫切的眼神，祝政忽然有股说不出的滋味涌上心头。他掀了下眼帘，深吸一口气，摇头否认："没见过。"

唐晚满眼的期待立马暗淡下来，最后化成一声叹息，自言自语地感慨："我还以为她会去找你呢。

"她是不是彻底忘了北京的一切了？"

这个问题祝政无法回答，他没办法再继续撒谎。

回去的路上，他一直在想，他为什么要否认跟关洁碰面，还有联系的事实？

可想到头，他都没得出答案。

回上海前一天，祝政去墓园看了柯珍。

墓碑上选的是她曾经在台上演出的照片，她站在舞台中间，对着镜头笑得格外灿烂，好似在对他说："你看，我赢没赢你？"

祝政不敢直视太久，看了几秒就匆匆移开眼。

害怕她怪罪，怪罪他这个哥哥太自私自利。

祝政本以为可以逃过一劫，却没想到碰到同来探望的丁嘉遇。

几年不见，他早没了少年气，也不是当初那个在舞台上光彩夺目的影帝了。

如今的他，仿佛一个没有生气的牵线木偶，眼神空洞呆滞，人也没有精神。

祝政很抱歉，很抱歉出现这样的意外，却无法改变。

两人见面倒是没打起来。

丁嘉遇穿一身黑，头上戴了顶同色鸭舌帽，怀里抱着柯珍生前最喜欢的绿梅。

将绿梅规规矩矩地摆放在墓碑前，丁嘉遇俯身摸了摸柯珍的脸，扭头看了眼一旁站着不动的祝政，平静如水地问："祝哥，能听我说两句话再走吗？"

祝政抬眸看向丁嘉遇，见他满脸平静，看不出任何不满。祝政艰难地扯了扯嘴角，扯唇答应："好。"

许是怕柯珍难过，丁嘉遇走了好长一段距离，像是等柯珍看不见他俩了才停下来。

祝政紧跟其后，默默等待丁嘉遇先开口。

丁嘉遇停下脚步，背对祝政，屏住呼吸，合了合眼，不紧不慢地出声："祝哥，我这辈子都不会原谅你。"

祝政心跳陡然一滞，四肢百骸传来蚀骨般的疼痛。

他僵在原地，半天张不开嘴。

丁嘉遇也没指望祝政回应。

丁嘉遇攥紧手心，苍凉地笑了一下，无力地说："我这么这么这么爱的一个人，怎么能死得那样惨烈呢？

"我有无数次想自我了结，想随她而去。可是我不能，因为她说过，她想让我好好活下去。

"我日复一日年复一年地难过、痛苦、绝望，无数次在生死边缘徘徊。我试图远离北京，可是我走到哪儿都有她的影子。索性我哪儿也不去了，就待在北京，就待在她身边。"

丁嘉遇像是找到了发泄口，一股脑说了很多，其间几度停下来，哭到撕心裂肺。

哭到最后，丁嘉遇望着祝政惨白的脸，很是残忍地说："祝哥，你知道吗？珍珍死前还在说，不要怪罪你。说她累了，不想跟你斗了，说她一直把你当哥哥。

"珍珍……珍珍她一直把你当哥哥啊，你是怎么对她的呢？你嫌弃她、欺负她、把她赶出北京，到最后连命都给你了。

"祝哥啊，你还有什么不满呢？你甘心了吗？你后悔过吗？你会愧疚吗？

"你拿什么赔她呢，拿什么赔她这样灿烂、多彩的人生。"

祝政心脏疼到喘不过气，几度咳出血。

咳到最后，他眼睛一花，直接倒了下去。

再次醒来是在病房，屋里空荡荡的，只有祝政一个人。

白色窗帘随风飘动，整间屋没有任何生气，祝政一度怀疑他是在地狱。

想起那场对峙，祝政痛彻心扉，没法再在北京待下去，连夜买了机票回上海。

落地上海那一刻，祝政如同无头苍蝇，不知何去何从。

直到想起关洁，祝政那颗漂泊、没有定所的心忽然有了归处。

凌晨三点半，祝政赶到关洁小区楼下，给她打了几十通电话。

关洁晚上习惯性调静音，起来上厕所才看到祝政的电话。

瞧见"99+"的数字，关洁愣了好久才回电话。

电话只响了一下，那头便接通了。

电话里，祝政醉醺醺地问："我是不是该死？"

意识到祝政情绪不对劲，关洁咽了咽口水，试探性地问："你现在在哪儿？"

祝政仰起头，迷迷糊糊地看向关洁所在楼层，开口："你家楼下。"

关洁条件反射般地掀开被子，拉开窗帘看向楼下。

楼下黑漆漆的，哪看得见人影。

关洁咬了咬牙，提醒祝政："等我两分钟，我马上下来。"

电话挂断，关洁随手套了件外套，拖鞋都没换，直接跑下楼找他。

她有预感，如果这次不去找祝政，她一定会后悔。

关洁刚出电梯，还没走到小区门口就收到了一条新短信。

【吃炸鸡吗？】

第 6 章
好人如何，坏人又如何

关洁收到短信，飞快地打了一个"好"字回复过去。

回完，关洁揣好手机，裹紧羽绒服，踩着棉拖快步往外跑。

跑到小区门口，关洁一眼瞧见靠在路灯下抽烟的祝政。

暗黄色的光晕打在他头顶，脑袋仿佛镀了一层薄金，烟雾缭绕下，面孔有些模糊不清。

关洁抬手理了理鬓角的碎发，站在原地喊他："祝政。"

祝政听到喊声，捏着烟头的手一滞，下一秒偏过头直勾勾地盯着不远处的关洁。

盯了三四秒，祝政随手丢下抽了一半的烟头，抬起腿，大步流星地走向关洁。

关洁站在原地，一言不发地看着祝政的身影。

眼见他越走越近，快要到跟前，关洁张了张嘴，尝试说句话打破沉默，哪知话还没来得及说出口，就被他一把拉入怀里。

猛然间，鼻息间灌满祝政身上的气息，贴在肩膀的那双手，越收越紧，紧到关洁喘不过气。

关洁试探性地挣扎一下，刚动弹就被祝政的大手扣住后脑勺。

紧跟着，她的下巴被他强行抬起，一个急切、强势的吻扑面而来。

唇齿纠缠间，祝政丝毫不给关洁喘息的机会。

那感觉好像漂泊在茫茫人海的船只，突然找到了停靠处。

嘴唇用力交叠、辗转，夺取一切能呼吸的机会。

他的手指指腹压在她的下颌骨，一路往上，路过敏感的耳垂，最后落到头顶。他的指尖穿透她的发丝，贴到头皮，泛起一丝丝凉意，连带着他身上的冷气也都渡到了她身上。

关洁掀开眼帘，细细打量起眼前的人。

距离实在太近，近到她能清楚地数清这人有几根睫毛，近到她可以感受到他蓬勃、错乱的心跳。

祝政生了副很不错的皮囊，无论是深邃又薄情的丹凤眼、高挺笔直的鼻梁，还是性感的嘴唇，或是右眉边不起眼的黑痣，都为他增添了无限的魅力。

更让关洁着迷的是修饰他这副皮囊的轮廓线条——流畅、锋利，美得恰到好处，不多一分也不少一分。

要是用艺术品来形容他，他一定是雕塑师手里最完美又最残缺的作品。

这个吻持续了很久，吻到最后，关洁满脸通红，眼尾都泛起潮湿的水意。

祝政也好不到哪儿去，他下巴垫在关洁肩膀上，粗重的呼吸声一下接一下地穿透关洁的耳膜。

关洁尽量稳住身体重心，承住祝政大半个身子的重量。

大冬天的深夜，周围一切寂静无声，仿佛陷入停滞。

他俩相拥站在交叉路口，忘却所有声音，眼里只剩下对方。

直到有车鸣笛，两人才渐渐松开。

小区对面有家二十四小时营业的肯德基，祝政进去点了一桶炸鸡、两杯冰可乐。

关洁这才明白祝政刚刚发的那条短信是什么意思。

祝政情绪已经平息，看不出任何崩溃的影子。

关洁舔了舔嘴唇，还是没问出口他今晚为什么失态。

她见过祝政很多失态瞬间，唯独没有今晚这般绝望、痛苦。

祝政不吃炸鸡，这桶一大半都是关洁吃的。吃到最后，实在吃不动了，关洁才摆摆手，示意不吃了。祝政这才将炸鸡桶搁在一旁，没再碰它。

两人肩并肩走了好长一段路，直到走到黄浦江，祝政才停下脚步。

他站在黄浦江边上，抬眸静静眺望着江面。

黑夜衬托下，黄浦江面一片漆黑，宛如一池黑墨。江风随着一阵阵浪花卷过来，吹得人睁不开眼。

关洁自然而然看向祝政，眼见他站在风口，表情索然寡淡，掀不起任何起伏。

不知站了有多久，关洁站得腿都发麻了，才听到祝政开口："我回了趟北京。"

关洁迟缓地眨了眨眼，等待祝政说后续。

"见了些故人，处理了一些旧事。去看柯珍时遇到丁嘉遇，他变化大到我差点认不出。"

说到这儿，祝政扭头看向关洁，问："柯珍，你还记得吧？"

关洁当然记得这姑娘。

她曾看过柯珍的演唱会现场，跟柯珍一起吃过饭，还一起骂过祝政王八蛋。

关洁深吸一口气，点头："记得。"

祝政扯了扯嘴角，一脸好笑地说："丁嘉遇说她不怪我，还说她一直把我当哥哥。

"她不怪我结果连命都丢了。

"你说，我哪配做她哥？"

关洁张张嘴，半天没吭声。

良久，关洁走上前，望着眼前的江，安慰他："一切都会过去的。"

尽管这句话苍白无力，却是她对他最大的希望。

那晚之后，关洁长达半个月没再见过祝政。

她去酒吧驻唱，没一回碰到他，倒是陈川，她经常见。

那段时光让关洁感觉仿佛回到了北京，当时祝政也是像现在这样经常不在酒吧，她和陈川成了 DEMON 的常驻客，或是人前老板。

期间发生了一件小事。

视频火了后，不少网友来酒吧打卡，大部分奔着关洁来的，也有一部分听说酒吧老板帅，过来开个眼。

其中就有上次那个女大学生——郑雨薇。

一起进来的还有几个学生，男男女女加起来八九个人，关洁扫了一圈，没见搞小动作那两位。

后来听陈川说，当天下午那两位就被拉去派出所拘留了一段时间，原来祝政把那段下药视频的录像交给警察了。

郑雨薇最开始因为祝政的警告没敢来酒吧，后来在直播平台看到关洁的热搜，再加上室友都在讨论要去酒吧听歌，她控制不住自己，也说来看看。

进酒吧没瞥到祝政的身影，郑雨薇忽然胆子大了，跟几个室友不管不顾地玩了起来。

谁知玩到中途，保安不由分说地走过来要赶她出去。

她据理力争，没想到只得到一句冰冷的拒绝："DEMON 永远不会欢迎你。"

郑雨薇在旁人赤裸裸的注视下，面子挂不住，下意识地找借口："我是客人，哪有赶客的道理。

"再说，她都可以来，我为什么不可以？"

矛头直指关洁。

关洁那时还没上台，正在吧台跟陈川谈事。

听到这句话，关洁转过头轻描淡写地扫了眼郑雨薇，又收回视线继续跟陈川闲聊，直接把她忽视个彻底。

陈川见状，将手里刚调好的酒推到关洁手边，见怪不怪地评价："这姑娘说好听点是单纯，说难听点是蠢笨。

"蠢到无人能及，笨到无可救药。"

关洁"扑哧"笑出声，打趣陈川嘴挺毒。

网上忽然火了一个帖子，标题是"揭露那些年知名网红'再见赵四'做过的事"。

帖子内容长达万字，罗列了上百条关洁那些"见不得人的""肮脏的""难以想象的"绯闻。

爆料者字字珠玑，以一个"极其诚恳""不愿粉丝受骗"的上帝身份来控诉她的那些"不良"行为。

内容如下：

1. "再见赵四"真名关洁，曾就读某某中学，毕业于某大音乐学院。

2. 学生期间，关某抢人男友，强势插足某情侣感情，逼得女生转学，抢到男生后玩弄对方感情，惹得男方远走他乡，出国留学至今未归。对了，据说转学女生现在都还单身，听说还得了抑郁症。

听说那男生成绩很好，是年级第一，是他们那届的校草。学校表白墙经常出现他的名字，好像叫什么林昭。

不仅如此，关某还欺凌其他同学，曾在教室公开扇人耳光，还警告旁人不许告诉老师，否则她找人挨个报复。

3. 大学期间，关某变本加厉，殴打室友，抢人男友。

4. 关某大学期间常常夜不归宿，强迫室友签到。据说她经常跟各种各样的男人来往，每次那些男人都开豪车相送。她一个平平无奇的女大学生还真是有魅力，能让那些有钱人对她趋之若鹜。当那些有钱人全是傻子呢。

忘了说，关某当初还在一酒吧被原配打进医院呢。这事还上了某大论坛，都火了。

5. 你们能想象这样一个"大网红"居然骂脏话吗？跟泼妇似的，骂得真的是不忍直视。

6. 她妈也挺奇葩的，四五十岁的老女人居然跑到某大碰瓷校长，真是笑死人了。

有句话说得好，龙生龙凤生凤老鼠的儿子会打洞。她妈都那样了，她这样好像也不足为奇了。

以上都是早就存在的，我并未造谣生事，只是整理出来请各位能看清她本人，免得受骗。

关洁看到帖子是在两天后，帖子已经发酵到不可收拾的地步。

一时间，恶意铺天盖地地倒向她。

关洁把自己锁在房间里，坐在冰凉的地板上，拿着手机，一个字一个字地看完那篇帖子。

爆料者写得有鼻子有眼，她要不是当事者，估计也信了。

关洁闭上眼，后背抵在门槛，仔细想了又想。

想到最后，她自顾自地问：

"真相是这样的吗？

"这些事是我做的吗？我怎么没有印象呢？"

手机滑落在地板上，关洁抱住双臂，脸色苍白无力，表情麻木苍凉。

地板上，手机不停地振动。

刺眼的光从窗缝爬进来，落在地板上、落在手机屏幕上，只看见来电人显示"祝政"两个字眼。

要是能避开猛烈的喜欢，是不是就不会有悲痛袭来？

她无法理解，无法理解为什么要伤害一个无辜的人，伤害一个她连句重话都不敢跟他说的男孩子。

朱真在门外喊了关洁好几声她都没听见动静，怕她出事，朱真匆忙找房东拿钥匙开了关洁的卧室门。

门打开，朱真一眼瞧见关洁。

她身穿裸色吊带衫、阔腿牛仔裤，抱膝坐在漆黑角落处，抬起下巴，面色平静地望着远处的天。

短发别在耳后，有几根不听话的发丝掉下来，落在白净的脸庞，显得凌乱、破碎，让人无端想起在乌江岸边自刎的虞姬。

房间很静、很静，静到朱真的开门声、脚步声此刻都显得格外刺耳。

朱真没敢出声打扰，捏紧手心的钥匙，指尖轻轻磨了磨钥匙轮廓，抬头偷偷打量几眼坐在窗边出神的关洁。她蹑手蹑脚地走近关洁，跟走猫步似的，生怕哪个步伐不对，打扰到关洁。

一步、两步……最后一步——

朱真暗自吸了口气，抬高腿，试图一步跨到关洁身边。

哪知她刚抬腿，关洁就转过头，好奇的视线锁住她。

朱真挠了挠额头，窘迫地解释："……我怕吵到你。"

说完，朱真捂住脸，号叫："你没看到，你没看到……我的姿势很难看是吧，我也知道……你别说……"

关洁被朱真的窘样逗笑，"扑哧"笑出声，伸出食指点了点朱真的脑袋，安慰她："我没事，别担心。"

朱真忙不迭地晃晃脑袋，叉腰说："我才不信那帖子的内容，我认识的西西才不是帖子上写的那种人。这些人就是眼红你火了，故意找碴儿。

"我已经点了举报！要求那人删帖了！"

关洁浅浅笑了一下，没有附和朱真的话。

对于那个帖子，她没有任何想要回应的。

下午，朱真点了一锅排骨干锅、一条烤鱼，还点了两杯奶茶。

等外卖送上门，朱真强行拉着关洁一起吃，说美食能治愈一切不开心。

关洁拗不过朱真，跟着拉开椅子吃起来。

吃到一半，朱真的手机不停响起消息提示音。

关洁夹了块鱼肉，不动声色地站起身，去厨房拿矿泉水。

等她喝完水回来，只见朱真举着手机，手指"啪啪啪"地戳屏幕。

听到动静，朱真立马摁灭屏幕，放下手机，仰头朝关洁灿烂一笑，拿起筷子继续吃饭。

如果关洁没看错，朱真的手机界面显示的是那个帖子。

关洁隐约意识到，朱真刚刚或许是在替她抱不平。

朱真咬了口排骨，招呼关洁："排骨有点老，鱼肉还挺好吃的。西西，你多吃点鱼肉。"

关洁跟着拿筷，夹起鱼肉放进嘴里。

鱼肉确实够味。

吃完饭，朱真一把将关洁拉到沙发坐着，又打开投影仪，找了部关洁最喜欢的电影放映。

交代关洁只管安安心心看电影，家务事她来做。

关洁哭笑不得，也没拒绝朱真的好意。

播的是部老电影，刘德华、吴倩莲演的《天若有情》，一个社会少年爱上富家千金的爱情故事。

电影有句经典台词，关洁每次看都会引起共鸣：

天上的明月光，照在我的胸膛，输精光皆因上赌场，输得精光我吃便当，其实我并不差，为什么走霉运？

她也想问，其实我并不差，为什么总走霉运？

帖子发酵到晚上，一条上千字的评论横空出世，瞬间引起轰动。

评论如下：

我是帖子里的当事人林昭，帖子我已经一字不漏地看完。不得不说博主煽情能力一流，挺值得人学习。只是内容太过虚假、失真，很多不符合事实。如果不介意，请容我澄清几点。

第一点，我确实就读上海某中学，不过没博主说的那么优秀，年级第一是我运气好，同校很多优秀的同学，至于"校草"头衔也是同学间开玩笑，不值得一提。

第二点，关同学并未插入我与任何人的感情。鄙人家教严，父母管束很紧，再加上学生时代学业繁忙，并无时间谈恋爱。这点，我的室友、同班同学、老师，包括那位"被插手"的女同学可以做证。插个题外话，我与那位女同学平时接触多是因为竞赛、习题，并无其他。请各位勿轻信谣言，中伤无辜的人。

第三点，出国是我本人既定计划，与关同学并无关系，也不存在被情所伤才出国。

第四点，关同学在校各方面表现都良好，并未欺凌其他同学。我也相信以她的人品，不会做那些没下线的事。

第五点，她是个很有才华的歌手，也是个很有魅力的人，你们粉她，她一定不会让你们失望。

最后请容我多说一句，关同学是个很宝藏的小众歌手，希望你们能多多关注她的歌。

有好事者正大光明点进林昭的个人主页，一眼看见他的个签：
【世界上美好的东西不太多，立秋傍晚从河对岸吹来的风和二十来岁笑起来要人命的你。】

一股风忽然掀了起来，这条评论下出现不少熟人跟评，都是为关洁澄清的。翻到底，有条跟评显得格外醒目——

我是那位"被抑郁症"的女生，很抱歉，我本人心理健康，并无抑郁。年少时确实关注过林同学，至今觉得林同学很优秀、很值得人喜欢。但是谁学生时代还没个在意的人呢？还有这样丢人的事真的不必多加宣传，挺让人尴尬的。另：我已结婚，如今丈夫是我最爱的人，并非单身哦。

还有一条说——
我本人也是这个学校的，林学长确实很厉害，到现在学校都把他的学生证照片印在招生简章吸引新生报考我校。

　　据不可靠小道消息称，当年某学姐确实关注过林学长。还有关学姐也是学校传奇人物啊！每年元旦晚会都有她的演出，每次都帅死了！到现在表白墙都有她的演出视频，呜呜呜，我要是个男孩子，我一定要去追她！

　　偷偷说，有人曾在校外看到过林学长和关学姐一起吃东西。照片后来发在表白墙，氛围绝了！

这条评论立马被顶上"hot"，底下一大堆求详情和照片的。

原帖的内容，路人反而不在意了，但也有人在评论区继续造谣。

关洁并不知道评论的事，等知道的时候已经上了平台热门。

全网都在发林昭和其他几位知情人的评论，还有人脑补一大堆关洁跟林昭的故事。

有爱而不得的，也有绝美校园恋爱的，还有各种各样的版本。

关洁看完，一笑而过，没当回事。

晚上十点，关洁意外接到一通国际长途电话。

是林昭打来的，电话号码还是几年前的那个，没有变。

电话里，林昭的声音一如既往地温柔："抱歉，给你惹了这么大的麻烦。"

关洁愣了愣，摇头说："是我该说抱歉，打扰到你了。"

"你还好吗？"林昭笑了笑，转移话题。

关洁握紧手机，点头："挺好的。你呢？"

林昭顿了顿，打趣："也挺好，就是吃不惯美国的牛排、面包。说到这儿，多少有点怀念上海的生煎包了。"

关洁失笑，将手机搁在桌面，摁开免提。

她又伸长手拉开右侧的抽屉，从里掏出指甲刀，边埋头剪指甲边说："那你别再外面待了，快回来，投入上海人民的怀抱。"

那头沉默两秒，反问："投入上海人民的怀抱，包括你吗？"

"咔嚓"一下，指甲刀剪歪了。

关洁惋惜地看了眼"剪瘸"的指甲，歪头静静地望着黑屏的手机，伸手摁了摁开关。

通话还没结束。

她轻抿了一下嘴唇，动作迟缓地眨眨眼，讪讪地开口："林昭，你知道的，我们不是一个世界的人。"

林昭说："西西，我是个成年人，我能自己选择和什么样的人做朋友。"

那是 2013 年的夏天，学校开家长会。

关珍容穿了一条红色吊带裙，化了艳俗的浓妆，手里拿了个假爱马仕包，打扮得花枝招展地走进教室。

当时教室一大半的人都在看她，眼里或多或少带着审视、鄙夷的目光，她非但不知羞耻，还扯开嗓门跟每一位家长握手，追问每个家长的职业、工资。有遇到条件好的家长，她更是不要脸地留下电话号码，说有机会多认识认识。

家长会结束，关洁为这事，同关珍容在校门口大吵一架，闹得很难看。

吵完，关洁独自背着书包往一条无人小道走。

也是那天晚自习下课，向来跟她零交流的林昭，从放学后一直跟在她身后。

直到关洁发现林昭，他才很不好意思地走上前，跟她解释："我怕你出事，也怕打扰你，所以才跟在你后面。"

说完，他又说："你别怕，我不会伤害你。"

那天晚上林昭一直将关洁送到她家楼下，还请她吃了一碗牛肉面。

就在路边的小苍蝇馆子，头顶支个塑料棚，摆了几张折叠桌和几张塑料板凳。

他俩坐在路口最末那桌。

刚坐下，头顶苍蝇到处飞，桌面还残留着几根面条。

环境也是糟糕透了。

林昭出身不算差，那是第一次在路边摊吃饭，却没有任何嫌弃，在整个过程中都在照顾她的感受，怕她嫌难吃，又怕她嫌辣。

他们就这样成为朋友。

那时候关洁在校外租了个单间，每个周末林昭都到出租屋赶作业，顺便陪她练习英语口语。

作业做完，他们一起听歌，或者她弹吉他、写新歌，他在一旁做竞赛题。

有很长一段时间，她的生命里只有他，他的世界里也只有她。

但她没想到，即便是这样纯粹的感情也是不被允许的。

那是个很稀疏平常的日子，林昭要去北京参加物理竞赛，她去机场送他。

她刚将他送走，他母亲就找上了门。

他母亲是个很强势的职场女性，一进单间的门，便冷漠地扫了一圈屋内，最后站定在书桌旁。

看了两眼桌上摆放整齐的竞赛书，对方冷笑一声，开门见山地说："你不适合和林昭做朋友。

"你也看到了，他的人生、前途一片光明。我了解过你的背景，我不认为你跟他一样，你们不是一个世界的人。

"你如果真的把他当朋友，就请你不要耽误他。他下半年就要出国留学，这是他早就有的人生规划，我不希望因为你而产生意外。

"包括你，你也有自己的追求、爱好，甚至你要走的这条路跟林昭是完全相反的。就算你们现在是朋友，以后也会离散。

"我并不是逼迫你做选择，而是告诉你未来你们之间可能有的结果。你有跟他接触的权利，我也有保护儿子的权利。请你理解一个做母亲的私心。"

作为一个母亲，她已经很克制，并没说什么难听、刺耳的言语。

那时的关洁早就经历过各种各样的白眼、诋毁，反而觉得林昭母亲说话很真诚。

林昭出国前的两个月，关洁跟他说，我们不适合做朋友了。

理由只有一个：我们不是一个世界的人。

他喜欢安定的生活，她喜欢自由的日子；他喜欢数学、物理，向往稳定，她热爱音乐、讨厌一切与数字的东西；他信奉爱因斯坦，她热爱舒伯特……

看看，他们有多不一样。

关洁有时候很痛恨自己，为什么活得如此清醒。

可想想，清醒一点也是好的。

关洁清了清嗓子，很是认真地说："林昭，我们都长大了。

"时光也早就一去不复返了，我们都该往前走了。

"我很庆幸当初能和你做朋友，但也只是朋友。

"对于今天的事，我很感激，很感激你的解释。不过不要担心，我不会有事的。"

电话那端久久未说话，沉默蔓延整个世界，关洁抿了抿嘴巴，刚准备挂断，那头忽然问："这些年，你过得好吗？"

关洁无声地叹了口气，道："很好。"

"那我就放心了。"电话里，林昭道。

关洁张了张嘴，最后还是什么都没有说。

那通电话刚结束，祝政的电话就打了过来。

关洁甚至没空隙转换情绪，以至于接电话时，她下意识地问："你也有事吗？"

一个"也"字彻底暴露她已经接过一个电话的事实。

那头，祝政停顿半秒，波澜不惊地问："还有谁？"

关洁尴尬地拍了拍脑袋，很是懊恼地吸了口气，否认道："没谁。"

祝政没再追问，而是语调平稳地说："我在你家楼下，穿件羽绒服，我带你去个地方。"

关洁"噌"地站起身，走到窗边拉开窗帘一角，低头看向楼下。

只见路灯下停辆深黑色越野车，车门边站了个熟悉的身影。关洁盯着楼底下的祝政，忍不住问："去哪儿？"

祝政嗤笑，难得打趣："跟我走就行，总不会把你卖了。"

关洁撇撇嘴，摁断通话，转身往衣柜走。

拉开衣柜，清一色的黑白灰，按照春夏秋冬款式整整齐齐挂着。

关洁的视线径自跳过春夏款，落到秋冬款，手指在两排衣服上移动一圈，最终选了件棕色提花感毛衣打底，配上印花休闲阔腿裤，外面穿了件米白色长款羽绒服，走之前还不忘拿一条咖色晕染复古羊绒围巾。

朱真半个小时前睡的，关洁出门时有意放慢脚步，没去打扰她。

合上门那刻，关洁松懈地呼了口气。

电梯就停在六楼，关洁一摁下行键，门就开了。

跨进电梯，关洁合上门，下意识地翻出手机看了眼时间。

凌晨十二点三十二分。

大晚上的，真是发疯。

想是这么想，但关洁还是赴了约。

下楼，绕过一小片树林，走到被路灯照到的花园，再到祝政车前，整个过程不超过五分钟。

祝政人就靠在车门上，拿着手机在看什么东西。

屏幕光投在他脸上，衬得他的五官越发深邃、立体。

听到脚步声，祝政情绪淡漠地摁灭屏幕，收好手机，没再看那条评论下到底有多少人求关洁跟林昭的后续故事。

关洁立在离祝政两米远的地方，上下扫视了一番祝政的打扮。

冲锋衣、运动裤、休闲鞋，怎么看怎么怪异。

关洁咂了下嘴，指着祝政这身行头，问："你这是要去爬山？"

祝政觑了两眼关洁的打扮，最终落到关洁脚踩的马丁靴上，皱了皱眉。

他淡淡"嗯"了一声。

关洁消化两秒，见怪不怪地吐槽："这大半夜的，你还真是一如既往地抽风。"

可见这样的事不是第一次了。

祝政没在意关洁的吐槽，低声吩咐："你上去换双运动鞋，这鞋不好走，我在这儿等你。"

关洁不是没穿过皮鞋爬山，当场摇头，表示不需要。

祝政见状，也没再勉强她。

两人各自上车，祝政走向驾驶座，关洁上副驾驶座。

扣好安全带，关洁偏头随口一问："爬哪儿？"

祝政掏出手机，打开地图，定完目的地位置，波澜不惊地说："武功山。"

关洁满脑子问号："武功山在江西吧？"

祝政启动引擎，踩下油门，跟着导航指的方向开。

开了一段路，祝政才有空理关洁："嗯，江西新泉乡，开车过去十个小时。"

关洁这下没话说了。

她就知道，以祝政的性格，不疯才怪。

但她也很享受这种疯狂。

不得不说，她跟祝政在某些方面确实挺像。

都是试图逃出世俗的疯子。

晚上车少，祝政开得很顺畅。

关洁前几个小时还陪他说说话，到最后没撑住，人窝在座椅里打瞌睡。

中途到服务区她醒过一次，下车上厕所。

关洁洗完手出来，刚好撞见祝政手里提了一大袋吃的喝的。

他背后就是超市，估计是从那里买的。

这时，关洁提议让她开一段，祝政没同意，让她睡她的。

关洁也没坚持，脱掉羽绒服外套披在自己身上，脑袋歪向窗口，合上眼继续睡觉。

这一觉睡到新泉乡。

醒来车已经停在某酒店停车场，祝政人不在车里。

关洁睡得腰痛脖子酸，反手揉了揉肩膀，才打开车门下车查看环境。

是个四合院，新中式建筑，一进去就见院里种了几棵红梅，这时开得正艳。

装修风格古朴、清新，回廊还挂着鸟笼，养了几只金丝雀。

院子里单独劈出一个茶室，四周围着小方格木栅栏，摆了一张矮桌，几个草编蒲团。

院子中间有两条一米五宽的十字路，用鹅卵石铺就，两边是草坪。

时间接近下午三点，冬日阳光照在院子里，平白多了几分宁静。

远处是连绵起伏的青山，四合院屹立在半山腰，倒是很有意境。

关洁站了几分钟，找出手机给祝政打电话。

电话刚响两声就被对方摁断，关洁愣了愣，刚想再打，就见祝政从门口走了进来，手里还提着一袋东西。

等走近关洁才发现他提了一双女士运动鞋，刚买的。

祝政将袋子递给关洁，说："试试合不合脚。"

关洁这才接过袋子，拿出一只鞋看了眼尺码。

37码，合脚。

关洁放回鞋，点头："谢谢。"

祝政抽空看了眼时间，等关洁收好鞋，祝政规划行程："先吃饭，吃完，五点上山看日落。"

关洁抿了抿嘴唇，有些担心地问："你开了十多个小时车，要不休息一晚？"

祝政沉默片刻，拒绝："时间赶，来不及。"说完又补充一句，"上午补了两个小时觉。"

关洁"哦"了一声，没再说什么。

吃的都是当地特色菜，关洁一上午没吃，这会儿胃口好，吃了两小碗米饭。

祝政胃口不好，只吃了小半碗就放了筷。

吃完，祝政买了些必备品便开车往景区赶。

这个季节没多少人，不用在网上预约，直接在现场买票。

两人第一程坐索道，第二程自己走。

关洁换了祝政买的运动鞋，爬起来不算费劲。

反倒是祝政走得很慢，几乎走几步停一步。

关洁见状，主动把旅行包接过来自己背，又从包里取出登山杖递给祝政。

两人爬到半山腰，祝政已经满头大汗，唇色苍白，状态很不好。

关洁这才意识到不对劲。

仔细观察才发现祝政的左腿不停颤抖，似乎承受不住这样的运动量。

关洁扶着祝政坐在台阶上，盯着那条不受控制的腿，嗫嚅道："你的腿……还没好吧？"

祝政抬手擦了两把额头的汗水，喘着粗气，很是从容地说："膝盖打了钢钉固定，还没取。"

关洁闭了闭眼，深吸一口气，蹲下身，伸手隔着运动裤轻轻抚摸祝政左腿膝盖："这里？"

滚烫的体温隔着布料钻到祝政的膝盖，祝政下意识地抖了下腿，脸也跟着抽搐了一下。

他垂眸看向蹲在腿边认真察看的关洁，嗓音低沉地"嗯"了声。

关洁听到回答，小心翼翼地摸那块地方，又想掀开祝政裤腿看个仔细。

她的手指刚碰到他的裤脚，还没来得及掀开就被他阻止。

祝政抓住关洁的手指，连同他的手，一同揣在冲锋衣衣兜。

十指相扣，指尖互相紧贴，冷热温度互相蔓延，到最后汇聚在各自的手心。

下了雪的武功山笼罩在醒目的白色里，连绵起伏的山峰，勾出一幅人间仙境。

祝政望了望远处的山、远处的雪，语调平缓地说："太丑，别看了。"

关洁心里"咯噔"一下，张着嘴半天说不出半个字。

尽管陈川隐晦地提了几句，但关洁还是想知道，想知道他在里面到底遭受了怎样的待遇。

关洁舔了舔嘴唇，压着嗓子问他："……怎么弄的？"

"几个人趁我睡觉，捆绑着砸的。"祝政情绪很淡，说得也极其简单，并没透露过多细节。

没等关洁说话，祝政已经站起身，拿着登山杖，牵着关洁继续往上走。

这一路走得坎坷，祝政时不时停下来休息，额头冷汗没停过。好几次，关洁都听到了他压抑在喉咙里的闷哼声。

不用想也知道，很痛、很痛、很痛。

关洁也劝过他，说不需要爬上山顶，但祝政每回都说没事，能坚持。

他们还是上了山顶，尽管爬了八九个小时，尽管跟跄跄跄，尽管姿态有些难看。

到达山顶时已经天黑，不过今晚夜色好，满天的星星在闪烁。

祝政指着最亮的一颗星，偏头对关洁说："那是你在我心目中的样子，永远醒目、独特。"

关洁心脏跳个不停，跟跑马似的，东一处西一处地乱撞。

"一个真实的灵魂，你越是对他诽谤，他越是不会受损。关洁，你的灵魂比任何人都高贵、纯洁。这些所谓的揭露，只是一场低级、可笑的诋毁、嫉妒，不必过于在意。"

关洁恍然大悟，这才明白，他做这一切，是为了安慰她。

这人骨子里的东西，还是没变啊。

关洁后悔了。

后悔没听祝政的话拿上车里提前准备的暖宝贴。

这会儿刺骨寒风不要命地打在身上，刮得她脸似刀片割过一般，冻得她直吸气。

两人在山顶租了帐篷，关洁原本打算明早起来看日出，结果还没到凌晨一点就冻得坚持不住了。

帐篷漏风不说，感觉睡袋里也是湿漉漉的，盖在身上冰凉，跟浸泡在水里似的。

翻了几个身，关洁卷起羽绒服、围巾裹在身上，穿好运动鞋，拉开帐篷去找祝政的帐篷。

刚下过雪，白天雪化后，踩得鞋子上满是泥。

现在又在下，下得密密麻麻，跟棉絮似的。

冷得人发慌。

关洁打开手机电筒，踮起脚，小心翼翼地绕过几个泥坑。

绕最后一个时还是没能幸免，一脚滑进泥潭，凉意一路从脚背蔓延到脚心。

关洁暗自骂了句脏话，又绕开周围几个帐篷，有目的性地走到祝政帐篷跟前。

在门口站了几秒，关洁晃了晃他的帐篷，在外面压低声音喊了两声。

帐篷里安安静静，没有任何回应。

关洁又等了几分钟，还是没有动静。

她呼了口气，低身去拉帐篷拉链。拉链拉到一半，帐篷里忽然传来翻身的响动，紧跟着一道低沉、夹着明显疲倦的嗓音响起："谁？"

"我。"关洁立即停下手里的动作，站在帐篷外说。

祝政坐起身，迟缓地揉了两下太阳穴，阻止关洁："等我几分钟。"

关洁拉长语调，慢慢"哦"了一声，随后又将拉链重新拉了回去。

等关洁拉上拉链，祝政这才打开电筒，从睡袋里动作缓慢地抽出左腿。

昏暗的灯光下，隐约瞧见自左腿小腿到膝盖处骇人的伤疤，伤疤发红发紫，缝过线的伤口跟蜈蚣似的，丑得不忍直视。

伤口处已经发炎，隐隐有脓水流出。

祝政从兜里翻出药水，用棉签对着伤口随意擦了两下便草草了事。

穿好衣服，祝政低头看了眼边上沾满血的纸巾，面无表情地拾起来揣回裤兜。

出帐篷前，祝政特意打开手机相机察看了一番自己的脸色，看不出什么不对劲，祝政这才拉开拉链走出去。

出去就见关洁蹲在一块石头上看手机。

关洁听到脚步声，关了屏幕，扭过头看他。

见祝政穿得整整齐齐，人站在帐篷边面色平静地望着她，关洁眨眨眼，起身走近祝政。

"你冷不冷？"关洁问。

祝政上下打量她两眼，见她冻得嘴唇都白了，拧眉问："还行。你冷？"

关洁弹了弹围巾上的烟灰，开口："帐篷漏风，睡袋也是湿的，睡不安稳。"

祝政想了想，直接宣布："住酒店去。"

关洁愣住："这么晚了，老板都睡了吧。"

"碰碰运气。"

关洁被祝政说服，返回帐篷拿好自己的私人用品，跟在祝政后面往附近的酒店走。

这季节虽不是旺季，但这天气再加上这深更半夜过去，房间多少有点打挤。

两人找了几家都没空房间，走到最后一家倒是剩间大床房。

奈何与关洁、祝政争这间套房的，还有一对情侣。

都是冷到不行了才来住酒店，大家都不愿让。

老板也没办法，让他们自行商量。

那对情侣都不是好说话的，明明他们一起进门，女的非说他们先来，要订也是他们订。男的见女朋友耍赖，也跟着说无论多少钱他都要。

关洁本想放弃，结果祝政拍了拍她的肩膀，指着酒店大厅的沙发说："你去坐会儿，我跟他们谈谈。"

关洁将信将疑地看了祝政一眼。

见他势在必得，关洁也没再劝了，索性找老板要了个充电宝，边充电边等他。

手机电量还剩百分之八，关洁充上电后无所事事。

祝政跟那对情侣出了酒店，偌大的大厅只剩她一个人。

微信除了朱真发了两条消息没任何响动。

关洁下午没来得及看，这才打开朱真的对话框回信息。

【你去哪儿了？我半夜起来上厕所看你房门没关，人也不在，吓到我了。】

【看到回个消息。】

看完，关洁随手打了几个字回她。

【武功山。】

朱真还没睡，立马发了三个问号过来。

关洁没着急回，掀开眼帘看了看酒店门口。

只见祝政从兜里掏出一包烟，从里抽出两根，一根递给对面的男人，一根往自己嘴里塞。

紧跟着他翻出打火机，凑过身，主动给对面的男人点火。

点完，他一手捏住打火机，一手捧住火苗低下脑袋给自己点。

不知祝政聊了什么，对面的男人脸上明显多了两分谄媚，甚至笑得有些讨好。

关洁看了几秒，收回视线，重新落到朱真的聊天页面。

一会儿工夫，朱真连续发了十来条信息：

【你粉丝涨了不少，现在全网都是你的视频。】

【造谣你的博主下午道歉了，写了万字长文，写得声泪俱下，求你原谅，说她只是一时昏了头，还说她只是在校大学生，拿不出十五万，请不要告她。】

【岚姐说这两天好几个广告商找她，请你做产品宣传。一条广告视频好像二十万。你快点暴富！养我吧。】

…………

【还有最后一条（这点我怀疑是假的），据说昨天早上有人找老板投资了一个亿，对方只有一个要求——捧你。啧啧啧，这大手笔。我嫉妒了（假的），不过我挺想问问，你真认识这种大佬？】

关洁看完最后一条，莫名觉得怪异。

关洁皱了皱眉，发语音问："哪儿来的消息？"

朱真秒回语音："公司内部有人在传。老张没吭声，我也不知道真假。不过昨天上午确实有个男人来公司。"

朱真："据说那人长得帅死了，很遗憾我没有看到。她们都以为是公司新签的艺人，结果在网上压根儿查不到这人的信息。"

朱真："都怪那黑心造谣博主，不然我都去现场看帅哥了。"

关洁一条条听完语音，回了个"我对男人不感兴趣"的表情包。

刚回完，就见祝政拿着烟盒阔步走了进来。

她转头看，那对情侣已经离开。

订完房间，关洁拎着背包，面带好奇地扫了扫祝政，问他："你怎么说服那对情侣的？"

祝政停下脚步，偏头看她一眼，似笑非笑地问："想知道？"

关洁撞上祝政揶揄的目光，撇撇嘴，摇头："不想。"

祝政"哦"了声，指腹摩挲着房卡，漫不经心地说："行，就这样吧。"

关洁："……"

房间在三楼最末尾，两人走到门口，祝政把房卡递给关洁，吩咐她先洗个热水澡，待会儿给他开个门，他下去一趟。

关洁接过房卡，面色疑惑地问："你要出去？"

"下去拿点东西。"

说着，祝政看了眼时间，见不早了，催促她赶紧进去。

等关洁关上门，祝政才往楼下走。

第二天关洁才知道，祝政跟人做了什么交易。

房间费两千多，他给人拿了五千，还把帐篷让给那对情侣，又承诺那对情侣要是回上海，可以去他酒吧免费消费三个月。

关洁听完翻了个白眼，吐槽他有钱没处花。

祝政笑了声，耐着性子跟她解释："这两个人一个写软文推广，一个搞酒吧营销。我拿五千和三个月的免费体验换他两次营销，最终还如愿住了酒店，就算亏也亏不到哪儿去。"

"你怎么知道他们在上海？"

"聊的。"

关洁："……"

早上五点半，关洁被祝政叫起来看日出。

此时天还没亮，关洁蜷在被窝里久久不愿动弹。

祝政叫了两次没叫醒，最后单腿跪在床边，隔着被子捞过关洁，捧住她的脸亲了下去。

亲到关洁喘不过气他才松口。

这下，关洁彻底清醒。

六点，火红的太阳从山的那头缓缓升起，金黄的晨曦晕染整个山脉。

白茫茫的雪峰配上金灿灿的阳光，再加上连绵起伏的山，构成了一幅和谐、美好的油画。

日照金山原来并不是传说。

关洁裹着围巾与祝政并肩而站，这半个小时，她心情格外平静，平静到能清晰地听到他的呼吸声。

等太阳彻底升起，他俩跟着人群回酒店吃早餐。走到一半，祝政想起什么，低头凝视几秒她的手指，说："你指甲该剪了。"

关洁顺势看了眼手指。

她上个月刚做了指甲，莫兰迪灰调，颜色很显白。

朱真拉着她一起做的。

染完指甲那天，她直播时还被粉丝夸了一整场。

关洁挑眉，反问："不好看？"

祝政盯了两秒，语调不温不凉地说："我对你的审美挺欣赏，不过不适合做别的激烈事。"

关洁无语。

祝政给她剪过指甲，不过不是手指甲，而是脚指甲。

那是 2016 年的冬天，她那时经常有事外出，老是错过宿舍门禁时间。

后来嫌麻烦，她索性在校外租了一间三十平方米的小套间。

祝政也偶尔过去。

那天他俩躺在床上各自玩手机，关洁忽然抬起脚踹了他一脚，跟他说时间不早了，让他赶紧滚回自己家。

祝政懒得动，抱着她的脚放怀里暖着。

暖到一半，祝政摸着她的脚问指甲刀在哪儿。

关洁爬起身，从抽屉里找出指甲刀扔他面前继续玩手机。

谁知祝政拿起指甲刀翻身下床，人半蹲在地上，握住她的脚踝放在他的膝盖上，低头认认真真给她剪指甲。

她永远不会忘记。

不会忘记，在那个出租屋里——

她半坐在床头，赤脚踩在祝政膝盖上，看他单腿跪在她面前，低头给她剪指甲的样子。

也是那一刻，她意识到，她对这个男人已经到了无法自拔的地步。

第 7 章
救你做个坦诚恶棍

"听 Glass Animals 吗？"

回去路上，关洁连上车载蓝牙，点开 QQ 音乐，歪头问祝政。

"什么？"

关洁见祝政没听清，握着手机，侧身朝祝政扬了扬下巴，简单介绍："英国一支比较小众的独立摇滚乐队，风格挺独特的，我很喜欢。"

祝政显然没听过，停顿半秒，开口："随你。"

关洁这才点了播放——

The Other Side of Paradise（《天堂的另一面》）。

前奏平缓，中后调气氛逐渐紧张、压迫。

整个车厢都充盈着男生性感、高级的嗓音。

祝政听了几句，评价："还不错。"

想了想，祝政又问关洁："这首歌讲的什么故事？"

关洁像是找到了知音，耸了耸肩，朝他投递一眼，含笑道："一个悲剧故事。恋人背叛，女孩杀了富二代姑娘，自己也死了。"

歌曲刚好唱到——

>Bye bye baby blue
>再见了，我忧郁的爱人
>I wish you could see the wicked truth
>我希望你能看见这个世界的邪恶一面
>Caught up in a rush it's killing you
>你卷入的洪流将会让你万劫不复

祝政看着关洁明晃晃的笑脸，忽然觉得不大真实，好像浮在表面，看不清内里。

就如这首歌一样，越听越觉错乱、麻木。

他有那么一瞬间觉得——他抓不住她或者并不了解她。

回到上海已经下半夜。

长途跋涉，关洁后半段路躺在后排困得睁不开眼。

直到后门打开，冷风猛地灌进车厢，关洁才被迫清醒。

她揉了揉发涩的眼尾，昏昏沉沉地睁开眼，一眼瞧见车门外立着的祝政。

他站在风中，冲锋衣拉链没拉，衣摆迎风飘扬，露出里面的深色高领毛衣。下半身倒是站得格外沉稳，跟定海神针似的，不动分毫。

"到了？"关洁透过车窗扫了一圈外面的环境，有些迷糊。

祝政看了眼时间，提醒："嗯。早点上去睡，天也不早了。"

关洁拉长声音"哦"了一下，抬手擦过嘴角，另一只手撑着垫子坐起身。

捡起掉在地上的羽绒服、围巾，关洁一边伸胳膊套袖子，一边低头往车外钻。

祝政有意侧开身子等她出来。

关洁穿好羽绒服，将围巾往脖子随便套了两圈，揣兜站在祝政对面，礼尚往来地关切道："你开车回去注意安全。"

祝政扬了扬手，示意她先走。

站着也是虚度光阴，关洁没再多说，转身就往小区走。

半夜保安亭没人，小区路灯也没几盏亮着，关洁走在路上，多少觉得有些寂静。

祝政一直待在原地，等看不见关洁身影了才掏出手机给陈川打电话，让陈川过来开车，送他到徐文远的诊所看腿。

凌晨两点半，徐文远边替祝政处理腿伤，边破口大骂："你不想要你这条命就早说，我也不费劲给你治了。

"死了算了，没见过你这么不听劝的病人。

"要不是欠你人情，你这种病人，我压根儿不接。"

徐文远长相斯文，戴着一副银边眼镜，任谁看了都觉得这医生温柔、好脾气。

奈何遇上祝政，徐文远再好的脾气都被磨没了。

祝政这一折腾，伤口已经感染，小腿上有一小块烂透的皮肉，徐文远得拿刀把那块肉剜了才上药。

剜肉时，祝政咬紧毛巾，疼得额头冷汗直冒。

陈川见了这场面，吓得直闭眼。

小腿早已血肉模糊，手术刀上也是斑斑点点的血迹。

徐文远刻意下了狠手，以图他长点记性。

处理好伤口，徐文远丢下手术刀，拿起棉签，蘸浸消毒液，擦过祝政的小腿伤口，冷飕飕地问："你这是去哪儿折腾的？"

祝政转头望向边上站着的陈川，转移话题："打火机递我，我抽根烟。"

陈川刚掏出打火机，还没来得及递给祝政，徐文远在一旁冷不丁地提醒："我这里杜绝烟酒。想抽，出门右拐，别砸我招牌。"

听罢，陈川将伸出去的手默默收了回来。

祝政张了张嘴，也没再喊抽烟。

徐文远还不解气，对着他一顿喷："我看你哪天死了也是活该。就你这不长记性的臭脾气，这都算轻的。

"你这伤当初就处理得粗鲁、敷衍，压根儿没好好治，出来你也不听劝，不肯好好养。我看你干脆坐轮椅算了，这样大家都省事。"

说到这儿，徐文远盯了几秒祝政之前缝合的伤口，蹙眉吐槽："不过这都是什么三流医生，线缝得难看死了。

"要我缝合，缝成这样，我怕夜里睡觉会被自己吓醒。"

徐文远家三代从医，他本人也是国内医学名校毕业，又去国外数一数二的医学院镀金，回来在好几家三甲医院任职，做了八九年的主治医生，后来嫌没意思，自己开了个私人诊所。

他说这话，确实有资本。

处理完伤口已经凌晨四五点，徐文远替他开了几样消炎药，又嘱咐他积极配合，别乱吃乱喝。

祝政难得没反驳，接过药，同徐文远道了声谢。

徐文远大手一背，趁着陈川取车的工夫，跟祝政闲聊。

"你那小跟班不知道你到底什么情况？"

祝政睨他一眼，提醒："陈川。"

"谁？"

"他叫陈川。"

徐文远不在意，摆手："我管他叫什么，我又不跟他相亲相爱，我只关心你。"

见祝政眼神微妙起来，徐文远补充："……的身体。"

说完，徐文远咳嗽一声，意有所指地说："你要不赶紧休养好你这副虚弱不堪的身体，我怕你未来……跟你女朋友的幸福生活有点困难。

"我还奇了怪了，你这德行，怎么还落到——"

祝政看他一眼，眼里满是警告。

徐文远也意识到戳到了祝政的痛点，赶忙闭了嘴。

陈川恰好把车开到诊所门口，祝政没再理徐文远，提着药，抬腿往外走。

徐文远摸了摸鼻尖，最后喊道："听我的准没错，不信你试试人家姑娘要不要你。"

"滚。"

关洁开门进去时，客厅还亮着灯。

朱真坐在沙发上在看直播，没戴耳机，声音外放出来，背景很嘈杂。

即便关洁没玩过游戏，也能听出是在比赛。

估计是杨竞文在打，不然朱真哪有兴趣去看什么游戏竞赛。

听到动静，朱真探头望向玄关。见关洁回来，朱真"噌"地站起身，放下平板快步跑过来挽住关洁的胳膊，趴她身上追问："跟谁一起去的？"

关洁顿了顿，模棱两可地答道："一个朋友。"

朱真明显不信："一个朋友？啧啧啧，我跟你住了快两年，可没见你跟什么朋友往来。"

"……"

"楼下那位——"

没等朱真说完，关洁及时叫停："我有点累，先睡了。你也早点睡。"

朱真满脸疑惑。

关洁见她有些受伤，伸手拍拍她的脑袋，有意转移话题："你下周三要跟林贞贞 PK？"

朱真立马愤世嫉俗，咬牙切齿道："别提她，晦气。"

关洁："……"

爱与恨还真在一瞬间。

第二天早上六点半，关洁就收到了经纪人万岚的消息。

让她中午回趟公司，谈几个广告和出新歌的事。

关洁翻身回了个好，继续倒头大睡。

一直睡到上午九点闹钟响，关洁才掀开被子起床。

朱真今天出外景，一大早就拿着相机出去扫街去了。

关洁离开前给朱真发了条短信，让朱真中午自己吃饭，她出去吃。

刚发出去，朱真就回了一句：

【你又抛弃了我。】

语气过于幽怨了。

关洁笑了笑，收好手机，站在路口打了辆出租车去公司。

到公司，工作间空荡荡的，全都去吃午饭了。

关洁绕过公共区，一路走到万岚的办公室。

敲门进去，她人正坐在座椅里跟人打电话。

见关洁进来，万岚朝她招了招手，又将电脑边的文件夹递给关洁看。

关洁拿过文件夹，随意翻了几页。里面全是各大品牌商的合作邀约，有好几个牌子是她这身价接不到的。

最后一页是她的新歌计划安排。

关洁看完，忽然想起朱真说的那事。

这确实有捧她的意味了。

"还没吃饭吧？"万岚接完电话，上下打量几眼关洁。

关洁知道她有事要说，配合道："还没。"

万岚拿起包，边走边说："那行，先去吃个饭。我在附近餐厅订了个包间，边吃边说。"

十五分钟后，万岚点完餐，双手合十搭在餐桌上，先声夺人："这几个广告有意愿接吗？

"我看了看，都挺不错。无论产品本身还是品牌方口碑都挺好，你要接了，粉丝也不会说你'恰烂钱'。"

关洁重新拿过文件夹看了一遍。

看完，关洁指着其中两个，说："就这两个，其他的算了。"

万岚顺着关洁手指的地方看了看，皱眉："其他几个哪儿不满意？可以跟对方协商。你现在人气挺高，报价方面也有商量的余地。"

关洁摇摇头，合上文件夹，语调平和地说："接广告并不是我做视频的本意。这两个跟我音乐风格很像，我可以接受，其他的麻烦帮我回绝。"

万岚见她心意已决，便没再劝说。

菜还没上齐，万岚又将话题转到关洁要出的新歌上。

"你那歌我听了，曲不错，就是词有点过激，你要不要改改？"

关洁一个月前就去录音棚里录好了，作词作曲都是她，只是到现在都没发出来。

"不改了，就原版。"关洁沉思片刻，拒绝。

"那行，我去准备准备，到时候给你做宣传。你也可以先在你账号发个片段让他们听听，试试水，看看效果。"

关洁想说这首歌并不是写给大众的，后来想想，也没有跟万岚说的必要，便点头应下。

"对了，某音乐节目现在正在选原创歌手，对方给了邀约，你要不要去试试？"

万岚说到这儿，语重心长地劝她："我觉得可以去试试看，就算没拿名次，也增加了知名度。"

关洁眼皮一跳，皱了皱眉心，回避："我目前还没有这打算，等我考虑考虑。"

"行，你再想想。想好了跟我说，我好回消息。"

"好。"

吃完，关洁又跟万岚回公司签了三方协议。

走之前，万岚欲言又止地问她："你认不认识姓赵的人？"

关洁满脸困惑："什么？"

万岚细细审视几眼关洁，见她没弄清状况，简单总结："这些广告全是那位赵先生找来的，还有那个音乐节也是他亲自去谈的，我这里只是走个过场。我前两天问老张，他也说不出个所以然来。

"我想应该是你的人脉关系，毕竟前两天那事不算小。结果舆论几个小时内就反转了，还顺势涨了一波热度，这手笔有点大。"

关洁听完，面上浮出几丝迟疑，不确定地问："这人叫什么？"

"赵肆。"

关洁捏紧手心，追问："哪个肆？"

"肆意的肆。"

关洁忽然放开手心，面无波澜地摇头："不认识。"

万岚没再讨论："行，你先回去。我去开个会。"

出了公司，外面下起了小雨，关洁没带伞，站在雨里淋了好几分钟才招手打车。

打到车，关洁拉开车门慢慢钻进后排。

"嘭"的一声，车门关闭，关洁坐在窗边，拿起手机按了个电话号码出去。

电话还没接通，关洁就摁了挂断。

此时雨渐渐大起来，雨滴打在车窗"噼里啪啦"地响。

车厢里，司机放了首舒缓的情歌，很是催眠。

关洁仔细听了几句，倒是听出了歌词内容。

我们曾在高朋满座中，将隐晦爱意说到最尽兴。

晚上八点，关洁放了一小段 Demo 在各个平台。

歌名《救你做个坦诚恶棍》。

歌词——

　　我不赶早，也不赶晚

　　只好黄昏拾星火

　　求个出入平安

　　奈何救生符失效

　　进退亦两难

我问仙人可否有路走，仙人笑我太贪心

原来欲望满沟壑

无处是归家

唯愿神佛救你，救你做个坦诚恶棍

唯愿神佛救你，救你做个坦诚恶棍

从此世界同轨

你我短兵相接，胜者为王

…………

风格依旧小众，配上她的独特嗓音，将这首歌的情绪表现得淋漓尽致。

Demo发出去不到两个小时，点赞数超过十万，全是求完整版的。

还有人在评论区猜测这首歌是写给谁的。

大部分都在刷林昭，小部分在反驳，说歌词明显不是写爱情。

关洁退出页面，躺在床上，脑子里只有一句话——

"唯愿神佛救你，救你做个坦诚恶棍。"

"我问仙人可否有路走，仙人笑我太贪心……救你做个坦诚恶棍……"

昏昧暗沉的包房，陈川捧住手机将《救你做个坦诚恶棍》的歌词一字一句地念给对面合着眼的祝政。

读完，他发出世俗的疑惑："哥……我怎么觉得关姐这首新歌是写给你的？

"就是看不懂。"

祝政一动不动地靠坐在沙发上，连眼皮都不曾掀一下。

陈川意识到说错话，主动退出关洁的视频界面，找借口缓解气氛："我出去上个厕所，天儿不早了，你早点睡。"

"嗯！"

房门紧闭，偌大的包房里只剩祝政一个人。

良久，祝政掀开眼帘，长臂钩过咖色矮桌上的烟盒，撕开外壳，夹出一根放进嘴里，随后掏出大衣口袋里的防风打火机，捏住机壳，大拇指指腹轻微用力，"啪嗒"一声，一簇橘色火苗"噌噌"往上冒。

祝政半垂脑袋，咬着烟头缓缓凑近火苗。

烟点燃，祝政习惯性地甩了下打火机。

火苗扑灭，祝政指间夹住烟，用力吸了一口，而后倒在沙发靠背上，仰头，闭着眼，一点一点地吐出烟圈。

烟雾吐尽，祝政再次睁开眼。

片刻后，祝政弯腰捡起桌上的手机，不慌不忙地解锁，手指划动几下，打开直播平台，点开关洁的主页，翻到关洁新发的视频，摁下播放键。

沙哑、深情的声音立马溢出屏幕，一个字一个字地钻进祝政耳朵，腐蚀他的心脏，灼烧他的灵魂。

这世界，神佛或许不顶用，但若有人信命，那一定能被救赎。

至少，他可以，可以试试。

晚上八点，关洁雷打不动地背着吉他到酒吧驻唱。

刚进门，陈川就一副神神秘秘的表情朝她走来。

陈川走到她右侧，诚心祝福："关姐，你的新歌我听了，很不错、很高级，祝大火。"

关洁偏头瞥他一眼："谢了。"

"这就见外了。对了，我昨晚还去给你打榜了。看反响挺激烈的，你要哪天开 live（演唱会），一定记得给我留张门票。"

关洁绕过错落有致的桌椅，一路走到唱台边的短沙发边。

将吉他盒取下来放置在沙发上，关洁看了眼时间，又抬头扫了一圈现场。

见人不算多，关洁坐下，弯腰拉下长靴拉链，重新理了一下滑到脚底的袜子。

陈川跟着找了个位置坐下，扫了几眼神色懒散的关洁，凑过去，有意打听："姐，你这首《救你做个坦诚恶棍》是不是写给哥的？我听了几遍，总觉得……有点像哥。"

酒吧暖气开得足，进门没多久，关洁的额头便闷出薄汗。

关洁顺势脱掉身上的羽绒服，挽起毛衣袖口，拿过一旁的吉他盒，拉开拉链，从里捞出吉他抱怀里随心所欲弹了几个音符。

不成调也不成曲，却别有一番韵味。

弹完，关洁单手稳住吉他，抬眸看了看对面等着她回话的陈川，笑问："你觉得呢？"

"直觉告诉我，是……吧。"

关洁模棱两可地说："那就是吧。"

"姐……你能说说，这首歌写什么的？我听是听了，就是听不懂。"

陈川是个理科生，从小接触的是数字，上大学也是学计算机，跟代码打交道，确实没静下心读过几本文学作品。

关洁的歌属于意识流、氛围流，他每个字虽然都认识，可连起来就不知道是什么意思了。

音响里摇滚炸得人热血沸腾，关洁在喧闹中站起身，抬腿走到陈川身边，手搭在他肩膀上，俯身凑近他耳朵，漫不经心地开腔："我要做只自由鸟，不被爱与恨羁绊。"

湿热的气息喷洒在陈川脖颈，痒得他心脏骤停。

他刚想找个话头，还没来得及说，就见祝政站在阴影处，晦涩不明地望着这一幕。

陈川彻底蒙了，他条件反射般地抖了抖肩膀，求饶："……姐，你别整我。哥……哥在那儿。"

关洁"哦"了一声，收回手，扭头不慌不忙看向走廊深处的祝政。

他屹立在那儿，黑衣黑裤，手里捏着一根烟，火星忽明忽暗。

背后的红紫光线打在他身上，衬得面孔模糊不清，身上隐隐有几分难以言喻的气流溢出。

关洁捉摸不透他的表情，抿了抿嘴唇，拎着吉他上台唱歌。

徒留陈川一个人面对这修罗场。

陈川精神高度紧绷，生怕祝政误会，三番五次想张嘴解释，奈何祝政的目光一直锁在台上，陈川只得悻悻而归。

承受不住无声的折磨，陈川主动坦白道："哥，我跟关姐刚刚只是在讨论新歌……"

祝政偏过头，眼神掠过陈川仓皇无措的面孔，轻描淡写地问："不上班了？"

陈川立马"啊"了一声，窘迫地摸了摸后脑勺："……我这就去。"

没等陈川反应，祝政收回目光，重新看向台上的身影。

今日关洁穿得大胆，上半身灰绿方领 polo 修身长袖毛衣，戴了条浮夸风重金属项链，一对镶钻长款流苏耳环，下半身长靴、皮短裙。

配上她那张清冷高级的脸和恰到好处的妆容，实在夺人眼球。

中场休息，关洁丢下吉他下台。

祝政跷腿侧坐在沙发，有一下没一下地玩弄着关洁脱在一旁的羽绒服拉链。

关洁唱得口干舌燥，一下台就找陈川要了瓶矿泉水。

遇了邪，瓶盖半天拧不开。

关洁暗自骂了声，伸手将矿泉水递给祝政。

祝政接过矿泉水，还没用力就开了。

祝政捏着瓶盖，神色怪异地瞥了眼关洁，眼神好似在问：这叫拧不开？

关洁："……"

灌完大半瓶水，关洁将水瓶搁在一边，拿过沙发上的包，从里取出纸笔记下刚刚在台上突然迸出的灵感。

她接了两个有关香水和口红的广告，一直在想如何将产品完美呈现在十五秒的视频里。

唱歌时,她视线往台下转了一圈,发现酒吧氛围不错,很适合拍口红的广告。

关洁趴在桌上,涂涂写写了十几分钟。

草稿定下,关洁翻出手机,选了几个角度尝试拍摄看看效果。

视频里要有她的镜头,还要将背景、产品融合,刚开始她怎么拍都觉得差点东西。

祝政看她折腾半天,站起身,顺手拿过她的手机,问:"要拍什么?"

关洁满脸疑惑:"你行?"

祝政也不恼,点开相机,调好色,不咸不淡地说:"试试看。"

关洁轻哼一声,没拒绝。

最终选了几个特定地点——酒吧复古钢架旋转楼梯、暗红色光线下的工业风走廊、复古风吧台。

关洁负责走位、注意姿势还有神态,祝政负责构图,拍出她最好的状态。

拍到中途,关洁掏出口红,走到镜头前缓慢涂抹均匀,涂完,朝镜头粲然一笑。

她笑容夺目、耀眼,眼神似勾似诱,再加上那张性感的唇,一时间不知道是口红衬她,还是她衬口红。

那一笑惹得祝政手不受控制地抖了抖,镜头也歪到了背后暗红色的墙面。

等回过神,关洁已经收了笑,恢复成平日的清冷。

拍完,祝政将手机递给关洁,自己靠在墙壁点了根烟。

关洁看完一遍,神色兴奋地问:"借一下电脑?我剪剪,这版挺不错。剪完,看广告商那边满不满意。

"要满意就用这版。"

祝政弹了弹烟灰,转身去给她拿电脑。

"密码六个'0'。"

拿到笔记本电脑,关洁迫不及待开机,也顾不上嘲笑祝政设置的简单密码。

将视频导入电脑,存入网盘,关洁马不停蹄地开始剪辑。

剪到一半,关洁忽然想起还有下半场,又匆匆将电脑合上,重新上台唱歌,打算将视频留着晚上剪。

走之前,关洁指着电脑,嘱咐祝政:"别删,我还没弄好。"

祝政瞥了眼电脑,答应:"忙你的,不碰。"

关洁朝祝政比了个手势,边退边笑:"敬缪斯。"

祝政望着创作欲满腹、恨不得立马动手的关洁,无声笑了笑。

祝政坐在沙发里足足听了半个小时才起身接那通响了四五回的电话。

上海本地号码，没存名字，祝政倒是知道来电人是谁。

手指划过屏幕，祝政点开短信，简单打了几个字发过去。

发完，祝政走出酒吧，人站在门口台阶，神色懒怠地瞧着从对面走过来的周瑶。

祝政望着那张依旧明媚阳光的脸，内心忽然觉得陌生。

很奇怪，他以为就算不喜欢了，至少还有几分情意在里面，可现在，他硬是抽不出一丝情绪给她。

以至于周瑶提出想跟他抱一下时，祝政想都没想便拒绝了。

周瑶被拒绝，满脸受伤："不至于吧，久别重逢，抱一下都不行吗？"

祝政掀了掀眼帘，找借口："人多口杂不合适。"

周瑶像是没听懂，反问："人少的地方就可以？"

这下祝政彻底没话了。

周瑶一个人开车过来的，身边没旁人。

两人站了一阵，周瑶主动找话题："不请我进去坐坐？"

祝政蹙了蹙眉，下意识问："你一个人来的？"

周瑶点头："助理睡了，我爸妈在国外，经纪人也在忙。国内的朋友、同学好久没联系，也不便打扰。我到你这儿，应该不至于出什么事吧？"

最后一问，问得谈话再次中断。

祝政吸了口气，交代："进去别喝酒。玩半个小时，我让陈川送你回去。"

周瑶凑到祝政跟前，踮起脚试图与他平视，奈何祝政太高，她努力踮脚也才到他肩膀。

尝试几次，周瑶放弃，自顾自地叹了口气，问他："……祝政，我是成年人了，你怎么还跟之前一样，老管我？"

祝政眉间掠过一丝烦躁，话也变得生硬："周瑶，我不想上次的事再次发生。"

周瑶吐了吐舌头，妥协："行了行了，我不喝就是了。我今天来是给你送邀请函的，真以为我是来喝酒的啊。我又不是不知道我这身体不能喝酒。"

两人推门进去，关洁在唱最后一首。

朱真那边出了点麻烦，其间万岚给关洁发了十几条消息，说朱真人不见了，让她回家看看，要找不到人，二十四小时后报警。

关洁本打算唱完这一首就撤，谁承想撞见这一幕。

她跟周瑶没见过，只在祝政手机里见过周瑶的照片。

照片还是高中的，那时周瑶穿着校服，留着披肩长发，气质很温柔，笑的时候有两个酒窝，属于活泼开朗型。

跟她完全没有重合的地方，甚至差了十万八千里。

这样两个完完全全不同的人，是怎么被人挂在嘴边比较的？

关洁至今不解。

毕竟，比起她，计绿更像周瑶，或者说，计绿才是学得最像的那个。

而她，从头到尾都没想过做一个没有名字的影子。

周瑶也看到了关洁，两人对视一眼后同时转移视线。

周瑶不认识关洁，只以为她是酒吧驻唱，跟祝政并无关系。

谁知，她转头刚想问祝政问题，就见他目不转睛地盯着台上的关洁，寡淡的面目上浮出几抹耐人寻味的表情。

周瑶比任何人都清楚那个表情代表着什么意思。

或者远比她见过的深刻、动情。

周瑶心口"咯噔"一下，下意识地问："你跟她认识？"

祝政收回目光，波澜不惊地看了眼周瑶，刚要说话，就见关洁唱完，提着吉他匆匆下台。

下台后，关洁飞快地掠过脚下的仪器，一把拿起吉他盒，又捡起包，动作慌乱地往外跑。

眼见跑到祝政、周瑶跟前，关洁条件反射般地停住脚步，缓了口气，抬头面不改色地扫向两人。

周瑶率先出声，主动伸手同关洁打招呼："你嗓音真不错，唱歌很好听。"态度亲近、温和，看不出半点不好。

关洁扯了扯嘴角，笑回："谢谢。"说完看也不看祝政，拿起吉他就要往外跑。

脚步刚迈出去，手臂便被祝政一把卡住，祝政面不改色地盯着她，问："慌什么？出什么事了？"

关洁摇了摇头，否认："小事，无关紧要。"

"我让陈川送你。"

"不用，我打了车。马上走。"

被关洁连着拒绝两次，祝政没再说什么，慢慢松开手，放她走。

关洁失神片刻，想起有事在身，立马恢复正常，匆忙离开酒吧。

她现在没精力应对祝政，也没工夫应对周瑶。

关洁走后，祝政明显心情不佳。

周瑶几度想跟祝政叙旧，每次说不到两句就被他回绝。

到后来，祝政实在听不下去，招手叫来陈川，让他送周瑶回去。

周瑶还想留下来，奈何祝政没心思理她，只能作罢。

等所有人离开，祝政一个人神色疲倦地靠在沙发上抽烟。

抽到一半，他瞥到桌上的电脑。

祝政弯腰拿过电脑放腿上，点开关洁剪辑了一半的视频，从头到尾看了一遍。

看完，祝政点下保存，退出界面。

他刚退出就看见网盘里存了一个单独的文件夹，文件名是一串毫无规律的数字。

祝政盯了几眼，指腹摁下下行键。

是一篇日记，标题"再见赵四"。

祝政注意到那几个字，眼皮猛跳，视线也不由自主地往下移。

2015年4月21日，阴。我去DEMON面试，第一次遇见祝政，他面相很凶，穿了一身黑，有一双痞坏的眼睛。他从头到尾只问了我三句话：会喝酒吗？很能唱吗？能豁得出去吗？

2015年8月2日，祝政醉酒，叫了一个女人的名字，好像叫周瑶。

2015年9月3日，酒吧举办party，祝政唱《骚灵情歌》，唱台上的他闪亮得让人移不开眼。大抵"风华正茂""意气风发"这样的词就是专门用来形容他的。

2015年9月15日，学校催促我缴纳学费，我身无分文，祝政替我拿了那笔钱。那时候，我还没有完全适应我跟祝政之间的交易关系。不得不说，他是个很善良、大方的老板。

2015年11月15日，祝政突发奇想自驾去云南，我俩大半夜不睡，坐在大理街头喝酒、看星星。

2015年12月30日，祝政半夜发疯，拉我去爬长城，冻了我一晚上，真是个疯子。

2016年4月4日，小雨。今天是清明节，我陪他去了西山墓园，他失手打了一个姑娘。

2016年5月21日，他在酒吧为我祝生，送了我一套房，一捧白玫瑰。我没告诉他，我的生日是4月21日。

2016年9月3日，晴。酒吧有人闹事故意找我麻烦，他替我解围。

2016年10月6日，阴。他生日，我送了他一只zippo防风打火机。

2017年1月27日，除夕。他给我发了一条群发春节祝福。

2017年4月1日，我骨折进医院，他陪护一晚上。

2017年5月21日，他出差去上海，我请假陪他两天，知晓他初恋的事。

2017年6月21日，他换了辆新车，拉我去香山转了一圈。

2017年8月16日，他送了我一把Martin吉他。

2017年9月3日，他带我去听了场音乐会，太正经，不喜欢。

2017年9月25日，跟他去了趟哈尔滨。

2017年10月6日，我送了他一台相机，里面全是他的照片。

2017 年 10 月 28 日，关珍容到学校闹事，我报了警，他找关系将人弄出来送回上海。

2017 年 12 月 26 日，他撞了人，坐牢了。

2017 年 12 月 30 日，我去见了他最后一面，他很颓废。我把所有事说清后，远离北京。

2018 年……

2019 年 9 月 25 日，我不会再爱祝政。

2019 年 9 月 25 日，我不会再爱祝政。

2019 年 9 月 25 日，我不会再爱祝政。

2019 年 9 月 25 日，我不会再爱祝政。

…………

最后一句仿佛诅咒，在祝政心里东奔西撞，没个停息。

一股不知名的情绪随着文档最后一行字直冲顶端。

压抑、烦躁、惊慌……这些词在他脑子里轮流过了好几遍。

他试图从这篇几百字的回忆里找到一个合适的词形容他现在的境况，可无论他怎么找，都没发现任何蛛丝马迹。

"啪！"

祝政用力合上笔记本电脑，将它推到最角落，又弯腰捡起大衣，抬手扔过去遮盖住它。

这下，看不见、摸不到了。

祝政长舒一口气，长臂捞过桌角的打火机、烟盒，如释重负地点了根烟。

烟雾缭绕，祝政一连抽了好几口，尼古丁的快感让他得到短暂放松，不再困囿于他无法控制的情绪里。

喧闹、聒噪的酒吧角落，祝政夹着烟，人歪歪斜斜地倚在沙发靠垫上，仰着头，眯着眼盯着头顶红红绿绿的天花板，微微张嘴，一点一点地吐出烟圈。

烟圈蜿蜒盘旋半空，很快消散，与这昏昧融于一体。

可越热闹，越嘈杂，他越空虚。

抽到第三根，祝政再也受不住，"噌"地坐起身，揉了揉眉心，弯腰捡起车钥匙、打火机，又捞过大衣、笔记本电脑，起身往外走。

走出酒吧，祝政站在街角，远眺着对面深沉的黄浦江，忽然想起关洁说过一句话——

"他们烂得不像样，你比他们还烂。"

他烂吗？

之前他还有所保留，觉得他还有点救，如今他倒是可以坦然承认——他就是个烂人。

至少对关洁来说，他是烂透了的。

关洁匆忙赶回出租屋，门还没来得及开，就见朱真一手握着门把，一手提着菜刀，神情冷漠地站在门口。

关洁看到光亮的菜刀，眼皮跳个不停。

"朱真，你要干吗？"关洁提着气，小心翼翼地问。

朱真像是没听见，避开关洁，她穿着睡衣睡裤，赤着脚，提着刀，一言不发地往外走。

关洁吓得嗓子眼疼，急忙腾出手拉住往外奔的朱真。

朱真跟发了疯的野兽似的，力道大得很，几下就挣开关洁。

"嘭"的一声，吉他掉在地上，砸出巨响。

朱真瞬间停止挣扎，扭过头，直勾勾地看着关洁。

下一秒，朱真像是意识到什么，蹲下身捡起吉他，一个劲地道歉："对不起……西西，我不是故意的。

"我没……我没看到你。对……对不起，我、我……"

朱真说着说着就哭了起来，眼泪不停地往下掉，一滴滴砸在地上，仿佛要砸出洞来。

关洁抬手擦掉朱真的泪痕，捧住她的脸，安抚她："没关系，我没事。真真，你先冷静下来好吗？"

朱真痛苦不已，边哭边向关洁控诉："杨竞文……他怎么怎么敢……怎么敢这样对我？

"我要杀了他……呜呜呜呜呜呜呜呜呜，我要杀了他……

"他居然背叛我，他早跟别的女人好上了，呜呜呜呜呜呜……"

朱真的左手用力地攥住关洁的衣角，脸埋在关洁肩膀上，呜呜咽咽道："他怎么能……怎么能这么对我。

"要不是林贞贞跟我 PK，我可能还被蒙在鼓里。他凭什么啊，凭什么这么对我？"

两个小时前，朱真与林贞贞在直播间 PK，双方粉丝纷纷助阵，朱真铆足劲想赢林贞贞，直播时没少费劲。

PK 到尾声，输赢已定。朱真以胜利者的姿态，端起奶茶喝了几口，打算停播。

谁知，她一抬头就见林贞贞直播间晃过一道熟悉的背影。

背影穿了件白色背心，后颈下方文了只蝴蝶。

蓝色蝴蝶，蝴蝶中间还有两个大写字母：YZ。

朱真一眼就认出那是谁，顾不上直播，对着麦大喊一声："杨竞文。"

杨竞文下意识地回头。

那张熟悉的面孔立马映入眼帘。

朱真登时气血上头，整个人跟木头似的僵在原地。

林贞贞见状，在直播间笑得格外无辜，还问她："朱朱，你认识我男朋友吗？他是打电竞的，你要是喜欢，下周他有比赛，我让他给你留张门票好了。"

朱真怒火中烧，对着屏幕大叫："滚！"

两方粉丝不明真相，全都被朱真的狰狞表情吓到。

朱真在直播间怒骂主播林贞贞的事也插针见缝地传遍全网。

一时间，"朱真直播间骂人"的词条直奔热搜第一。

直播结束，朱真彻底失联。

万岚找疯了都没找到朱真，只得打给关洁。

关洁是在出租车上，匆匆点开词条看了几眼。

营销号剪辑过度，全都是骂朱真脾气火暴、替林贞贞委屈的，关洁没刷到一个替朱真说话的。

网络世界，向来有人不分青红皂白，凭着一两句话就断章取义，任意评判这个人是好是坏。

关洁前两天才经历一场大规模的网暴，对于朱真这场直播事故，完全理解、明白她的心情。

哭到没声了，朱真才哑着嗓子说："西西，我要去找他。"

这次关洁没拦她。

只是走之前，关洁弯腰夺过朱真手里的菜刀搁在鞋柜上，说："别拿刀，小心伤了自己。"

说完，她又补充一句："等我两分钟，我陪你一起。"

朱真流着泪，沉默不语地站在原地等关洁。

关洁见她还有点理智，没再刺激她。

关洁弯腰捡起地上的包、吉他，一股脑儿丢在门口。

丢完，关洁一身轻地甩上门，上前搂着朱真的肩膀往电梯走。

两人一路出了电梯、小区，打车直奔杨竞文住处。

路上，朱真脑袋靠着车窗，双手紧扣，面色惨白地盯着窗外，眼泪一直往下掉。

关洁坐在另一侧，时不时朝朱真看一眼。

到目的地，关洁付了钱，跟着朱真下车。

朱真来过无数次，线路早记得滚瓜烂熟。

两人一路绕过花园、一片草坪，转几个弯，走进最里面的一栋楼。

摁下电梯上行键，朱真擦掉眼泪，从包里掏出镜子开始补妆。

像是完成某种仪式，这场补妆，朱真格外认真。

先是散粉，再是眉笔、睫毛膏、眼影，最后是口红。

关洁尝试站在旁观者的角度看这件事，可看到平日可爱活泼的朱真成了这副样子，她忽然有点难过。

爱情可以塑造一个人，也可以毁掉一个人。

很不幸，朱真是被毁掉的那个。

补完妆，朱真神情恍惚地望着镜子里陌生到自己都认不出的人，苍白无力地说："西西，待会儿不要看。站在走廊等我，别进去，我不想你看见……那么疯癫的我。不然以后，我再也没办法从容面对你了。"

关洁吸了口气，扭头盯着浑身散发着死寂的朱真，点头答应："好，我不进去。"

"嘀"的一声——

电梯门缓缓打开，朱真绝望地闭了闭眼，提着包，步伐沉重地迈出腿。

关洁也跟着走出电梯。

"砰、砰、砰……"

"哐、哐、哐……"

"嘭、嘭、嘭……"

屋里不间断地传出重物倒地声、花瓶破裂声、玻璃破碎声……

关洁站在走廊转角，上半身抵在墙壁，单脚踮起，仰头，合着眼静静听着屋里"噼里啪啦"的动静。

屋里碰撞声、尖叫声、打骂声不断。

关洁听了几句，默默收回视线，低头面色平静地盯着自己的鞋尖。

"啪啪啪啪——"

屋里，朱真丢掉包，双脚踩上沙发，对着面前的杨竞文，一巴掌一巴掌地甩在他脸上。

打了几巴掌，朱真死死咬着牙齿，眼眶通红地指着杨竞文骂："你浑蛋！

"杨竞文，你去死！你去死！你去死啊！

"你当初怎么答应我的？你为什么！为什么要背叛我？你知不知道，我有多爱你！

"可你呢，你在干吗啊？我挣的钱大部分都给你，你打游戏我支持，你没钱我给你。你呢？你背着我偷人！"

杨竞文站在那儿跟木头人似的，一动不动，无论朱真怎么说、怎么闹、怎么打，他全程闭嘴，不回应一句。

朱真由最初的愤怒到绝望再到麻木，最后崩溃。

她死死抓住杨竞文的衣领，用力撕扯他的白色背心。

"刺啦"一声，背心衣领被撕开一个大口子，挂在杨竞文身上，跟块破布一样。

朱真一眼看见杨竞文后颈纹的那只蝴蝶，一下子失控。

她抓着自己的头发，发了疯地大喊大叫："杨竞文！啊！你去死啊！去死吧！呜呜呜呜呜呜！

"你去死……你去死……你去死……"

她的指甲狠狠划过自己的脸，一道道鲜红的血痕立马显出来。

有几道划太狠，血珠子不停冒。

之前形同死尸的杨竞文忽然惊慌起来，他试图上前抱住朱真，但手还没伸出去就被朱真骇人的眼神吓到。

杨竞文满脸痛苦地抹了把脸，颤着声安抚朱真："真真，你别这样好不好，别伤着自己。

"我错了，我错了，我真的错了，我再也不了。你原谅我这一次好不好，我保证，保证再也没有第二次了。"

朱真不想听，捂住脸，大骂："你滚！我再也不想看见你！

"你去死！你去死！

"杨竞文，你这辈子都欠我的！"

朱真哭到眼泪都流不出来了，她神情绝望地瞪了眼杨竞文，随后绕开一地狼藉，痛苦无力地走出房间。

祝政发了条消息过来：【处理完了？】

关洁抬头看了眼斜对面房间激烈的战况，默默发了个问号过去。

祝政回复一条信息过来：【电脑在我这儿，我给你送来。】

关洁：【不是你的？】

祝政：【视频。】

关洁还没来得及回，祝政又发来一条：【剪完还我。】

关洁没再回，给他发了个定位。

朱真发泄完出来时，关洁刚摁灭手机。

见状，关洁又给祝政发了条：【直接到我公寓。我马上回去。】

没等祝政回复，关洁关掉手机，上前看朱真的状态。

瞥见她脸上的伤痕，关洁拧眉，追问："杨竞文弄的？"

朱真像是用尽了力气，一出来跟泄了气的气球，死气沉沉，没有任何生气。

"西西，我们回去吧。"朱真迟钝地眨了眨眼，脑袋靠在关洁身上，低声呢喃。

关洁抬眼，神色淡漠地看了几秒门口立着的手足无措的杨竞文，然后收回目光，轻轻拍了拍朱真的肩膀，安抚她："好，我们回家。"

回去的路上，朱真累到极致，整个人瘫坐在座椅上，毫无生气。

走到一半，朱真忽然开口："西西，我想回家，回苏州。"

朱真又让司机掉头去火车站，路上关洁给朱真买了最近一班的车票回苏州。

陪朱真取完车票，等她过了安检，关洁才放心往外走。

等关洁回到小区时，已经后半夜。

本以为祝政早走了，没想到她下车，抬头就看见祝政的车停在小区门口。

他人靠在车门，低头玩手机，屏幕光映在他脸上，衬得轮廓越发立体、流畅。

关洁抿了抿嘴唇，抬腿走过去。

祝政听到脚步声，抬起头，面色平静地看着几米外的关洁。

关洁率先出声："我中途送室友去了趟火车站。你等很久了？"

祝政收好手机，转身打开副驾驶座的车门，从里拿出笔记本电脑递给关洁："没多久。"

关洁接过电脑，想了想，问："我上去拷到我电脑里，你在这儿等我几分钟？"

"行。"祝政站在原地，一言不发地看着关洁的背影。

关洁走了几步，又想起什么，停下脚步，扭头问："要不上去等？晚上风挺大的。"

祝政沉默片刻，锁好车门，跟着关洁上楼。

一路无言，两人谁都没吭声。

直到进屋，关洁给祝政倒了杯温水，让他坐在沙发等等，她自己进卧室拷视频。

进门她才想起，电脑前几天送去维修店修了，还没拿回来。

拍了拍额头，关洁抱着祝政的笔记本，转身走出卧室，径自绕过沙发，走到祝政面前，不好意思地问："你电脑急用吗？我电脑拿去修了，还没去拿。要急用，我明天去酒吧剪。"

祝政偏头，波澜不惊地问："你现在弄，需要多久？"

"两个小时。"关洁琢磨几秒，给了个准确时间。

"那你弄，我等得了。"

关洁"哦"了一声，抱着电脑，脱掉拖鞋，一屁股坐在祝政旁边，轻车熟路地打开电脑，开始剪辑。

剪了几分钟，关洁余光下意识看了眼祝政，见他坐在沙发无所事事。

关洁顿了顿，歪头问他："要看电影吗？"

祝政沉思两秒，回："都行。"

关洁得到答案，将电脑搁在一旁，爬起身，打开投影仪，选了部自己经常看的电影播放。

祝政好多年没看过电影，这一看，看得挺入神。

国外的小众片子——《莫娣》，真人故事改编，讲了两个孤独的人互相温暖、治愈对方的故事。

男主人公是个古怪、冷漠的人，不喜欢跟外界交流；女主人公身世惨淡，患有先天性关节炎，但是性格乐观，很爱画画。

女主角用她的乐观感染男主角，两人最终成为夫妻，幸福地生活在一起。

里面有两句经典台词，一句是男女主角的对话。

男主角说："我不喜欢这世界的大部分人。"

女主角温暖地回："这世上的大部分人也不喜欢你，但，我喜欢你。"

还有一句是关洁很喜欢的——

The whole life already framed, right there.

浮生一切都已被框成一幅画，就在那里。

关洁看过很多遍，即便没跟着祝政看，也知道剧情发展到哪儿，哪句台词什么时候说。

影片结束，关洁还没剪完视频。

祝政坐在沙发上，歪头目不转睛地注视着关洁的侧脸。看她沉迷在自己的世界，祝政盯着桌面的书，滚滚喉结，开口问："我给你念首诗？"

关洁猛地抬头，猝不及防撞进祝政深邃、认真的眼眸。

"什么？"

祝政弯腰拿起关洁之前放置在茶几的诗集，翻了几页，停下来，问她："聂鲁达的《最后的玫瑰》，喜欢吗？"

其实压根儿不用问，关洁在这页标注了很多条注释，光是看注解就知道她有多爱这首了。

祝政清了清嗓子，手指捏着纸张，一字一句地读：

"我是个绝望的人，是没有回声的话语。

"丧失一切，又拥有一切。

"最后的缆绳，我最后的祈望为你咿呀而歌。

"在我这贫瘠的土地上，你是最后的玫瑰。"

第 8 章
其实我并不差

——"在我这贫瘠的土地上，你是最后的玫瑰。"

祝政最后一个尾音落下，关洁久久未能回神。

她抱着电脑，手指贴在键盘上，抿嘴，克制地呼吸着。

这首诗对她而言意义太大，她实在无法用言语来形容对它的热爱。

很大程度上，她觉得这首诗就是在写她。

可是，她没找到最后那朵玫瑰，她依旧孤独寂寞，依旧无所依靠。

空气很安静，气流好像也变得缓慢了。

祝政坐在一旁，左手摁住搁置在膝盖的诗集，右手捏着书页边角，时快时慢地翻动。

翻了四五页，祝政合上书，倾身，将诗集规规矩矩地搁在关洁之前摆放的位置。

一切都毫无征兆地陷入僵局中。

背后墙壁上挂的英式钟表不知不觉走到五点半。

窗外依旧寂静无声，大半个上海笼罩在这漆黑的夜色中。

关洁舔了一下嘴唇，半垂脑袋，手指落在笔记本电脑的触摸板上，轻点保存按钮，将剪了三个多小时的视频存档。

存完视频，关洁又登录微信，将视频传到微信文件。

结束后，关洁退出所有登录账号，摁下关机键，合上笔记本电脑，顺手递给祝政。

祝政下意识地接过，笔记本电脑底部微烫，落在祝政掌心，掌心仿佛被炭火灼过，灼得他火辣辣地疼。

关洁没注意到祝政的情绪变化，起身拿开怀里的抱枕，穿好拖鞋，问祝政："要喝酒吗？"

熬了快一宿，祝政精神不大好，人窝在沙发里，抬起微褶的双眼皮，神情懒怠地看她一眼，说："胃不好，喝不了太多。"

关洁眨眼，劝说："意思意思。"

祝政沉默片刻，滚动喉结："喝点也行。"

关洁见他没拒绝，走到酒柜前扫了一遍她之前存的几瓶酒，犹豫几秒，拿起其中一瓶，扭头问："白葡萄酒还是香槟？"

祝政注视几秒关洁手里拿的白葡萄酒，捏着眉心道："白葡萄酒。"

关洁若有所思地点点头，绕过酒柜，顺手拿了两个酒杯。

喝白葡萄酒要提前冷却二十分钟，关洁去找了个冰桶，装满一大半冰块，将酒瓶斜放入冰桶。

等待的过程有些漫长，关洁见祝政精神不大好，又起身去卧室拿了两片橙子味的维 C 给他。

祝政接过维 C，一口塞进嘴里，生咽下喉咙。

关洁倒水的动作一滞："你直接吞了？"

祝政拿起抱枕垫在后脑勺，人仰躺在沙发，解释："之前药吃太多，胃难受。就这么吃，好受点。"

关洁轻挤出一个鼻音，没再说话。

二十分钟很快过去，白葡萄酒冷却好，关洁找来开瓶器，握住酒瓶，熟练地打开瓶塞。

瓶塞打开，瓶口冒出一缕薄雾，清爽的葡萄酒香也不甘示弱地溢了出来。

关洁端起酒杯，一人倒了小半杯。

"敬这彻夜不眠的夜，敬你我——永远年轻。"关洁捏住杯柄，半抬手腕朝祝政碰杯。

祝政配合地碰了下。

关洁抿了一小口，抱着膝盖，蜷腿侧坐在沙发，突发奇想地问："要听歌吗？"

"这时候？"

"对啊。"

关洁没等祝政回复，迫不及待地爬起来，拐进卧室拎着吉他，步伐欢快地走出来。

祝政望着今晚情绪跌宕起伏的关洁，忽然失笑。

也是，这姑娘总是想一出是一出。

关洁重新坐回沙发，搂着吉他，懒散地弹了几个调，问他："想听什么？"

祝政想了好一阵都没想到合适的歌，摆了摆手，让她随便弹。

关洁翻了个白眼，决定："那就陈奕迅的《无条件》好了。"

这首歌她弹过好几次，记得住词曲，也不用去网上特意搜。

临唱前，关洁又抿了两口白葡萄酒。

酒下肚，关洁垂下脑袋，搂着吉他开始弹唱。

············
事与冀盼有落差请不必惊怕
我仍然会冷静聆听
············
美难免总有些缺憾若果不甘心去问
问到最尾叫内心也长出裂痕
············

听到最后，祝政竟分不清关洁是在单纯唱这首歌，还是透过这歌词跟他传达什么。

祝政猛然想起第一次见到关洁的样子。

跟她日记里的时间一致，2015 年 4 月 21 日，酒吧开业的第三天。

前两天，生意场上、私下的朋友全都来撑场面，人来了一拨又一拨。

他日日夜夜都待在酒吧喝酒、陪客人聊天，偶尔谈点生意。

关洁进去前十分钟，他刚送走一拨人，彼时他累到筋疲力尽，人瘫在沙发上，困到倒头大睡。

刚睡下没多久，关洁就背着吉他，小心翼翼地钻了进来。

他至今记得，关洁那天的打扮。

四月的天，北京还不算太热，她倒好，吊带配短裤，外面罩了件薄衫，一身打扮，清清凉凉，跟过夏天似的，耳垂还吊着两串夸张的耳环。

肩膀上挂了把破吉他，跟她这身清凉打扮格格不入。

只是配上她那张拒人千里之外的脸，再怎么不搭，人往那儿一站，也足够吸人眼球。

祝政见到关洁的第一眼，立马没了睡意。

他捏了捏眉心，睨她几眼，故意为难她："会喝酒吗？很能唱吗？能豁得出去吗？"

问完，他坐在沙发，端起酒，饶有兴致地看着她。

关洁先是皱了下眉，而后扯了扯嘴角，神色认真地答："会；不是很能喝，但可以练；至于唱，你听我弹一首就知道了。"

答完，关洁扯下破吉他抱怀里，现场给他弹了首英文歌。

她一开嗓，祝政就惊艳了。

她的嗓音太独特，独特到让人只听她唱一句就不自觉地被她吸引。

她身上有股强烈的矛盾感，一股艺术家的骄傲与窘迫现状碰撞产生的矛盾感。

很奇怪，这矛盾居然能在关洁身上融合成另一种特殊的感觉。

祝政刚开始没明白她身上的矛盾感从何而来，直到后来，他去派出所给关洁做担保，瞧见角落里披头散发、满身怨气，恨不得撕碎关洁的关珍容，他才意识到，她的矛盾感到底从何而来。

她是个天生的艺术家。

或许她生来就要忍受常人不能忍的痛苦、难堪、羞辱，可正是这些东西的糅合，使得她独一无二。

她眼里有股劲，那股劲他之前找不到词来形容，现在找到了——

对不公命运的反抗，对所有偏见、羞辱的不屈从。

他能清楚感知到，她毫无起伏、波澜的眼眸底下是一幅怎样的光景——那里有熊熊烈火的燃烧，也有万物踩踏过后的死寂。

她理应活得精彩、自由。

她理应成为万众瞩目的大艺术家。

早上七点，远处的天忽然延伸出一片白洞，白洞越扩越大，最后彻底吞噬黑夜，主宰整片天。

关洁洗漱完，叫醒沙发上陷入浅眠的祝政，两人一同下楼吃早饭。

选了家比较正宗的早点铺，两人去得早，店里还有位子。

关洁同服务员报了几样上海特色早点，等服务员离开才想起祝政可能吃不大惯。

"吃得惯？"关洁撕开一次性筷子薄膜，将筷子递给祝政，问他。

祝政接过筷，波澜不惊地说："在上海待了三四年，不至于这都吃不了。"

祝政要不说，她都忘了他大学在上海读的。

生煎包上桌，祝政夹了一个放进碟子，放下筷，说："之前学校旁边有家面馆做得也不错，我读大学时经常去吃。那时……"

像是想到什么不开心的回忆，祝政皱着眉，缓了好几秒才继续往下说："高三，那年冬天我看到我父亲强行将我母亲送进精神病院。我那时太弱，没什么反抗能力，只能眼睁睁看着我母亲被保镖押上车。

"我找不到报复他的机会，只能尽量逃脱他的掌控。我做的第一件事就是改高考志愿。

"他知道以后大发雷霆，骂我不肖子，断了我所有经济来源……那几年，在上海的日子并不好过。

"我没有社交，没有朋友，没有任何兴趣爱好，甚至排斥这座城市的一切。

"那家面馆也是宿舍聚餐，室友强行拉我去的。那次以后，除了食堂，我就吃那家。

"很长一段时间，我讨厌整个世界，讨厌这世界的很多人。最讨厌的，还是我自己，甚至厌恶。

"厌恶那个被控制了十几年却始终无法反抗的自己，也厌恶那个充斥着虚伪、混乱、尔虞我诈的圈子。

"可令人讽刺的是，回去后，我又重新融入社交，融入那个圈子。日子过得如鱼得水，我甚至很享受那纸醉金迷、灯红酒绿的生活。"

祝政说这些时，表情很平静，仿佛在讲一件无关紧要的事。

关洁坐在对面，抬头却看到他眼底深处的痛苦、挣扎、彷徨。

这顿早餐吃得不算愉快。

祝政离开后，关洁站在早餐店门口，抬头望着头顶灰茫茫的天，脑子里忽然记起某部电影里的一句话——

孤独的人有他们自己的沼泽。

从某种意义上说，她是孤独的，祝政也是孤独的。

很不幸，两个孤独的灵魂走在一起，却无法抵挡各自的孤独。

《救他做个坦诚恶棍》在两天后正式上线，各个音乐平台都能听。

上线那天，播放量超过百万，连带着关洁以前那几首冷门歌曲也得到一定热度。

这是关洁在音乐上获得的第一次各种意义上的成功。

那天，她在家开了一场直播。

直播前几分钟，关洁打开后台，看到了朱真之前说的那封万字道歉信。

她一字一句看完，随后退出对话框，面无表情地删除那条私信。

这次直播，关洁没有唱歌。

她宣传完新歌，针对之前的帖子做了早就该处理的解释。

她坐在座椅里，穿了套宝蓝色睡裙，抱着吉他，对着屏幕一字一句地说："我很讨厌在公众平台讨论个人私事，我讨厌无关人士窥探我的个人隐私。当然，事实已经发生，我现在说这些也没什么用。

"我只是个普通人，也会难过、痛苦。这个帖子，我相信很多人都看过，或者都道听途说过。

"有人信，有人不信，也有人不在意。不过，这个帖子涉及太多与此相关的人，有太多伪造、虚假的信息。我实在无法说服自己的良心，告诉自己随他去。"

直播间随着关洁的发言瞬间沸腾，全都叫着喊着，有加油的，也有问各种各样的问题的，还有人针对原帖那几点质疑发言的。

关洁刚开始还看评论，后来消息太多，她实在看不过来，索性屏蔽评论。

她拿起手机，找到原帖，回了几点她觉得应该要反驳的。

"首先，暴露我真实名字、学校，以及我的部分信息这点我将持保留意见。

"其次，关于校园欺凌，我并未主动殴打、辱骂任何人，也从未参与所谓的在教室扇人耳光的事，当然我也不可能请那位受害者来替我做证。你们信则信，不信我也无法改变。

"第三，关于我大学夜不归宿，跟各种有钱男人厮混的事，这应该属于我个人的私事，好像还轮不到各位质疑。先不说事情真伪，就算有，这也是我个人的私事，跟在座各位无关。

"第四……

"最后一点，关于我高中那些事，之前林昭和那位女同学的评论解释得已经很清楚。当然，我尊重你们每个人八卦的权利，但是针对这次发帖人，我不会原谅她做的事，也不会撤回诉讼。

"至于这一万字的道歉，抱歉，我不接受。

"有的错能原谅，有的错不能。人不可能一辈子走运，或者侥幸逃脱。错了就是错了，错了就应该承担后果。"

说到这儿，关洁闭了闭眼，长呼一口气，屏住呼吸说："仔细想想，我这人挺差劲的。

"这样差劲的我能有人站我身后替我说话，我真的挺感激的。

"我其实并不在意这些所谓的黑料，可是你为什么要碰一些无辜的人呢？为什么要碰一个我都不忍心伤害的人？"

这场直播结束，关洁大汗淋漓。

好似生了场重感冒，她人躺在床上，四肢动弹不得，只能睁着眼，麻木地盯着头顶的天花板。

半个小时内，手机振动了无数次。

关洁想爬起身去接，可无论她怎么使劲，都爬不动。

良久，手机不再振动，关洁莫名地松了口气，闭着眼，陷入沉睡。

关洁昨晚那场直播在网上引发很大的争议。

评论两极分化，骂声、夸声此起彼伏。

很多营销号、博主、路人纷纷发言，批判她得理不饶人。

绝大多数人下定论：十五万的赔偿对于原帖帖主这样一个普通家庭的女大学生来说，惩罚实在太重。

而关洁作为一个百万粉丝博主，这十五万只需发一两条广告就轻松赚回。

更有人笑谈，网红赚钱这么容易，撤诉怎么了。

好像这个世界对"弱者"，天生就有怜悯、同情之心。

尽管这个所谓的弱者，不久前才以加害人身份做了一件"看似仁义""看似合理""看似道德"的事。

可，凭什么呢？

凭什么她要原谅那些人？凭什么别人道歉了她就要接受？难道道歉不是应该的吗？

　

"你昨晚直播实在太冲动，说话也太直接，处理方式更是尖锐过了头。

"就算不想原谅，你也不要在直播间当着大众说出来。这件事完全可以私下解决，小关，你太尖锐了。

"我知道你是个很独特、有自己风格的音乐人，但是——这是大众社会，尤其是在网络世界，没有人会为你的独特、小众买单。你身上这些尖锐的、异于常人的东西只会让你受伤。

"公司给你拟了一个最佳方案，你现在马上跟原帖帖主联系，你们一起发一份和解书。原帖主人就在上海，到时候……"

电话里，万岚的劝诫跟四五月的暴雨似的，说起来没完没了。

关洁烦躁地揉了揉头发，掀开被子坐起身，瞥了眼还在继续的通话。

她摁下免提，随手将手机扔在床头，赤脚踩上地板，抱着胳臂，面无表情地走到窗边站定。

"我知道这事委屈你，这件事后，你带薪休假几天，等情绪缓过来了再回公司。

"小关啊，你的音乐路要想走更远，还有得磨。公司前几天开会决定把你推向大银幕，你未来前途无量，不应该为这种事留黑点，这事你就服个软，道——"

"刺啦"一下，关洁攥住窗帘布，往两边用力拉开。

刺眼的光线登时从窗口钻进来，爬到关洁的肩膀、锁骨，落到那张清淡的面孔上，最后钻进那双布满冷漠、嘲讽的眼眸。

她推开窗户，弯腰趴在窗台，看着窗外灰蒙蒙的天空。

刚起床，她身上的墨绿色丝质吊带睡裙还没来得及换。两根细肩带紧贴肩窝，领口开得稍低，低头间露出大片白皙、细腻的肌肤。

裙摆长度恰好到脚踝，将将把那双细长、笔直的腿遮盖住，右侧却忽然开了个衩，将那双腿偷偷暴露出来。

她半弓着背，手肘撑在窗台。

性感、清冷、魅惑……这些违和又和谐的词用在她身上，真是一点都不浪费。

过了好一会儿，关洁才走到床头翻手机——通话还在继续，持续时长42分53秒。

关洁舔了舔嘴唇，握住手机，对着电话那端的人缓缓吐出六个字："我、不、接、受、道、歉。"

晚上八点，关洁一如既往地赶去酒吧驻唱。

只是这次，她还没进酒吧门就被人拖住脚步。

一个二十出头的，穿着某大牌羽绒服，背着名牌包的女生突然从酒吧跑出来拦住关洁。

她双手张开，站在关洁面前，满脸慌乱道："关洁，您好。我是发帖人陈英，上海某大学中文系大三学生，我今天来是特意向您道歉的。

"我知道，我做得太过，我写万字道歉信也不足以表达我对您的歉意。但是我真的不知道该如何处理这样的事。

"我也没想到，没想到我随便发出去的帖子会大火，甚至火到那种程度，我也没想到这件事对您影响这么大……

"我真的真的错了，我知道我现在说什么都是徒然……您让我做什么都行，但是我还是想请您撤回诉讼。

"这件事不光给您造成了影响，我也收到了很多抨击、辱骂、恶评。

"现在学校里的同学都拿有色眼镜看我，无论我做什么，他们总会笑我，我的朋友跟我绝交、家人也打电话骂我……"

说到这儿，女生像是想起什么伤心事，不停流眼泪。

关洁站在原地，背着吉他，表情冷漠地看着她哭。

"真的，我真的知道错了。请您原谅我。我真的是第一次做这样的事，请您原谅我的年少无知，请您高抬贵手放过我一次。

"我家在西北偏远的农村，家里五兄妹，我是最大的。上学全靠接济，大学也是靠贫困补助……我真的没能力偿还这十五万……"

关洁越听越平静，听到最后，她看着女生，波澜不惊地问："所以呢？所以你穷我就该原谅你吗？"

女生愣住，泪珠挂在脸上摇摇欲坠，似乎没想到关洁会这么冷漠地问问题。

"不……不是。我只是想说，您能不能……能不能少赔偿点？我真的……受到了惩罚，我也受到了很多攻击。

"某种程度上来说，我也是受害人。"

关洁"扑哧"一下笑出来，笑得太狠，呛得她咳了好几声。笑到最后，关洁收住笑，满脸嘲讽地问："你是受害人？

"你是受害人！那我呢？林昭呢？他是什么？他是加害人？他招你惹你了？他怎么你了？嗯？

"他骂你打你了，还是他怎么你了？你爆我黑料我可以不计较，但是爆林昭个人隐私、胡乱编造他的绯闻，这些难道不是你做的？”

关洁说到这儿，紧咬牙关，伸出微颤的手指指着女生，大声道："这里！这件事里，最没资格说是受害人的就是你！

"你有什么资格祈求原谅？你有什么资格啊！

"你知道他是怎样的人吗？你知道他有多温柔、多优秀吗？你知道他的前途有多光明、敞亮吗？

"就是你，就是因为你，他这一生都得背负这个黑点！

"凭什么你说对不起我就得说句没关系，凭什么我要忍着痛苦原谅你，凭什么啊？你告诉我，告诉我，凭什么？"

关洁气到面红耳赤，胸口起伏不定，整个人都在抖。

她喘着粗气，闭着眼，不停地深呼吸。

这一声声追问让女生彻底傻眼，她垂着脑袋，迷茫无措地站在关洁面前，似乎想说点什么，可张嘴又合上，来来回回十几次都没能说出话。

关洁发泄完，褪去一身戾气，重新恢复那副冷漠的面孔："这十五万你不用赔偿，但是我不会撤诉，也不会接受你的道歉。至于你所遭受的这些——自己造的孽，自己承担。"

说完，关洁绕过女生，大步走进酒吧。

推门进去，一大拨人站在门口观望。见到她进来，人群如鸟兽状散开。

关洁在原地站了两秒，背着吉他，旁若无人地拐进门。

绕过一排排桌椅、十几个客人，她径自走到唱台边的小沙发旁。

她搁下吉他盒，一屁股坐下来，双手捂住脸，静静消化刚刚的一切。

殊不知，危险的气息也尾随到身边。

那是十分钟后的事，关洁上台刚唱完一首歌，台下一个酗酒的大哥突然将手里的酒瓶扔上唱台，"嘭"地砸在关洁脚边。

关洁吓了一大跳，一股冷意，一股仿佛刚从地狱爬出来的死人气瞬间席卷全身。

男人醉醺醺地站在唱台前，指着关洁骂："不就一个唱歌的，有什么了不起！人家小姑娘好心好意给你道歉，你有台阶就下，别作。你自己出去看看，把人家姑娘吓成什么样了？都打 120 进医院了。"

"嗡"的一声，关洁脑子骤然炸开花，眼前登时漆黑一片。

台下打闹声、辱骂声此起彼伏，时不时还有酒瓶子砸上台，砸得"噼里啪啦"作响。

"陈川，愣着干吗？叫保安拖出去。"

一道严厉、低沉的嗓音撕破酒吧的喧闹、混乱，清晰、有力地传入关洁耳朵。

关洁来不及多想，只觉肩膀被一只手覆上，来人拥着她的腰带她挤出混乱。

走到僻静处，祝政仔细检查了关洁全身，确认她只是小腿被碎酒瓶划了道小口子后，就轻揉了两下她的肩膀，低声安抚她："你在这儿等我两分钟，我去去就来。"说着，祝政脱掉身上的大衣搭在关洁身上，转身便往混乱中心走。

他边走边挽毛衣袖口，挽到三分之一。他接二连三地推开看热闹的人，挤到中心处。

酗酒男瘫坐在地上大骂、大叫，时不时还拳打脚踢，蛮力大到好几个保安才压制住他。

腿脚乱踢间，周围好几个客人被殃及。

祝政扯了扯毛衣领口，单膝蹲在男人面前，让保安一把提起男人的衣领，将男人拖行四五米远。

祝政跟在后面，路过吧台，随手拿过啤酒瓶，咬开瓶盖，对着男人的脸稀里哗啦淋下去。

连续淋了四五瓶，红的、白的、冰的、烈的，淋到男人痛苦挣扎、淋到他骂不出声，祝政才停手。

他居高临下地注视着趴在地上惊慌失措的男人，而后，他蹲下身，伸手拍了拍男人的脸，笑眯眯地问："现在清醒了？"

祝政阴恻恻的目光移到男人大腿上，只用两人的音量，波澜不惊地问："用不用我给你叫救护车？"

"不用不用不用……"男人被祝政骇人的眼神吓到，连忙摇头拒绝。

祝政掏出纸巾擦了擦手指，起身，面不改色地说："那怎么来的，怎么出去。这事就到这儿结束。"

酒吧有醉鬼闹事是常事，很多人见怪不怪，等事解决完，酒吧再次恢复喧闹、热腾。

反应最小的反而是关洁。

简单整理了下衣服，她没听祝政的劝告，抱着吉他上台，认认真真唱完剩下的三个小时。

唱到尾声，关洁半搂吉他，扭头望着唱台边坐在沙发上抽烟的祝政，启唇，无声说了两个字——

谢谢。

晚上十一点，徐文远被祝政一个夺命电话催到酒吧。

他吓到衣服都没来得及穿，就拎着药箱往酒吧赶，生怕慢一拍，祝政性命难保。

呵，到了酒吧才发现病患不是祝政。

真正的病患好端端坐在沙发上，垂着脑袋在玩手机，可也就小腿划了一道口，伤口的血迹都干得差不多了。

这附近哪个诊所不能包扎，非得叫他过来折腾这趟？

徐文远气得不轻，以至于在替关洁包扎伤口时，嘴里还在骂祝政不要脸。

祝政人靠在沙发右侧角落，一字一句看完林昭几天前在那个黑帖下留的那条热评截图，摁灭屏幕，神情淡漠地望向酒吧门口。

许是没听到一句回应，徐文远懒得再骂祝政，转而将注意力放在不声不响的关洁身上。

瞥到关洁那张明媚、清冷的脸庞，徐文远先是无声地笑笑，而后不自觉地放轻手上动作，态度也认真起来，还主动提醒关洁这两天伤口不要碰水。

关洁从屏幕里抬头，客气道："好。谢谢。"

徐文远闻言，猛地挑眉，看向关洁的眼神里多了一丝赞赏："嗓子挺特别，挺有味道。看起来……应该是个很不错的歌手。"

看起来？

关洁有些想笑，她还是第一次听人这么夸自己。

最后想想两人并不熟，或许只是客套话，故而，关洁收起半扬的嘴角，态度平静地回："也就那样。"

消完毒，徐文远丢下镊子，拿过纱布贴在关洁的伤口上，调整好角度，笑眯眯地说："年轻人，别太谦虚。有多少歌手想要一副辨识度高的嗓子还求而不得呢。"

这话倒是在理。

关洁抬眼看他一下，笑笑不说话。

伤口包扎好，徐文远收拾好药箱，看了看时间，对着祝政意有所指地说："小四，几年不见，你口味变化挺大。

"我记得你之前喜欢的那女孩好像也是搞音乐的，叫什么瑶来着？噢对了，周瑶是吧。前两天我还在网上看到她的消息，听说她过两天要在上海开场个人音乐会，按理说，你应该要去是吧？

"小四，别的不说，你品位不错。找的都是些艺术家，够你折腾的。"

关洁本来在回朱真的消息，听到这话，停住手上动作，抬起头，似笑非笑地看向徐文远。

这话里话外对她的针对可不少。

徐文远注意到关洁的目光，满脸无辜地耸了耸肩，离开前还不忘拍拍祝政的肩膀，给他一个自求多福的眼神。

典型的幸灾乐祸，看热闹不嫌事大。

祝政睨他一眼，笑骂："你不说话会死？"

徐文远："大晚上折腾我，还不许我给你找点不痛快？"

"……"

回去的路上，关洁坐在副驾驶座，偏过头，一言不发地望着窗外飞逝而过的景色。

夜晚霓虹灯点亮整座城市，衬得本就繁华的上海越发富丽堂皇。

道路两边的路灯依次延伸到远方，延伸到看不见的尽头。

黄浦江宛如一池墨，深沉、漆黑、不见底。

对面的东方明珠依旧矜贵、优雅地屹立在江岸，周围高低起伏的大厦也针锋相对、争先恐后地排列在它左右，试图与它一争高下。

车厢一片寂静，两人都没说话。

直到一通突如其来的电话进来，彻底打破车厢的平静。

关洁听到铃声，下意识地看向祝政。

见他岿然不动，并没放慢车速接电话，关洁才发现是自己的手机在响。

关洁这才东翻西找，从包里掏出手机。她垂眸看一眼，见是陌生号码，犹豫半秒，摁下接听。

"请问是小关——关洁吗？"电话里，一道犹豫、模糊不清的中年女声缓缓溢出听筒。

"我是高明秀，你还记得我吧？"

关洁刚开始没听出这道声音的主人是谁，直到对方亮明身份，关洁才恍然记起。

她的高中班主任，一个有着文艺气息、热爱诗词的语文老师。

关洁忽然觉得空气有些黏稠，黏稠到她喘不过气来，连带着她的情绪都有些失控。

这通电话来得太突然，突然到她不知道如何叙旧，也不知道如何回应这句话。

她抿了几下干涩的嘴唇，屏住呼吸，礼貌客气地问："高老师您好，我是关洁，请问您是有什么事吗？"

"是这样的，班长前两天回学校看我，说是下个月要弄同学聚会。人叫得差不多，就差你跟林昭。林昭那边班长已经取得联系，他这个月底就能回国。至于你这边，班长倒来倒过去都没找到你的联系方式。也是巧，昨天我在医院遇到你邻居姐姐，聊着聊着，我找她要了你的电话。这才打电话到你这儿。"

关洁听到林昭两个字，条件反射般地捂住手机，将手机音量调到最低。

"……班长到我这儿来，倒是提了几句你，说你现在仍然在做音乐，网上粉丝挺多。我晚上听完你的新歌，心情很激动，也很欣慰。当初你在这方面就很有才华，如今有所成就也是理所应当。大晚上给你打电话，老师没打扰你吧？"

124

高明秀说了半天，始终不进正题，关洁也不好挂，只能配合地回："没打扰，您请说。"

"老师也不多绕圈子，就想邀你参加这次同学聚会。一来是想让你跟同学们多走动走动，二来老师想再见见你。当年的事，一半错在老师。老师当年也没办法，这声对不起还是要当面跟你说的。我就仗着是长辈，倚老卖老请你给个面子，见见老同学，行不行？"

关洁缓了缓呼吸，闭着眼，忍下波动的情绪，声调平稳地回："老师，事情都过去这么多年，道歉就不必了。"

"小关，老师也是头一回做这种事，这么多年过去，良心始终不安。要不给我弥补机会，老师也没脸见你和小林。当初要不是我误会你们俩，你们现在估计也走到了一起，也不用等到现在，各自遗憾。"

秘密一旦被揭开，便让人无处躲藏、无所遁形。

那段回忆尘封太久，尘封到关洁不想去触碰，可有人总是会拿出来一遍又一遍提醒，提醒当初的他们有多蠢。

关洁很不想承受，不想承认那段岁月，她曾活在命运的折腾里没有翻身的余地，也曾被所有人、所有选项抛弃。

"小关啊，要是你跟小林都还单着。你俩要各自都放不下，未尝不能再试试。老师当年做的错事已经受到惩罚，如今就给我个机会弥补弥补。"

"呲"的一声，轮胎划过地面，擦出老长一段痕迹。

关洁猝不及防，手机没拿稳，"啪"地摔下，屏幕当场碎开花。

声音戛然而止，车厢里陷入死一般的寂静。

关洁弯腰捡起手机，看了看碎屏的屏幕，扭头，面色疑惑地看向一旁的祝政。

祝政波澜不惊地解开安全带，俯身拉开车身自带的储物箱，从里翻出烟盒、打火机，捏着烟盒咬出一根衔嘴里，捧住打火机"吧嗒"一下点燃烟。

没几分钟，便装了满车厢的烟雾。

关洁靠在座椅，一言不发地望着祝政。察觉到祝政情绪不佳，关洁抿抿嘴唇，挥了挥周围的烟雾，问："怎么了？"

祝政岿然不动，窝在座位，面色寡淡地抽着烟。

"还走不走？"关洁舔舔嘴唇，再次问。

祝政吸完最后一口烟，降下车窗。

冷空气钻进车厢，关洁被灌了两泵，冷得她直缩肩膀。

祝政吹了片刻冷风，回头看向关洁，冷不丁地问："值吗？关洁。"

关洁脑子一蒙。

"什么？"

车厢气氛太过压抑，祝政缓不过气，推开车门，抬腿下车。

找了个偏僻的地儿，祝政站在阴影处，重新点了根烟。

他越抽越烦躁。

那股气在胸腔四处乱撞，找不到服帖处。

祝政用力抓了把头发，合上眼，脑子里浮出一幕又一幕的景。

那些场景里不停回放关洁失控的画面——

"你是受害人！那我呢？林昭呢？他是什么？他是加害人？他招你惹你了？他怎么你了？嗯？

"他骂你打你了，还是他怎么你了？你爆我黑料我可以不计较，但是爆林昭个人隐私、胡乱编造他的绯闻，这些难道不是你做的？

"这里！这件事里，最没资格说是受害人的就是你！

"你有什么资格祈求原谅？你有什么资格啊！

"你知道他是怎样的人吗？你知道他有多温柔、多优秀吗？你知道他的前途有多光明、敞亮吗？

"就是你，就是因为你，他这一生都得背负这个黑点！"

…………

祝政手撑在路灯杆，舌尖舔过牙齿，回头望向停在路口的车，望向车里的人。

胸口好似压了块大石，压得他喘不过气，他费劲往下压，却被反弹到不能动弹。

"什么值不值得？"关洁推门下车，绕到祝政身边，裹紧外套问。

"上车，我送你回去。"祝政避开关洁的目光，掐断烟头，面上毫无起伏地转移话题。

关洁嘴唇嗫嚅片刻，想要说点什么，可对上祝政那张深沉、冷峻的面孔，忽然没了声音。

半个小时后，车子缓缓停靠在关洁小区楼下。

"回去注意安全。"关洁松开安全带，捞过后座的包，关上门，隔着车窗嘱咐祝政。

祝政单手扶着方向盘，脑袋偏向另一侧，并未回应关洁。

关洁隐约察觉到祝政情绪不对，却猜不出缘由。

她想了半天，迟疑地问："你是在……生我的气？"

祝政蓦地回头，迎面撞上关洁疑惑不解的眼。

"如果是酒吧的事，很抱歉，我下次注意，不会再打扰酒——"

祝政肉眼可见地冷下脸，急声打断关洁："值吗？关洁。为了那个林昭，忍受这些，值吗？"

关洁骤然噎住，瞪大眼看向祝政，眼里满是惊愕。

到最后，关洁艰涩地咽了口口水，神情恍惚地问："……你看了帖子是吗？"

祝政避开关洁探寻的目光，嗤笑："有这么难回答？值还是不值，一句话的事。"

关洁屏住呼吸，闭着眼，一字一句地回："值，他值。"

时间仿佛被胶水粘住了似的，半天走不动一分一秒。

关洁站在风口，隔着车窗与祝政对视，恍惚间，她好像看见祝政眼里闪过一丝灰烬般的死寂。

她清楚地感知到，感知到有什么东西，在他俩间悄然溜走了。

后来，后来她才知道。

那个晚上，她失去的东西是祝政即将破土而出的真心。

在那块贫瘠、荒凉的土地，他曾试图将最后一朵玫瑰亲手送给她。

《救你做个坦诚恶棍》上线第一周，播放量过千万，下载次数也超八百万，占据各个榜单榜首。

关洁也一夜爆火，爆火到全网都是她的身影。

与此同时，有网友发现了关洁以前用过的一个社交账号。

账号里，她发了很多条日记，大多跟林昭有关，昭示着他们曾经的关系。

日记大致时间为 2011 年到 2013 年，大约有三百多条。

——今天出租屋停电，林昭打着手电筒，陪我练琴。

——写了首新歌，林昭一个劲地夸好。问他哪儿好，他答不出来，笑得可真无辜！

——下午有人想跟林昭做朋友，他拒绝了。

——去他的世界！

——讨厌冬天。

——今天下雨，鞋子打湿一大半，还好有林昭背我回家。

——大姨妈又来了，肚子好疼啊。

——我问林昭要是真有世界末日，还剩最后一天他会做什么？他说：听你唱一整天。我：你是想让我嗓子唱坏吗？他想了想，换了个答案：陪你去流浪。

——有一个长得很帅、很温柔的好朋友是怎样的一种体验？大概是看他坐在书桌上认真写作业，我凑过去小声说一句我饿了，他立马丢下笔去给我做番茄炒蛋面的体验吧。

——噢，给他写了首歌。他居然听哭了！

——啊啊啊啊啊，他怎么这么可爱。我低烧，他趴我床边喋喋不休。我一听，他居然在说：西西下次不要生病了，我好难受。

——林昭的母亲来找我，要我离她儿子远一点，我没理。

——林昭的母亲知道关珍容品行堪忧，继续要我离她儿子远一点，还说林昭早就计划好出国，因为我，他想放弃。

——我跟林昭绝交了。他在门外抱头大哭，他说他不出国了，能不能不要这样。我说不行。他跟小孩似的，哭到停不下来。

——他出国了。

…………

——林昭，你信吗？我曾经以为，我们会理所当然地一起走下去。

——林昭，我要开始过属于自己的生活了。

最后一条发于2014年9月3日，关洁去北京的第一年，那时她还没遇到祝政。

她比任何人都知道，都知道林昭有多好，有多温柔。

好到她不忍心伤害，温柔到她曾愿意放弃一切跟他在一起。

祝政问关洁，为了林昭，值吗？

值。他值。他永远值得。

因为她这一生，再也遇不到第二个林昭，第二个照亮她生命的男孩。

这个小号连上四五个热搜，全都在惋惜她跟林昭这段无疾而终的感情。

连远在美国的林昭都看到了这条热搜。

凌晨两点，林昭给关洁打了通国际长途。

彼时关洁睡得迷迷糊糊，闭着眼，伸手捞过床头柜不停振动的手机，凭着感觉按下接听键。

电话接通，关洁还没来得及出声，就听到那头带着哭腔问："西西，要是当年我没出国，我们之间的结局会不会不一样？

"抱歉、抱歉，西西很抱歉，我不知道，我不知道我妈来找过你，也不知道你一个人经历了什么。"

关洁咻地睁开眼，爬起身，坐在床头，边抓着头发，边安慰失控的林昭："林昭，这些事跟你没关系，都过去了。别自责，我从来没有怪你。"

林昭在电话那端哭到哽咽。

他哑着嗓子一遍又一遍地问："西西，要是我没走，我们是不是就不会这样了？要是我没走，你是不是已经成为我的女朋友……"

关洁打开灯，掀开被子，抱着胳膊走下床，绕过床尾，走到窗台边，神情平静地望着远处的灯。她对着窗户上的影子摇摇头，放轻音量，低声安抚林昭："林昭，我们都该往前走了。我们都变了，都回不到当初了，不是吗？"

林昭哭着说："可是我走不动了，西西。我还活在过去，我还活在当初认识你的日子里。

"我真的……真的不能没有你。

"你再给我一个机会好不好？我再也不想过没有你的生活了。"

关洁抿住嘴唇，转过身，后背靠在窗台，仰头叹了口气，狠心拒绝："可是我已经习惯没有你的生活了。

"林昭，我们已经不在同一个轨道了。你现在的世界我进不去，我的世界你也融入不了。我们只是错过了，我们都没有错。

"你别难过、别哭，好好过自己的生活，别让我担心，好不好？"

关洁的每一个字每一句话都如刀刃般血淋淋地插在林昭心脏上。

他抱着手机不停哭，哭到嗓子沙哑，哭到说不出一句完整的话。

到最后，为了不让关洁担心，他还是回了关洁一个"好"字。

电话挂断，关洁久久没缓过神。

她从未见过这样痛苦、这样难过、这样卑微的林昭。

可是怎么办呢，不爱了就是不爱了，她也无能为力，也难过给不出他满意的答案。

上海某附属医院。

陈川缴完费，拿着缴费单，站在医院走廊迟迟不敢进病房。

两个小时前，陈川看到关洁的热搜词条，下意识地将手机递给祝政看。结果祝政看完热搜，当场咳血。

陈川吓得不轻，打120将祝政送进医院。

半个小时前，他刚出手术室，人还处在昏迷状态。

陈川忙完，想起热搜的事，默默点开手机翻了一遍。

这才知道关洁同林昭的往事重新被网友翻了出来。

陈川从头到尾翻完那三百多条的日记，都忍不住替两人无疾而终的感情感到惋惜。

可——

一旦站在他哥的角度，对他来说，这样的热搜简直是杀人诛心，吐血都算轻了的。

话是这么说，可陈川心底还是发怵。要不是他把热搜递给他哥看，他哥也不会大晚上吐血躺进医院。

想到这儿，陈川痛苦地抓了把头发，紧捏缴费单，深吸一口气，握住门把小心翼翼地推开病房门。

刚一推就见祝政坐在病床上，偏着头，面色惨白地望着窗外。

他身上还穿着白天的灰毛衣，袖口挽到手肘，右手臂打着吊针，针管插入静脉，血袋里的血缓缓流进他的身体。

明明在补血，陈川却觉得像吸血。

再一看，吊针突然变成吸血的怪物，不停吞噬祝政身上的血，直到彻底抽干，变成一具没有血肉的干尸。

　　想到这个可能，陈川吓得直晃头。

　　甩掉脑子里不干不净的想法，陈川紧张地咽了咽口水，同手同脚地走近病床。

　　"哥，今晚这事怪我……要打要骂都随你。下次我一定注意。

　　"刚医生说，让你一定戒烟戒酒。哥，为了身体，以后还是少抽点……"

　　祝政一动不动地坐在床上，隔着病床的窗户眺望出去，只剩漆黑的天，看不清任何。

　　"哥，你有听到我说话吗？"陈川半天没听到回音，搁下缴费单，凑近祝政，替他披了披被子，试探性地问。

　　祝政回过头，无视陈川的问话，波澜不惊地问："关洁那边热搜降了？"

　　陈川窘迫地扯了下嘴角，摇头："……我还没来得及跟张总打招呼。"

　　祝政沉默三秒，交代："尽早处理，别闹太过。"

　　陈川点点头，掏出手机边给张奇打电话，边提醒祝政注意休息："我这就跟张总打电话处理。天儿不早了，你快快休息休息，别太累。"

　　祝政："让张奇两个月内别给关洁安排工作，驻唱也停两天。"

　　"好。"

　　"赵老师要是打电话过来，别告诉她我身体的事，也别提柯珍、我爸的事，免得刺激她。"

　　陈川点了点头，说："听医生说赵老师这两天精神状态挺好，你别担心。"

　　祝政："明天请周律来一趟，我有点事跟他交代。"

　　陈川隐约觉得不对劲，却又说不出哪儿不对。

　　迟疑片刻，陈川多嘴问一句："哥……怎么突然请周律？"

　　祝政握拳咳嗽两声，神情冷静地说："列份遗嘱。"

　　"哥——"

　　祝政摆摆手，满脸平静："以备不时之需，没别的意思，你别多想。"

　　陈川还想说点什么，祝政一个眼神递过去，陈川立马闭嘴，咽下所有未说的话。

　　第二天一大早，关洁就接到了万岚的电话。

　　关洁以为是公事，没想到为的是万岚她自己的私事。

　　万岚过两天出差，走之前请关洁帮忙看管几天她儿子宋西京，顺便督促宋西京练琴。

　　"保姆前几天回家有事，我身边没什么信得过的人，只能麻烦你了。他不大听话，经常跑学校网吧上网。你下午要找不到人，麻烦帮我去附近网吧看看。

只要能把他拎回家，随便你用什么办法，打也行，骂也行。

"待会儿我把他电话号码发你，你要实在找不到人，直接给他打电话……家里钥匙我给你寄过去……小关，麻烦你了。"

万岚是单亲妈妈，关洁听朱真提过万岚的儿子，只当他是上小学的小屁孩。

她没细想，直接应下来。

等她下午找到宋西京学校门口，问了半天都没找到人，她去了好几家网吧才逮到宋西京，看到人才发现跟她的认知差别有点大。

哪是小学生，分明是一米八以上的大男生，站起来比她还高一个头。

他长了张白白净净的脸，穿着灰色卫衣、牛仔裤，戴着包耳耳机，坐在网吧尽头，嘴里嚼着口香糖，十指不停敲打键盘，整个一堕落少年。

关洁瞥了眼桌上不停响动的手机，低头撂了，抬手拿开宋西京的耳机，站他旁边搭话："宋西京是吧？你妈交代我接你回家练琴。"

宋西京被打扰，扭头看她一眼，满不在乎地回："不认识。"

关洁最烦带孩子，尤其宋西京这么麻烦的。

她舔了舔唇，翻出与万岚的聊天记录，将手机伸到宋西京面前，懒洋洋地开口："这是你妈发的微信，你自己看看。看好了就跟我回去。"

宋西京："没看见我在打游戏？忙着呢，别说你，我妈来了都管不住我。"

关洁随手拉过一旁的椅子坐他旁边，看着人，再次问："走不走？"

似乎意识到关洁的气场变了，宋西京扭头看了眼关洁，一眼瞥见关洁眼底的冷漠。

宋西京手上动作下意识停住，还没反应过来，电脑里忽然传出"GAME OVER（游戏结束）"的机械女声。

宋西京气到吐血，"啪"地扔掉鼠标，捡起衣服、书包，无视关洁，率先走出网吧。

关洁见状，挑了挑眉，跟在宋西京身后走。

走出网吧，关洁站在马路边，望了望时间，同宋西京约法三章："第一，你妈不在这几天别给我惹事；第二，好好练琴；第三，你要与我好好配合，我也好好配合你。"

宋西京看她一眼，故意挑衅："我要给你惹事呢？"

关洁淡淡笑了一下，收好手机，皮笑肉不笑地说："我出了社会那么多年，什么妖魔鬼怪没见过。你要敢试，我一定奉陪。"

宋西京不肯回家。

出租车拦了一辆又一辆，但宋西京始终不愿上车。

关洁的耐心肉眼可见地消失，拦到第五辆，关洁大步走到宋西京跟前，站稳脚，指着停在路边的出租车问："走不走？"

"我跟同学约了——"

宋西京话音未落，关洁提高音量，强行打断他："我最后问一次，走，还是不走？"

宋西京刷视频的动作猛地顿住，本能地抬眼看向近在咫尺、浑身裹挟冷气的关洁。

仓促间，宋西京猝不及防地撞进关洁那双薄凉、略带怒意和不耐烦的眼。

宋西京像是被关洁的眼神灼伤，下意识地别开眼，装作熟视无睹的模样。

关洁见状，冷着脸，看着满脸倔强、不服气的宋西京，扯开嘴唇，面无表情地说："弟弟成年了吧，那你应该明白成年人的第一课就是——尽量别麻烦人。还有，这世界除了你妈，没人惯你。"

之前关洁还给宋西京留了一丝情，现在这番话几乎不留任何情面，往深了挖、往深了撕。

毫无疑问，关洁用了她最狠、最真实的言语来应付眼前这个叛逆少年。

宋西京被关洁这番话震慑，后又觉得被冒犯，面上泛起一层薄怒，捏紧手机，指着关洁骂："关你屁事，你滚远点！"

关洁不甘示弱，往前走几步，直到脚尖抵到宋西京脚尖才停下。

她揣兜立在宋西京面前，半仰脑袋，抬着下巴，一字一句地问："你除了无能狂怒，还能做什么？

"打我？踢我？或者杀了我？

"然后呢，等你妈给你擦屁股，还是一辈子活在角落里痛苦自卑？"

每问一句，宋西京的脸就红一分。

到最后，宋西京面红耳赤，梗着脖子倔道："我不回去！回去也是我一个人，那个家有什么好回的。"

关洁若有所思地打量一眼宋西京。

瞧见他眼底深处的受伤，关洁点点头，替他决定："行，你不回去也行，但得跟我走。"

这下，宋西京闭上嘴，跟着关洁一前一后钻进出租车。

路上，两人一左一右坐在后排，都没开口。

直到司机问去哪儿，宋西京才扭头盯她一眼，想看她到底要带他去哪儿。

关洁想了想，指定地点："DEMON 酒吧。"

宋西京闻言嗤笑一声，出言讽刺："我妈不是让你好好照顾我吗？怎么照顾到酒吧去了，也不怕你带坏我？"

关洁皱了下眉，纠正："是看管，不是照顾，望知悉。还有，你不是太阳，没谁会整天围着你转。各做各的事，你最好别打扰我。"

关洁对这个叛逆少年没有半分好感，要不是早前答应了万岚，她绝对丢下他不管。

宋西京也意识到关洁很讨厌他，被关洁捅了几次后，也默默闭嘴玩自己的。

许是关洁那番话的缘故，后半段路宋西京很安分守己，没再招惹关洁。

关洁也乐得清闲，掏出手机，给万岚发短信报平安。

消息发出去不到三十秒就收到万岚的语音回信："只要能让他听话，随你怎么处理。他就是平时被我惯得一身毛病。性格要纠不过来，真不行。小关，麻烦你了，你替我管两天，我回上海请你吃饭。"

关洁看完，回了句"不用"。

关洁的手机屏幕亮度调挺高，宋西京余光瞥到聊天内容，吐槽："狼狈为奸，没安好心。"

关洁摁灭手机屏幕，偏头淡淡扫他一眼，没搭理。

磨蹭半天，到酒吧已过晚上八点十分。

关洁付完车费，拎着宋西京一起进酒吧。

宋西京平时逛网吧跟逛自己家似的，酒吧还是头一回来。

一进门，宋西京就被酒吧里混乱、喧闹的场面吓到。

他扭头去找关洁，见她视若无睹地穿过混乱的人群、绕过一排排卡座、路过各种各样的奇观，他咬了咬牙，急忙跟在关洁身后。

一路走到后台，关洁丢下包，脱下呢大衣外套，露出里面的真丝褶皱红玫瑰长裙，长裙后背是镂空设计，只几根红带缠着。

她脖子上戴了串珍珠项链，衬得本就白皙的皮肤越发细嫩，配上酒吧的暧昧灯光，宛如精灵与狐狸的集合，独具美貌、魅惑。

关洁没着急上台，扫了一圈酒吧，没见到祝政，便熟门熟路地打开柜子给自己倒了杯酒，坐在沙发上慢条斯理地喝。

她跷起二郎腿，指间握着高脚杯，慢慢往嘴里送，红唇含住杯口，轻抿一口，抬起下巴，掀开眼帘瞧着立在沙发边的宋西京。

宋西京望着眼前变了个人似的关洁，有些紧张。

关洁喝完一口，眼神落在一旁的空位，问："站着不累？"

宋西京咽了口口水，背着包，手足无措地坐下。

坐了四五分钟，一杯酒见了底，关洁放下酒杯起身，交代宋西京："老老实实在这儿待着。"

"那你呢？"宋西京抬头，盯着关洁问。

关洁偏头用眼神指了指不远处的唱台，言简意赅地解释："赚钱。"

宋西京："……"

关洁今天没带吉他，临上台，找酒吧工作人员把厉朗之前用过的架子鼓搬上台。

陈川从医院赶回酒吧，正好瞧见关洁站在音响旁指挥人抬架子鼓。

想起祝政的交代，陈川绕过人群，走到关洁身边，凑到她耳边传话："关姐，哥让你停两天，赶明儿休息好了再唱。"

关洁眨了眨眼，波澜不惊地问："原因？"

"怕你太累，受网上的事影响……"

说到这儿，陈川不由得想起上午祝政在医院列的那份遗嘱。

周远鸿律师特地赶去医院给祝政做财产分割，并根据祝政的意愿立下遗嘱。

立遗嘱时，陈川就在病房。

祝政之前早有打算，财产分割做得很彻底、干脆，连陈川也在遗产继承人之列。

至于关洁——

祝政为她单独列了一份遗嘱。

如果祝政在此期间出任何意外，关洁将是他的第一继承人，他在上海的一切资产，其中包括但不限于DEMON酒吧、上海的几处房产……都归关洁所有。

陈川当时听到这条遗嘱又是惊又是喜，到最后恍然大悟。

或许哥自己都不明白，他有多爱关姐。

陈川之前神经大条，并没把这些细节串起来，直到现在才意识到——

比如，哥离开北京，还可以去其他任何城市，为什么一定要来上海？

又比如哥立这份遗嘱，如果不是关姐在他心里的分量重到一定程度，他应该也不会把关洁列为第一继承人。

陈川想到这儿，忽然觉得胸口有些闷。

他擦了擦额头的汗，神色复杂地看了眼关洁，压下心底翻滚的思绪，重申："哥担心你——"

关洁耸耸肩，拒绝陈川的提议："不碍事，可以唱。"

陈川见她心意已决，也没再劝说。

只是看到关洁上台，双手拿着鼓棒，兴致勃勃地摆弄着架子鼓，陈川舔舔嘴，无声地叹息："关姐，你回头去看看哥啊。"

"哐当"一声，关洁成功敲下第一棒。

敲完，她接连不断敲第二棒、第三棒。

等掌握手感，关洁这才开始边敲边唱。

首唱是首摇滚老歌，她一开嗓，底下的人纷纷舞动手，跟着热起来。

宋西京本来在玩手机，听到关洁开嗓，眼里满是惊艳。

他扭过头，目不转睛地盯着关洁。

看着她在台上风姿摇曳、热情似火、迷倒众生。

宋西京也是音乐生，学的是钢琴，关洁一出声，他就感受到她骨子里对音乐的热爱、狂喜。

那种感觉只有同样热爱音乐的人才能懂，就比如此刻，他完完全全读懂了关洁对音乐的热爱。

热爱到什么程度？大概是燃烧灵魂，以身献祭的程度。

他不由自主地被吸引、被诱惑、被刺激。

以至于唱到尾声，关洁下台邀请宋西京，问他要不要合唱一首，宋西京想都没想，直接上台，跟着关洁合唱 I Don't Wanna Talk（《我不想说话》）。

············
You taste like cigarettes and hurricanes
你的味道品味起来就像悱恻的烟雾席卷的飓风
There's a warning written in the corners of your face
你的脸上写满警告
Whiplash and you left me in a vapour trail
予我沉重一击留我在氤氲之中黯然
Now I know it's safe to say
现在我明白可以放心倾诉
Nothing's perfect anyway
人无完人，金无足赤
············

他们配合得太好，好到底下的客人全都在大声尖叫、惊呼、起哄、吹口哨。

还有人拿手机拍照、录视频，甚至在吼他们再来一曲。

关洁今夜唱得开怀，坐在架子鼓前，挑眉看向一旁站着的宋西京，像是找到一件新鲜宝贝，高兴得语调上扬："挺不错啊，弟弟。要不再来一首？"

宋西京满脸燥热，别开眼，别扭地答应。

这一幕被陈川尽收眼底。

陈川盯着台上的一对璧人，视线落到表情惊喜、兴奋的关洁脸上。他面色僵硬下来，闭眼回想起祝政在医院的场景，低声问："哥，你有没有想过……还有另外的可能？"

唱完全场，关洁站在酒吧门口替宋西京拦出租车。

136

她出来得急，没穿外套，只着那条长裙。

出了酒吧她才意识到冷，抬手别了两下额前碎发，交代宋西京："回去注意安全，到家发条短信。"

宋西京今晚玩得够嗨，也被关洁的魅力折服，这会儿倒是没跟关洁作对。他背着包，偏头盯着神情冷淡的关洁，声音不自觉软下来："知道了。"

一辆出租车停在他俩面前，关洁点点下巴，示意宋西京上车："回去吧。"

宋西京"哦"了一声，绕开关洁，径自打开车门，坐上车后排。

关洁跟着上前，凑近车，叩了两下车窗。

宋西京听到动静，顶着一头问号，默默降下车窗。

车窗降到一半，关洁弯腰，脑袋凑近车厢，将一百元现金递给出租车司机，隔着座椅跟司机交代："师傅，麻烦送他到南京路 123 号……"

关洁报的是宋西京家的地址。

宋西京听完忍不住翻白眼，真当他是网瘾少年，夜不归宿了？

明明她疯起来比他还不靠谱。

关洁交代完司机，伸手拍拍宋西京后脑勺，提醒他："小屁孩，回家早点睡。到家别忘了给我发消息。"

宋西京跟爹了毛的狮子似的，反驳："谁是小屁孩？我成年了。"

"哦，再见。"关洁耸耸肩，退开两步，挥手告别。

出租车扬长而去，宋西京趴在窗口，回头大声喊："明天我还能来吗？"

关洁站在原地，毫不留情地拒绝："不能。"

说完，关洁转身走向酒吧。

关洁重回酒吧，酒吧里客人还很多。

有好几个是她粉丝，见她进来，嚷嚷着找她要签名。

关洁顺手签了几个。

签完，关洁重新绕回后台，穿上外套，收拾好东西，提包准备走人。

她还没迈开腿，就见陈川端着两杯酒朝她走过来。

关洁挑挑眉，拎着包问："想干吗？"

陈川将其中一杯递给关洁，随意坐在沙发上，开口："有点小事想问问姐。"

关洁接过酒，慢慢抿了一口，站在原地等待陈川开口。

烈酒滑进喉咙辣辣的，闻起来跟风油精似的。

关洁丢下包，找了个空位坐下，捏着杯沿问："什么事？"

陈川咽了口口水，搁下酒杯，抬眼，小心翼翼地问她："关姐，你跟那个林昭的事……过去了吗？"

关洁瞳孔一缩，看向陈川的眼神里多了一丝质疑。

她垂下眼帘，语调冰冷地问："怎么突然问这问题？"

"不小心看到热搜，顺手点进去了……哥也看到了。也没别的意思，就问问你，你要不想说——"

陈川还在忙着组织语言，关洁想也不想就打断他："过去了。"

陈川被打断，暗自灌了口酒，摇头："哦……好。"

关洁仰头喝完最后一口，皱眉问："祝政也看到热搜了？"

"不光看到，还气到急火攻心，咳到吐血进医院抢救，都立遗——"说到一半，陈川忽然想起什么，立马噤声，没再往下说。

关洁"哗"地站起身，追问："他人在哪儿？"

陈川察觉到关洁的情绪变化，神情复杂道："医院。"

关洁闭了闭眼，深吸一口气，按捺住胸口的烦闷，再次问："严不严重？"

陈川坐在沙发上，左手压住右手，别开脸，半天不吭声。

良久，陈川想起下午找医生拿报告单的场景，他紧咬牙关，开口："严重，好严重……半条命都差点丢了，咳了好大一摊血。医生抢救了七八个小时，连下三四道病危通知。

"还好抢救及时，不然——"

陈川微微哽了一下，站起身，在原地烦躁地转了两圈，最后他强行停下脚步，喘着粗气，抖动肩膀，说："最惨的不是这个。是医生给他做完全身检查，我才知道……知道他的左腿、胳膊、后背、小腿、后脑勺……都受过不同程度的伤……他在里面还接受过好几次精神治疗，听说每次都痛苦不堪，在诊室大喊大叫、撞墙痛哭……"

说到一半，陈川捂住嘴，仰起头，极力忍住，不让眼泪掉出来。

忍了几分钟，陈川弯下腰，情绪崩溃地揉了两把头发，指着自己的手腕，哽咽着说："这里……这里……他平时戴着手表我没看到……直到昨天他取下手表，我才看到这里很长一条疤。"

陈川滑跪到地板上，埋下头，痛苦地说出自己的猜想："哥在里面肯定想过死……

"伤疤很深很丑……跟蚯蚓爬过一样难看。姐，我想不出，实在想不出，哥这样的性子为什么会被逼到那个份上？"

"姐，你最了解哥，你说，他到底为什么，为什么走到那一步呢？"

酒吧后台死一样寂静，陈川坐在地板上抱头痛哭，关洁站在陈川对面，听着他压抑的哭声，只觉浑身发冷，冷到牙齿都打战。

她死死咬紧嘴唇，拼命压抑心底波涛骇浪般的情绪。她盯着地上的黑白方格瓷砖，忍着剧痛问："他现在还在医院？"

陈川捂住脸，回答："在，他在。"

关洁没再说话，弯腰捡起包，急匆匆往外赶。

一路跑太快，撞了好几个人。

关洁跑出酒吧，在路上不停招手打车。

晚上十点，马路上竟然也又堵又挤，半天拦不到一辆车。

好不容易上了车，关洁一口气报了地址，然后人瘫在后排座椅，神情呆滞地望着窗外，整个人像是泄了气的气球，没有半点生气。

夜色浓稠无边，关洁坐在车里，宛如被锁在一个暗无天日的牢笼中，她试图挣扎，试图求救，试图呼喊，却听不见任何回音。

好不容易有回应，只剩陈川那句"哥在里面肯定想过死"在耳边不停重复、盘旋。

她很难想象，很难想象祝政有想过死亡，甚至付诸过行动。

她迫切地想知道他在里面到底经历过什么，到底是什么样的经历能把他逼到那个份儿上。

可一想到真相的揭开一定伴随着血肉模糊、痛苦狰狞，她就不敢问了。

晚上十点四十一分，关洁付了车费，提着包，顺着陈川说的病房号，步伐沉重地走进医院大门……

"嘀"的一声，电梯门打开，关洁被人群推搡着走出电梯。

跟着医院提示牌，关洁路过一间间病房走到最尽头那间。

走廊尽头的窗台放了盆绿植，即便是冬天，叶子也绿油油的，散发着无限生机。

与这肃静、冰冷的医院，形成鲜明对比。

关洁停下脚步，扭头多看了几眼绿植。

病房门关得严严实实，关洁无法窥探里面的光景。

她站在门前，手指攥紧包带，空出另一只手，放在空中，准备敲门。

她的指关节刚碰到门，门便被人从里打开。

关洁条件反射般地往后退一步。

开门的人似乎也没想到门外有人，一抬头便撞见关洁，周瑶脸上的笑意肉眼可见地僵下来。

关洁也没想到会在这里碰到周瑶，眼底不着痕迹地爬过一丝惊讶。

周瑶反手握着把手，轻扣上门，拎包往前走了两步才慢慢停下脚步，回头提醒关洁："他刚睡着，你还是别进去打扰了吧。"

关洁站在原地一动不动，既没往前迈一步，也没往后退一分。

周瑶还想说两句，话还没说出口，周远鸿的催促电话便打了过来。

想起周远鸿上午的警告，周瑶捏紧手心，凝视几眼关洁，紧咬牙关，面带烦躁地转身离去。

等周瑶离开，关洁无声掀了两下眼帘，走上前，握住门把，轻轻打开一条门缝。

门打开，关洁侧身走进病房。

祝政住的 VIP 病房，里面设备一应俱全。

关洁在门口站了几秒才抬腿往病床走，一走近就见祝政无声无息躺在雪白的棉被里，手臂上插着滴管，身上穿着医院的条纹病号服。

他脸色苍白、惨淡，没有半点血色。

此刻他闭着眼，一动不动地躺在床上。

他呼吸很轻很轻，轻到关洁伸手试探好久才感知到他微弱的气息。

关洁拉开椅子坐下，将祝政从头到尾打量了一遍，最后视线落到祝政的右手上。

她的目光从他结实的手臂一寸一寸往下移动，移到手肘、小臂，最后落到他的右手腕上，看见了那道大拇指宽的疤痕。

关洁的呼吸猛地慢下来，她捂住胸口，埋头深深吸了几口气。

吸完，她重新鼓起勇气看向那道疤。

陈川说得一点没错，那道疤又宽又难看，中间凸起、结了痂，呈紫红色，弯弯曲曲的，跟蜈蚣似的。

只透过疤痕，关洁也能想象到祝政当时的情形。

这绝对不是一下两下划出来的伤口，也不是一次两次能做到的，而是用各种各样的方式、力道，一遍又一遍，一次又一次地划的。

一遍一遍、一次一次地加深伤口，直到血肉模糊才停止。

关洁不敢再看，匆匆移开视线。

只是这一移，便移到了床头柜摆的那束白玫瑰花束上。

关洁盯着那束鲜艳欲滴、纯白无瑕的白玫瑰，眼里满是惨淡、寂寥。

她低头望望身上的红玫瑰裙，又抬头看看那束白玫瑰花，忽然觉得人生真是太戏剧。

真的，真的只差一点，只差一点，她就释怀一切了。

第10章
最伤人的白玫瑰

凌晨四点半，床上的人渐渐转醒。

关洁守了大半夜，眼睛又酸又涩。

其间，她除了上趟厕所，就一直僵坐在座椅上，眼神直勾勾地盯着祝政。

一直盯到他醒，她才转移目光，隔着只开了三分之一窗帘的缝隙望向远处的天。

黑夜像怪兽张着嘴，露出獠牙，龇牙咧嘴地吞噬点点灯光。

她看了许久才扭头，重新将目光定格在祝政的脸上。

他长相很凶，属于狼系脸，五官凌厉，线条棱角分明，不带一丝柔和，丹凤眼更是锋利、凶狠。

以前在北京，在他最肆意横行那几年，那个圈子里的人总会评一句："祝公子是圈里最不能激的，他要疯起来，真的连命都可以不要。"

祝政一睁开眼便看到了关洁。

昏暗寂静的病房，她孤零零地坐在那里，跷起腿，捏着打火机，仰起下巴，面无表情地看着他。

他隐约察觉到她漆黑的眼眸里有什么东西在慢慢消失。

他内心忽觉空虚，一大堆他来不及细想的、滚烫的、尖锐的情绪朝他而来，他忍着喉咙的干痒，撑着手掌缓缓坐起身。

他左手臂还打着吊针，行动多有不便。

挣扎了四五分钟，他才勉强坐起身。他抽了个枕头垫在后背，手搭在床侧，抬起头，神情认真地打量着关洁。

她身上穿着亮眼的红玫瑰裙，曲线勾勒完美，艳丽又妖娆。

这是他第一次看她穿这么艳的颜色，印象里，她大多是浅色系的衣服。

空气黏稠、潮湿，他艰难地扯动嘴角问："什么时候来的？"

关洁缓缓眨了下眼，推开椅子站起身，一副要走的样子。

祝政滚滚喉结，再次出声："关洁——"

关洁抬头瞥他一眼，绕过床尾走到窗户边，反身靠在窗台，娓娓说道："我来得很不巧。"

"一来，就碰到了周瑶。早知道她来，我就不来了。"

说到这儿，关洁缓了口气，转过身，背对他，嗓音沙哑道："祝政，你别再折腾自己了。

"真的，别折磨自己了。"

陈川的话一句又一句盘旋在耳畔，她闭着眼，咬了下嘴唇，嘱咐他："日子是自己的，旁人替不了，以后你好好过吧。

"我真的很讨厌现在的你。这样的你，让我很陌生。"

祝政心里"咯噔"一下，他攥住被角，偏过脸，神情复杂地盯着关洁单薄消瘦的背影。

那背影单薄得像一张纸，风一吹就被掀起几丈高。

此刻，她站在窗口一动不动，头顶的白炽灯光打在她身上，镀了满身凉薄。

祝政胸口闷得慌，深深吸了口气，忍住五脏六腑的疼痛，拔掉针头，准备掀开被子下床。

"你别动，先听我说完。"似是察觉到祝政的动静，关洁转过身，出声打断他的动作。

"我有很多话想跟你说清楚。"

祝政停住动作，看向关洁的眼神里罕见地多了丝慌乱。

他试图抓点东西补救现在的场面，眼神转来转去，最后落到床头柜的白玫瑰花束上。

他俯身，伸长手捞过床头柜的白玫瑰，举起手递给她，半是玩笑半是认真地说："我记得你最喜欢白玫瑰，我借花献佛，送给你行不行？"

"轰"的一声，关洁只觉全身的血液都涌进脑子。

大脑过度充血，弄得她喘不过气。

她的肩膀、小腿不自觉地发抖，心脏也跟着颤抖。

她全身僵硬地站在窗边，捂住嘴，眼神死死盯着祝政手里纯洁无瑕、干净娇嫩的白玫瑰。

白玫瑰无罪，人却恶贯满盈。

她抬头望着祝政从容的笑，望着他与白玫瑰同框的场景，只觉讽刺。

真的太讽刺了。

他是怎么堂而皇之说出那句"我记得你最喜欢白玫瑰"的呢？

她的心一下跌落谷底，摔进深渊，摔得四分五裂，再也拼凑不起来。

委屈、怨恨、厌恶……数不清的情绪在她脑海翻滚，她睁大眼，眼泪不受控制地一颗一颗往下掉。

她胡乱抹了几把脸，放声大笑，笑到眼泪直流，笑到她蹲下身，蜷在墙角，捂住嘴，泣不成声。

祝政完全没料到结果会是这样，他满眼慌乱，匆匆忙忙掀开被子，赤着脚走到关洁身边，试图伸手抱她起来。

关洁岿然不动，无论祝政怎么拉、怎么扯，她都不动分毫。

祝政抱不起来，跟着蹲下身，拿着白玫瑰的大手贴近她的脸，磨出茧的指腹一点一点抹去关洁的眼泪。

关洁望着他的脸，再扭头望着脸侧的白玫瑰，猛地用力甩开祝政的手。

祝政猝不及防，被推开好几步。

关洁气急败坏，往后躲了几步。

她退到墙角，绝望地看了眼祝政，抬手使劲搓右脸颊，搓到面皮泛红，疼痛四处蔓延还不肯罢休。

祝政见状，起身，扶着窗口，弯腰咳了好几声。

咳到差不多了，他站起身，重新抬腿一步一步朝她走近。他紧了紧呼吸，安抚她："关洁，你冷静点，好不好？"

"你别过来！"关洁见祝政越走越近，急声打断他。

祝政立马停住脚，不再往前走分毫。

关洁眼底满是苍凉，似北方的冬天，枝叶掉落、草地枯萎、白茫茫的雪覆盖所有路面。

她死死捂住嘴，埋着脑袋，不让哭声溢出来。

她眼睛通红，额头发丝全被泪水打湿，贴在脸颊，样子很是狼狈。

祝政听到关洁惨烈的痛哭声，看着关洁痛苦万分的模样，心脏痛到窒息。

他试图安慰，却无从下手，只能陪着她，陪着她哭，陪着她绝望。

病房刚开始还有断断续续的哭声，到最后只剩死一样的寂静。

窗外天边不知何时亮起一道白光，白光顺着缝隙，一点一点蔓延，最后撕成一条大口子，将所有黑暗吞噬。

关洁站得腿脚发麻，眼睛火辣刺痛。

她捧住脸，粗鲁地抹了两把眼泪，接着抬起脑袋，朝对面的祝政勉强扯了扯嘴角。

她神情麻木地看着祝政，看着祝政手里的白玫瑰，语调格外淡、格外平静："祝政，我这辈子最讨厌的就是白玫瑰。

"我讨厌它的纯洁无瑕，讨厌它的干净，讨厌它的一切。

"你为什么会觉得我最爱的是白玫瑰呢？为什么呢？为什么啊？你为什么

会觉得我爱它啊？

"我明明这么厌恶、这么憎恨它。"

祝政瞳孔骤然一缩，望着关洁的眼神里充满诧异、质疑。

对上关洁绝望的眼，祝政心口止不住地疼。

"啪嗒"一声，白玫瑰掉在地上，摔落出好几片花瓣。

关洁看着地上的花，抬手擦了擦眼泪，继续讲："你说讽不讽刺，都是玫瑰，我对白玫瑰厌恶透顶，却爱红玫瑰爱到骨子里。"

祝政抓了把头发，无力道："我不知道，关洁，我不知道你爱的是红玫瑰。你从来没告诉我……你讨厌白玫瑰。"

关洁合了下眼，吸了吸鼻子，盯着祝政的脸，笑问："你给过我机会吗？

"你哪次送的不是白玫瑰呢？从以前到现在，你不是一直都送我白玫瑰吗？

"每次都是白玫瑰，没有一次例外啊。

"你知道吗？我每次抱着白玫瑰，心都在滴血。我恨不得把它们一点点碾碎，然后扔进垃圾桶。"

关洁越说越难受。

她捂着胸口，克制住呼吸，一字一句地说："祝政……我的生日从来不是5月21日，而是4月21日。我喜欢的是红玫瑰，不是白玫瑰。

"我吃海鲜过敏，每次跟你吃完，我都会进医院打针、输液，严重点还会休克。

"我是喜欢舒伯特，但我只是喜欢他的经历，对他的作品并没有研究。"

说到这儿，关洁情绪突然不受控制地激动起来。她紧咬牙关，指甲死死嵌入掌心，任由指甲磨破皮，溢出血丝。

她红着眼，哑声问："祝政，为什么啊，为什么啊，为什么你要这么对我啊？"

祝政站在那儿，攥紧手心，颤抖着肩膀，丹凤眼里充斥着困惑、不敢置信。

他对这些一无所知，他也不相信自己竟然记错了这么多年。

他嗫嚅嘴唇，满是无措地问："我……我真的记错了吗？我真的有这么浑蛋吗？"

关洁见他满脸迷惑，忽然觉得很荒唐。

她记恨了这么多年，结果到他这里，压根儿没有这回事。

她迈开腿一步步走近祝政，走到他跟前，慢慢抬起头，波澜不惊地看着他。

看着他满脸痛苦、懊恼，看着他满眼慌乱、无措。

她无力地笑了笑，踮起脚，双手捧住他的脸，红唇一点一点贴近他的嘴角。

一路亲过他的嘴唇、鼻子、额头，最后落到他的眼睛上，她冰冷的唇瓣贴在他的眼皮上。

一秒、两秒……五秒，她垂眼看了看他，最后移开嘴唇，将唇落到他的耳垂上。

她的手指划过他的脖子，落到他蓬勃、慌乱跳动的心脏。

她感受着祝政身体无声的颤抖，勾起唇，心态平和地说："祝政，我比任何人都希望你好。真的，我希望你好好的。"

祝政察觉到她在做最后的告别，下意识地搂紧她的腰，将她嵌入怀。他合上眼，深吸一口气，声音不自觉地颤起来："关洁，我不知道，你不能这么对我。"

关洁闭了闭眼，拿开祝政的手，歪着头，耸了耸肩，满脸无奈地说："祝政，我尽力了。

"我真的尽力了，我做不到，做不到毫无芥蒂地跟你在一起。"

祝政慌乱地抓住关洁的手，神色挣扎几秒后，缓声说："关洁，给我个机会。"

关洁波澜不惊地看着他，狠心地说："祝政，不要让我恨你。"

祝政骤然松开关洁的手，别开眼，不愿再看关洁那张薄凉寡淡的脸。

关洁走了，走得干脆利落，不带一丝犹豫。

她知道如何报复一个人，知道如何让那个人后悔，因为——

比美人迟暮、才华熄灭更让人心碎的是，骄傲的骨头一寸寸妥协。

"川儿，你老板怎么蔫了吧唧的？"

DEMON酒吧，邹宇坐在吧台旁，拎着啤酒往嘴里灌了口，手肘侧枕桌沿，歪头瞧着斜对面窝在沙发里死气沉沉的祝政，故意调侃。

半个月前，祝政从医院回来，每天除了去健身房锻炼，在酒吧跟客人谈生意，剩下的时间大部分都在走神中度过。

陈川倒是试探性地问过祝政几回，每次都只得到一个晦涩的眼神。

直到有天他收到关洁的短信，说她以后不来酒吧驻唱，让他抽空找别的歌手才意识到出什么事了。

陈川拿着手机凑到祝政跟前，边给他翻看短信，边问："关姐怎么不来酒吧驻唱了？"

祝政听到这个名字，跟听了什么忌讳似的，脸色顿黑，浑身散发骇人的冷气。

搞得陈川心惊胆战，生怕惹到他。

却也从侧面猜出他跟关姐闹了矛盾，至于这矛盾有多大，陈川还真不知情。

"失恋了？"邹宇瞅了几眼陈川欲言又止的模样，八卦地问。

陈川对上邹宇审视的目光，不自觉地摇头。

奈何邹宇是什么人？眼神尖得跟狼似的，轻轻往他那儿扫一眼就猜到什么意思了。

邹宇得到想要的答案，硬朗的脸上划过一丝玩味，指腹摸了摸下巴，继续不着调地开玩笑："我怎么看着不像失恋，倒像是被女人甩了？"

陈川刚喝了口酒，这话一出，呛得他酒水直喷，溅了邹宇一胳膊。

邹宇拍了几下肩膀，眯起眼，不怒反笑："这么说我猜对了？啧，还挺新奇。那姑娘谁啊？这么厉害，有机会我一定膜拜膜拜。"

言语间充斥着幸灾乐祸，实属损友应该有的行径。

陈川余光瞥了眼越走越近的人，不动声色地退开两步，打算明哲保身，免得被战火波及。

"哎，川儿，那姑娘漂不漂亮？要漂亮，我去撬墙脚。"邹宇像是没意识到危险靠近，继续跟陈川逗趣。

"什么姑娘？"祝政拖开椅子坐邹宇身边，点了根烟，似笑非笑地问。

邹宇坐直身，上下扫视一圈祝政，拿捏着京腔打趣："哟，敢情您还搞偷听这套啊？

"还能是谁，就甩了你的那姑娘呗。"

邹宇是上海人，之前在北京待过两年，京腔里夹着股上海味，怎么听怎么别扭。

祝政抽了口烟，斜他一眼，波澜不惊地问："前女友跟人跑了，气不过，跑我这儿发疯？"

邹宇瞬间黑脸。

邹宇入伍前谈了个女朋友，两人感情一直不错，谁知后来女朋友耐不住寂寞，跟一男的好上了。

这事过去快四五年了，邹宇一直过不去这道坎儿，平时旁人生怕在他面前触碰这事，祝政倒是挺好，就这么给他捅出来了。

"得，咱兄弟同病相怜，谁也别笑话谁。"

说着，邹宇站起身，掏出手机看了眼时间，拍着祝政肩膀，邀请："一朋友新开了一射击馆，去玩两把？"

祝政磕了磕烟灰，神色淡淡地纠正："谁跟你同病相怜，我可没被戴绿帽。"

邹宇："……"

他是哪根筋不对，要跟这祖宗耍嘴炮？

射击馆在郊外一私人庄园，除了射击馆，还有滑雪场、高尔夫球场、酒庄、温泉……反正吃喝玩乐一应俱全。

邹宇和祝政开车过去，射击馆还没开门。

老板人不在庄园，两人进去，经理早早等在射击馆门口接待他俩。

经理拿着钥匙开了馆门，恭恭敬敬地说了几句注意事项，便退出射击馆，没再打扰。

本来要配教练，但他俩都不需要。

邹宇走进去大大方方地扫了圈设备，随手拿起一把试了几枪，感慨："搞得还不错。

"比一比？"

男人的胜负欲就这一两句话的事。

祝政挑挑拣拣看了一圈，终于找到一把称手的。他戴上耳罩，偏头问邹宇："筹码？"

"啧，还没打就想赢的事了？四儿，我之前干什么的，你不知道？要让你赢，我脸往哪儿搁？"

祝政没搭理邹宇话里的调侃，皱眉提议："赢了，你牵线，我跟你爸做一笔双赢的生意。"

邹宇摆摆手，重新挑了把称手的，回他："赢了再说。"

祝政没等邹宇准备好，握着枪，对着靶机直接开打。

"砰砰砰——"

"砰砰砰砰——"

"砰砰砰砰砰砰砰——"

九环、十环、十环……十环……

邹宇看到靶机上的靶点，挑眉："不错，宝刀未老啊。"

"……"

"玥玥，你怎么跑这儿来了？不是让你在大厅等我？"

赵济电话打到一半，瞥到射击馆门口站着不动的潘玥，紧绷的心缓下来，揣好手机，抬腿走向潘玥。

潘玥趴在门口，目不转睛地盯着射击馆里的祝政。

她刚等赵济等太久，耐心耗尽，一个人在庄园里转了两圈，转着转着就到了射击馆门口。她之前也想玩，奈何经理拒绝，说还未对外营业。

看到射击馆开门有人在里面玩，潘玥憋了一肚子气想进去瞧瞧是谁。

谁知她刚踏进射击馆大门，远远就瞧见一个男人举着枪对着靶机"砰砰砰"地打。

除了第一枪是九环，剩下全是十环。

潘玥立马停住脚步，仔细打量起男人。

男人很高，目测有一米八五以上，板寸头，侧脸线条锋利，握着枪的手骨节分明、匀称，就是整个人看上去有点太瘦了。

潘玥刚想进去看清他的脸，就被赵济打断。

潘玥满脸懊恼，扭头瞪了一眼赵济，重新看向馆内。

谁知男人听到动静也往门口瞧了过来。

潘玥猛地对上一张冷峻、硬挺的面孔，以及一双如鹰隼般锋利，一看就善于洞察人心的丹凤眼。

"扑通"一声，潘玥心脏控制不住地加快跳动。

她敢保证，她之前从来没有接触过这样……难以形容的男人。

平时围在她身边的大多是小奶狗型的男人，长得白白净净，眼神温柔，掀不起波澜。

就算有个性，也是装的。

可是面前这个男人，浑身充斥着一股冷漠、狠戾。

潘玥找了半天形容词都没找到合适的，如果非要用一种动物来形容他，那一定是——狼。

"玥玥？"赵济走到潘玥身边，见她满脸呆滞，伸手轻拍一下潘玥的后脑勺。

潘玥回神，后怕地拍了拍胸口。

赵济见她不对劲，又问："怎么了？"

潘玥咽了咽口水，重新抬头看向射击馆。

祝政已经收回目光，在跟邹宇讨论战绩。

潘玥见他不再看这边，眼底划过一丝失落，而后撩了把头发，指着祝政对赵济说："赵济，我看上他了，我要追他。"

赵济脸一僵，顺着潘玥手指的方向看过去，一眼瞧见立在靶机前玩手机的祝政。

"玥玥，别闹了，你跟他不可能。"赵济眼皮猛跳，抓着潘玥胳膊阻止她。

潘玥好不容易看到个感兴趣的男人，自然不肯罢休："为什么不可能？只要我想要的，没有我得不到的。"

说完，潘玥甩开赵济的手，大大方方地走向祝政。

"你好，我叫潘玥。我刚刚看你很会玩这个，能不能教教我？"潘玥走到祝政跟前，仰起头，直面祝政，鼓足勇气问。

祝政早在潘玥过来时就瞧见了站她旁边的赵济，如今听到潘玥自报姓名，他晦涩不明地扫向潘玥。

瞥到那张跟潘家伟七八分像的脸，祝政压制住心底翻滚的情绪，冷声拒绝："不能。"

"哎，我就知道你不会这么轻易答应。这才是我潘玥看上的男人。那你叫什么，留个联系方式总可以吧？等你能了，我们再玩。"

邹宇听到潘玥的名字，条件反射般地看了眼祝政。见他面色无虞，邹宇舌尖舔了舔牙齿，似笑非笑地打趣："妹妹，成年了吗你？"

潘玥一听，立马比出两根手指："昨天刚满二十，还热乎着呢。"

祝政理都没理，摘下耳罩，拎起放在一旁的外套，看也不看潘玥一眼，直接迈腿走出射击馆。

潘玥见状，急忙喊："喂，你还没诉我你的名字呢！"

祝政充耳不闻。

走到门口，赵济忽然拦住他。

祝政停下脚步，波澜不惊地看向赵济。

赵济感到祝政的眼神压迫，下意识地别开眼，咬牙提醒："你离她远点。"

祝政像是听到什么好笑的事，掀了下眼帘，扭头看向背后追过来的潘玥，故意说："祝政。"

"什么？"潘玥满脸问号，没反应过来祝政的意思。

祝政不再言语，站在原地等邹宇。

潘玥急急忙忙冲到祝政面前，喘着粗气问："你叫祝政？名字真好听！那啥我记住了。你有微信吗？我扫扫。"

没等祝政回应，赵济一把拉开潘玥，恶狠狠地瞪祝政一眼，然后强行拉着潘玥离开。

潘玥撒泼不肯走，赵济直接将人扛走。

邹宇走到祝政身边，抬眸望着渐行渐远的两人，嘴角扯出一丝嘲讽的笑，随口一问："潘家伟的女儿潘玥。啧，这姑娘不知道你跟她爸的事？这事要让潘家伟知道，怕是要气吐血。要不——"

祝政隐下所有情绪，偏头看了看邹宇，语调不咸不淡地问："你闲得慌？"

邹宇正了正脸色，没再跟祝政开玩笑。

回去的路上，祝政窝在副驾驶座椅，烟一根又一根地抽，搞得车里乌烟瘴气，跟盘丝洞似的。

邹宇看不过去，找了个偏僻的地方停下车。

车窗全部降下，烟雾渐渐散去。

邹宇坐了不到一分钟，焦灼地摸了两把方向盘，扭头嚅着疑惑问："你打算跟我爸谈什么生意？"

祝政慢慢掐灭烟头，抬眼瞧了瞧远处波澜壮阔的海，嘴角扯出一丝玩味的笑，说："跟潘家玩两把。"

祝政出事那年，邹宇人在边境，压根儿抽不开身。

等他退伍回京，祝政已经进去了。

事端早掩得干干净净，剩下的也是些不足为惧的风流韵事。

其中传得最多、最以假乱真的一个版本是：祝政为一姑娘争风吃醋，气急败坏地撞了人。

这桩旧闻为圈子里的聚会添了不少茶余饭后的谈资。

到现在还有人提祝政冲冠一怒为红颜的事。

有的人为此不发一言，有的人感慨祝公子经这一遭太过可惜……

邹宇差人问过祝政，要不要他搭把手，祝政当时只让人回了句："我有罪在身，该受的我全受着。"

潘家伟正是抓着这个空隙，给他下了套儿。

想到这儿，邹宇略带烦躁地搓了把后脑勺，说："我晚上回去跟我爸聊聊。"

祝政难得笑了一下，眼带感激，说："谢了。"

"我俩什么交情，用得着你跟我说谢谢。"

说完，邹宇叹了声气，转移话题："计家那边没给你施压？"

提到计家，祝政表情肉眼可见地顿了一下。

邹宇见状，忍不住啐了口口水，笑骂："那老东西挺会玩。净挑软柿子捏，也不看看谁才是软柿子。

"不过四儿，你那二叔做的那些腌臜事着实过了点。说好听点，是会算计，说难听点，就是蠢。跟计安邦这种人勾搭，能有什么好果子吃？

"你要再不约束，祝家这点家底就给你二叔败光了。"

这半个月来，祝政的烟瘾越来越大。

刚开始他还有所克制，这两天硬是没个准头。

提到计家、祝清国，祝政脸色明显阴沉几分，丹凤眼里划过几缕嘲讽，冷嗤："也得看看姓计的能不能降得住我。"

邹宇见他有所考量便不再多言。

正事谈完，邹宇沉思几秒，又转移到祝政个人私事上："你跟你那未婚妻可有什么感情纠纷？"

祝政睨他一眼，神色不明地问："我哪个未婚妻？"

邹宇"啧"了一声，挑明话头："除了计家大小姐，还能有谁？"

"没这回事。"

"得亏没有，要不然我还怕你后面下不了狠手。到时候要上演一场闹剧可就见鬼了。"

"……"

宋西京这两周都乖乖跟在关洁身边练琴。

万岚出差回上海，三人一同吃了顿饭。

饭桌上，万岚十分感谢关洁替她看管儿子。

关洁不爱听这些人情话，随便讲了几句便岔开话题。

本以为万岚回来，她就可以撒手不管了。没想到饭吃到尾声，一晚上没吭声的宋西京忽然出声问关洁："能不能继续督促我弹钢琴？"

怕关洁不同意，宋西京特意添了两句："就考前两个月，我自控力不好，需要人监督。你懂音乐，我很……信任你。"

万岚先是一惊，而后见儿子这么诚恳地请一个人，便也跟着邀请："小关，你要是愿意，岚姐就厚着脸皮请你继续督促他。薪酬嘛你放心，一定不低于市场价。"

关洁下意识地想拒绝，奈何宋西京坐在对面，一双湿漉漉的鹿眸直勾勾地盯着她，她那些想拒绝的话忽然说不出口了。

没了酒吧驻唱的工作，关洁时间空出一大半。

朱真没回上海，她一个人待在出租屋，一个人面对漆黑漫长的夜，一个人面对虚无、孤独。

至少这段日子是难熬的。

她想了想，最后答应万岚。

宋西京每天下午六点过来她这儿练两个小时琴，其间他俩除了聊几句有关练琴的事没别的交流。

他天赋不差，练习一首新曲只用两个小时就能记住曲谱、节奏，并且很流畅地弹出来。

关洁渐渐习惯这样的生活节奏，白天写词、写文案、拍视频，晚上陪宋西京练琴、看书，偶尔看部电影。

宋西京也不打扰她，练完琴就走。

他文化课里数学不大行，关洁没事的时候，也会大发善心给他讲题、补课。

关洁耐心很好，讲一遍他听不懂，她又讲第二遍。

每次讲完，宋西京都红着耳朵说谢谢。

星期六晚上，宋西京练完琴没急走，而是站在钢琴前掏出手机，翻好友上午推荐的电影名单的聊天记录，结果翻了个遍都没看到合适的。

宋西京低声咒骂一句，又从小红书翻了部关洁可能喜欢的小众电影。

院线没有播映，宋西京找了一家私人影院，专程给工作人员打电话订了两张票。

订完票，宋西京深吸一口气，转头看向那扇半开的门，默默走到门口，敲了敲。

关洁刚写完文案，听到敲门声，她握着笔头从书桌前面带疑惑地抬起头。

只见少年立在门口，举着手机朝她晃晃，问："请你看场电影，行不行？"

关洁拧了拧眉，随手丢下笔头，往座椅里一躺，双手枕着后脑勺，偏头问他："什么电影？"

宋西京舔了舔干涩的嘴唇，道："*Emma*。"

"讲什么的？"

"少女与大叔的故事。"

关洁挑挑眉，眼底闪过一丝意外："行，我换套衣服。"

宋西京得到应允，压制住心底的欢喜，握着门把手轻轻替她关上门，匆匆丢下一句："我在外面等你。"

关洁跟着宋西京走进观影厅才发现是家私人影院，只摆了四五排沙发椅。

观影厅除了他俩，别无他人。

关洁捏着票根扫了眼电影名，故意打趣旁边窘迫尴尬的宋西京："品位挺不错。"

宋西京也没料到场面这么尴尬："要不换部电影？"

"来都来了，看完再走。"

关洁秉承着既来之则安之的心态，选了个不前不后的位子，脱下鞋，躺到沙发上，还不忘顺手扯过叠放整齐的毯子搭在腿上。

宋西京见她态度平静，也跟着坐下。

电影时长一百二十四分钟。

故事发生在19世纪，讲述了一位聪明、美丽、傲娇的贵族小姐爱玛在经历一系列波折后自我成长和找到真爱的故事。

电影色调协调漂亮，每一帧每一画都可以截图做壁纸。

配上私人影厅的氛围，很容易让人产生一些错乱的情绪。

电影里男女主角互相吸引，慢慢相识相知相爱。

尽管知道对方的缺点，依旧愿意去爱，愿意陪着对方成长。

女孩思想独立、有性格，知道为爱而爱，而不是为结婚而结婚。

男女主角之间有两句对白关洁很感动。

爱玛说："我觉得自己身上有太多毛病，有太多性格上的缺陷，实在配不上你。"

纳特利回："那我的缺点呢？我羞辱过你，我教训过你，而你却以一种无人可及的方式忍受了。"

爱是什么？

爱有千万种方式、千万种表达，谁都无法说清爱是什么，唯有一种不算爱——一厢情愿的等候与自甘堕落的沦陷。

星期三晚上，关洁开了场直播。

距离她上次开播已经整整一个月，那些喧嚣、流言蜚语好像随着时间烟消云散，偶尔有一两个好事的在评论区提醒，也很快被粉丝压下去。

关洁一如既往地抱着把吉他，坐在镜头前弹唱。

直播刚过十五分钟，久未出现的"赵四"突然空降直播间。

"赵四"进直播间看也不看评论，直接打赏。

钱多任性，一晚上都是他的打赏消息，感谢打赏的提醒占满整屏，关洁的身影被挡得一干二净。

粉丝的注意力大多被"赵四"吸引，全都在评论区@"赵四"说两句。

关洁盯着"赵四"的昵称，手指一颤，连续弹错两个音。

所幸没人注意。

"赵四"看到评论区的留言，头一次没有打赏完就退出直播间或者闭嘴不语。

"赵四"沉默几分钟，突然发言：【主播最近睡得如何？】

关洁忍着异样，波澜不惊地回："挺好。"

【有什么推荐的菜？】

"没有。"

【哦，今天干吗了？】

关洁看着那几句寒暄的日常，忍不住提醒："我是音乐主播，不是生活主播。"

"赵四"煞有介事地打字：【嗯，知道。那你今天到底干吗了？】

"……"

第 11 章
谁生来就是好人

关洁觉得事态发展有些荒唐，她几次猜测"赵四"是祝政，却又不敢笃定。

"赵四"像是突然开了窍或者发了疯，在评论区连发好几条消息。

【人一旦做错事，就再也不能原谅了？】

【这么说吧，我承认我这人是有点混账，可我就不能有后悔的余地？】

【谁生来就是个好人？】

【改过自新也不行吗？】

【喝多了。】

最后一句发完，"赵四"不声不响地退出直播间。

那几句发言很快被粉丝顶上去，新的评论层出不穷地冒出。

许是"赵四"出现的次数太少，做出的举动又太轰动，以至于每次他出现，总会引发躁动。

即便他人已经退出直播间，但仍然有人将注意力落在他身上。

有人猜测他最近可能压力太大，所以来评论区发泄发泄，也有人说"赵四"怕是做了什么错事后悔了，还有一个很不靠谱的猜测——

"赵四"或许跟西西认识，他们曾经也许有过一段缘分，但是缘分散尽，所以"赵四"来评论区问问西西还能不能再续前缘。

猜测一出，网友脑洞大开，全都在脑补"赵四"跟关洁可能有的关系。

关洁搂紧怀里的吉他，忽然没心思弹唱。

她心里平白无故躁动起来，脑子里尽是"赵四"说的那几句胡话。

无论这人是不是祝政，这几句话于她而言，多少有点影响。

她窝在座椅里想了半天，最终摇摇头，甩开乱七八糟的思绪，强迫自己冷静下来。

一杯茶的工夫后，评论区的风向又转了，评论一股脑儿地在问她为什么不唱了？

也有在问她能不能再唱一遍《救你做个坦诚恶棍》的。

歌火后，关洁再没唱第二遍，好似有意避开，不愿再唱这首歌。

偶尔有人在歌曲评论区长篇大论推测这首歌背后的深意。

其中有个网友评论：【《救你做个坦诚恶棍》是一首告别歌，也是首祝福歌。言语间全是对曾经的爱人的祝福，其中有期待、有遗憾、有告别，唯独没有后悔。歌词、作曲都很有歌手的自我风格，虽然小众，但是情感很吸引人。我斗胆猜测几分，这首歌背后的意义大概在讲——或许我不再爱你，或许我们日后不再相见、不再重逢，但我希望你在某个角落依旧活得坦荡、自由，甚至可以做个坦诚恶棍。做好人也好，做坏人也罢，只要你在某个角落平安喜乐就好。以上祝福就算全都落空，那也没关系，我认识过你、了解过你就足够了。】

关洁看到这条热评时，底下已经跟帖上万条，点赞数超十万。

她也跟着点了个赞。

这一点赞，不少营销号、粉丝都在截图发视频。

一时间，评论大火，歌又热了一波。

关洁始终觉得这首歌是写给祝政的，是给他一个人听的，并不需要所有人都懂。

但显然，情感是相通的。

即便她写得隐晦，也有人能读懂她想表达的那份情意。

大概音乐是能引发人与人之间的共鸣的，也能吸引有同样情感的人。

所以，她愿意去表达，去创作，去歌唱。

想到这儿，关洁抿了抿干涩的嘴唇，弯腰端过桌上的温开水喝了两口，润润嗓子。

见粉丝热情高涨，她单手抱着吉他，简单交代这首歌的故事背景："《救你做个坦诚恶棍》写于 2018 年冬，专程写来送给一位很特殊的朋友。

"作词、作曲、演唱都是我，这首歌的所有工作也几乎是我一个人完成。这两年我生活状态很糟糕，导致这首歌迟迟没发表。不过我很庆幸，庆幸这首歌能出现在这个世界。

"写这首歌时那位朋友正处于人生低谷，我与他相识一场，总觉得他的结局不该如此。所以我写这首歌给他，一是希望他日子过得坦坦荡荡，不要被世俗打倒；二是为了好好跟他告别。

"当初我与那位朋友的决裂并不体面，场面甚至过于难堪。我后来很后悔，后悔没给各自留一个体面的告别。如今想想，我们都太年轻，无论说话还是做事都过于情绪化。

"前几年的我总以为互相辱骂、刺激、伤害能让我赢得干脆，后来发现，这样只会加深我内心的痛苦。

"之前的我无法面对很多事，比如欺骗、忽视、不在乎，我害怕这个世界没有我存在。现在的我依旧无法面对，不过我至少学会对这个结果释怀。"

说到这儿，关洁停顿了一下。

她抬头望着屏幕上不停滚动的评论，想起之前经历的种种，对着那些看客残酷地剖析自我："我是个黑料缠身、身上评论褒贬不一的人。

"有人爱我爱得深沉，有人恨我恨得入骨，也有人对我指指点点。当然，我并不需要每个人都了解我、理解我、认识我。我只想这世界能有一处是完完全全属于我自己、是我可以立足的领地。

"我热爱音乐是因为它可以让我发泄、让我畅快淋漓、让我释放自我。

"我说这番话不是想证明什么，也不是想让你们改变对我的看法。我只是想告诉我那位朋友，我写《救你做个坦诚恶棍》是希望他可以坦坦荡荡活着，可以一如既往地做自己。

"坏也好，好也罢，无论他选择什么样的生活方式，我都希望他能振作。至少，不要自己放弃自己。"

关洁说了很多无厘头的话，这些话全是她一直想说的。

她不知道这些话祝政能不能听到，但是她还是想说。

为她，为他，她都应该说。

早上八点，祝政被陈川几条微信吵醒。

邹宇昨晚临时组了个局，邀请了不少商界名流给祝政牵线搭桥攒人脉，他这一晚上都在给人轮流敬酒。

一路下来，他灌了一肚子酒水。

晚上九点，聚会结束。

陈川开车过来接他，闻到他一身酒气，皱眉问："哥是喝了多少？"

祝政那时人还算清醒，靠在副驾驶座，伸出手指头跟陈川数："几瓶白的、几瓶红的，混的也有两三瓶。"

陈川知他有生意要谈，还是忍不住提醒："哥的身体还没好全，酒这东西还是少沾点。"

祝政脑袋"嗡嗡"作响，揉了揉眉心，合着眼，交代两句："这儿不比北京，初来乍到，要交人脉喝酒是常事。

"忍忍就过了，这些话甭提了。"

陈川见状也不便多言。

将人送至住处，陈川放心不下，又去找徐医生拿了解酒药、胃药。

他回来正好瞧见祝政窝在沙发看关洁直播。

156

直播间里不少粉丝在问"赵四"为什么只打赏不发言？

陈川烧好开水，拿着玻璃杯冲了杯温水搁在桌沿，又掰了七八粒药片送到祝政掌心。

祝政接过药往嘴里一塞，端起温水喝了两口。

喝完，祝政瞥了眼屏幕，随手打了几行字发送出去。

陈川人就站在祝政身旁，看到他一直关注着屏幕里的人，默默出声："关姐知道'赵四'是哥吗？"

祝政坐直身，退出直播页面，另起话题问："听你这语气，你跟她挺熟？"

陈川摸不清祝政的想法，捏了捏手心，试探性地说道："……还算熟？"

祝政头晕得厉害，手撑在膝盖，似笑非笑地问："那她生日多少号来着？"

"4月21日……金牛座。这星座还挺沉稳、有责任心，最大的特点是守财。关姐当初在酒吧管钱可厉害了。"

祝政眉头紧蹙，仰头看着头顶的灯，半天没吭声。

陈川以为自己答错了，小心翼翼地问："难道我记错了？"

"好像没错啊……关姐有次写作业，让我拿她身份证帮忙登个记，上面的日期就是这个。"

"……跟柯小姐好像同一天生。"

话音刚落，祝政手里的玻璃杯"哐当"一声掉在地上，摔得四分五裂，水流得到处都是。

陈川意识到说错话，紧了紧呼吸，蹲身捡起大的玻璃碎片，又去拿扫帚将小碎碴扫进垃圾桶。

扫完，陈川放下扫帚，想说两句，还没开口就听祝政先开了口："天儿不早了，早点回去休息。"

陈川立即咽下未说完的话，转身出门。

祝政这一觉睡得并不踏实，半夜胃痛起来吃了几片药，到凌晨四点才睡沉。

迷迷糊糊睁开眼，他拿过枕头底下的手机点开微信，看见陈川发了两条视频过来。

祝政揉了揉眉心，顺势点开视频，一点开就听到关洁说的那番话。

祝政掀被起床的动作一滞，他停下动作，捡起床铺的手机盯向屏幕。

屏幕里，关洁穿一身裸粉色贴身连衣裙，短发别在耳后，怀里抱着吉他，面色平静地诉说《救你做个坦诚恶棍》的创作来源及意义。

祝政听了不下三遍，每次听到"朋友"两个字都忍不住拧眉。

谁是谁朋友？

有他俩这样会拥抱、接吻的朋友？

听第四遍，祝政神情烦躁地丢下手机，掀被起床，踩着拖鞋走到落地窗前，面无表情地瞧着对面的东方明珠。

4 月 21 日……跟柯珍同一天生……难怪他会记错。

他的日历里不该有 4 月 21 日这天，无论现在、从前，都不可能有。

这周六，朱真回上海参加活动。

消失近半个月的人突然有了动态，关洁看着微信里那几条信息，松了口气。

她怕朱真在那场背叛中缓不过来，再也不回上海了。

所幸，一切都会过去。

下午两点，关洁披上灰棕色呢大衣外套，拿起钥匙出门，打车去高铁站接朱真。

路上，关洁有意打开直播软件，点开关注列表，从中翻到朱真的账号点开她的主页。

最新更新是三个小时前，内容是一条长达五分钟的视频，视频里交代了她跟杨竞文谈恋爱期间的所有恋爱细节，包括聊天记录、转账记录。

还特意截出时间，以此证明她在这段三角恋里有足够的理由、立场去指责和批判另外两个当事人。

这视频是她留给自己最后的尊严。

其实这点在不久之后才有答案，那时的关洁还未意识到，朱真这样天真、单纯的姑娘居然可以做到那份上。

可惜她知道得太晚，压根儿没法改变结局。

视频里朱真言辞清晰、逻辑严密，丝毫不像之前那个为了一点小事就哭哭啼啼的小姑娘，只是付出这么多年的青春，到底还是有怨和恨，说这些时，她中途停顿、哽咽好几次。

视频最后，她对着镜头说："我跟杨竞文的这场爱情，从头到尾都是我一个人的事。"

关洁说不清是什么滋味。她作为旁观者，清楚地看到了朱真在爱里有多卑微、多被动。

她心里曾掠过几丝异样，觉得朱真爱得没有骨气，可她又何尝不是。

她跟祝政之间，从一开始就是不公平的，一开始就注定了他俩的结局。

临到站，车流忽然慢下来，两条主干道堵成长龙。

出租车缩在蜿蜒盘旋的长龙里，半天都动弹不了几米。

关洁降下车窗，偏头看了看前后堵得水泄不通的车流，反正来得早，抬眼瞥了瞥表盘显示的价格，掏出手机，点开微信扫码，对准前排挂在平安符旁的二维码扫了车费。

司机听到付款声，条件反射般地回头，见关洁拎着包要下车。

司机摸了摸后脑勺，提醒她还有几分钟的路程。

关洁说没事，她走过去。

司机见她心意已决，撇了撇嘴，没再吭声。

下了车，关洁站在路口望了望前面拥挤的路段，裹紧外套，提步绕开一众车轱辘，走向斜对面的高铁站。

刚要越过马路，走到广场，一辆黑车突然不受控制地窜过来。

即便车主及时踩住刹车，车还是往前窜了几米，关洁躲闪不及。

"嘭"的一声，她被推撞到广场栏杆上，包掉地上，摔了一地狼藉。

车头擦过她的腰腹、手臂，疼得她直不起腰。

周围人窸窸窣窣凑了过来，有的伸手想碰关洁，还没碰到就被旁人阻止，说不要破坏事故现场。

车主是个年轻姑娘，刚拿到驾照没多久，挡风玻璃那儿还贴了"实习"两个大字。

估计是第一次单独开车，见撞到关洁，车主吓得不轻，人趴在方向盘满脸慌乱，迟迟不敢下车。

关洁手背撞破一块皮，露出红通通的皮肉，跟火烤过似的，火辣辣地疼。

她的腰腹撞到车灯，更是疼得不敢抽气。

刚刚那一撞，包丢地上，手机落在两米远的地儿，她压根儿无法打电话找联系人。

好心人注意到关洁的视线，小心翼翼地捡起关洁的包，又捡起一地的东西，最后一并递给关洁。

路人大多是匆匆忙忙的旅客，即便有心看戏，也没时间等待漫长的纠纷结果。围观群众走了一拨又一拨，有人打了交警电话，又叫来车站工作人员。

祝政就是这时候出现的。

他一身黑衣黑裤，推开一众看热闹的人群，一路走到最里圈。

本以为是看错了人，但又怕错过，所以他进来确认一眼。

却没想到真是关洁，见她趴在栏杆上满脸狼狈。

祝政冷着脸脱下外套搭她肩膀上，回头呵斥车主把车退开，接着不顾围观群众的反对，弯腰将关洁抱起来走出人群。

怕她出什么事，祝政找了最近的医院。

陈川开车，车速飞快。

关洁疼得缓不过气，窝在祝政怀里，顾不上其他。

到医院，关洁还没来得及动身便被祝政拦腰抱在怀里。

许是压着脾气，祝政这一路都没出声，等要进医院才朝陈川吩咐："后续的事你去处理。

"车票先退了，晚上再订机票回京。"

说完，祝政急急忙忙地抱着关洁往急诊室走。

除了她手背上的皮外伤，就是腰腹处的伤。

她侧腰被撞得青紫，医生怕留后遗症，又去照了CT。

两个小时后检查结果出来，只是皮外伤，没造成内伤。

祝政看到检查结果，骤然松了口气。

天知道他拨开人群，瞧见被撞的人是关洁，心底有多害怕。

即便是皮外伤，关洁也疼得要死，尤其是手背那块皮擦破了一大块，血淋淋的肉裸露在空气里，看着格外骇人。

侧腰更是疼得不能碰、不能动。

祝政缴完费，拿好药出来，正好瞧见关洁手撑着医院门口的立柱，弓着腰，掀开内搭毛衣一角，低头仔细查看侧腰的伤。

似是碰到伤处，她疼得抽气。

手机冷不丁地响起来，祝政紧皱眉头，翻出兜里的手机，瞥了眼来电人，摁下接听。

"小四儿，我是你计叔。你母亲生病住院我也刚听人说。这不，我跟你容姨想着你人在上海照顾不到，商量将你母亲接来家里养两天。反正你跟小绿的事已经定下，让小绿提前孝敬婆婆也是应该的。"

祝政当即沉下脸，捏紧手机，面色难看地推辞："我今晚就回京，这事儿便不麻烦计叔操心。"

计安邦："应该的，哪是麻烦。不过听你这意思，是打算今晚回京？那敢情好，我让你容姨多备点菜，晚上我们聚一块儿吃顿饭。"

祝政提着药，神色晦涩地看向不远处的关洁。

见她倚靠在大理石立柱，握着手机不停发消息，祝政舌尖舔了舔牙齿，敷衍地应付："时间太晚，恐怕赶不上。"

计安邦："你下了飞机往这儿赶，总能赶上。你母亲的事别担心，我这就找人去医院接她回来。大过年的，她一个人孤零零地在医院待着也不好。小四儿，到底根儿在北京，你走哪儿也还是得想想回家的路。你说是不是？"

计安邦当初就不愿祝政离京，如今有了借口，自然不愿祝政脱离他的掌控。

祝政垂下眼，扯了扯嘴角，心平气和道："计叔说的这些，我一定仔细琢磨。"

电话挂断，祝政收起阴沉的脸色，抬腿走向关洁。

朱真到车站没找到关洁，发消息问她人在哪儿，关洁随便扯了个理由，让朱真等等，她这就过去。

160

回完消息，关洁一眼瞥见跟前的黑皮鞋尖。

她顺着皮鞋、休闲西裤、黑毛衣一路往上，渐渐将这副身躯与那张熟悉的脸匹配。

关洁这才认真看好几天没见的祝政，倒像是几月、几年没见了。

生疏感、陌生感油然而生，她抿了抿干涩的嘴角，攥紧手机，仰着脑袋对他说："今天的事，谢谢。"

祝政听不得关洁跟他客气，伸手将药递给关洁。祝政指着塑料袋里的药跟她低声交代："这几样是外敷，这两样是内服，高瓶饭后、矮瓶饭前。"

两人凑得近，关洁的鼻腔里全是祝政身上的香水味。

关洁捂了捂鼻，接过药，语调平缓地说了句"知道了"。

两人陷入短暂的沉默。

前几分钟祝政打电话时，关洁多少听到一两句，知道他要回北京，下意识地问："时间来得及吗？"

祝政掏出兜里的烟盒，正准备点一根烟抽，闻言停下手上动作，偏头问她："什么？"

关洁掀了下眼皮，重新问："你不是要回北京？"

"晚上走，来得及。"祝政盯着关洁白净的脸，简短地说。

关洁点点下巴，表示知道："我要去趟高铁站。你——"

祝政看她一眼，不容置喙道："送你。陈川在那边处理车祸后续，我去看看。"

关洁闻言，张了张嘴，没再说话。

路上，祝政开着车，时不时往副驾驶座扫一眼。

关洁人瘫坐在座椅上，偏着脑袋，沉默不语地望着窗外，一个眼神都不曾递给他。

开到半路，祝政停下车等红灯。

早前在医院没抽的那根烟，这会儿趁着间隙，他衔住烟嘴，握住防风打火机，垂低下巴，"吧嗒"一下点燃火苗。

烟雾四散，祝政抽了几口，心口的烦闷缓解不少。祝政降下车窗，弹了弹烟灰，主动搭腔："去车站有事？"

关洁回头，坐直身，含混不清地说："接个人。"

"酒吧驻唱真不去了？"

"不了。"

"位子给你留着，你想什么时候去就什么时候去。"

"祝政，我们回不去了。"

祝政手一颤，猩红的烟灰掉在手背，烫了一下。

他冷静几秒，面不改色地说："回不去就往前走，路上总会重逢。"

关洁沉住气，别开眼没吭声。显然，她是不认同这句话的。

话题到此为止，再说就越了界。

车流再次流动起来，祝政踩下油门，开往虹桥站的方向。

朱真走出站台就看见关洁从一辆火山灰色的保时捷车里钻出来。

一同下车的，还有驾驶座的男人。

男人身形高挑，容貌上乘，浑身裹挟一股无形的淡漠。

朱真下意识地停下脚步，站在原地，拎着行李箱拉杆，好奇地眺望两人。

她看见男人大步绕过车头，一把拦住要走的关洁。

那只经脉清晰、骨节匀称的大手紧紧扣住关洁裸露在外的手臂不肯松。

紧跟着男人无视关洁脸上的冷漠，自顾自地俯下身，大手贴在关洁后脑勺，薄凉的唇落在她耳边缠绵低语。

不知说了什么，关洁脸色涨红，狐狸眼里挤满不知名的羞愤。

她紧咬牙关，抬眼恶狠狠地瞪向男人。

男人意识到关洁生气，缓缓松开手，朝她耸耸肩，神情无奈地低语两句，最后转身，弯腰钻进驾驶座，踩下油门扬长而去。

留下关洁独自在原地，神色淡淡地望着保时捷离开的方向。

朱真目睹完全程，心情格外复杂。

以至于手机铃响，关洁走到她面前，她还呆愣地盯着那个空荡荡的方向。

回去路上，朱真琢磨半天，实在憋不住，鼓足勇气，扭头，顶着一副壮士一去不复返的表情问："西西，刚刚那男人是不是就是你新歌《救你做个坦诚恶棍》里的特殊朋友？"

出租车里静悄悄的，还能听到风从窗缝钻进来的"呼呼"声。

关洁顿了半秒，摁灭手机，侧过肩，风平浪静地盯着朱真看了看，见怪不怪地问她："看到了？"

朱真不答反问："跟那天送你回小区的是同一个男人吧？长得一点都不像普通人。跟你站一起，气场很强。"

朱真琢磨片刻，补充："唔，你俩无论哪个方面都挺搭的。"

关洁有种被人戳破隐私的冒犯感，她很反感这种直白、毫无顾忌的追问，却清楚朱真没有恶意。

她收好手机，盯着前排司机挂着的弥勒佛挂坠看了几秒，小心掂酌了语言，承认："是。"

朱真："你们曾经很相爱吧？"

"曾经"这个词用得巧妙，可惜，她跟祝政没有"曾经"。

"没有。"关洁摇头，坚定否决。

朱真一脸纳闷，质疑："不可能啊，他刚刚看向你的眼神，全是克制。那可不是没有爱过……错了，应该说是一直爱着？或者爱而不自知？"

关洁不想再讨论她跟祝政的往事，转头竖起食指放在嘴唇上，同朱真示意她不想继续这个话题。

朱真张了张嘴，将那句"我怎么觉得他好像很爱你呢"重新吞进喉咙。

晚上八点十五分，飞机准时抵达北京。

一下机，手机里的消息铺天盖地冒出来。

祝政划拉屏幕，略过几个狐朋狗友的问候，看着赵娴打来的十几通未接电话，毫不犹豫地回拨过去。

电话铃声响到第三声，电话接通，那头稍显仓促地问："小四儿啊，回京了？"

祝政听着电话里赵娴略显激动的嗓音，轻声回应："刚到机场。"

"那行，你别去医院，直接到你计叔这儿。你容姨忙着炖莲藕排骨汤，你别磨蹭，饭快好了，别让一大桌人等你一个。小绿也在家，刚还问我你这次在北京待几天，她好做打算。"

陈川叫的车刚好停在面前，祝政紧握手机，弯腰钻进后排。

"嘭"的一声，车门关闭，陈川在一旁小声问："哥，回哪儿？"

祝政摁断电话，合眼揉了揉眉心，出声提醒："计家。"

陈川表情一滞，面带迟疑地问："现在？"

祝政眼底掠过嘲讽，嗤笑："赵老师被人恭恭敬敬请了过去，我能不去？"

闻言，陈川嘴巴一撇，没再说话。

四十多分钟的路程很快过去，祝政赶到计家，也才九点半。

正如赵娴所说，一大桌子人等着他赴宴。

北京前两天刚下了场雪，夜晚空气里裹挟着一股阴冷，祝政推门进去，带了好大一阵寒气。

计绿最先看到祝政，她坐在餐厅长桌末端，手里端着一杯香槟不紧不慢地喝着。

瞥到祝政，计绿本能地搁下酒杯，抬起下巴，目不转睛地盯着他。

他站在玄关，伸手接过用人递过来的一次性拖鞋，慢条斯理地换下皮鞋，又脱掉身上的深灰呢大衣递给一旁的用人收着。

过程从善如流，不带任何情绪。

计绿勾了勾嘴角，主动推开椅子，踩着拖鞋言笑晏晏地朝他走过去。

祝政感知到计绿的靠近，停住脚步，抬眼，波澜不惊地看着她。

计绿像是没瞧见祝政眼底的审视，上前亲密地搂住祝政的胳膊，用两个人才能听到的音量说："还以为你这辈子就待在上海不会回北京了呢。

"怎么，想通了？答应回来娶我了？

"那你可要好好求我，毕竟，我也不是这么好娶的。"

计绿的长相很具欺骗性，声音也偏温柔，不熟悉的人总会评价一句：北京城里最温柔体贴、最没有脾气的大小姐。

要不是祝政亲自撕开过那层皮，恐怕都要错信那句评语了。

两年前那桩事还在他脑子里鲜活地留存着，他可忘不了关洁躺在病床上动弹不得的可怜样。

一个"最温柔体贴、最没有脾气"的大小姐公然将一个手无寸铁的姑娘打进医院，末了还到他面前很无辜地问一句："抱歉，不小心打了你的人，你不会怪我吧？"

她认准祝、计两家合作交涉过深，局面短时间内不可能改变，认定他只能由她摆这一道。

他当时忙着跟潘家伟做那项目，累得分身乏术，等他反应过来，事已经过时。

他再追究就显得不好看了。

到底是在豺狼虎豹中长大的，心机深一点，装得单纯一点，也不是不能博一个好名声。

想到这儿，祝政看向计绿的眼神深了些。

"就等你一人了，傻站在那儿干吗？还不过来坐。小绿知道你回来，特意给你做了黄焖鱼翅。"

赵娴听到动静，连忙招呼祝政入席。

闻言，计绿不好意思地笑了笑，低下头，钩住祝政的胳膊往餐桌走。

计安邦临时去书房接了通电话，接完下楼正好撞见这幕。

计安邦抬手扶了扶眼镜，打趣道："我辛辛苦苦养了二十多年的女儿，到头来，白费心思，胳膊肘往外拐，给别人养的。我今儿也是沾了你的福，才能尝尝她做的菜。"

祝政强忍住心里的不适，扯了扯嘴角，笑着应付："我的荣幸。"

容婧亲自端着一碗排骨汤搁在桌上，挥挥手，招呼几人："都别站着了，快坐下吃饭，菜都冷了。"

这顿饭祝政吃得食不知味。

除了应付计安邦虚伪的试探，便是忍受计绿时不时的撩拨，无论是餐桌上的夹菜、盛汤，还是桌底下小腿、手指无意间的接触，都让他反胃。

吃到一半，祝政垂下眼，神色不明地看了两眼快要落到大腿处的那只手，嘴角扯出一丝冷嘲。

借着拿纸巾的由头，祝政起身一把甩开贴在大腿上的手。

计绿丝毫不觉得尴尬，反而故意朝他笑。

祝政搁下碗筷，面无表情地扫向计绿。

他毫无情绪波动的眼神落在她脸上，仿佛看穿她内里所有的虚张声势。

餐桌上一片祥和，容婧跟赵娴在聊做菜的心得，计安邦在看晚报，没人注意刚才那幕。

吃到尾声，计安邦放下晚报，邀请祝政上书房谈话。

书房里，计安邦以主人姿态坐在书桌前，戴着反光眼镜，将坐在对面的祝政从头到尾扫视一遍。

见他即便跌落谷底，眉间依旧存着几分傲气，计安邦眼底划过一丝欣赏，脸上浮起虚伪的笑，言语亲昵道："叫你上来，是想问问你现在的打算。是打算留在北京，还是待在上海？"

祝政舔了舔嘴唇，半垂眼帘，双手合十搭在膝盖，意有所指地问："计叔有什么高见？"

计安邦一听，以为祝政有服软的迹象，脸上笑意扩大，后背往后靠了靠，以一副长者姿态道："自然是希望你留在北京。

"古话说落叶归根，人也一样。你总不能一直待外面是不是？北京这么好的地儿，条件那么优越，你跑外面能干吗？

"你计叔我就这么一个女儿，做父亲的自然得替她打算。当然，你也是我看着长大的。你要在北京，我多少能帮衬点。

"祝家那么大的基业，好几代人的心血，总不能败在你二叔手里，你说是不是？"

说着，计安邦拉开右侧抽屉，从里翻出一份合同递到祝政面前，手指着末端的签名处劝诚祝政："这合同你出来时我就准备好了，就等你签个字。

"只要你跟小绿的婚事定下，该你的东西，一分不少。"

祝政懒散地坐在座椅上，视线顺着计安邦的手指落在那份合同标头上——结婚协议。

协议条款密密麻麻加起来好几张，祝政拿过协议随便翻了两三页便合上，皮笑肉不笑地问："结婚这事说大不大，说小不小。计叔这几张纸下来就圈了我下半生，总得留点时间等我考虑考虑。"

计安邦似乎早猜到祝政的反应，也不着急。

两人各自点了根雪茄，坐在书房又随随便便聊了几句后，计安邦便抬手让祝政出去。

祝政走得干脆。

走之前，祝政眼都不带斜一下，任由那结婚协议留在桌面。

出了书房，祝政一路下楼梯，绕过大厅，行色匆匆往外走。

走出门，路过连廊，他被计绿拦住去路。

祝政被拦，兀自停下脚步，掀开微褶的双眼皮，看向计绿的眼神无趣、寡淡，跟看一件冰冷的物件似的，毫无波澜。

她换了套青绿色的吊带睡裙，披着裸色披肩，踩着拖鞋站在他面前。

她刚洗了澡，长发湿漉漉地搭在肩头，水滴顺着脸颊滑落锁骨，滴入没什么起伏的胸沟。

祝政移开眼，从兜里翻出烟盒，点了根烟衔在嘴里，不急不缓地抽了两口。

空气中混合尼古丁和馥郁的香水味儿，折腾这一天，他这会儿闻着想吐。

本就不多的耐心越发稀薄，他弹了弹烟灰，噙着嘲笑警告她："你别做太过。"

"我做什么了？"计绿仰起雪白的脖子，故作不解地问。

祝政联想到赵娴之前突然心悸进医院，以及在饭桌上的种种迹象，毫不留情面地挑明："你跟赵老师说了什么，你自个儿明白。"

计绿前两天去祝家陪赵娴待了一下午，祝政之前交代过不许人告诉赵娴这几年的事。

其他人安安稳稳遵守这点，他倒是忽略了计绿。

计绿："哦？我只是实话实说，这也有错？"

接着，她上前一步，扯低领口，露出大片雪白肌肤，仰起脖子问："要摸摸看吗？"

祝政的目光毫无波澜地掠过她的胸口，毫不留情地问："这么点东西也好意思让我碰？"

计绿扯上披肩，抱着胳膊，脱掉拖鞋，赤着脚趾蹭上祝政裤腿，嘴里冷笑一声，讽刺他："那又怎样——你一丧家犬，有资格在我面前号叫吗？"

话音刚落，祝政一把扯住计绿的胳膊，将人往怀里一带，手指掐住计绿的下巴。计绿猝不及防，吓得尖叫，呼吸也跟着急促起来。

紧接着，祝政嫌弃地移开手。

欣赏完计绿的花容失色，他俯身贴在计绿耳边，无情吐槽："这么容易被撩拨，你也不过尔尔。"

第 12 章
祝政，你完了

计绿没想到祝政的言语这么刻薄、露骨，陡然生出怒意，挥手便要往祝政脸上招呼。

手落到半空，被祝政一把扣住，力气大到她抽不动分毫。

计绿当即瞪大杏眼，气急败坏地骂："浑蛋！"

骂完，计绿咬住嘴唇，抬起高傲的头颅，一字一句地提醒："你别忘了，这是计家，轮不到你来撒野。"

话音刚落，祝政倏地撒开手，从兜里掏出纸巾，一根一根地擦拭手指。

仿佛手指间沾染了什么脏东西，他擦得格外仔细、缓慢。

计绿瞧见这幕，白脸登时一黑，看向祝政的眼神全是羞愤。

"我不会让你如愿所偿，这辈子都不会。你想翻身，除了娶我，没别的选择。"计绿气得怒火攻心，攥紧拳头，看着祝政咬牙切齿地发誓，"祝政，我一定会耗死你。"

"啪！"

外壳镀铜的钢制防风打火机不小心掉在地上，砸出细碎的轻响。

祝政垂下眼帘瞥了眼地上的打火机，自然而然地弯下腰，伸出长臂捡起打火机。

打火机握在手心，祝政时不时掀开顶帽，"吧嗒吧嗒"摁两下。

幽蓝的火苗随风四蹿，跟现在理智全无、在他面前发疯的计绿毫无二致。

祝政不但一一收下计绿的诅咒，还顶着张人畜无害的脸，一脸好笑地问："难不成你还指望一条坐过牢的丧家犬说出什么好听的话？

"耗？你拿什么跟我耗？凭你平平无奇的脸，还是你这计家公主的身份？

"别把自个儿太当回事儿。"

计绿的脸一时间精彩纷呈。

她满脸不可置信的神色，似乎没料到祝政这么不要脸。

她气得晕头转向，言语间也没了顾忌，食指直指祝政，颤着音骂："你厉害，你厉害怎么进牢里蹲了两年？

"啧，为了个低贱的女人，跟老男人争风吃醋，撞残对方一条腿，结果赔上两年青春，这就是你的嚣张？

"你厉害，你厉害怎么祝叔、柯珍死的时候你只会像个疯子般地无能咆哮，什么事都做不了。

"祝政！我告诉你，我们俩之前谁也没欠谁，你不爱我又怎样，还不是要乖乖娶我。有本事你把那个女人娶回家供着啊。

"你看看赵姨会不会答应，你看看祝叔死得瞑不瞑目。要是赵姨知道你为了个女人，放弃整个祝家，放弃祝叔大半辈子心血，恐怕会气死吧。

"我没资格跟你耗又怎样，你还不是得乖乖跟我爸摇头摆尾地求合作。你有那资本不要我吗？你敢跟我爸斗吗？

"你以为你是两年前的祝政？你以为祝家是两年前的祝家？呵，祝叔已经死了，没人会帮你。"

计绿情绪激动，只顾自己说，压根儿没注意到祝政脸色已经阴沉漆黑，眼里全是刺骨的冷意。

"哐当"一声——

祝政一脚踢倒旁边的垃圾桶，垃圾打翻了一地，空气中散发出一股腥臭的、食物腐烂的味道。

祝政周身气息冷冽如寒冬，面色阴沉、漆黑如墨，腮帮紧绷成一条直线，眼神如一把锋利的匕首，狠戾地捅进计绿眼底。

计绿心一颤，脚步虚浮，宛若踩在云端，不敢低头看那万丈悬崖，生怕一个不小心便摔得粉身碎骨。

她内心升起强烈的预感——今晚她彻底惹怒了祝政。

即便她嘴上说得决绝，可对于眼前这个男人，她始终是忌惮、畏惧的。

这是个不按常理出牌，脾气暴到没人能抵挡的疯子。

她曾为他做过无数自我感动的事，却深知这样的男人她这辈子都无法掌控。

她以为他坐过牢、周围的人如鸟兽散再无人依靠后，他的傲骨早被现实碾碎，以为他会任她摆布。

可惜，她判断错了。

他能破罐子破摔，也能拼个鱼死网破。

他不怕死，没有弱点。

哦，不对，还是有弱点的。

那个女人叫什么来着？关洁？曾经跟祝政混了两三年的女歌手？

想到这儿，计绿忽然松了一口气。

有弱点就好，她还有筹码。

赵娴走到门口就看到祝政和计绿面对面站在那边。

她刚想出声叫祝政，还没来得及开口便听到计绿尖锐的嗓音刺破黑夜。

她顿住脚，以为他俩只是情侣间的小打小闹，想着不去打扰，等他们吵完再过去。

谁知听到这么大的"惊喜"。

她脸色煞白，站在廊下，任由指甲戳破手心，浸出铁锈味的鲜血。

直到连廊陷入死寂般的沉默，她才一脸不敢置信地迈开僵硬的腿缓慢走向那边。

走到尽头，赵娴停下脚步，仰起头死死地盯着祝政的背影，低声询问："四儿，小绿说的这些是不是真的?

"你爸、珍珍怎么了? 还有你，怎么就坐了牢?

"你跟妈说清楚，跟妈说清楚到底怎么回事。"

祝政脸色一变。

他背对赵娴，迟迟不敢转身面对那张布满脆弱情绪的脸。

计绿意识到要出事，抿了抿嘴唇，裹紧披肩，装作什么都没发生地绕开祝政，试图往屋里逃，以此躲避接下来的惊涛骇浪。

路过祝政时，祝政阴鸷、凶狠的眼神锁住计绿，低声警告她："这些话别让老子听到第二次。"

计绿脊背一僵，颤了两下嘴唇，咬紧牙，落荒而逃。

回程的路上，赵娴、祝政一同坐在车后排，一个攥紧手心、满脸恐慌，一个挺直腰杆、沉默不语。

陈川从两人迈出计家大门、钻进车厢时便察觉到不对劲，却又猜不到发生过什么，只能时不时透过后视镜往后面瞄一眼。

车厢内一片寂静，气压低沉，不管外面景色如何变化，后排的两人皆宛如雕塑，不动不闹、不争不吵。

祝政表面平静，实则内里各种纷乱复杂的情绪已经一一滚了个遍。

这样的沉默于他而言，比凌迟处死还要艰难。

空气黏稠、潮湿似黏度极高的胶水，将他的嘴封得严严实实，硬是发不出一个音节。

他端坐着，煎熬地等待着赵娴对他的审判。

时间过得格外缓慢，一分一秒好像拆分成了无数个日日夜夜，他多等一秒都是对自己的惩罚。

　　他翻出手机看了无数遍时间，最后按捺不住，皱起眉头，小心谨慎地挑拣字词："赵老师，我是瞒了你点事——"

　　一直温柔、娴静的赵娴突然爆发情绪："你先别说话！

　　"让我缓缓……让我缓缓……"

　　她捂着胸口，后背无力地倚靠在靠垫，紧闭着眼，急促地喘着粗气。

　　祝政滚了滚喉结，将那些未说出口的话全都咽了回去。

　　前排的陈川见状，吓得脸色一白，攥着方向盘不敢往后看。

　　过了好长一段时间。

　　赵娴揉了揉胀痛难忍的太阳穴，重新睁开温柔似水却有力量的眼眸，撑着膝盖坐直腰。

　　她长长地缓了口气，偏过脸，从头到尾、认认真真地扫视了一遍边上多年没怎么接触的儿子。

　　她努力挤出一个笑脸，语气恢复往常的温柔，压制着翻滚的情绪问："四儿，你告诉妈，刚刚我听到的到底是不是真的？

　　"你爸还有珍珍是不是——"

　　赵娴说不出那个"死"字。

　　她撑着半口气，摆摆手，示意祝政说。

　　祝政艰难地扯了下嘴角，斟酌着用最轻松、最不伤人的语气说出真相："是。"

　　他缓了一下，合眼回忆："他那天突发脑溢血，家里用人没注意，抢救不及时，救护车还没赶到医院他就断了气。

　　"我那段时间出了点状况……人没在北京，没来得及赶回来奔丧。

　　"珍珍那时在西安巡演，听到消息匆忙赶回来尽了子女孝道。葬礼结束后，珍珍——"

　　祝政有点说不下去，他很愧疚，愧疚到不敢提此事。

　　丁嘉遇在墓园说的那些话还在他耳边清晰地回荡，一字一句钻进耳朵，跟念经似的，不肯罢休。

　　他叹了一口又一口的气，最后仓皇失措地掏出烟盒，颤着手点了一根烟，跟吸氧气似的，鼓足劲儿抽了好大几口。

　　抽完大半根烟，他沉默数秒，费劲地说完后续："珍珍临时开我的车去见丁嘉遇，路上刹车失灵，一辆装钢筋的货车突然窜出来，他俩来不及躲闪……

　　"车子直直撞上货车，钢筋当场穿透珍珍胸口……珍珍没活过来……

　　"跟爸前后两天的事儿。我回京一查，是我生意上的对手做的，本来是想整死我，珍珍替我挡了灾。"

祝政声音低哑，说这话时，他整个人都在抖。

"妈……我的错，都是我的错。珍珍不该是这个结局，全都怪我。要不是我，她早跟嘉遇结婚，两人开开心心到处蹦跶了。

"可是事情都发生了，妈，我能怎么办？一条命我拿什么赔，我拿什么都赔不起。"

赵娴睁大双眼，眼神呆滞地盯着车顶的灯，半天没反应。

好一阵儿了，赵娴才终于再次开口："那姑娘是谁？"

祝政满脸错愕："什么？"

"跟你厮混两三年，害你坐牢、害珍珍惨死的姑娘是谁？你们是不是还在一块儿？"

祝政一时间不知该如何回应。

他怎么也没想到，赵娴会把所有战火转移到关洁身上。

他深吸了口气，紧着腮帮子否认："这事跟她没关系，您别诬陷她。"

赵娴："不管跟她有没有关系，你以后都离她远远的，别再来往。"

"妈——"

"别说了，我累了。"

祝政哑口无言。

前路坎坷崎岖，脚底荆棘丛生，他头一次承认，他跟关洁有个好结局的念想渺茫无期。

他蜷着肩脊窝在车厢，面上颓势尽显。

车厢内宛如一潭死水，无论他怎么挣扎都掀不起任何波澜。

赵娴端端正正坐在旁边，双手规矩地落在小腹处，尽是大家闺秀之风，可紧锁的眉头、微闭的眼，无一没有告诉祝政——她现下遭受的信息冲击，已经承担不了任何意外。

陈川坐于前排，恨不得将车速提到最快，却又清醒地意识到赵娴身体状态不好，不能随心所欲。

时间就这么一分一秒地过去，回到祝宅时已将近凌晨。

赵娴中途便睡了过去，到家门口还没睡醒。

祝政不忍心吵醒她，只好安安静静地坐在车里等她。

这过程中他不玩手机，也不说话，就窝在车窗边，睁着疲倦不堪的双眼，有一下没一下地看一眼身旁沉睡的赵娴。

陈川承受不了车里的低气压，小心翼翼地打开车门，钻出去，抽一根烟缓解尴尬。

车里只剩下母子俩。

祝政不知等了了多久，赵娴才渐渐转醒，她先是掀开眼扫视周围环境，再将目光投递到一旁提不起精神的祝政身上。

她张了张嘴，想说点什么，最后触及祝政那双布满血丝的眼，忽然合上嘴，说不下去。

她叹了口气，转过身，握住门把，倾身下车。

她的脚刚落在地面，还没来得及关车门，背后突然传出祝政沙哑的嗓音："您儿子自己惹的祸事，跟人家姑娘没关系。您要真信您儿子，就别听旁人撺掇。

"她是个顶好的姑娘，是您儿子配不上她。

"您想知道实情，我可以一五一十告诉您，也想在您面前讨一个机会——"

赵娴呼吸急促两分，扭过头，隔着车门盯着车里犯倔的儿子，心平气和地问："四儿，你今天是想逼死我吗？"

祝政噤声，将所有辩解的话语全都咽回喉咙。

他兀自笑了笑，勉强扯了下嘴角，说："您都这么说了，我还能说个'不'字儿吗？"

赵娴忍住眼角的湿润，抿了抿嘴角，狠心道："四儿，我再重申一遍，我不许你跟那姑娘再有任何交集。

"那姑娘是好是坏跟我没关系。我只知道，你再跟她纠缠，她会害死你。"

祝政烦躁地抹了把脸，下意识地反问："赵老师，您说这话真是为我好吗？"

赵娴脊背一僵，心脏像是被洪水猛烈地冲刷过，她看向祝政的眼神里满是悲怆、难过。

她睁着呆滞的双眼，重复问："四儿，你是要逼死我才罢休吗？"

一股血腥味突然涌上喉咙，祝政来不及回答赵娴，匆忙捂住嘴，转身背对赵娴，手掌撑在车门，强行将那口血咽了回去。

咽完，祝政抬手擦了两下嘴角，若无其事地推开车门，绕过车头，顶着一张毫无血色的脸站在几米远的路灯下，他闭了闭眼，低语轻哄赵娴："折腾这一天，也不早了，您早点上楼休息。

"死不死的话，以后少说。做儿子的，真能逼您吗？"

说完，祝政不再看赵娴的反应，同一旁站着的用人简单吩咐几句，转身独自离开。

路灯下，他的背影看着格外孤寂、落寞。

下半夜，祝政翻来覆去睡不着。

挣扎片刻，他打开床头灯，掀开被子踩着拖鞋起身，打算下楼喝点水。

路过二楼书房，祝政望着未关严实的门骤然停下脚步。

屋里暖黄的灯光顺着门缝倾泻出来，在门口形成不规则的图形。

祝政站在门口，透过光，静静望着屋里的人。

赵娴穿着墨蓝的真丝睡衣，抱着祝淮安的遗像，神情恍惚地坐在祝淮安曾经坐过的办公椅上发呆。

她垂低肩膀，拿着干净柔软的丝帕仔细擦拭相框的角角落落。

擦完，她看着相框里的人自言自语："淮安啊淮安……好好的一个家怎么就这样了呢？

"你当年娶我时，明明当着我父母的面承诺这辈子只爱我一个，后来怎么就爱上别人了呢？

"珍珍进门那天，我恨不得把她丢出去。我每次看到她，都觉得她是你背叛我的铁证，是我优雅从容了三十多年人生的污点。

"可小四儿喜欢这个妹妹啊。他那时也才十来岁，正是爱玩的年纪，家里突然多了个妹妹，自然是欢喜的。只是这欢喜无法表露，只能偷偷藏着掖着。

"要不然也不会背着我给她买洋娃娃、买巧克力，还专门找人给她定制吉他、架子鼓。用人顾及我的面子老是苛待珍珍，四儿知道这事，找到用人警告她不许欺负珍珍，还偷偷给珍珍包里塞零花钱。

"外人都以为小四儿讨厌珍珍，殊不知他是怕我难过，人前故意跟珍珍针锋相对。

"珍珍十二岁生日那年，她自己订了个蛋糕想回家跟小四儿一起过生日。小四儿那天知道我要将我送进精神病院，气得波及珍珍。珍珍提着蛋糕找到小四儿，小四儿急着走，不小心将珍珍推进泳池，差点淹死珍珍。

"从那以后珍珍再也不过生日。小四儿自责愧疚，不敢再跟珍珍亲近，还偏执地将她撵出北京。惹得后来每年珍珍生日，小四儿都在 5 月 21 日给她悄悄补上。

"他哪是恨她，分明是怕我责怪他，又怕你把珍珍训练成第二个他，故意找个借口放她走，给她自由罢了。"

说到这儿，赵娴似是想起什么伤心事，抬手擦了擦眼角的眼泪，继续说："小四儿看似薄情，却比谁都深情。这孩子傻，从来不知道将爱意说出口，任由旁人误会。

"别说珍珍为他而死，就算不是，他也会愧疚自责一辈子。我这个当妈的，哪能不心疼他呢？

"我怎么能看他重蹈覆辙呢？那姑娘对他影响那么深，如何让我不害怕。

"淮安啊，当初要知道我俩是这个结局，我一定不嫁你。"

赵娴说完，手指轻轻划过祝淮安的眉眼，叹了好长一口气。

祝政烟瘾犯了。

他逃也似的回到卧室，轻轻合上门，大步绕过层层阻碍，径自走到床头，捡起床头柜的打火机、烟盒，急急忙忙点了根烟。

烟雾萦绕下，他只身立在落地窗前，面色惨白地瞧着道路两旁规矩排列的路灯、路面不停晃动的树影，以及远处寂静无声的夜空。

有那么一瞬间，他想，要不就这样算了。

念头刚起，脑子里便浮现出关洁那副清冷、白净的皮囊，以及那双清醒却惹人怜爱的狐狸眼。

不可能，他不可能放手。

他极淡地笑了笑，自嘲："祝政，你完了。"

上海。

万岚临时给关洁接了个活动，举办地点在北京。

关洁看到地点，本能地想拒绝，奈何万岚已经跟活动方交接完收尾工作，无法推脱。

受邀参加活动的，还有朱真。

朱真回上海这两天，状态非常好，无论工作，还是生活，都打理得井井有条。

那条澄清视频发出以后，不少人路转粉，大多数抱以同情的心态跟她私信，告诉她明天会更好。

另外两人的状态就没她这么好了，林贞贞被骂得狗血淋头，杨竞文也受到不同程度的攻击。

其间杨竞文打过几次电话，每次都被朱真摁断，有一次还打到关洁手机上。

关洁刚接通，就听杨竞文在电话里求饶："真真，我错了，真的错了，原谅我这次好不好？"

朱真当时正在吃意面，右手捏着叉子顺时针卷满意面，而后一口塞进嘴里。

将意面囫囵嚼完咽进喉咙，朱真特意清了清嗓子，接过关洁手机，对着里面的人大骂："杨竞文，你去死！"

这句吼得铿锵有力、中气十足。

如果不是怒意太明显，她是不会发出这样不顾形象的嘶吼。

关洁立马明白朱真从未想通过，只是把恨意全藏在心底，刻意拿锁锁起来罢了。

吼完，朱真像泄了气的气球，双手扒在桌上，软趴趴地撑着下巴，有气无力地说："西西，我忘不了这个烂人。

"我试过很多次、试过很多方法，都无法把他从脑子里彻彻底底清除。你说，我是不是犯贱？"

关洁对此摇摇头，不予置评。

朱真也没想从关洁那儿得到答案，她惨淡地笑了下，略带嘲讽地说："如果有一天他肯跪在我面前低声下气求我给他个机会，我一定答应他。

"我会让他重新爱上我，爱到骨子里，爱到没有自我，然后——让他一辈子活在后悔痛苦中不能自拔。"

关洁只当朱真说笑，压根儿没想到，未来的某一天，这段话会给朱真带来如此惨烈的结局。

朱真没去过北京，路上一直追问关洁北京有什么好玩的、好吃的，计划等活动结束，她去北京大街小巷到处转转。

关洁认真思考了半天，硬是没想到什么好玩的、好吃的。

朱真眨眨眼，满脸惊讶："不会吧，居然没有？"

关洁摇了摇头，解释："我那几年……日子过得昏天黑地，大部分时间都辗转各种场地唱歌赚钱……很少有机会单纯地跟朋友一起去逛街、去玩、去吃。"

朱真沉默半秒，抬手搂住关洁的胳膊，脑袋靠在她肩膀上，手指攥着她的绣花袖口，小声问："西西，大学时候的你是什么样的？"

关洁本想拒绝回答，可是对上朱真那双湿漉漉的、亮如星星的鹿眼，她忽然有些不忍心。

她回忆一番那些过去的、破碎的、被她封藏谷底的画面，细细斟酌道："那时的我不算一个好人。

"不是指形容词的好，是动词的好。我那时候……该怎么说呢，挺浑的吧。

"身为学生，没正儿八经上过几堂课，也没在宿舍留宿过几晚，每天都在外面跑，喝酒啊，唱歌啊……能玩的我都玩。

"二十来岁就见识过这个社会的险恶、虚伪，知道钱财、名利是世界上最重要的东西，明白这世界除了自己没有任何人会不顾一切爱我。"

朱真听得认真，跟着关洁的节奏时而蹙眉，时而瞪眼，时而好奇。

她仰起头，安安静静地打量关洁。

关洁的头发长了一点，不过依旧短，长度刚好到脖子。

发丝柔软、顺滑，飘着洗发露的茉莉花香，很淡很好闻。

耳朵很薄、很小，耳垂挂着一串天蓝色水晶石水滴状吊坠。

说话时，她的声音很淡，脸上表情很平静，好似在讲别人的故事。

她有一双清冷孤傲的眼睛，瞳孔深黑，眼里总是泛着晶莹的水光，再配上单眼皮，以及左眼下那颗不明显的浅色泪痣，显得很独特、个性。

她这长相属于别人看一眼就忘不掉的类型。

该怎么形容呢？

惊艳。

对，就是惊艳。

朱真发呆的工夫，关洁已经讲到别处。

她盯着机舱前排座椅后背贴的旅游广告图，不紧不慢地说："碰到过一个我至今难以形容的男人，跟他有过一段不知道怎么形容的关系。

"我跟他接过吻、吵过架，一起打打闹闹、肆意妄为过，但是直到决绝那天，我也不觉得自己和他是情侣。

"如果要用几个词形容这几年的经历，那一定是——荒唐的、腐朽的，又难忘的。"

这是关洁对她跟祝政这段往事的客观批注、评判。

没有人知道她曾为祝政流过多少眼泪，也没人知道那段无法形容的关系下的当事人具体经历过什么。

朱真听完，迟迟张不开嘴。

最后，她抱着试探的态度问："那人是不是前几天我看到的保时捷车主？"

关洁这次没给回复。她揉了揉发红的眼尾，一锤定音："这事到此为止，不会再有后续。"

朱真嘴唇嗫嚅，扭头静静地望着机舱外的蓝天白云，不再打扰关洁。

活动在第二天下午，万岚早早打电话交代她俩谁谁谁是负责人，具体地点在哪儿，到了活动现场谁谁谁会引她们进场，以及她们的具体任务。

朱真边听电话边吐舌头，偷偷趴在关洁耳边吐槽万岚话好多。

哪知音量太大，被那头的万岚听到，万岚当即冷笑，警告朱真："就你最不省心，活动现场各路人马聚集，你悠着点，别给我丢脸！"

万岚刀子嘴豆腐心，朱真早摸透了她的性格，压根儿不把这警告当回事。

电话挂断没两分钟，酒店门铃响了。

关洁去开门，有人专程送礼服过来。

一套是朱真的，一套是她的。

朱真的是粉色蓬蓬裙，穿起来跟迪士尼公主似的，可爱又漂亮。

她的则是复古红亮片大面积露背长裙，仿佛为她量身定制，将她身上的性感、清冷、孤傲——融合——气质、容貌堪比女明星，甚至高出一筹。

关洁穿着红裙从试衣间出来那刻，朱真捂着脸，差点尖叫出声。

太好看了吧！

朱真拿起相机连拍好几张照片，拍完都不用修，直接将原片传到手机，经关洁允许，发到朋友圈大大方方欣赏她的魅力。

关洁哭笑不得，轻轻掐了下朱真的脸颊，示意她低调点。

到了现场才知道活动方很豪，嘉宾阵容也豪华，娱乐圈、网红圈、商界有头有脸的人物都被请到了现场。

她这等级，能参加这样的活动，实属高攀。

朱真也被吓到，抓着关洁的胳膊低声惊呼："哇，我居然能参加这么高级的活动？！全是我在屏幕上才能看到的明星、大佬……还有这配置，啧啧啧，真豪啊！"

朱真本来就是个小公主，这次场面虽然大，但也不至于让她这么夸张。

关洁本想拉朱真去角落躲躲，还没来得及迈步就听朱真惊喜万分地指着不远处的人问："我去，那是不是新晋影帝江维？天啊！真人比屏幕里还好看！我好喜欢他演的皇帝。"

那边站着跟导演聊天的江维似乎听到朱真的声音，下意识回过头扫了眼她俩所在的方向。

迎上朱真惊喜的目光，江维礼貌地笑笑，举着手里的香槟同朱真隔空碰了碰杯。

朱真被江维这一举动弄得满脸通红，恨不能贴在关洁背后，装作什么都没发生。

江维也是 R 大音乐系毕业，算是关洁同系学长，在校风评很高，表白墙至今有他的身影。

关洁读大一时，他刚毕业，所以她只听过他的名字，并没见过真人。

本以为这样的人不会跟她有交集，没想到走红毯结束后，江维主动过来跟她打招呼。

彼时朱真在上厕所，角落只她一人，手里端着一小碟甜点在细嚼慢咽。

江维绕过熙熙攘攘的人群，径自走到关洁面前，伸出手同她打招呼："关洁，你好。我是江维，很高兴……见到你本人。我前两天刚听完你的新歌，非常好听，我很喜欢。你的作品风格跟你本人挺契合。"

关洁一时间不知道如何是好。

她先是放下手里的甜点，而后站起身，略带仓促地伸手回握江维，并勾起嘴角，礼貌回应："我的荣幸，感谢江老师的喜欢。"

"听说你也是 R 大毕业？"

"呃，是的。"

"既然是同校师妹，叫我师兄就好。你比我厉害，坚持这么多年还没放弃，不像我，中途放弃音乐转去演戏了。"

周围时不时有目光扫过来，关洁的表情有些……难以言喻。

江维反而很淡定，好似注意不到旁人的打量，自顾自地坐到关洁身边，跟她自来熟地吐槽："你可别学我不务正业。现在回学校，我都不知道怎么跟老师交代……"

关洁坐在一旁安安静静听着，并不发表意见。

除非江维提到她，她回避不了才礼貌回复两句。

江维是个很有才华的歌手，早期关洁也曾学过他，如今他虽然转战演戏，却也未放弃音乐，今年初才出一张数字专辑，售卖数据很可观。

她也自掏腰包买了那张专辑，里面十二首歌，首首经典。

"江老师也很厉害，您的歌我都听过，很喜欢。"

江维听了，挑了挑眉梢，从兜里掏出手机，笑眯眯地说："既然这么喜欢，不如我们加个好友，以后好方便讨论作品？"

关洁还没来得及回应，便听到一阵不大不小的唏嘘声。

只见久未见面的男人突然出现在活动现场，被几个工作人员从会场正门恭恭敬敬地请进来。

通体黑衣黑裤，他整个人看上去沉稳又正经，面上寡淡、平静，看不出任何情绪。

紧跟身侧的是计绿，穿了身墨绿色抹胸裙，拎着名牌包，纤细的手指搭在祝政臂弯上，笑得很虚浮。

两人一进场便夺了大半人的目光，一众人全都有眼力见地走上前去寒暄。

一时间，围在江维身侧的人如鸟兽散，全都不要命地挤进名利场，试图分一杯羹。

人一散开，沙发只剩他俩。

周围空荡荡的，不再有任何阻挡。

关洁清清楚楚感受到不远处那道灼热的视线，透过一层层人，笔直地落在她身上。

江维隔着人墙不声不响扫了眼那道墨绿身影，黯淡地垂了垂眼，而后重新勾起笑容，将手机递到关洁面前，问她："方便吗？"

关洁没注意到江维的情绪变化，抬头隔空看向祝政。

瞥到他眼底的晦涩，关洁抿了抿嘴唇，收回目光，翻出手机，点开微信二维码，同江维添加好友。

计绿看到这一幕，嘴角扯出嘲讽的笑，踮起脚，红唇凑到祝政耳边，幸灾乐祸道："你的小情人好像攀上别人了，啧，你也有被甩的一天啊，我怎么这么开心呢。

"你说，我现在要是走过去，她会不会怕我说点什么不该说的？或者我再打她一次，让她长长记性？"

祝政压制住眼底的阴鸷，一把扯开计绿攀爬在他胳膊上的手指，俯身凑到她耳边低语："计绿，老子不跟你玩了，你爱跟谁结婚结婚。"

"你不怕我爸——"

祝政迎上计绿含着威胁警告的杏眼，反击："你要不怕身败名裂，毁了你这计家大小姐的名声，我也不介意跟你耗到死。

"至于她，你要是敢碰一下，老子一定会让你付出代价。

"还有，管好你的狗，离她远点。"

计绿从来不是善茬，也不会让自己受委屈。

祝政即便没在人前跟她撕破脸，可也让她受到不小惊吓。

她先是愣怔两秒，而后嘴角扯出一个恰到好处的弧度，纤细的双臂重新挽上祝政的臂弯，同时露出虚假的笑脸，跟各家媒体平易近人地打招呼："感谢各位朋友的祝福。另外，我跟祝政好事将近，诸位到时一定赏光。"

闻言，祝政脸色大变，看向计绿的眼神里满是讥讽。

他舔了舔嘴唇，拉住计绿的胳膊将她粗鲁地扯向一旁。

没等她站稳，祝政大手掐住计绿的下巴，俯身，薄唇贴近计绿脸颊，不留情面地挖苦："你还真是死猪不怕开水烫——豁出去了。

"这是最后一次，再有下回，你试试。"

旁人看过去，只以为他们在调情。毕竟，两人靠得那么近，计绿又笑得那么开怀。

计绿对祝政的警告视若无睹，笑着拉开祝政的手臂，找准借口，飞速撤离灾难现场，任由祝政憋着火气，却无处发泄。

方寸之间，江维连摔两次酒杯。

第一次是没拿稳，第二次是不小心碰到关洁的手背。

酒水洒了关洁一身，复古红的裙面沾上橙黄酒渍，别提有多难看。

江维回过神，察觉到自己的失态，连忙掏出纸巾补救。

手忙脚乱，反而把现场搞得一团糟。

几个闻讯而来的媒体记者纷纷拿起手里的"武器"拍下这一幕，快门声此起彼伏，恨不能当场写出通稿，博得新闻头条，指望下个月奖金翻番。

江维的经纪人最先反应过来，急急忙忙拉着两人躲避，又觍着笑脸同媒体人解释只是意外，希望各位手下留情。

关洁被江维的助理带到二楼一间客卧，裙子不能再穿，助理记下她的三围尺寸，转头去给她拿备用的衣服。

助理离开，酒店房间只剩她一个人。

裙子黏糊糊地贴在大腿上，难闻又难受。

关洁站了几秒，自顾自地脱掉高跟鞋，赤脚踩在地毯，走进洗手间，找了条干净毛巾擦拭裙摆的酒渍。

万岚之前千叮咛万嘱咐，一定不要把礼服弄脏，穿完还得还给品牌方。

这下好了，怕是要赔一大笔。

擦了两三遍都擦不干净，江维的助理还没送衣服过来，关洁只得脱掉礼服，换上酒店准备的睡袍。

礼服太贵重，她不敢水洗，只能将这烫手山芋规规矩矩搁置在床头。

换完睡袍，关洁拿起手机给朱真发条报备短信，告诉她这儿出了点状况。

朱真人在采访现场，并未看到短信。

久未等到回信，关洁摁灭手机，绕过床尾走到落地窗前立着，垂下眼，静静看着底下草坪衣香鬓影的人。

个个都穿着得体优雅，撑着虚浮的笑，举着香槟到处攀谈。

这是个吃人不吐骨头的圈子，关洁老早就曾体会过被人扔上饭桌品头评足的滋味。

"吱呀！"

门口传来细碎的脚步声。

关洁以为是江维的助理送衣服过来，头也不回地说："衣服就放床上吧，麻烦您了。"

回应关洁的，除了沉默，只剩打火机的摩擦声。

关洁察觉不对劲，猛地回头，猝不及防撞进一双裹挟着惊涛骇浪的眼。

那人嘴里衔着烟头，手握打火机，不知何时走进房间，这会儿立在电视柜前，挑起眼，沉默不语地盯着她。

内场暖气足，他身上的呢大衣脱下来搁在臂弯，里面穿了套定制西服。

衬衣纽扣一丝不苟扣到顶端，领口打了条墨蓝色领带，左手腕戴了块价值不菲的新表。

西裤裤腿笔挺，没有一丝褶皱，皮鞋面不带一点灰，连头发都特意打理过。

从头到尾都透露着"精致"两个字，一副商界精英大佬的打扮。

关洁瞧着眼前的人，忽然有些陌生。

祝政注意到关洁的目光，合了合眼，往前迈开腿，走到关洁面前，伸手将手里的包装袋递给她。

关洁透过包装袋敞开的缝隙瞥了眼，里面装着一套未拆牌的衣服。

祝政见她迟迟不接，掐断燃了大半的烟头，亲自将衣服送到她手里："换上试试。"

"江老师的助理已经去——"

关洁刚要说江维的助理要给她送，话说到一半，迎上祝政晦涩不明的眼，她自动吞下后半句话，抿了抿嘴唇，提着祝政准备的衣服，去浴室换。

两件套，不规则褶皱衬衫配一条浅灰色阔腿裤。

180

跟她平时风格很像，出自同一家小众设计品牌。

关洁换好衣服，取下与衣服不匹配的水晶耳坠，抬头看了看镜子里的自己，转身走出浴室。

祝政还没走，一个人安安静静坐在落地窗旁的单人沙发上，跷着二郎腿，拿着手机上网。

江维替关洁擦裙摆那幕已经上了热门，底下全是负面评论。

祝政随便翻了几条评论，冷着脸退出话题，翻出电话给负责人发了条消息，让对方撤热搜。

消息刚发出去，就见关洁清清淡淡走了出来。

祝政盯着那个遮得严严实实，既不露背也不露锁骨的人，憋了一晚上的气忽然烟消云散。

揣好手机，祝政撑着扶手站起身，抬步走到关洁跟前，从上到下打量一番关洁，评价："顺眼多了。"

关洁看了他一眼，没吭声。

祝政见怪不怪，扯开嘴皮继续跟她搭话："跟江维认识？"

关洁皱了皱眉，简短道："校友。听过他的歌，没见过人。挺有才华的，属于老天赏饭吃的类型。"

针对这一点，她还挺羡慕的。毕竟，天赋流和努力党之间差的可不止一个银河系。

"没见过你还加人好友？"显然祝政没在意她后半句话。

祝政没等到回应，扭头瞥关洁一眼，似笑非笑地提醒："离他远点，沾了麻烦。"

想起计绿刚才挽着祝政胳膊，宣布他俩好事将近的画面，关洁不动声色地退开两步，与他保持距离，回掸："没你麻烦。"

祝政轻嘶一声，随后耐心地跟她解释："跟计绿扯上关系的人能不麻烦？你上次在计绿那里吃的苦还不够，非要惹那疯子才罢休？"

关洁一脸迷茫，没反应过来祝政话里什么意思。

祝政见状，扯了扯嘴角，嗤笑："得，白说了。"

他呼了口气，把这番话给她往细了掰："这么跟你说吧，江维是计绿的人。

"你真当他一毫无背景的人能靠自己的天赋、才华在这圈子长红不衰？

"计绿费力将人推上去，能容忍别人碰？甭管她在不在意，她的人，谁碰谁倒霉。

"这女人跟疯了似的，逮着人就乱咬，偏偏在人前装得温柔体贴。谁惹谁倒霉。"

说到这儿，祝政睨了一眼脸带质疑的关洁，轻飘飘地吐出几个字："别不信。不信我俩走着瞧，看看我说的话到底在不在理。"

关洁早在祝政开口那刻便想通了刚刚江维失态的原因。

她没那兴趣去知晓、揭穿一个人表皮下的真面目，也没觉得江维倚靠计绿的资源上去是什么可耻的事。

本就是你来我往、你情我愿的事，就算有问题，也是当事人双方的责任，跟她一个外人又有什么关系。

她跟江维的关系顶多停留在校友层，压根儿不可能有过多交集。

祝政久未听到回应，手指扣了扣两下打火机，再次出声："吱个声？"

关洁抿了抿嘴，面不改色地说："你挺没意思的。"

祝政皮笑肉不笑地睨她，反问："敢情是我的错？"

关洁深深看了他一眼，绕开他，折叠好床上的礼服装进包装袋，开门走出房间。

至于他的反问，被她抛之脑后，不知道丢到哪个犄角旮旯。

祝政看着那道匆忙离去、恨不得离他远点的背影，气不打一处来。

关洁刚走到电梯口就碰到了江维，他重新换了套衣服，手里还拎着她之前穿的那家品牌的礼服。

看到关洁已经换了衣服，江维脸上闪过诧异，满脸歉意地说："抱歉，刚刚不小心泼到你。品牌方刚把礼服送到，你要不要重新换一套试试？"

关洁摇了摇头，拒绝："呃，不用了，我已经换了衣服。礼服穿起来太麻烦，我不太喜欢。"

江维垂下眼，主动说："那你把弄脏的礼服给我，损失我替你赔偿。毕竟是我惹的事，总不能让你受委屈。"

关洁刚想拒绝，背后冷不丁地响起祝政的嗓音："你粉丝知道你私下什么样吗？"

江维伸在半空的手一顿。

他自然是认识祝政的，且知道这个男人私下有多恶劣、冷漠。

不然，计绿也不会每次在这个男人身上受到挫败后找他发泄。

江维咽下所有晦涩不明的情绪，抬起头，同祝政隔空对视。

瞥见祝政眼底的强势、嘲讽，江维仓促收回目光，抱以歉意地看了关洁一眼，转头走进电梯，主动避开祝政。

他从始至终都以为，祝政是站在计绿未婚夫的角度在警告他。

殊不知，祝政是因为关洁才朝他发火。

江维离开，幽长寂静的走廊只剩他俩，关洁无声地叹了口气，眼睛盯着电梯口不停变换的数字，默默伸出食指按了下行键。

等待的过程如此漫长。

那道视线落在她身上如芒刺在背，她实在无法忽视。

沉默半晌，关洁偏过头扫了扫边上缄默不语的男人，客观地陈述："你也不必这么……说他。"

祝政舔了舔嘴唇，笑问："那你说说，我该怎么说？"

关洁对上胡搅蛮缠的祝政，彻底没了招。

关洁临时有个采访。

朱真"大姨妈"突然造访，肚子疼得厉害，关洁没忍心让她等，打了个车让她先回酒店。

采访就在宴会厅尽头的小房间，关洁一进门就见几架机器立在角落，工作人员忙忙碌碌准备着。

主持人坐在沙发上准备问问题，瞥到关洁的身影，笑着招呼关洁进去。

关洁跟着主持人的安排坐在她对面的单人沙发，垂着眼，安安静静等待主持人做准备工作。

一切就绪，主持人清了清嗓子，又笑着告诉关洁，采访很随和，让她不要紧张。

关洁扯了个笑脸，表示知道。

前三个问题很中规中矩，没有超过她的答案范畴。

从第四个问题起，角度开始刁钻。

主持人："网友们都挺好奇您跟那位林昭林先生的故事，请问可以透露两句吗？"

关洁掀了下眼帘，面色平静地问："可以不回答吗？"

主持人愣了半秒，换了个方式："可以……简单说说？"

关洁不知道这主持人是不是故意的，又或者压根儿听不懂她说的话。她想了想，对着镜头反问："昔日好友，这个解释可以吗？"

主持人察觉到关洁的不乐意，笑着转移话题："您的新歌为什么取名叫《救你做个坦诚恶棍》，有什么特别含义吗？"

关洁："就是歌词说的那样，希望我那个朋友可以振作起来。"

主持人："听起来这朋友一定对你很重要。你们有过什么故事吗？"

关洁故作认真地想了想，回："没什么故事。"

祝政就是这时出现的。

他拎着关洁被酒打湿的礼服，安安静静地立在门口，面色平静地听着里面的人说出那句"没什么故事"。

屋里人全都专注着手里的活儿，压根儿没注意到门口多了一道身影。

主持人意识到关洁不愿回答私人问题，又将重心转移到她的工作："那您接下来有什么工作计划？"

关洁："顺其自然吧。下半年应该要出两首新歌。如果有机会，会报名参加 live，跟大家一起玩玩。"

采访结束，主持人笑着祝福关洁一切顺利，关洁也跟着回了句客套话。

走出采访室，关洁扫了扫幽静悠长的走廊，听着对面宴会厅传来的觥筹交错的动静，内心忽然有点空虚。

她站了两分钟不到，避开人群密集的宴会厅，从转角处的小门走出内场。

天色早暗了下来，关洁走的小门，没什么人。

她找了个台阶坐下，披上入场前脱下的羽绒服外套，从兜里翻出手机给朱真发消息。

刚打两个字她就听斜对面的喷泉那儿传来细碎的争执声。

关洁没理，继续打字。

直到那边战况越发激烈，关洁才注意到声音有些熟悉。她抬起眼，无声无息看了过去。

瞥见计绿那张熟悉的脸，关洁当场愣住，再一看，站她对面的不就是刚刚才见的江维嘛。

关洁无意冒犯，却因位置太过尴尬，无法躲避，只能被迫听完全过程。

计绿抬手指了指江维的胸膛，冷笑："江维，你不要忘了，是谁把你送到如今的位置。

"只要是我计绿的东西，不管我喜不喜欢，都不许旁人碰。是你自己说喜欢我想追我的，怎么，忘了？

"如今又想跟那什么关洁搭上关系？噢，你知道她是祝政的人吗？"

关洁听到自己的名字，脸上表情微滞，装作没听见。

江维站在计绿面前，脸上是一如既往的平静表情，只是听到最后这句，表情管理失败，眼里的温柔碎成渣。

他低头看了两眼计绿，语调平和地说："我是想追你，但是，我没说你可以随意侮辱我。

"还有她跟你无冤无仇，真没必要找她碴儿，这样只会让你掉价。

"你扪心自问，我们认识以来，我有愧对过你吗？

"还有，我是喜欢你，但不代表我会一直被你牵着鼻子走。我一直都以为你迟早会看到我，但现在看来你根本不会，你的眼里只有那个人，我听说他回来是来跟你履行婚约的。

"既然计小姐如愿所偿，那我们的关系也该到此为止了。"

计绿没想到一向对她言听计从的江维竟然会不卑不亢地反抗她，她当场杀

184

红眼，将在祝政身上受的气全都发泄在江维身上。

"啪、啪、啪——"

计绿攥紧手提包，挥手打向江维。

江维站在原地不动，任由她发泄。

等她打得差不多了，江维才抬手碰了碰火辣辣的脸。

他垂下眼帘，盯着眼前气喘吁吁、打得手心泛红的人，波澜不惊地问："打够了？我可以走了吗？"

"不许走！"江维还没迈开腿就被计绿一把扯了回去。

计绿喘着粗气，用力扯开江维的衬衣纽扣，钩住他的领带往下拉。

眼见江维跟着低下头，计绿睨着那双欺骗性极高的杏眼，扯开嘴角，顶着一副什么都没发生的样子，指挥江维："吻我。"

江维神色迟疑地看向她。

计绿不耐烦地扯了扯江维的领带，命令他："快点，吻我。"

关洁眼睁睁看着江维无奈地捧住计绿的脸亲了上去。

计绿感受到江维的亲吻，双手主动攀爬上他的脖子，而后毫不顾忌地扯开江维扎在皮带里的衬衫，伸手探了进去。

计绿眼底划过嘲讽，低骂："祝政说得对，你现在真像狗。

"我让你做什么，你就做什么。

"知道你为什么比不上祝政吗？因为他在我面前，从来高高在上，即便现在跌入泥潭，也不会对我摇头摆尾。

"他居然想解除婚姻。啧，我还是低估他了。"

江维扶着计绿腰肢的手一滞，贴在她耳垂的唇也停了下来。

计绿一点都不在意他的反应，手指拽了两把他的头发，面无表情地说："抱我离开。"

江维沉默片刻，脱下外套裹紧计绿，弯腰抱着她离开喷泉。

关洁目睹全过程，除了震惊还是震惊。

她这才明白祝政刚刚确实没撒谎。

计绿……真是个疯子。

关洁刚想走，就被祝政叫住。

关洁听到他的声音，下意识地回头。

他站在后面的大树下，树影完完全全挡住了他。

以至于关洁刚才没有看见他，估计他也……目睹了刚刚那幕？

关洁还没得出结论，祝政已经给了答案。他走出树丛，双手插兜，懒懒散散地站她跟前，居高临下地问："现在还觉得我逗你？"

"……"

"还觉得他有天赋有才华？"

"……"

"还是你偶像？"

关洁忍无可忍，出声打断他："你闭嘴。"

第 13 章
祝她遇个好人

朱真肚子疼得厉害，中途打电话给关洁，让她回酒店的时候帮忙带一盒布洛芬。

朱真的声音有气无力，时不时夹杂着一丝抽气声。

关洁怕朱真等不及，挂了电话便用导航搜索离她最近的药店。

最近的也要三十多分钟的车程。

这个点正是打车高峰期，会场嘉宾大多有私家车，或者活动方会安排接送，唯独她一人站在路口打车。

晚上风很大，吹得她扑了一脸头发，嘴里都是发丝。

她垂低脑袋，一手拿着手机输入地址，一手将挡住眼的头发别在耳后。

祝政跟某网络公司老板谈完一单生意，出来就撞见关洁站在红绿灯路口拦车。

陈川顺着祝政的视线扫过去，瞥到那道熟悉的身影，颇有眼力见地询问："这个点打车挺难的，要不要顺带载关姐一程？"

祝政喝了不少酒，这会儿头疼得厉害，脑袋"嗡嗡"作响。听到陈川的话，祝政冷嗤一声，皮笑肉不笑地问："这么点小事还用得着问我？"

我找你来是吃白饭的？

陈川咂了下嘴，暗自替祝政补完后半句话。

司机半天没接单，关洁等不及，主动给酒店前台打了通电话，请对方买一盒布洛芬送至 3203 号房。

前台态度很好，很快回复她附近就有药店，会尽快将药送到 3203 房间。

关洁听完礼貌道谢。

处理好送药的事，关洁也不那么急了。

电话挂断，关洁重新点进打车界面，依旧无人接单。

关洁索性退出打车软件，揣好手机，准备走到对面的公交车站。

刚要走，一辆打着双闪的保时捷缓缓停靠在脚边。

橘黄色的灯光直直打在她身上，刺得她睁不开眼，她下意识地拿手挡住脸。

等稍微适应，她才拿开手，抬头看向对方。

关洁还没看清车牌，就见陈川降下车窗，歪过脑袋朝她喊："快上车，这里不能停太久。"

她瞧向保时捷后座，后座车窗紧闭，分不清里面是否有人。

不过应该在吧？

犹豫片刻，关洁拎着包，绕过车头，在副驾驶座和后座间睃了两眼后，最终选择副驾驶座。

关洁的手指落在副驾驶座的车门把手，准备打开车门入座时，陈川察觉到关洁的举动，立马将自己的外套、手机丢在副驾驶座，挥手告知关洁副驾驶座坐不下。

关洁沉默半秒，关上副驾驶座的门，转头钻进后座。

一进车厢便闻到股烟酒混合的味道，以及淡淡的柑橘味。

前者是祝政身上的味道，后者是她身上的香水味。

半个小时前，内场外的喷泉旁，祝政的手掌贴在她的脊背，下巴靠在她的肩膀，鼻尖贴在她的脖子，有意无意地嗅了几口。

松手时，他盯着她那张愤懑到泛红的瓜子脸，漫不经心地说："香水还挺好闻。"

关洁闻言，面无表情地掏出包里的香水，隔空对他喷了四五下，让他好好享受。

祝政当时笑得直不起腰，还不忘输出他的歪理："江维好看，还是我好看？

"他没我厉害，也没我好看。

"你记得擦亮点眼睛，别找错人。

"说实话，江维也就那张脸拿得出手。你见过以色待人的人里，哪个晚年过得不凄惨？"

关洁没眼看他，却又承认他说得在理。

毕竟，关珍容就是"年轻时以色待人，晚年凄惨"的典型。

不过，这几个词跟江维沾边吗？

祝政酒意上头，醉得厉害，这会儿瘫在座椅上，双腿大大咧咧岔开，后背斜靠在车垫，半合眼皮，一副将睡未睡的颓样。

他本就长得高，这大腿往直了伸，几乎快把后排车厢占满了。

关洁几乎没有落脚的空间，只能并紧腿，略微委屈地坐在角落。

车厢暖气开得大，关洁穿着长款厚羽绒，没有多久后背就泛起潮意。

她扭头瞥了眼睡相不怎么好的祝政，自顾自地脱下外套抱在怀里。

"咚"的一声——

祝政的后脑勺突然撞到车窗，砸出清脆的轻响。他猝不及防，等反应过来，脑袋一抽一抽地疼。

经此一遭，祝政酒醒了大半。

反手揉了几下后脑勺，祝政收回发麻发酸的腿，坐直身，扭过脸，眼带困意地扫向一旁抿着嘴角也收不住笑的关洁。

见她幸灾乐祸，祝政吸了口气，条件反射般地扯过关洁的胳膊，长臂将人紧紧圈在怀里，下巴搁在关洁的头顶，手掌捏住关洁的下巴，拉长语调问她："有这么好笑？

"要不给你脑袋也磕两下试试，看看痛不痛。"

滚烫的气息落在关洁的头顶，惹得她睫毛直颤。

祝政意识还没清醒，估计还以为是在几年前。

以前祝政喝醉酒就是这德行。

总在喝醉以后，趁着自己还有点意识，先掏出手机给信任的人打个电话让对方处理后续，而后自个安安稳稳找处角落不管不顾睡大觉。

也不怕出什么事。

中途要是有人吵醒他，他一定皱起浓眉，满脸不爽，偶尔还跟人发脾气。

脾气可谓又臭又大。

关洁被他吵过好几回，每次都被他折磨得不轻。

祝政半天没等到回应，犯轴的脑子又回归正常。

他捏了捏眉骨，垂头觑了两眼怀里半天没有动静的姑娘。

想起如今的处境，祝政默默放开手，坐正身子，轻咳两声，当作刚刚那幕没有发生过。

恰好路过广济寺门口，祝政出声叫住陈川，让他找个地儿停车。

广济寺早过了开门时间，这会儿寺门紧闭，门前空荡荡的。

也就祝政发疯，大晚上去惊扰佛祖休息。

陈川想到这点，转过头善意提醒祝政广济寺每日开放时间是早上七点到下午四点半，现在已经晚上九点，进不去。

祝政坐在车厢里，透过车窗扫了两眼关闭的正门，没把这当回事，说从后门进。

关洁坐在一旁没吭声。

她跟广济寺无缘，求的签全都不准，自此再也不信佛祖保佑这事。

明明有次求的上上签，结果结局惨烈，没见她这一生有多顺遂。

祝政要去拜佛这事，关洁是持怀疑态度的。

这人从来不信鬼神不说，心中对神佛没一点尊重，嘴上还老挂着一句："那套谁信谁傻。"

如今怕是哪根筋没搭对。

陈川绕了大半圈才找到后门。

晚上寺庙有些冷清，周遭见不着几个人走动。寺里有香客住宿，祝政就是走的那条道。

关洁本不想大半夜进去叨扰，祝政非要拉她一块儿进去，说什么佛祖要是看她长得这么漂亮，或许心情好会满足她所有愿望。

一嘴的胡话。

沿着小道走进去，祝政轻车熟路地转过几个弯、几道门，走上后山小路，径自走向那栋单独的三进三出居所。

陈川似是知道他要去哪儿，没跟着他俩进去，独自坐在车里等。

祝政酒还没完全清醒，一路走得跟跟跄跄、歪歪扭扭，跟不倒翁似的，一会儿左斜，一会儿右歪。

关洁时不时伸手扶他一把。

走到半程，祝政抬头瞄了瞄尽头处的木屋，主动跟关洁解释："傅三他妈在这里修行，十几年了。傅叔出事，罗姨伤心欲绝，放下一切进了寺庙。

"说起来也是桩伤心事。罗姨跟赵老师比，那可强太多。傅叔再怎么乱来，也不敢在罗姨面前晃。

"要不是新闻爆出来，那桩事估计被傅叔瞒得密不透风，罗姨也不会到这儿终身修行。

"罗姨也是个狠人，当年傅家出那么大的事，她说走就走，硬是不留下帮忙。傅曼姐那两年承受了多大的压力才把这事摆平……

"说来说去，男人没一个好东西。"

祝政骂人也挺厉害，把自个也骂了进去。

这些辛秘事，关洁向来选择左耳进右耳朵出，不会留它们到第二天。

好在没旁人，不然祝政酒醒后想起，估计也后悔讲了这些。

走到独栋木屋，已经过了十五分钟。

祝政一改往日的做派，规规矩矩地整理好衣服，神色正经、严肃地站在屋檐下轻叩三下红门，然后恭恭敬敬地立在门前等待里面的人开门。

关洁没跟上去凑热闹，找了个角落，安安静静地站在那儿等他。

等了快五分钟，里面传来一道温和的嗓音："谁来了？"

祝政垂了下脑袋，恭恭敬敬地报出自己的名号："罗姨，是我，小四儿。"

话音刚落，只听"吱呀"一声，红门打开一条缝隙。

屋里暖黄的光倾泻而出，落在女人朴素的道袍上。

关洁顺着光线，隔空看向女人。

她四五十岁，一头青丝，满脸从容平静，手里还握着一串佛珠，手指时不时地拨动一颗。

见到祝政，女人睁着古井无波的眼，唤他一声"施主"。

祝政被那句冷冰冰的施主噎了下，面上很快恢复正常，笑着跟女人道明来意："罗姨，这么晚来打扰您，实在对不住。

"我今晚刚好路过广济寺，想着进来看看您，顺便在您这儿烧炷香。"

女人拨了一颗佛珠，侧着身，示意祝政进去。

许是察觉到关洁的打量，女人往她身上瞧了一眼，并未邀请她进屋。

笨重的木门重新合上，关洁如释重负地呼了口气，蹲在地上，掏出手机回消息。

屋里，祝政规规矩矩地跟在罗英背后，看着她取出三炷香，就着燃烧的蜡烛点燃，又将香递到他手里，然后指着地上的蒲团和头顶的佛祖，示意他诚心参拜。

祝政有点蒙，他其实也就说说，没打算拜佛。

如今香在手，他不拜也得拜。

他举着香，朝佛祖虔诚拜了三拜，而后抬头与佛祖对视三秒，心中默念："如果神佛真能听见祷告，就请保佑外面的姑娘下半生——无病无灾、顺顺利利、遇到个好人。"

许完愿，祝政自动将香插入香炉。

"罗姨，您这几年身体还好？"上完香，祝政扭头跟罗英寒暄。

罗英说了句无恙，便搀祝政出去。

祝政还没来得及出声，就被推到门外。祝政满脸无奈，刚要走就听罗英问："那姑娘你是打算娶回家？"

不等祝政回复，罗英自顾自地说："也是，你们兄弟俩都一个样，找的姑娘都不是家里安排的。"

祝政张了张嘴，还没组织好语言，就听罗英叹道："四儿，既然喜欢，便别辜负。"

回去的路上，祝政窝在车后排缄默不语。

关洁也不怎么说话，她在上网看今天的八卦。

全是明星、网红争奇斗艳的新闻，排在热门的却是江维。

词条字数简单，消息却足够爆炸。

【江维与某神秘女子车厢热吻】

【江维恋情曝光】

【神秘女子疑似圈外人】

关洁生怕跟自己沾上关系，点进去察看才知道神秘女子是计绿。

评论区吵得火热，全都在猜测神秘女子是谁，排得上号的女明星、女网红、名人……全都轮了一遍。

还有人猜测是关洁。

评论刚发出去，还没引起讨论，对方就被删评禁号。

关洁眨了眨眼，有些诧异。

猜来猜去，一条评论突然将那矛头指向计绿，评论说得有理有据，将计绿的信息与被爆照片进行比对、重合。

风向立马大转。

网民吃瓜吃得津津有味，纷纷猜测计绿与江维之间的关系，最后落到计绿的未婚夫祝政身上。

半个小时不到，有关祝政的评论全被封号。

网友察觉到不对劲，没再往祝政头上扒，纷纷转战到江维头上。

毕竟这位从一出道就打着"单身""洁身自好"的旗号，专心搞自己的事业，没跟人传过任何绯闻。

连营销号提到他都只一句"敬职敬业"匆匆带过。

谁想到，这一曝光，剧情居然这么刺激、狗血。

关洁一一看完热搜词条，又翻了几页评论，见风向完全朝着她预料之外的方向走。

她关闭手机，偏过脸，瞅了瞅枕着抱枕假寐的男人，随口一说："计绿上新闻了。"

"关我屁事。"

"跟江维一起上的热搜，这应该属于桃色新闻？"

祝政掀开眼，神色淡淡地瞥她一眼，漫不经心地问："关你屁事？"

关洁抿了抿嘴，攥紧手机，盯着祝政的脸，心平气和地说："我经历过这些，知道那是什么滋味。

"不管我有多讨厌计绿或者多恨她，但看到这些言论，我也不觉得心里有多畅快。我只是觉得很悲哀，在这网络时代，人人都以为自己是上帝、是法官，可以随便审判人。"

祝政闻言愣了片刻，面带质疑地问："你觉得这事是我做的？"

关洁张了张嘴，一脸迷茫。

她虽然闪过这样的念头，但很快自我否决。

祝政这人再不济，也不会用这样下三烂的手段去对付计绿。

也是这一秒的迟疑，让祝政寒心。

他皱起眉头，嘴里冷嗤一声，皮笑肉不笑地感慨："啧，关洁，你这人挺有意思。

"你倒是不随便审判人，而是直接将人判罪定刑。敢情您是法官啊？"

关洁被祝政说得面红耳赤，抿着唇一言不发。

祝政连着说了几句，结果见她屁都不放一个，他更是气不打一处来。

到了关洁入住的酒店，祝政简单粗暴地将人撵出车厢，不等人反应，让陈川直接开车走人。

保时捷扬长而去，只留下一地尾气。

关洁孤零零站在酒店大门前，目光呆滞地盯着保时捷离去的方向。

等她回神，已冻得手脚冰凉。

回到酒店房间，朱真吃完药已经早早睡下。她独自一人坐在客厅，脱掉拖鞋，赤脚落在沙发，抱着抱枕，面色苍白地回想车里的事。

祝政被她冤枉，反应太大，怒气上头那刻，什么话都往外蹦。

说到兴奋处，他还不忘刺她："林昭脾气好、人温柔，马上又要回国参加同学聚会，你干脆找他再续前缘得了。是不是还得祝你俩百年好合、早生贵子？

"我也不用在你跟前晃，平白惹你烦。

"关洁，你到底有没有心？"

后半程路，祝政坐在车里只字不言，临到祝宅才冷不丁开口："明早去计家把事办了。"

陈川猝不及防，握紧方向盘，扭头看了眼后排的祝政，满脸疑惑："什么事？"

"跟姓计的退婚，老子不娶了。"祝政眉心疼得厉害，耐性渐渐耗光，话也冲了两分。

陈川脸上表情精彩纷呈，先是震惊，后是疑惑，最后恍然大悟。

陈川心中有一股强烈的预感，预感祝政这次回北京除了探望赵姨，还有很大一个原因是为了跟计家解除婚约。

只有这样，他才能清清白白、坦坦荡荡地追求他想要的东西。

无论自由，还是其他，或者单纯为了某个人。

理想很丰满，可现实骨感。

陈川静下心，仔细琢磨一番祝政如今的处境，皱了皱眉，略带迟疑地问："哥，你确定现在就摊牌吗？计家恐怕不会轻易答应。你这一退，恐怕要被计安邦扒好几层皮。

"就算计家同意，赵姨那儿……也不好交代。前几天赵姨发火的事还历历在目呢，要是——"

祝政摆了摆手，打了个哈欠，满脸无所谓："明儿再说吧。"而后想起什么，又交代陈川，"别打扰赵老师休息，走后门。"

陈川点头应下，转动方向盘，避开大门往后门走。

夜色漆黑，一切都陷入昏昧中，这座城也安然陷入沉睡。

谁都无法预料，明天会发生什么。

早上八点，祝政被一道不急不缓的敲门声吵醒。

祝政有起床气，听到动静，皱眉蹬了两脚被子，卷起枕头捂住耳朵，自动隔绝门外的动静，继续翻身睡觉。

门外敲门声响了几下便安静下来。

祝政脑子里突然蹦出昨晚说的事，立马迷迷瞪瞪地睁开眼，掀开被子不情不愿地爬起来。

他揉了把凌乱的头发，随意系好睡袍带子，踩着拖鞋进浴室洗漱。

洗漱完，祝政随便选了套深色西服穿上，今日没打领带，领口处解开两颗纽扣，露出小片有些苍白的肌肤。

他扣好袖口，捡起床头柜的腕表，一边戴，一边抬眼看向窗外。

这一看，他的眼皮不自觉地跳了下。

北京又下了场大雪。

一晚上工夫，院子铺满白茫茫的雪，远处的树枝、院墙、屋檐全是白的。

祝政看着满院子的雪，忽然想 2016 年的冬日。

他某天大晚上突发奇想，想去爬长城。

当时关洁睡得迷迷糊糊，被他强行从被窝里捞起来，陪他一起疯。

两人装上大包零食、一篮水果，开车直奔长城脚下。

爬到一半，关洁又累又困，嘴里一个劲地骂他神经病。

他也不恼，转头饶有兴致地欣赏她拄着登山杖，气喘吁吁地立在半山腰，梗着脖子怒瞪他的鲜活样。

那时只觉得这姑娘忒有意思、忒带劲、忒有脾气。

毕竟是他自己发癫，还是得对她负责。

当晚他任劳任怨拉着她走上顶峰，嘴里不停地跟她扯七扯八，试图改变她想放弃爬长城，转而回家睡大觉的想法。

说什么大晚上爬山锻炼身体，还说什么在长城夜爬多刺激。

关洁那时在上大学，还没接触过他这么疯、这么随心所欲的人。

家里各个角落的网络全部屏蔽，赵娴并未看到昨晚的热搜，也没人敢把今早的新闻递到她面前。

祝政安安稳稳陪她吃完早餐，找借口说中午有个饭局。

赵娴没多想，以为他不去上海，待在北京总会跟关洁断联，与计绿好好培养感情。

殊不知，他这次赴的是鸿门宴。

"啪！"

计家书房，计安邦怒气冲冲地拍了掌案桌，指着祝政追问："你真要解除婚约？

"别怪我没告诉你，过了这个村，就没这个店。我计家也不是好欺负的。"

祝政拉开计安邦面前的椅子坐下，抬眼扫了扫面前气急败坏的男人，面不改色地回："没意思。"

"什么没意思？"计安邦以为还有回旋的余地，紧跟着追问。

祝政掀开眼，嘴角扯了扯，语调寡淡道："你女儿——太没意思。"

计安邦被祝政说得抬不起头，气得拍桌大骂："你放肆！祝政，别以为我不敢动你。真当我计家是纸糊的，任你欺负？

"我告诉你，早变天了，不再是你祝四肆意妄为的时候了。我还遵守那份约定，是看你还有三分用处。我给你脸，可不是让你来扇我的。"

扒开那层表皮，大家都不是什么省油的灯。

祝政摊牌，计安邦也不再跟他客气，看向他的眼神全是赤裸裸的警告、威胁，示意他别得寸进尺，见好就收。

祝政像是早料到了计安邦的反应，不气也不恼，自顾自地掏出来时新买的烟，从里抽出一根叼在嘴里。

他紧跟着握紧打火机，象征性地捧住火苗，垂下脑袋，下巴凑近火苗，慢悠悠地点燃烟。

"啪"的一下，祝政将打火机随手丢在桌面，跷起二郎腿，后背歪靠在座椅上，手肘撑在扶手，面无波澜地看了眼气得胸口起伏的计安邦，笑说："计叔，您这话就说得严重了。

"我就想跟您好好商量，可没想跟您撕破脸皮。为这么点小事闹得不愉快，多不值当。

"再说，买卖不成仁义在。做生意嘛，不都这样有起有伏，您说是不是？"

见祝政嬉皮笑脸地将这番警告轻轻松松挡了回来，计安邦收好怒气，眯着眼，从头到尾打量一番祝政。

倒是小瞧了他。

祝政这副被商人重利的气息浸染得很彻底的模样，往那明面上一放，祝政有几斤几两，他倒是看不透了。

还以为在牢里待几年能让他老实点，面上看着好欺负，却不知不觉换了身行头，骨子里的恶劣越发变本加厉。

计安邦暗自揣测一番，猜祝政这番不过是试探他的态度，至于把柄、筹码，估计没有。

说白了，虚张声势罢了。

想到这儿，计安邦心里松了口气，眼里噙着冷光，似笑非笑地问："小四儿铁了心地要解约，总得给计叔一个合理的理由是不是？

"当年我跟你父亲订这婚，可是白纸黑字写好的。你要退，也得看看理儿够不够格。

"不然，我百年后怎么跟你父亲交代。你说是不是？"

祝政若有所思地点点头，一副理解的模样。

他抽了两口烟，捏着烟头，撑着座椅扶手缓缓倾下身，漫不经心地问："您看了昨晚的新闻吗？"

计安邦稍显愣怔，随后拿起手机，随意翻了几下页面。

各个财经新闻他都看了一遍，且股份没跌反升，没发现不对劲。

迎上计安邦疑惑的眼神，祝政抚了抚额，善意提醒："您搜江维就行。"

计安邦半信半疑地点开软件。

压根儿不用搜，热门还明晃晃挂在上面没撤。

挂了整整一晚上加一上午，热度居高不下。

跟江维一块儿上热搜的不就是计绿！

计安邦盯着词条内容，脸色肉眼可见地阴沉下来。

到最后，计安邦搁下手机，装出一脸和善："现在这些媒体都爱乱写，就一男一女同框路过都会编出花来。

"小四儿，你我都是男人，这捕风捉影的事，算不了什么，你说是不是？"

祝政认真地想了想，顺应道："道理是这么个道理。"

计安邦就这么个女儿，即便这会儿再生气，也会给她安排前程："人嘛，都有七情六欲。小绿这事确实做得不合适，等她回来，我好好教育她几句。等她嫁给你，这些乱七八糟的关系，我让她全断干净。你看这样行不行？"

祝政摸了摸下巴，若有所思地笑了一下。

"计叔，我也知道您是好心。可我祝家——总不能要个跟别人纠缠不清、连子宫都切了的媳妇是不是？

"虽说娶妻不是为了传宗接代，可我到底是个俗人，跟老婆要个爱情的结晶总没错吧？"

说着，祝政随手拿起搁置一旁的文件袋，站起身，不紧不慢地将东西递到计安邦手里。

计安邦面带疑惑地打开文件袋线绳，竖着袋往桌上一倒。

"哗啦哗啦！"

一大沓照片、医院证明、酒店入住手续全都散落在桌面上。

照片里全是计绿同江维出双入对的画面，还有几张是计绿住院的证明。

计安邦一张张扫过，眼底掀起惊涛骇浪，捏着照片的手太过用力，手背泛起几道青筋。

他放下照片，拿出手帕擦了擦额头的冷汗，抬起脸，冷着声问："这婚，你是非退不可了？"

祝政的表情始终很淡定，他动了动有些发麻的腿，抬手敲了几下膝盖，面色平静地问："这要换成计叔，您要这样的妻子吗？"

计安邦被这些照片、证明搞得一团糟，压根儿没想到这些照片祝政是怎么得来的。

他端起茶杯灌了口热茶，稍微平缓一点心情，抿了抿嘴，皮笑肉不笑道："这婚也不是你想退就能退。两家之前牵扯这么深，哪是一朝一夕就能退婚的，这点你也清楚是不是？

"再说，退婚对两家损失有多大，我也不跟你一一赘述。总之，你要退婚，好歹拿出点诚意。"

计安邦这话有些强词夺理，似乎认准祝政如今单打独斗，没有后盾，可以随便欺负。

祝政极淡地笑了下，承诺："这是自然。"

计安邦见他上道，重新合计一番，铁了心地整他："计叔好歹看着你长大，也不愿跟你太计较。可计家该拿的，一分都不能少。

"按照合约，你父亲之前留的那块地以及东城那项目，还有……这些计叔都要争的。

"当然，最重要的一条是，如果你不跟计家联姻，那娶妻一事，怕是要排到你四十岁了。计家吃了亏，总得在你身上找回来，你说是不是？"

祝政一字一句地听完，面上不争不显，看不出任何情绪。

计安邦以为祝政会后悔，没想到他皱了皱眉，出声打断："计叔，除了东城那项目我让给您，其他的恐怕恕难从命。

"当然我也不会亏待您。我这儿还有份文件，您看了以后再说。"

说着，祝政将手里的另一份文件递给计安邦。

计安邦接过文件，皱着眉打开。

里头的纸张刚抽出一半，计安邦猛地缩回去。

如果之前计绿的照片让他稍微动了点怒火，那现在这份文件无疑在他头顶撒野。

计安邦面色变了又变，最后满脸阴沉，咬紧牙问："你是怎么知道的？"

比起计安邦的不淡定，祝政格外放松，他笑了笑，漫不经心地说："也就凑巧的事。还以为计叔跟外表一样温尔文雅，谁承想……竟做过这些事。

"这要是传出去，计家怕是——"

祝政还没说完，计安邦匆匆打断他："退！这婚立马退！那项目我也不要了，你拿着自己折腾。你跟小绿终究缘分不到，强求也没用。退了各自珍重，也不枉我跟你父亲这些年的情分。

"至于这文件，小四儿，你说——"

两人对视一眼，祝政立马接下后话："既然计叔这么通情达理，那我就顺水推舟，将这唯一的原件送给您。

"不过以后计叔做事可要小心，别再被人抓住辫子。"

计安邦脸色如吃了苍蝇一样难看，却又不得不堆起笑脸迎合祝政。

两人一番操作下，联姻正式解除。

刚走出书房，祝政便听到里面响起一阵"噼里啪啦"砸东西的动静。

祝政顿了顿脚，嘴角扯出一丝嘲讽，面色无虞地下楼。

他刚走到玄关处便碰到一夜未归的计绿。

昨天的墨绿长裙已经换成高领毛衣，彻夜未眠，脸上厚重的妆容也遮不住她的疲倦。

许是没想到一回家就碰到祝政，计绿挑了挑眉，上前伸手拦住祝政。

祝政被迫停下步伐，站在上面一层台阶，居高临下地看着计绿。

他面无表情地开口："让开。"

计绿的手指攀住栏杆，抬起眼，想起今早江维的经纪人气急败坏的声音，以及铺天盖地的热搜，咬着嘴唇问："我就不让怎么了？大早上来我家干吗？跟我爸告状啊？

"啧，不就是传个绯闻，至于这么……激动？

"气性怎么这么大，拍了照片，还不许降热度。啧啧啧，你昨晚应该直说啊。这样，昨晚上新闻的就是我跟你了。"

计绿压根儿没把这些当回事。

祝政瞧着计绿满脸无畏的模样，一时间不知道是该夸她心大，还是笑她太蠢。他实在懒得搭理她，波澜不惊地看她一眼，说："计绿，你的好日子到头了。"

计绿一脸迷茫，脱掉脚上的高跟鞋提在手里。她赤着脚踩上祝政的鞋面，忍受着脚底的凉意，问："你这话什么意思？"

"你会知道的。"

说完，祝政甩开计绿的手，绕过她下楼。

十分钟后，计绿站在书房，看着一地狼藉，彻底明白祝政那句话是什么意思。

计安邦正在气头上，见计绿毫无悔意地走进书房，他气不打一处来，抄起桌上的照片便朝她丢了过去。

照片棱角划过她的脸，划出丝丝血痕。

计绿皱起眉，满脸不解："爸，你干吗？"

计安邦见她不知悔改，气得踹开椅子，绕过书桌，疾步走到她跟前，揪着她往地上看："你自个儿看看，全是你造的孽！"

计绿低头一看，全是她的照片，上面几乎都是她挽着人出双入对。

可这有什么关系？

计绿咬了咬唇，很不理解："不就几张照片？这又能说明什么？"

计安邦："几张照片？你确定只是几张照片？我看你是玩脱了！我早警告你不要太得意，别乱来！

"那个什么江维，你跟一个明星玩玩我不管！可还上了热搜！你知不知道祝政刚把这东西丢给我，我脸都无处搁！

"人家跟你解除婚约了。我平时是不是对你太宠溺了，以至于你干出这么些蠢事。"

计绿被计安邦说得面无血色，她拎着高跟鞋，满脸不敢置信："你说……这些照片是祝政给你的？

"他怎么敢！我不同意退婚，我死也不退！我就是要耗死他！凭什么……"

"啪"的一声。

计安邦一巴掌用力甩在计绿的脸上，登时显出手掌印。

计绿猝不及防，等反应过来，脸颊火辣辣地疼。

她捂着脸，满脸震惊地看向计安邦。

计安邦面色铁青，指着计绿的脸骂："你马上跟那个明星断绝联系！再让我看到这些新闻，我打断你的腿。婚约已退，由不得你。你这两个月给我待家里消停消停！"

"爸！"

"你要再胡来，我直接丢你到国外让你自生自灭。"

计绿还想说什么，计安邦打电话给楼下的保镖，直接吩咐人将计绿带出书房，并交代这两个月不许她离开家门。

闹剧结束，计安邦瘫在椅子上，气到直喘气。

祝政出了计家，立马吩咐陈川往关洁下榻的酒店赶。

他坐上车才发现后背湿透，像是经历了一场恶战，到现在都还没缓过来。

他脱下外套，扯了扯领口，兀自松了口气。

道路两旁的雪被人一脚一脚碾压过，混着泥土、灰尘，踩得脏兮兮的。

环卫工人正拿着扫帚清扫，连同树枝上的雪也融化了不少。

祝政坐在后排，整个人像泄了气的气球，咬着烟，慢吞吞地抽着。

陈川透过后视镜扫了几眼不在状态的祝政，拧着眉心试探："哥……事办得顺利吗？计安邦有没有为难你？"

祝政舌尖抵了抵腮帮，冷笑："够他喝一壶了。"

听祝政这么一说，陈川悬在半空的那颗心骤然落到实处。

这事应该是办成了。

四十多分钟很快过去，到了酒店，祝政打发陈川去别处转转，他自己进去。

走到酒店大厅，祝政站在门口瞧着人来人往的场面，忽然心生退意。

他今日心惊胆战地跟计安邦周旋一上午，完事后满身疲倦，只想找个空隙见见关洁。

临了，他竟然不大敢上去。

沉默片刻，祝政抬眸扫了一圈大厅，最终走到不远处的闲置沙发，找了个顺眼的位子坐下。

他想试试运气，看能不能守株待兔，等到他想见的人。

这一等就是两个小时。

中途前台过来递了好几次水，并询问他需不需要帮助。

祝政都说不用。

就在这两个小时内，财经新闻爆出好几个热点。

一是祝、计两家解除婚约。

二是计家股价大跌。

三是祝政接手东城项目。

连不关注财经新闻的网友都看到了报道，连带着江维又上了次热门。

网友纷纷揣测祝家是因为江维才解除婚约。

江维无疑成了这场战争的舆论牺牲品。

关洁看到新闻时，刚跟朱真从故宫打完卡出来。

这姑娘没看过几次雪，今早起来看到铺天盖地的雪，急急忙忙说要去故宫看雪，也不喊肚子痛了。

打卡完，回去的路上，朱真习惯性地看了眼热搜，盯着上面的词条突然尖叫出声。

关洁本来闭着眼在睡觉，听到动静，下意识地看向朱真，问："怎么了？"

"江维好像插足……那啥……惹得那位大小姐的未婚夫退婚了。"

关洁听到"退婚"两个字，猛地清醒过来。

"谁退婚了？"

"女的好像姓计，男方姓祝……不过江维也太……唉，真是……怎么这样啊？我昨天还想着跟他拍合照、要签名呢……现在这一出，他好不容易火起来的事业恐怕会跌入谷底吧。

"不过……这个未婚夫的背影怎么这么像那个……保时捷车主？"

关洁脑子很乱，她压下胸口的不安，匆忙结束话题："先不说了，我有点累。"

朱真意识到什么，脸上多了丝尴尬。

两个小时后，赵娴打来一通电话，估计是看到了新闻，来找祝政兴师问罪的。

祝政没去想到底是谁给她透露的消息，只揉了揉眉心，捡起外套往外走。

他刚走到酒店门口，就碰到下出租车的关洁、朱真。

他脚步一滞，眼神直勾勾地盯着关洁。

关洁察觉到祝政的视线，扭头撞进他深黑发光的眼里。

朱真提着相机包钻出出租车见到的就是这样一幅画面——

男人立在酒店门口，臂弯挂着深色大衣，蹙着眉，眼神晦涩不明地盯着关洁。

他似乎有什么话要说，却只滚了滚喉结，然后依依不舍地收回视线，转头钻进一旁的保时捷，扬长而去。

关洁看着保时捷消失的方向，满脸平静。

进了电梯，朱真透过刚才那幕已经将之前的猜测落实，她仰着脑袋，面带迟疑地搂住关洁胳膊，贴着她小声问："西西，他现在是自由人了，你还会跟他在一起吗？"

关洁迟缓地眨了下眼，扭头看了看朱真，牛头不对马嘴地问："今晚八点的航班飞上海，还能改签吗？"

朱真似懂非懂地舔了舔嘴唇。

"我不同意。"

寂静、空荡、陈旧的书房里，赵娴坐在祝淮安以前用过的摇椅上，捧着青花瓷茶杯，坚决否认祝政退婚的决定。

不知道赵娴是不是故意的。

她今日穿的这身墨青色缎面青丝旗袍，正是当年祝淮安送她进精神病院那天穿的那身。

她梳着和那天一样的发髻，化着一样的妆，唯一变化的是她的状态。

当年的她满脸温柔、坦然，性子好到令人怜悯，今日却显得有些狰狞。

祝政的心不自觉地沉了两分。

这辈子能这么逼他的，也就她了。

她要是手下留情，他还能赌一把虎口逃生，她要是铁了心堵他，他除了顺从，拿什么跟她应付呢。

祝政站在书桌前，目光凝视两秒书架上摆放的全家福，好声好气地问："赵老师，您就当行行好，给我一个自由成不成？"

赵娴端着茶杯慢条斯理地喝了口新泡的红茶，垂下温和的眉眼，无视祝政的恳求，波澜不惊地说："这婚约是你爸拍板的，怎么能说退就退呢？我跟小绿那孩子挺有眼缘的，比起你外面那些花花草草强十倍、百倍。

"这事还没到铁板钉钉的时候，你容姨刚刚打电话给我，还在问有没有挽回的余地。小绿被关在家里面壁思过，跟那小明星随随便便拍拍照也没多大点事。

"都是媒体捕风捉影，随便乱写的。四儿，你这点眼力见儿都没有？"

祝政神情挫败，拧了拧眉心，试图跟赵娴讲道理："赵老师，婚我已经退了，这件事不可能再有变化。

"人家计绿也不见得瞧得上我。解了婚约，皆大欢喜，有何不好？

"况且——"

赵娴猛地站起身，情绪突然变得激动、不可控制，她瞪大眼死死盯着祝政，食指指着祝政，提高音量，质问："那也不行！四儿，你糊涂！

"你老实告诉我，你铁了心地要退婚是不是因为那不知名的小歌手？

"你还真不愧是你父亲的儿子，连喜好都一致，都爱招惹一些低俗的人。怎么，你父亲当年没抬进来的人，你打算接替他完成这个心愿？"

祝政着实被赵娴这段话给震惊到，他怎么也没想到，这样鄙夷、贬低的话会从赵娴嘴里说出来。

他缓了缓气，面带不解地问："赵老师，您知道您在说什么吗？"

赵娴这两天一直在查关洁的资料，从家庭背景到社会经历，再到那些似是而非的传闻，她能找的全都找了。

这姑娘还真让她开了眼界，身上的负面新闻一大堆，大学期间不务正业不说，还几次三番被学校催促缴纳欠的学费，且被人当小三打。其母也不是个省油的灯，年轻时跟富豪厮混，生下关洁，至今还在赌场鬼混，整天顶着泼妇头衔骂街，没一点人样。

要是身家稍微清白点，她也不至于这么反对，可偏偏就这么拿不出手。

如果说之前对关洁她只是有一点不满意，现在是各个方面都厌恶。

她是绝对不会让这样的姑娘招惹她儿子，更不会让这样的人进祝家的大门。

想到这儿，赵娴嫌弃地闭了闭眼，连提都不愿提："四儿，你也别跟我在这儿扯。我是不会同意你跟她在一起的，除非我死。

"听妈一句劝，跟她断干净，别再有任何联系。

"即便没了计绿，跟你结婚的也不会是她。只要我还活着，永远不会有那一天。"

祝政想笑，实在无法理解赵娴对关洁的印象为何这样差。他深吸了口气，紧着呼吸问："如果我非要跟她在一起呢？"

"那就等我死！"赵娴"啪"地将茶杯搁在书桌，高声道。

"她妈什么德行？年轻时靠出卖色相，老了打牌、抽烟、骂街……这样的人家能教育出什么好女儿？你指着我跟这样的人接触，还不如让我去死。

"我告诉你四儿，我今天把话撂这儿。你要敢跟这姑娘有任何瓜葛，别怪妈心狠。到时候下不了台面的，恐怕只有那姑娘。

"她要稍微有点礼义廉耻，也应该离你远远的，不要再来祸害你！"

祝政骤然失去挣扎的能力，他肩膀耷拉下来，抬手抹了两把脸，笑说："也行。既然您这么坚决，那我也不跟您犟了。放心，在您活着这几十年，我一定不主动去招惹她。

"但您也别指望我结婚生子，毕竟，您儿子不配幸福，也耽误不起别人家的姑娘。"

话说完，祝政面无表情地转身大步离开书房，动作不带一丝犹豫，仿佛刚刚妥协认命的人不是他。

赵娴经此一遭，精神受不住，坐在书房里回想祝政刚刚那番话。

她越想，越坚定了不能让祝政再接触关洁的决定。

晚上七点，北京首都机场，候机厅。

朱真捧着相机修完最后一张图，立马丢下相机，松懈地瘫坐在按摩椅上休息。坐了不到两分钟，她想起什么，立马翻过身，脸趴在关洁的胳膊上，一个劲地输出。

"终于修完，可以交差了。岚姐昨天千叮咛万嘱咐，让我一定要留点照片发视频，还说给我申请个小号，上面放我的个人作品，提高知名度。

"啧啧啧，岚姐这人真是铁打的女强人。你说她不会累吗？每天二十四小时围着公司转，恨不得把睡觉的时间都用在工作上。我这种'佛系'少女，光看看就头疼了。

"哎，对了，西西，岚姐家的小少爷不是跟你学琴吗？长得怎么样啊？"

关洁："还行。"

关洁刚给宋西京回完消息。他马上二模考，这会儿正在复习，给她发了道函数大题，问她怎么做。

　　关洁点开图片，读完题目，翻了翻脑子里模糊不清的记忆，凭着印象写下答题思路。

　　写完发过去，他秒回：【答案对了。】

　　关洁眨眼：【你有答案？】

　　宋西京：【刚问同学拿了参考答案，跟你写的一样。】

　　关洁：【哦，行。】

　　那头显示"正在输入中"。

　　关洁正想摁灭手机，那头发来一条新消息：【听我妈说你去北京参加活动了？什么时候回上海？】

　　关洁：【今晚。】

　　宋西京：【我来接你？】

　　关洁：【？】

　　宋西京：【刚拿驾照，找我妈提了新车，我练练车。】

　　关洁：【……】

　　宋西京：【几点的航班？我真来接你，别看我才拿驾照，但是我开车的技术挺好的！】

　　关洁被他缠得晕头转向，简单粗暴地回了个时间：【十点三十五分。】

　　朱真不小心瞟到关洁的手机屏幕，疑惑地说："这小孩怎么这么缠着你？"

　　关洁放下手机，抬手胡乱揉了揉朱真的脑袋："小孩子都这样。"

　　朱真顺从地点了点头，双手抱住关洁的胳膊，低声呢喃："西西，我还以为你会……改签机票。

　　"所以就算是互相喜欢的人，也不一定能在一起吗？西西，我想不通，想不通杨竞文为什么要出轨？"

　　关洁隐约觉得朱真是在说她自己。

　　可是……杨竞文真的喜欢朱真吗？

　　关洁不敢问这个问题，却又觉得朱真把爱情看得太重，把自己看得太轻。所以一旦没了这个人，朱真就再也找不到方向、目标。

　　关洁轻轻拍了拍朱真的脑袋，头一次跟她分享自己的爱情观："真真，这个世界除了爱情，还有很多事值得我们喜欢、留恋。

　　"我是……爱这个人，但是不代表我爱他就要跟他在一起。很多时候，曾经拥有过就已经很幸运了。

　　"我跟那个人之间，横着很长很长一道沟壑。如果哪天我们真的在一起了，那一定是其中一人满身荆棘地跨过那道坎。

　　"当然，我希望我们都不要去触碰。毕竟，我真的……看不得他难过，也

204

无法让自己再次忍受痛苦。"

朱真似懂非懂，眼里满是疑惑，却又觉得关洁说得有道理。

她眨了眨湿漉漉的鹿眼，眺望着远处的天，说："那我也试着放下吧。"

那时候的关洁真的以为朱真会慢慢放下执念，后来才知道，她曾在夜里无数次崩溃、痛哭，直到生命尽头，她也没能逃脱。

当天晚上宋西京开着新车到机场接她俩，朱真见到宋西京，一个劲地夸："小子长得真帅啊！"

"要不是姐姐大你四五岁，一定不会放过你。当年姐姐……"

宋西京吓得不轻，偷偷问关洁，朱真是不是脑子有点问题。

关洁哭笑不得，说朱真只是热情，跟他开玩笑。

宋西京"哦"了一声，耸肩道："我是喜欢姐姐类型的，但是不喜欢这样的。"

关洁："哪样的？"

宋西京煞有介事地说："……你还是不太稳重。"

听他这沉稳的语气，关洁笑得不行。

林昭从国外回来，特意在同学聚会前两天给关洁打了通电话，请吃饭。

关洁没办法拒绝林昭的请求，她欠他的。

吃饭地点在外滩某著名餐厅。

关洁进入餐厅，拿到菜单那刻才知道价格贵到离谱。她下意识地提出去别家吃，这家太贵。

林昭笑着说没关系，他能承担得起，不用替他省钱。

关洁这才抬眼，认真打量起眼前几年不见的人。

其实林昭没怎么变，除了气质、外表偏成熟了点，依旧眉清目秀，留着熟悉的发型，穿着熟悉的卫衣、棒球外套，依旧满身少年气。

很好，时光没有辜负她记忆里的少年。

林昭替关洁倒了一杯温水，拿起筷子掂了两下，感慨："在国外待久了，都快忘了怎么用筷子了。

"想念上海的空气、上海的梧桐、上海的黄浦江……还想念上海的你。

"西西，没有你的日子，真的很难熬。"

关洁握杯的手一滞，她最怕的就是这样的场面。

如果是在电话里，或许她还能狠心拒绝他。可是遇到这样鲜活、真实的林昭，她真的无法做到之前那样决绝。

关洁抿了抿嘴，抬头看着他，静静地说："林昭，你答应过我，不谈这些的。"

林昭嘴角一僵，而后抱以歉意地看她一眼，解释："抱歉，西西，是我没有控制住。"

关洁恢复平静，将手里的菜单顺手递给林昭，转移话题："你点吧。这宰羊价我实在下不去手。"

林昭无奈地笑笑，顺手接过菜单，仔细翻完，将餐厅的招牌菜全点了一遍。

唯独没点海鲜。

服务员也注意到这一点，善意地提醒："我们家的海鲜也挺有特色，要不要……"

"不用，她海鲜过敏，吃不了。"

关洁心跳猛地停跳一拍，蓦然抬头，撞进的却是林昭温柔、深情的桃花眼。

那里藏了太多太多有关她的秘密，像一团熊熊燃烧的烈火，她只看一眼，便被灼得不敢抬头。

她只能低着脑袋，手指落在膝盖，一点一点摩挲膝盖处的布料打发时间。

林昭似乎意识到关洁的不自在，体贴地讲起他在国外读书的经历。

"我刚去第一年，很不习惯那里的生活。我的导师不怎么喜欢亚裔学生，总有意无意针对我。

"我不服气，每天拼命做课题，申请专利，恨不得一天二十四小时都待在实验室。那段时间忙得天昏地暗，压根儿没精力想别的事。

"再后来，我度过一段很虚无的日子。我精神状态出现问题，整夜失眠，靠听你的新歌强行撑过那段日子。

"也不是没有想过放弃，可是每当这个念头涌出，我就强行压回肚里。我靠舍弃最好的朋友得到的留学机会，如果就这么轻而易举放弃，不是更显得我当初的决定有多愚蠢吗？

"就这样熬了一年又一年，直到现在，我顺利上完学，被那教授邀请一起做项目，包括找到一份理想的工作。好像这一路走得挺顺利的，可是越顺利我越迷茫，我找不到方向了。

"我不知道我该何去何从。我曾经想出国、想找个好工作，是为了将来跟你在一起，为了你的音乐梦。可是有什么用呢，我得到了一切，却没办法跟你再多走一步了。"

菜一一上桌，全是关洁爱吃的。

连她讨厌花椒，他都记得一清二楚，特意吩咐服务员不要放花椒。

关洁好像丧失了语言功能，不知道该如何跟林昭说，他们各自在各自的路上走了好远好远，早已没办法回头。

她始终记得，记得在那段阴暗、无助的时光里，曾经有个温暖如太阳的少年照耀过她。

可都过去了，他们都在这场游戏里走丢了，谁也没办法回头。

祝政刚跟邹宇吃完饭，趁着邹宇去厕所的工夫，他走出包间到收银台付账，等待收银员打票时，他下意识偏头看过去。

谁知一眼便瞧见落地窗前的关洁，她穿了条灰棕色长裙，低着脑袋，表情有些无措地摩挲着自己的裙摆。

对面坐了个年轻男人，穿着卫衣、牛仔裤，长相干净、白皙，一股子书生气。说话时，对方的眼睛一直深情地盯着关洁。

他这个旁观者都能感受到这男人有多爱关洁，更别提关洁本人。

如果说之前只是简单的吃味，那么现在的祝政，只剩惊慌。

他毫无体面地承认，他对关洁的这份爱，比不过林昭。

情敌碰面，本该长自己威风，灭他人志气。可现在的他，面对这个细心、温柔、且爱得深沉的林昭，只剩自卑。

他没林昭那么有勇气，无法跨越赵娴那道坎，也怕关洁憎恨他。

又或者如今的他给不起关洁任何承诺。

书房的对话历历在目，他发的毒誓、赵娴的寻死觅活，都让他止住了前进的脚步。

他站在几米外的走廊，站在他俩背后，站在他圈地为牢的地方，安安静静地听完情敌的深情表白。

曾经他要风得风，要雨得雨，风光无限。

可是现在——

就在几米之外，他看着情敌跟自己最爱的女人表白，却无法冲上前揪起对方的衣领揍其一拳。

他只能站在原地目睹全过程，然后忍下不甘，放下不满，转头若无其事地回到包间。

那一刻，他身体疲惫酸软，脑子里"嗡嗡"作响，眼前一片空白，仿佛茫茫天地间，只剩他一人。

他克制住呼吸，忍住回头的冲动，仓促逃回包间。

关上包间门的那瞬，他喘着粗气，心中百般后悔。

那天在广济寺里，他不该许愿，祝她遇到个好人。

邹宇上完厕所，见祝政一副失魂落魄的模样，满脸疑惑地问："你这是怎么了？"

祝政迟缓地掀了下眼帘，忍着心中剧痛，仓皇地认输："我这辈子，怕是再也娶不到那个人了。"

邹宇本想调侃两句，但见他这副模样，又瞬间失去兴致。

邹宇"啧啧"两声，眼中噙着一丝惊讶，问："哪个人？上回那姑娘？我刚还碰到她了，一个人搁洗手间门口站着。我跟她打招呼，她没理我，估计认不出我了。"

祝政猛地坐起身，脸上恢复神采："她一个人？"

邹宇耸耸肩，摇头："不然还有别的人？我没看到，不好说。"

等他说完，刚还死气沉沉的人，已经一溜烟地走出包间，速度快到他来不及吱声。

可惜，等祝政找去洗手间，关洁已坐上林昭的车走了。

关洁并不知道有这一出。

跟林昭吃完饭，她无法回应林昭，只能把关系落到"朋友"层面。

林昭似乎也猜到她不会轻易回头，笑着说，朋友总比陌路人好。

双方沟通成功，回去路上的氛围倒是很轻松。两人如同往常一样，讨论音乐，讨论生活，讨论一些乱七八糟的事。

这一天，关洁过得还算开心。

晚上直播，她主动讲最近状态还不错，争取六月出新歌。

评论区消息刷个不停，快到关洁来不及捕捉重要消息。

"赵四"进直播间时，她已经播了快半个小时，他一进来就开始打赏，今日更甚，持续一个多小时都在刷屏。

本以为"赵四"打赏完就会退出直播间，一反常态地，他开始不停地发言。网友们惊到炸锅。

他打字很慢，时不时地来一大段，任人阅读、评论。

【我曾经是个很糟糕的人，我身上没什么值得表扬的优点，也做过很多离经叛道的事。我曾经遇到过一个姑娘，那时并不懂什么是爱，只觉得这姑娘挺有个性、挺有脾气。】

【我每天除了做点不靠谱的生意，就是拉着她一起鬼混。哪儿有好吃的、好玩的，我当天就订两张机票，也不管她有没有空，强行拽着她一起去。】

【也曾一掷千金，为她包场看电影，给她送包、送表、送衣服，还给她购物卡，任她刷。这姑娘名声不怎么好，经常遭人白眼，骂她为了钱什么都敢做。】

【只有我知道，她不是见钱眼开的人。除了她该拿的，她没从我这儿要过一分钱，还倒赔不少。你们说，这姑娘傻不傻。】

【不知道你们听没听过《守口如瓶》，里面有句歌词叫——长年在驻守纵未够运气开口，暗中倾慕你也是我的自由。这歌词就是我现在的写照。】

【早知如此，我就不该招惹这姑娘。】

最后一句发于直播结束前三分钟，评论区纷纷安慰"赵四"，让他看开点，旧的不去，新的不来。

关洁停止弹奏吉他，默默点进他的主页。

主页默认头像已经改成雪山，背景图写了一段话——

【我见过那样美的风景，走过那样长的路，遇见过那样多的人，唯独没见过如此可爱、独特、惹人注目的你。】

个性签名更改为——

【如果有来生，我或许还会选择遇到你，只是这次不会再爱你。】

第 14 章
我一直在失去

关洁自认不是个感性的人，却被"赵四"这几段自我剖析以及个签触动。

她点开"赵四"的对话框，对着屏幕打出一段话——

【失去总是比得到更容易，人生总在不断失去中度过，要努力习惯、拥抱遗憾。毕竟，不是所有人都有那么好的运气，可以事事如意。】

刚发出去，便显示已读。

看着"对方正在输入中"的提示，关洁也不着急，任由他在那头删删减减。

直播结束后，她关闭摄像头，合上笔记本电脑，抱着吉他，盘腿坐在电脑椅上，有一下没一下地弹着琴弦。

手机屏幕时不时亮一下，她一次又一次拿起。

以为对方不会回，她刚要放下，便收到一条私信。

她登时心跳一滞，犹豫半秒，下定决心般地捡起手机，打开私信。

里面躺了好几个红点。

赵四：【我已经失去很多东西，朋友、家人、爱人、我的自由……这一路走来，我一直在失去。】

赵四：【我对不起很多人，欠过很多情债，或许这辈子都还不清。】

赵四：【我现在很迷茫，找不到人生的意义，也不知道如何自处。】

赵四：【我曾经做过很多错事，错过很多机会，也错过很多人。我以为我有的是时间，到头来，满腔热忱只剩后悔。】

关洁对"赵四"有股莫名的好感，一是因为他的网名跟祝政的昵称一样，二是因为他总给她一种沉默、神秘却又值得信任的错觉。

像现在，他这番自我认知，让她感同身受，甚至不自觉地将他与祝政联系在一起。

她总觉得他们是同一个人。

即便没有证据，她就是本能地相信。

就算他们不是同一个人又有什么关系呢，他肯将内心深处最隐秘、阴暗的一角分享给她，已经给她足够的信任。

关洁沉思片刻，指腹落到键盘，小心地发问：

【你很像我认识的一个朋友，他姓祝，你认识吗？】

【祝政，是你吗？】

两条消息发出，关洁的心"怦怦"直跳。

她攥紧手机，咬住下唇，睁着狐狸眼，煎熬地等待"赵四"的回应。

那头一直显示正在输入中。

好长一段时间，屏幕里才跳出两个字：【不是。】

关洁心情陡然失落。

她捧着手机，忽然不知道如何继续跟对面的人聊下去。

对方似乎猜出她此刻的懊恼，主动问她：【这个祝政，是你《救你做个坦诚恶棍》里的特殊朋友吗？】

话题聊到这儿，关洁无法中断——是她先提的祝政，如果不继续聊下去，好像不太好。

她像是突然找到了发泄口，那些莫名的情绪也找到了出处。

她重新捧起手机，跟"赵四"主动提起祝政。

再见赵四：【他是我生命中很重要的一个人。其实……不能算朋友，但是我又无法用准确的定位来形容他，所以就用"特殊朋友"称呼他。】

赵四：【他在你眼里是什么样的人？】

再见赵四：【很特别，他很复杂，一两句话说不清。如果非要形容，大概是一个——肆意妄为、没心没肺又爱拈花惹草的恶棍。】

赵四：【？】

再见赵四：【反正不是个好人。】

赵四：【你很讨厌他？】

再见赵四：【不讨厌。】

赵四：【恨？】

再见赵四：【不恨。】

赵四：【那是？】

再见赵四：【见不得他太好，又见不得他不好。至少应该比我难过。】

赵四：【你还爱他吗？】

再见赵四：【爱又怎样，不爱又怎样？】

赵四：【没有，随便问问。或许他此刻很痛苦，至少比你……痛苦十倍。】

再见赵四：【那挺好。我应该普天同庆，奔走相告！】

赵四：【……】

关洁盯了几秒省略号，重新打出一行字：

【我希望他过得比我好，不要活在过去，也不要因为任何人痛苦。他在我这儿，永远是那个肆意妄为、横冲直撞、会大晚上发疯的浑蛋。】

那头没再回。

关洁等了几分钟，自顾自地放下手机，抬头看向窗外。

窗外漆黑、阴沉，伸手不见五指。

既没星星，也没月亮。

她舔了舔干涩的嘴唇，默默丢下怀里的吉他，起身走向床头。

"啪嗒"一声，她摁下开关按钮，卧室灯光熄灭。

关洁盖好被子，合上眼，安然陷入睡梦。

关于后续，她毫不知情。

她不知道有人大半夜特意开一个多小时的车赶到她小区楼下；她不知道有人在冷风中站了整整一夜，抽了一夜的烟，丢了一地的烟头，惹得清洁工大骂谁这么缺德。

她更不知道，那天夜里，有个男人站在路灯下，抬头往她所在的那扇窗看了无数次。

周瑶个人音乐会演出那天，祝政还是去了现场。

他没走 VIP 通道，只拿着周瑶提前送过来的门票，排队走进普通入场口。

周瑶怕他不来，打了好几个电话。

直到助理在演出厅瞟到祝政的身影，并告知了周瑶，她才松了口气，认真投入接下来的演出中。

演出厅很大，能容纳上千人。周瑶在国内的名气没有国外高，可演出厅还是满满当当坐了八九百人。

他们个个穿得光鲜亮丽，男的西装革履，女的礼服裙装，连摆在台上的钢琴都价值不菲。

俨然，这是一场充满格调、上流的狂欢。

他们端端正正、规规矩矩地坐在演出厅中，每个人脸上都挂着"高深莫测""陶醉"的表情，好似他们完完全全听懂且欣赏周瑶弹奏的每一首钢琴曲。

祝政坐在 VIP 席位，抬眸望着舞台上穿着高定礼服、戴着白手套、垂低脑袋一丝不苟弹奏钢琴曲的周瑶，忽然觉得很无趣。

他不喜欢这种形式、正规的东西。

他也没有音乐细胞，听不懂贝多芬、肖邦，不知道谁是舒伯特、李斯特。

这场长达两个小时的演出，于他而言，很无趣。

倒不是因为周瑶弹得难听，相反，她技术很高超，情感表达也到位。甚至在弹奏某些祝政熟悉的曲子时，她还有意往台下，往他所在的方向看了两眼。

如果是很久之前，他或许有那个耐心，安安静静坐下听完全场。

可是现在，他只觉烦躁。

他多次忍住掏出手机玩游戏或者起身走出演出厅的冲动，忍着心烦意乱，听完全场。

演出结束，周瑶的助理悄然无声地走到他身边，小声邀请他去后台，说周瑶有事找他。

祝政揉了揉眉心，等演出厅的嘉宾散了一拨又一拨，才拿起两个小时前在花店买的白玫瑰花束，起身跟着周瑶的助理往后台走。绕过一排排暗红色座椅，跨过一地昏暗，转过两道门，不紧不慢走进后台。

后台化妆间，工作人员正在忙忙碌碌收拾后续。

周瑶已经脱掉演出服，换上了嫩黄色毛衣、卡其格子半裙，坐在化妆镜前，闭着眼，任由化妆师帮她卸妆。

地上一片狼藉，最角落挂着两排礼服，全是周瑶刚刚演出穿过的。

门口摆满粉丝送的花篮、信件、小礼物，有人路过，不小心踢倒花束，鲜嫩欲滴的红玫瑰被踩得稀烂。

花瓣被碾碎，包装纸上印了好几个脏兮兮的脚印。

祝政瞥到那幕，弯下腰，主动捡起那束被踩烂的红玫瑰，扯下踩碎的花瓣，仔细整理一番，然后将它放在最高处，不让人再踩踏。

周瑶注意到祝政的举动，以为是他不喜欢工作人员践踏粉丝的感情。趁着化妆师收拾化妆包的工夫，她出声提醒："注意别踩门口的东西。待会儿把它们全包好，送到我住处。"

助理闻言，脸上划过一丝疑惑："瑶姐，你之前不是……"

"小恩，给祝先生找把椅子，别让他站久了。"助理还没说完，周瑶急忙打断。

助理这才想起门口的大神，匆匆忙忙找了椅子，抱以歉意地笑笑，请求祝政再等几分钟。

祝政垂眸扫了眼椅子，没坐。

他径自抬腿走进化妆间，将白玫瑰搁到周瑶的化妆桌上，低头看了看卸了一半妆的周瑶，客气疏离道："恭喜，演出很成功。"

周瑶眨了眨眼，伸手拿过白玫瑰凑到鼻子闻了闻，扭头看向祝政，一脸笑意："你这习惯还是没变，以前送白玫瑰，现在还是。真不知道，你为什么喜欢白玫瑰。"

祝政表情一僵，扭头望了望周瑶，又看了看白玫瑰，满脸诧异地问："你不是喜欢白玫瑰？"

周瑶震惊，瞪大眼，一脸茫然地问："我什么时候说过我喜欢白玫瑰了？我一直喜欢桔梗花。我之前跟你说过好几次，你总是忘记。后来你老送我白玫瑰，我就默认自己喜欢了。"

祝政无法理解，无法理解他竟然会记错一个人的喜好。

意识到祝政情绪有些低沉，周瑶轻轻碰了碰白玫瑰花瓣，主动替他脱罪："其实也不怪你，记错也正常。"

祝政面带疑惑，很是不解："为什么？"

周瑶自顾自地撇了撇嘴，沉思两秒，眼带认真地说："因为你不在意啊。你不在意、不喜欢，就不会刻意去记对方的喜好，也不会刻意去听对方在说什么。"

祝政脸上浮出几丝困惑，他不太明白，为何周瑶会这样说。

周瑶像是找到了发泄口，将曾经藏在内心深处的话全都说出来。

祝政拧眉，条件反射般地纠正她："难道……不是你先招惹我的？"

周瑶不愿在人前讨论私事，卸完妆，她将相关工作人员请出化妆间，只剩他俩。

她推开椅子站起身，踮起脚与祝政平视。

"话是这么说没错，当初确实是我先招惹你。我第一次见你，觉得你很特别。周围全是那种很幼稚、很无语的男生，只有你，视我为无物。

"你经常独来独往，很神秘、很沉默，也不参加班级活动。大家都说你很冷漠，说你很……反正关于你的传闻挺多。

"比如家里很有钱，坐豪车上学。身上穿的球衣、鞋子全是限量版。还有你学习很厉害，天天出去打游戏，也能考第一。

"那时全校很多女生关注你，但是因为你太冷，大家都不敢跟你说话。我是个俗人，有自己的骄傲，也有自己的自尊心。我很想挑战一下，看我能不能和你做朋友。"

周瑶讲这些回忆时，脸上神采奕奕，眼里装满细碎的星光，仿佛那段日子，对她而言，很重要、很值得回忆。

"换座位时我故意坐到你身边，每天死乞白赖跟你说话。我那时候也害怕你不理我。后来才知道，你只是懒，并不像传闻那样不近人情。

"你确实是个很好的朋友。毕业后我们在一起了，你也是全心全意对我，但是，阿政，我有时候感觉……我接触到的不是真实的你。"

周瑶说到这儿，脸上闪过一丝迷惑、遗憾，她好像忽然卡壳，不知道怎么继续往下说。

祝政垂低脑袋，目光落在周瑶身上，语调平缓、温和地问："什么叫不是真实的我？"

"就是感觉吧。"周瑶摇摇头，不太自信地说，"大概是你对我太好了，好到我怀疑你到底喜不喜欢我。

"这么说显得我有点矫情，但是我就是这么想的。你从来没在我面前发过脾气，也没抱怨过我作。我的朋友看到我们谈恋爱，总说你脾气太好，好到我怎么作你都会照单全收。

"你也确实是这样。

"跟我谈恋爱的日子，你从不跟其他女生暧昧，也不再去打游戏，也不抽烟喝酒，每天大部分时间都花在我身上。

"你好像照顾我很多很多，了解我的方方面面。可是……你从来没想问过我喜欢什么、不喜欢什么，你也不在意我讨厌什么。

"你好像一直按照你的方式跟我谈恋爱。模式很精确，像在做数学题，你只要解出答案就行，并不在意用什么方式。

"你在我面前就像个完美机器人，一个劲地对我好，你对我从来没有负面情绪，没有不满。我一直以为你就是这样的，直到有天我看到你跟人打电话，那时的你，满脸阴沉，眼底全是怒气，骂得对方接不上话。

"我感觉……那才是真实的你，有血有肉的你。我以为你会向我展示这一面，可是没有。第二天，你依旧是那个温柔、体贴、专情的三好男友。

"该怎么讲呢……这么说吧，阿政，我觉得你从来没有爱过我。你做这些好像只是因为你是我男朋友，而不是因为你喜欢我。"

祝政有些错愕，没想到，周瑶是这样想的。

他张了张嘴，想要反驳，却又找不到合理的理由。

当初，祝淮安将赵娴送进精神病院，他被祝淮安要求做很多条条框框的事。

如果他不能完成，祝淮安就会吩咐精神病院那边停止一周一次的探望。

他只能像个陀螺一样，不停地转，不停地转，跟着祝淮安去各个酒局当他炫耀的工具，当他应酬的摆设。

他被驯服，被定义，被修正。

直到周瑶的出现，她像个太阳，照亮他的黑暗面，将他拉扯出来。

他承认，承认最开始曾想利用周瑶摆脱祝淮安带给他的那些屈辱。

她喜欢他，他就变成她喜欢的样子。

他允许她的步步接近，他接纳她的热情温暖，他探知她的理想信条。

等时机成熟，他主动提出跟她做情侣。

他不算一个好人，但是在恋爱期间，依旧尽量满足她的喜好，满足她的自尊，满足她的所有要求。

或许最开始不喜欢，但是相处那么久，怎么可能没有心动。

只是他伪装太久，连自己都忘了，什么是喜欢。

他那时只觉得，她是他的责任。

再后来，祝淮安知道这事，强行让他分手，连赵娴也不答应。

逆反心理占据大脑，他想同祝淮安反抗到底。

却没想到，最先认输的不是他，也不是祝淮安，而是周瑶。

那个夏天，他亲眼见证她哭着从精神病院跑出来。没几天，就听到她右手受伤，再也弹不了钢琴的消息。

他这才知道，祝淮安动手了。

他跑去找她，却被告知她家举家移居英国。

他不肯轻易认输，订机票去找她，想去看看她。

还没看到人，就被她父亲拦在病房门口，眼睁睁看着她父亲跪在他面前，请求他饶过她。

他除了放弃、认输，能怎么办呢？

周瑶读懂祝政的表情，上前抱了抱他，主动说："其实你父亲当年只是吓唬吓唬我，我爸太害怕了，担心我再跟你有关联，所以才把话说得那么狠。

"阿政，你不欠我的。要怪就怪我们太年轻了吧。

"我这次回来，其实是听到你父亲已经去世，想回来看看你，想跟你再续前缘。"

祝政退开两步，紧绷的心脏忽然松懈。

他抹了把脸，面色平静地说："周瑶，以后我不欠你的了。"

"阿政——"

"我坐过牢。"

"你说什么？"周瑶不敢置信地看着他，脸上满是怀疑。

祝政垂下眼帘，波澜不惊地说："我做过很多错事，对不起很多人，包括你。但是现在我不欠你了。周瑶，我们好聚好散吧。从今以后，你走你的阳光大道，我过我的独木桥。

"爱也好，恨也罢，都不重要了。"

周瑶还想说什么，就见祝政转头就走，不带一丝犹豫。

她站在原地，看着他决绝的背影，忽然意识到，曾经宠她宠到骨子里的少年彻底不见了。

周慧珍打电话过来，关洁刚起床。

电话里，周慧珍小心翼翼地问："西西，你是不是惹什么人了？"

关洁一头雾水，咬着牙刷，含混不清地问："慧珍姐，你说什么？"

"有个叫张远的男人刚刚砸了我的水果摊，让我警告你最好回家一趟，否则……"周慧珍迟疑地补完后半句话，"否则别怪他心狠。"

周慧珍："你哥怕出事，跟了过去，现在估计找关姨去了。我早晨刚摆好摊，他带着几个人二话不说就开始砸，水果烂了一地……"

关洁刷牙的动作一顿，她吐出牙膏泡沫，胡乱灌了一口水冲洗口腔。

"嘭"的一声，关洁丢下漱口杯，拿起手机，边换衣服边安抚她："慧珍姐，你别急，我马上过来。"

周慧珍叹了口气，语气温和地说："西西，你也注意安全。我看他们一副来势汹汹、不肯罢休的模样，怎么看都不是善茬。我这儿你不用担心，你赶紧回家看看情况。"

关洁来不及跟朱真打招呼，随便披了件外套就往外跑。

电梯迟迟不上来。

关洁急到皱眉，瞥了眼角落的楼梯，她呼了口气，径直往楼梯口跑。

从六楼跑到一楼，中间没有停歇。

跑出单元楼、小区，关洁站在路口招手拦截来往的出租车。

好不容易等到一辆，关洁直接钻上后排，快刀斩乱麻地说："师傅，闵行区梁家巷 89 号，麻烦您快点，我赶时间。"

司机立马点头说好，踩下油门，加快速度往目的地赶。

车厢寂静无声，却蔓延着一股无形的紧迫感，这股紧迫使得关洁手心、后背、额头直冒冷汗，连前排的司机都免不了有些紧张。

她强迫自己冷静下来，有意深吸几口气。她攥紧发烫的手机，咬着嘴唇，漫无目的地看着窗外飞速而过的风景。

她咽了咽口水，拿着手机，慢慢摁下关珍容的电话号码。

"嘟、嘟、嘟……"

每"嘟"一声就更加剧一分紧张，铃声响到第三十秒，通话被人摁断。

关洁的心一下子跳到嗓子眼，她紧咬唇，再次摁过去。

"对不起，您拨打的电话暂时无人接听，请稍后再拨……"

关洁抑制住呼吸，翻出周慧珍丈夫的电话打过去，依旧无人接听。

关洁的冷汗不自觉地溢出额头，她抬手摸了把湿透的鬓角，颤抖着手，拨通 110 的电话。

"喂，这里是上海公安局，请问您有什么需求……"

关洁攥紧手机，屏住呼吸，张开干涩的嘴唇："……高利贷威胁。"

"您能说得再详细点吗？"

关洁还没来得及开口，一条短信忽然弹出屏幕——

【我劝你最好不要报警，上了你两次当，真以为我是吃素的？大不了以命抵命，你看是我死，还是你、你妈或者你这邻居？】

关洁瞳孔一缩，仰头盯着车顶，满脸歉意道："抱歉，我打错了。"

说完不等那边回应，关洁急匆匆挂了电话。

未知的恐惧蔓延全身，关洁浑身颤抖。

中途她几次提醒司机再开快点，司机被催得头疼，最后一次，司机毫无征兆地发火："再快就超速了！"

关洁骤然合上嘴唇，蜷在车厢角落，抱着肩，面色惨白地看向窗外。

她现在很慌、很乱。

一股未知的恐惧萦绕在她心头，无论她怎么驱赶它们，都不肯散去。

如果只是关珍容，或许她会安心一点，但是现在的赌注实在太大。

周慧珍一家不欠她的，只有她欠他们的份，如果因为这件事，他们家遭遇不测，她恐怕这辈子都无法安稳地活下去。

她抱紧胳膊，企图给自己一点点慰藉。她尝试想张远如果只是要钱，她可以全给他。

可是除了这些苍白的理由以及无尽的恐慌，她仅存的理智也快消失殆尽。

她只能希望张远稍微有点人性，不要做出任何过激、无法挽回的事。

中途张远发过几条短信，都是警告关洁不要尝试求救任何人，否则他会让她后悔。

最后一通电话是周慧珍打过来的，如果说第一通电话周慧珍还有点理智，现在的她思绪完全乱套，她在电话里前言不搭后语地说："西西……西西……橙橙被绑架了。老师刚打电话过来，说她爸把她接走了。

"橙橙她爸压根儿没去学校，肯定是那个叫张远的派人去的……橙橙要是出什么意外，我该怎么办，我——"

关洁紧咬牙关，轻声安慰："慧珍姐，你别急、别急，我马上到了。我不会让橙橙有事的，你放心。你相信我，好不好？"

周慧珍的情绪渐渐稳定下来，只是说话依旧带着哭腔："西西，我跟你哥就这么一个女儿。她从小到大没出过什么意外，就这一次，我真的害怕……我也不是不信任你，就是害怕……"

关洁屏住呼吸，语气坚定有力："慧珍姐，没事，一定会没事的。"

很快，车子停靠在梁家巷门口，司机在前排问："姑娘，梁家巷到了。这里面我就不进去了，太窄了。你看，你是手机支付还是现……"

司机话还没说完，关洁从兜里匆匆掏出一张人民币递给司机，来不及等找零，她打开车门便匆匆跑进巷子。

梁家巷这里面搬的搬，走的走，没留下几家住户。

关洁家那条道，只剩她跟周慧珍家。

这样的地理优势显然让张远抓住机会。

关洁一路跑进巷口，转过几道弯，无视不小心踩进水坑后沾满泥泞的鞋面，一鼓作气跑到89号。

她顶着凌乱、湿透的头发，抬头盯向那道紧闭的大门。

她闭了闭眼，一脚踹向那道门。

"哐当"一声。

大门被人从外撞开，碰到墙壁，砸出响动。

门口守着两个男人，听到动静，立马站起身，警惕地看向门外。

见是关洁，右侧的男人摸了摸下巴，提醒："远哥就在里面。"

关洁冷着脸看了眼说话人，攥住兜里的手机，面无表情地走进院子。

张远听到动静，主动打开门欢迎关洁。

他手里拿着一把水果刀，有意无意做出削水果的动作。他上下扫视一圈关洁，毫无征兆地笑起来。他脸上的刀疤因为他这扭曲的笑变得恐怖、恶心，关洁看一眼便移开了视线。

"橙橙是不是你绑架的？"关洁站在台阶下，仰起下巴，面无表情地问。

张远侧开身，眼神示意关洁快点进屋。

等关洁走上台阶，快要迈进门槛，张远一把扯住关洁的胳臂，低头有意凑到她脖子闻了闻，问："那个五岁的小女孩？我哪是绑架，分明是找人带她出去玩玩，等完事了，自然会送她回来。"

关洁闻到张远身上的汗味、烟味以及其各种混合的气味，胃里翻江倒海。

她强忍着恶心，推开张远落在她胳臂上的手，走进这间八十平方米不到、她住了七八年的房子。

一进去他就看到关珍容被五花大绑捆在椅子上，嘴里塞着袜子。看到关洁，她眼睛瞪得老大，喉咙里一个劲呜咽，似乎想要说点什么。

她旁边的两个男人一坐一站，拿着手机似乎在打游戏。

只是从关洁进门那刻，他们便退出游戏，揣好手机，虎视眈眈地看着她。

关洁喉咙一堵，揣在怀里的手胡乱地划开手机屏幕，又胡乱按了几下……

张远察觉到关洁的动作，似乎猜出关洁想干吗，嘴里咒骂一声，一把拽过关洁。

他用力扯开关洁的手，抢过手机，瞥了眼已经接通了几秒的电话，朝关洁咧了咧嘴。

"嘭！"

手机砸向墙壁，砸得屏幕碎裂，当场黑屏。

张远被关洁的举动惹怒，揪住关洁的领子，抬起手一巴掌用力地甩在关洁脸上。

关洁嘴角见血，右脸颊火辣辣地疼。

张远还不解气，一把抓住关洁的头发，掐住关洁的脖颈，怒极反笑："不是告诉过你，不要报警，不要求助任何人，我们私下好好解决？你怎么就不听呢？你知不知道因为你，老子没了两个兄弟？我会让你好好过你的逍遥日子？

"钱的事，老子也不忙着要了。今儿有的是时间，我们慢慢折腾，反正——我不会让你好过。"

说完，没等关洁反应，张远猛地踢开面前的椅子，将关洁整个人摁在圆桌上。

左侧发红发肿的脸颊被挤压在桌面上，冷热交替的折腾、头发快要被扯断的痛苦以及张远时不时的咒骂，都让关洁感到窒息。

她清楚地意识到，张远这次不像前两次那样好应付。

这次，他要将她往死里整。

她不知道自己胡乱点的那几下电话拨给了谁，但愿是警察……

一个小时前。

DEMON 酒吧。

祝政坐在吧台旁，指间捏着一根烟，皱眉瞧着唱台上抱着酒瓶，一个劲地喊麦、努力调节气氛的潘玥，忍着头疼问陈川："谁请来的？"

陈川"啊"了一声，顺着祝政的视线，疑惑地看向唱台上那个脱掉皮外套，穿着黑色吊带背心、阔腿牛仔裤，一只手捏着顶鸭舌帽，另一只手握着话筒，不停朝台下喊麦的女孩。

他认真地想了想，摇头："没人请……她这大半个月天天在酒吧当氛围组组长。每天……都邀请一大拨客人过来，说什么酒吧缺个氛围组组长，她自愿帮忙。还放话，自称要追 DEMON 酒吧老板，也就是要……追哥。"

这几天祝政忙得晕头转向，没空到酒吧，今儿一来就听到这么件丧气事。

他烦躁地捏了捏眉心，指着发疯的潘玥说："把她给我拽下来，撵出去，以后别让她进 DEMON。"

陈川不太理解地看了眼祝政。

一个帮忙招揽客人，还大力消费的顾客，就算放话说要追他，也不至于赶出去吧。

见陈川久没动静，祝政拧眉催促："愣着干吗？快点。"

陈川轻咳两声，点头应下。

几分钟后，"气氛组组长"被人拽下台。

当时潘玥玩得正嗨，没想到当着所有人的面被拽下台，一问理由，说老板看不惯她？

至于吗？

她气急败坏地扯下围在腰间的皮夹克，扣上鸭舌帽，满脸怒气地推开陈川，瞪向不远处坐得安安稳稳，没有任何愧疚的祝政。

绕过横七竖八的桌椅，潘玥气势汹汹地走到祝政面前。

她居高临下地看着瘫在沙发上抽烟的祝政，皱眉问："你干吗要撵我走？我是酒吧的客人，顾客至上，懂不懂啊！"

祝政抬眼睨了睨人，移开视线，弯腰拿过烟灰缸磕了磕烟灰，面色平静地问："你需要什么理由？"

潘玥以为有商量的余地，扬了扬下巴，满脸骄傲："一个有理有据，至少让我无法反驳的理由。"

祝政若有所思地点了点头，语调淡淡地说："哦。理由就是看不惯你，合理吗？"

潘玥差点气哭，委屈巴巴地看了他一眼，不管不顾地拉开椅子坐在祝政对面，反对他的强词夺理："这怎么算理由！你今天要是不跟我说清楚，我就赖这儿了，才不管你。"

祝政懒得跟一小姑娘计较，偏头扫了眼陈川，示意把人撵出去。

潘玥见他铁了心地要赶她走，立马要赖。

她踢开椅子，一屁股坐在地上，假惺惺地擦了擦眼角，嘴里说些不着调的话："你就是欺负我，看我是个二十来岁的姑娘，看我单纯好骗，故意骗我……"

祝政头疼得厉害。

眼见越来越多的人看过来，祝政脾气上头，懒得再搭理她，起身往后台走。

潘玥见状，飞快地爬起身，试图跟上去。

陈川及时拦住潘玥，潘玥立马装出可怜样，问："陈经理，我要是再躺下，你说，客人们会不会觉得你故意欺负我一个小女生？"

酒鬼不可怕，怕的就是这种死缠烂打还不自知的。

陈川刚要阻止，潘玥已经钻出他的手臂，径自往后台跑了。

祝政还没来得及关门，一道残影闪过，猛地钻进他的休息间。

祝政站在门口，咬着烟嘴，偏过脸，冷眼瞧着已经落座在单人沙发的潘玥，扯出一声冷笑。

"跟你说话，不听是吧？那你去派出所反省反省。"祝政翻出手机，摁出110，准备拨出去。

潘玥灌了口水，急忙阻止："我有事跟你说！真的！有关潘家伟的，你要不要听啊？"

祝政听到"潘家伟"三个字，手指一顿，然后不动声色地摁黑屏幕。

"不感兴趣。"祝政拉开门，面无表情地站在门口，催促潘玥赶紧离开。

潘玥眨了眨眼，撑着下巴，灿烂一笑，满脸无辜道："可是我想说哎。你有没有想过，跟仇人的女儿谈恋爱是什么样的感受？我爸害你坐了两年牢，还害你妹妹惨死，你跟我谈恋爱多好，还能气死他。你不想试试吗？"

祝政紧咬腮帮，耐心全无，他冷脸瞪向潘玥，冷冽出声："出去。"

潘玥被祝政的气势吓到，条件反射般地抖了下肩膀，不敢再触祝政霉头，撇了撇嘴，飞速逃离现场。

只是离开前，她还不忘给出真心建议："老板，你一定要好好考虑我的建议哦！

"我一想到跟你这样有魅力、有魄力，还英俊潇洒的男人谈恋爱，真的是刺激死了。"

回应她的，是一道猛烈的关门声，差点撞到她鼻子。

潘玥摸了摸鼻尖，悻悻而归。

祝政接到关洁那个通话时间不足十秒的电话，手都在颤抖。

这次……是她主动找的他。

回拨四五通电话都关机时，祝政内心汹涌的激动转成疑惑，最后只剩担忧。

他以为她是打错然后拉黑了他，结果借用陈川的手机打过去还是关机状态。

祝政没来由地心慌。

他搓了搓冒冷汗的手心，将电话打到朱真那儿。

朱真也不知道关洁去了哪儿，只说起床就没见她人，还说她走得匆忙，连门都没关。

祝政彻底坐不住了。

他捡起车钥匙，拿好手机，神情焦虑地走出酒吧。

他中途连续打了十几通电话都未接通，辗转好几个人才打听到关洁的消息。

周慧珍接到祝政的电话，跟抓到救命稻草似的，一股脑地说出实情，把橙橙被绑、关珍容赌博欠高利贷、关洁独自面对张远的事全都说了出来。

祝政听得头皮发麻，双手死死握着方向盘，攥得手指泛白，青筋直冒。

挂断电话，祝政打开导航，根据周慧珍提供的地址，狠踩油门。

梁家巷 89 号。

关洁被张远打得鼻青脸肿，张远似乎还不过瘾，拽过关洁，将她一把推到床上。

他站在床边，拿起手机，打开摄像头，指挥旁边几个兄弟去扒关洁的衣服。

关洁气到全身颤抖，她双手双脚都被张远拿绳子捆住，躺在床上无法动弹。

她眼睁睁看着外套被人扒开，两只大手肆意在她身上流转，最后伸向她的领口。眼见要碰到胸口时，关洁双脚并拢用力踢向一个男人的裆部，顶着一头散乱的头发，咬牙辱骂张远："张远，你今天要是弄不死我，我以后要是抓到机会，一定不会让你好过！"

张远被她的话逗笑，他将手机扔给一旁立着的小弟，嘴角勾了勾，握住关洁的双腿，一把将人扯到身前。

他用力拽住关洁的脚跟，掐住她的脖子，毫不费力地撕开她内搭的衬衫。

"噼里啪啦"衬衫纽扣掉了一地。

衬衫敞开，露出里面的黑色蕾丝胸罩。

关洁整个人都在抖，她发了疯地挣扎，蹬踢张远，眼角通红，嘴里一个劲地骂："滚开！"

张远尝到甜头，也不在意关洁的辱骂，粗粝的手指划过关洁的肩头，一点一点往下滑。

眼见要落到隐私部位，"嘭"的一声，大门被人从外用力踢开。

张远手一顿，转头看向门口，只见一个浑身冷冽的男人走了进来。

门口守着的两个兄弟，一个肩膀被踹了一脚，一个肚子被踢了一脚。

两人拦不住祝政，趁他往里屋走，面带惧意地跟在后面，大声提醒张远："哥，我们拦不住他。"

张远兀自松开关洁，拿过桌上的水果刀，坐在床头，面带狠意地看向祝政。

祝政一进门，就看见关洁衣衫不整地瘫在床上。

她的手脚被人捆得严严实实，发丝凌乱地散落在脸颊、脖子处，衬衫领口大开，内衣肩带也掉了一根。脸上、脖子、肩膀全是手掌印，嘴角满是血迹，额头、下巴一片青肿。

那双清冷的狐狸眼里满是绝望、悲怆，那件破烂的衬衫仿佛成了她唯一的遮羞布。

羞辱、屈服、无尽的折磨，让她整个人陷入崩溃边缘。

眼泪悬在眼眶迟迟未掉，她紧咬泛白的嘴唇，随着门口的动静，面色惨淡地看向祝政。

她没想到，来的人居然是祝政！

那一眼，夹杂了太多情绪。

祝政胸口一股怒火熊熊燃烧，他看看床上不能动弹的人，再看看坐在床边毫无悔意，甚至扬扬得意的张远，气到不能自己。

"砰"的一声，祝政踹开挡路的椅子，大步走向张远。

张远旁边的人想要拦住祝政，祝政随手拎过一旁的椅子用力砸了过去。

趁小弟反应不及，祝政一把拽过张远的领口，一拳一拳砸在他身上。

张远猝不及防，等回神，浑身只剩下疼痛。

祝政双眼通红，用力踢着张远的膝盖，发了疯地捶他。

一拳一拳，又一拳……捶到张远说不出一个完整的字。

旁人都被祝政嗜血的模样吓到，最后是张远的哀号声唤醒了关洁。

关洁眼见祝政丧失理智，急忙出声阻止："祝政！别打了！"

祝政听不进去任何话，完完全全沉浸在自己的世界里，抓着张远狠揍。

眼看着祝政拿起掉在地上的水果刀，掐住张远的脖子，想要一刀下去……

关洁吓到说不出话，急急忙忙挣扎下床，强行用肩膀撞开祝政。

这一刀落偏，扎到地板上。

关洁松了口气，脑袋搁在祝政肩膀上，咬破的嘴唇落在祝政嘴角，轻声安抚他："别打了、别打了……祝政别打了。我没事，我没事，你冷静点。"

祝政感受到关洁的恐惧，一点一点地回神。

他垂眸看着怀里衣衫不整的关洁，一把将人抱在怀里。他颤抖着流血的手，将她破碎的衬衫提起，解开她脚上、手上的绳索。

绳索解开，祝政看到关洁手腕上的痕迹，眼里全是心疼和愤怒。

关洁急忙拦腰抱住祝政的腰，安抚他："我没事，我没事，别打了、别打了。祝政你冷静点，冷静点，好不好？"

张远被打得说不出话，整个人只剩眼睛在转。

祝政不再看他，弯腰抱起关洁，将她放在床沿。

他站在她面前，挡住旁人的目光，脱下外套，披在她肩膀上，伸手轻轻碰了碰她的嘴角，弯下腰准备替她扣好衣服。

就是这个间隙，瘫在地上不动的张远突然拿起地上的水果刀，朝祝政一刀用力插下去……

一时间，关洁脑子里只剩祝政安抚的笑、漫天的血，以及刺耳的警笛声。

医院手术室门口。

关洁一身狼狈地蹲坐在地上，捂住嘴，满脸压抑地看着那道紧闭的、亮了三个小时还未熄灯的门。

她眼角满是泪痕，鼻青脸肿，浑身脏兮兮的，全是血迹。

她身体止不住地发抖，抖到牙齿都在打架。

陈川去派出所做完笔录，又到医院缴完费，拿着缴费单上来时就看到关洁咬着手指，面色惨白。

"关姐，你要不要先去包扎一下？哥这里，一时半会儿恐怕……"

关洁转过脑袋，睁着布满血丝的眼看向陈川，战战兢兢地说："小川，我害怕。祝政要是出事，我会后悔一辈子的。"

陈川俯身拍了拍关洁肩膀，嘴角扯了丝勉强笑意，安慰她："哥不会有事，你放心。"

"橙橙呢？"关洁闭了闭眼，压制住内心的恐惧，转移话题。

"警察已经将她安全送回家。张远连同他的小弟全被抓了进去，还有……阿姨刚上完药，在找你。"

这场事故本就因关珍容而起，她难道不会愧疚吗？

关洁深吸了口气，擦干眼泪，扶着墙站起身，一瘸一拐地走向另一侧走廊。

刚走到楼梯拐角，关洁就碰到关珍容鬼鬼祟祟走了上来。

她刚刚被捆住手脚，嘴巴被堵住，还被人喂了药，直接晕死过去，去派出所做完笔录才知道后续发生了什么事。

她也是第一次遇到这种情况，十分惊慌，以至于关洁审视地看向她时，她下意识地抖了下肩膀。

关洁见她面色露出惧意，忍不住嘲讽："关珍容，你现在知道害怕了？你知不知道你惹了多大祸事？这是最后一次！我以后不会再管你死活！"

关珍容被吓到，下意识地反驳："也不全是我的问题。"

关洁立马反问："那是谁的问题？我的、慧珍姐的、橙橙的，还是谁的？"

"反正不光是我的问题。"关珍容脸色一白，"我前两天看到周渝了，就潘家伟那个助理，那助理跟张远有交集！

"让我赌博欠高利贷、诱惑我吸毒的人肯定是周渝！

"不然他为什么要把一大笔钱递给张远，我今天本来是想找张远问清楚的，谁知道出了这档子事。

"要怪就怪张远太心狠，怪我干吗！"

关洁被关珍容气到脑门疼，她深吸几口气，顿了好几秒才抓到重点："你吸毒？关珍容你——"

"我不是都说了嘛，我是被张远诱惑的，我哪知道它是毒品……"

关洁懒得再说，转头找陈川拿手机报警。

"你自己犯的罪你自己去戒毒所反省吧你！"关洁气急败坏地警告关珍容。

关珍容是真害怕，下意识地要跑，还没跑出去就被陈川抓住。她吓得一股脑全说了出来："肯定是潘家伟搞的鬼！一定是！他容不下我们母女，想要我们躲得远远的！

"关洁，你信我这一次，信我这一次。一定是他！我了解他这个人，他太狠了，当年我不愿意离开，他就威胁我。你上次在北京招惹他，肯定惹怒他了，所以这两年才让张远来折磨我们母女。"

陈川听得迷迷糊糊，想要去看关洁的反应，却见她满脸冷漠地盯着关珍容，最后冰冷地说："关珍容，我再也不会见你。潘家伟的事也用不着你操心，我会去查明真相。"

说到这儿，关洁忽然发火："你少做点嫁入豪门做富太太的梦，也不会像现在这样！"

关珍容被关洁最后一句话震到发不出声。

八个小时后，手术室大门打开，医生走出来。

关洁听到那句"病人手术成功"，一下经历大喜大悲，整个人反应不过来，瘫坐在走廊喘不过气。

陈川也松了一口气。

半夜，关洁坐在病房，目光呆滞地看着躺在病床上，插着氧气管、面无血色的祝政，之前的恩恩怨怨好像都不重要了。

她只要，他好好活着就好，其他的，都不重要了。

她想要他活着，活得好好的，活到长命百岁。

半夜，关洁裹着祝政的外套，蹲坐在医院楼梯口，垂低脑袋，一口接一口地抽烟。

抽到麻木，连烟灰烫到手背她都不曾察觉。

她身上的伤还没处理，青一块紫一块，外面不合身的棕灰色大衣血迹已经干涸，穿在身上看着十分骇人。

她没心思去处理这一身狼狈。

路人看到她这副样子，纷纷绕开她。

祝政还没清醒，关洁时不时进去坐一阵儿，只是坐久了，她就止不住地心慌。

也不是没有看过祝政狼狈不堪的模样，只是这次，差点出人命，她多少有股死里逃生的后怕感、恐惧感。

她需要很长的时间去消化这件事，去重新审视、架构她跟祝政接下来的关系。

或许生死相随，或许老死不相往来，或许就这样无名无分纠缠不清。

下午她抽空给周慧珍打了通电话，询问橙橙的情况。周慧珍说橙橙没事，只是被人带去游乐场玩了一圈。

警察送橙橙回来时，橙橙还说下次想再去游乐场玩。

到底是个小孩子，哪知道她刚刚经历了一场劫难。

周慧珍让关洁别太担心，好好养伤。

警察赶到时，周慧珍亲眼瞧见院子里的惨状，只觉得这姑娘活得太累，希望她后半生能平安无事。

关洁一字不漏地听完，忍住眼眶里的热泪，哽咽地说了声"谢谢"。

周慧珍忙说不要客气，还问了几句关珍容的后续。

知道关珍容进了戒毒所，周慧珍又是叹气又是感慨，还安慰关洁不要太难过了。

关洁不想多提关珍容，随便应付两句便把事揭了过去。

祝政这一出事，后续的很多事情都落在了陈川身上。

他在医院、酒吧、派出所、家里几头跑，刚给祝政送来几套换洗的衣服，现在又去派出所配合做调查。

张远这一刀差点要了祝政的命，这事肯定不会这么轻易过去。

为了稳妥，陈川又找了上海最好的律师来协助警方和检方，律师叫周远鸿，关洁之前跟他在医院见过一面，周瑶的堂哥，也是祝政的大学好友。

周远鸿得知祝政是因为一个女人弄成这样，满脸的不赞同。

到医院探望祝政时，周远鸿看到关洁，短暂遗忘自己的律师职责，朝关洁轻飘飘地说一句："如果跟他谈恋爱的人是我妹妹，她一定不会让他躺在床上生死未卜。"

彼时关洁靠在门口的墙壁上，迎上周远鸿的质问，脸上只剩歉意、难堪。

离开前，周远鸿用录音笔记录完这起事件的起因经过结果，胳膊夹住公文包，路过她时，交代两句："我会让这个张远以及他的小弟后半生都待在里面反省。你如果真的心疼祝政，就对他好点吧。"

关洁哑口无言，不知道如何回应周远鸿。

周远鸿也没指望关洁说出什么好听的话，没等她回应，直接出了病房。

祝政醒来时已经接近天亮。

他睁开眼，第一眼瞧见的人便是关洁。

她坐在病床旁边的椅子上，蜷着背，时不时抬手擦一下眼睛。

祝政看了好一会儿才看清她在擦眼泪。

她状态很差，从出事到现在没进一粒米、一滴水，整个人面色惨白，十分狼狈。

她眼神空洞、呆滞，像没有生命的牵线木偶。

祝政戴着氧气罩，手背插着管子，周围全被医疗仪器包裹，他尝试出声叫关洁，喉咙却像被什么堵住了似的，怎么也发不出声。好在手能动，他伸出手去触碰关洁。

关洁猝不及防，抬头对上祝政的目光，顿时鼻子一酸，热泪止不住地往下掉。

之前强忍的情绪突然在此刻崩溃、爆发，关洁放声大哭，一个劲地说："对不起、对不起、对不起……祝政，我不是故意的。我真的不知道……不知道会这样。

"我不敢报警，呜呜呜……橙橙才五岁，他们绑了她，还有慧珍姐。她从小照顾我，给我做饭、送水果……我真的不敢赌……

"我一点都不怕死……可是他们举着手机、扒光我衣服那刻，我真的慌了，这比死更可怕……

"我没想到……那一刀差点要了你的命……"

关洁泣不成声。

她好似突然找到一个发泄口，可以肆无忌惮地倾诉，可以剥开自己的伪装发泄情绪。

祝政望着哭到不能自已的关洁，忽然意识到，她也没他想象的那么坚强。

他扯了扯嘴角，轻轻抚摸她的手背，努力安抚着她。

祝政醒过来后，关洁紧绷的情绪终于得到松弛，趴在祝政病床边睡着了。

她睡得很不安稳，接连做了好几个噩梦，还时不时说梦话。

祝政情况好转，摘了氧气罩打电话给陈川询问后续。听到动静，他转头看了眼满脸不安的关洁，跟对方随便说了两句便挂了电话。

通话结束，他放下手机，打量了一番梦里都睡不安稳的关洁，拧眉，伸手碰了碰关洁的额头，这才发现她额头滚烫，在发高烧。

祝政急忙摁铃叫医生，检查后才得知她伤口发炎，已经烧到 39℃。

又是忙碌的一宿。

祝政一直没敢合眼，守到第二天中午，等得到关洁烧退了的消息后才放心合眼。

祝政在医院待了将近一个月，最后实在待不住，让陈川办理出院手续回家休养。

办理手续那天，关洁回家随便收拾了几套衣服，打算搬到祝政公寓去照顾他。

朱真不知道这件事的具体情况，只知道那天关洁彻夜未归，回来时，全身是血，看着很是吓人。

朱真满脸紧张地问原因，关洁只无力地笑了一下，说这些都不是她的血。

后来朱真去医院探望才知道，那身血是保时捷车主的，为了救关洁腰腹中了一刀，还差点丢了命。

针对关洁搬去祝政公寓的事，朱真只有一个想法——有情人终成眷属。

所以关洁走的那天，朱真趴在门口，盯着正收拾衣服的关洁，笑着开玩笑："这次搬了，应该就不会回来了吧？"

关洁装衣服的动作一顿，她似乎没想到这一步："看缘分吧。"

走之前，关洁特意将自己用了几年的吉他也一同带了过去。

祝政有意在这段时间拉近他俩的关系。

他开始学着讨好关洁。

知她带了吉他过来，祝政主动提了句："唱歌吗？"

彼时关洁端着一碗药搁他面前，面不改色地说："你把药喝了我就唱。"

一向不爱喝药的祝政，听到这话，眉都不皱地端起药碗，捏住鼻子，一股脑灌进喉咙，喝得一滴不剩。

关洁意外地看了他一眼，愿赌服输地上楼拿吉他。

临近四月，上海气温回暖，完全可以脱掉羽绒服、大衣，只穿件薄外套或者毛衣。

那天下午，还出了太阳。阳光顺着落地窗钻进客厅，悄无声息地洒在地板、沙发，落在两人身上。

关洁盘腿坐在沙发，抱着吉他，迎着阳光，抬眼问对面抱着手机打字的人："想听什么歌？"

祝政忙着看网友回复，头也不抬地回："随便。"

关洁垮下脸，拒绝："没有随便。"

祝政这才移开眼，抬眼看向对面的关洁。阳光洒在她肩头、脸上，镀了一层暖金，显得轮廓都柔和几分。

她穿着月白色长裙，抱着吉他，短发别在耳后，露出光洁、清冷的脸，整个人像是从迷雾森林里走出来的麋鹿。

一半不食人间烟火，一半饱尝人间苦难。

那股矛盾感不减反增，在她身上融合得越发成熟。

祝政滚了滚喉结，费了半天劲才想出一首他熟悉的歌名。

是首粤语老歌，他小时候去外婆家，外婆总爱哼这首。

关洁没听过，她的手机在楼上没拿下来。她懒得上楼，顺手捡起祝政搁在茶几的手机，准备搜索那首歌的歌词。

手指刚落在搜索栏，还没来得及搜索，她一眼瞧见祝政之前的搜索记录：

【如何爱一个人？】

【怎样才算爱人？】

【追女生需要做些什么？】

…………

关洁舔了舔嘴唇，装作没看见。搜索出歌词，她将手机放在膝盖，抱着吉他跟着谱弹唱。

祝政坐在对面，安安静静地看着她。

这样的场景他见过无数次。

他曾经习以为常的事，如今再看，仿佛有了新的意义。

帖子里，有人回一日三餐皆是爱情，有人说爱她所爱、想她所想，有人答只有灵魂契合才是爱情的最终归宿。

祝政之前从未想过，他有一天，居然会在网上提问如何爱一个人。

养到第三周，祝政实在在家憋不住了。

当天晚上，祝政拉着关洁，开车直奔酒吧。

自从那次祝政教训完酒鬼后，酒吧生意奇迹般地火起来。

甚至掀起一阵传闻，说 DEMON 酒吧老板是个很宠员工、很护短的大帅哥。

来 DEMON 的客人分两类：一是来追驻唱歌手的，二是来追酒吧老板的。

祝政后来听到传闻，冷笑一声，回："那真不好意思，这辈子，老板她追不到，驻唱歌手他也追不到。"

一进酒吧便是铺天盖地的音浪，关洁很是熟悉。

她已经好几个月没进过酒吧，一进来就觉得身上的音乐因子全被酒吧气氛炸醒。

祝政还没完全康复，关洁一进酒吧，就到吧台嘱咐陈川不要给他酒。

祝政差点气笑，问他不能喝酒来酒吧干吗？

关洁理都没理，钻进吧台，亲自替他调了杯柠檬水搁他面前，示意他喝这个。

祝政盯着眼前的柠檬水，端起杯，不情不愿地喝了口。

陈川瞧见两人的气氛变化，忍不住打趣："哥，这还没结婚呢，就妻管严了？"

祝政睨他一眼，满脸不爽："滚蛋，谁妻管严了？"

关洁假意咳嗽两声，抬手拍拍陈川肩膀，凑他耳边吐槽："你祝哥在家闲出病来了，别招他，小心他找你出气。"

祝政"啪"地放下玻璃杯，视线在他俩身上睃了一圈，笑骂："呵，当我死了？说说，有什么话是我不能听的？"

关洁懒得搭理祝政，钻出吧台，找人将架子鼓抬上台，今晚准备唱两首，毕竟好不容易来一趟酒吧。

祝政见她直接略过他，忍不住皱眉，扭头问陈川："她跟你说什么了？"

陈川摇摇头，一副不出卖队友的表情："……没说什么。"

祝政冷冷地瞧陈川一眼，端起关洁特意给他调的柠檬水，仰起脖子，一口干完，而后目光一直定在关洁身上，见她指挥人抬架子鼓，见她调试音响，见她坐在椅子上，拿着棒槌兴奋地敲击架子鼓。

猛然间，祝政想起一件事。

"前不久来酒吧跟关洁合唱那小男生，叫什么来着？"

陈川正在给客人调酒，闻言手一抖，酒水洒在吧台上。

祝政转过身，双手撑在吧台，皮笑肉不笑地问："听说关洁还夸他唱得好？还教他弹钢琴？"

"啧，这一看，我情敌还挺多。她真是魅力四射啊！"

陈川算是明白什么叫谈恋爱降智了，这不就是典型的症状？

还秋后算账，胡乱猜测。

要都像他这样，单身也挺好的。

陈川难以言喻地看了祝政一眼，试探性地问："哥，我记得你伤的是腰，没伤着脑子吧？"

祝政无视陈川的问话，反扎一刀："也是，不该问你，你一单身狗知道什么。"

陈川脸上的笑容差点没维持下去。

替客人调好酒，陈川连忙躲开祝政，生怕殃及池鱼。

台上，关洁玩得正嗨，似乎没了顾忌，玩起来格外尽兴，连唱三首摇滚乐。唱到最后，她还脱掉身上的外套，露出里面的紧身背心。

她取下鸭舌帽，拿在手里，意气风发地甩了两圈，站起身，在唱台上跳两圈，笑着将鸭舌帽丢下台。

底下一堆人哄抢鸭舌帽。

捡到鸭舌帽的幸运观众，举高手臂，激动大喊："关洁，老子爱死你了！"

"啊！我也爱！"

"老婆！我也爱！"

"啊！"

…………

祝政听到"老婆"两个字彻底不淡定了。

他扫视一圈底下的观众，拧眉看向台上不停散发魅力的女人，低声咒骂："那是我的。"

关洁仿佛回到了几年前，她在酒吧肆意妄为的那段日子。

她举高话筒，肆意喊麦，鼓动底下的观众一起唱一起嗨。

嗨到兴奋处，她握着话筒，大声唱了一首英文歌。

祝政一听不淡定了，这不是之前跟那小男生合唱的那首？

唱到尾声，底下一片沸腾，纷纷发出"我爱你"的欢呼。

祝政揉了揉眉心，站起身，走过一排排桌椅，径自走上唱台。

关洁还在找下一首歌，听到动静，下意识地扭过头。

只见祝政面带笑意地朝她走近，没等她反应，他已经拿过她手里的话筒。

祝政握紧话筒，搂住面前的人，居高临下地扫视一圈台下的人，似笑非笑地说："不好意思了，这位已经名花有主。

"夺人所爱好像是有点不道德，但是——我乐意。以后也别'老婆老婆'地叫了，都让你们叫了，我叫什么？

"也不劳各位费心，你们叫她'老板娘'就行。以后 DEMON 酒吧她是老大，全酒吧的人都听她的。"

说完，祝政无视底下鸦雀无声的人群，略带歉意地说："实在对不住各位，我今晚就献丑唱一首，给各位赔礼道歉。"

他满嘴抱歉，眼里却看不到一点歉意的影子，反而满是得意。

关洁一时间不知道该如何反应，等反应过来，歌曲前奏已经响起，祝政选了陈小春的《相依为命》。

祝政不怎么唱歌，可每次唱都能给她惊喜，这次惊喜更大。

他唱歌的嗓音很深情，轻而易举让人掉入他精心编织的陷阱。

这首歌似乎为他量身定做，他唱起来毫不费力，甚至能跟专业歌手媲美。

　………

即使身边世事再毫无道理，与你永远亦连在一起
你不放下我，我不放下你，我想确定每日挽住同样的手臂
　………

这一生，我以婚姻作赌注，圈你往后余生，赌一句天长地久
只问你，问你，敢不敢，与我做媒成完美情人

第15章
与我做媒成完美情人

祝政这场高调告白很快火遍各个蹦迪群，视频更是被酒吧发烧友广泛转载朋友圈，甚至配了各种各样的文案来解说这段表白。

有人说：【论浪子回头，还得看 DEMON 酒吧老板。】

有人说：【这辈子，这样高调、浪漫的告白，我只见过这一次。】

也有人说：【男人看了沉默，女人看了流泪。】

而传闻正主，此刻坐在酒吧卡座，指间捏着烟，好整以暇地瞧着关洁手里未开封的整瓶威士忌，笑眯眯地问："你今晚打算醉死在这儿？

"大晚上的，要是遇上不要脸的，DEMON 可概不负责。

"啧，自负盈亏啊。

关洁没搭理祝政的扯皮，找陈川拿了开酒器，对准瓶口，大拇指稍微用力，"啪嗒"一声，瓶盖弹出几米远，瓶口冒出丝丝冷气。

酒瓶打开，关洁端起桌上的玻璃杯倒了一大半，而后加两块冰块、一片柠檬片，晃动一圈杯子，张开嘴慢慢抿了一口。

关洁端着酒杯，抬起眼，不慌不忙地扫了眼对面张开双臂、搁在沙发扶手的男人。

她站起身，绕过圆桌，一屁股坐到祝政大腿上。

男人拿烟的手稍微往外移了移，避免烫到她，另一只手顺势搂住关洁的腰肢，抬起下巴，似笑非笑地盯着她。

关洁灌了口酒，搁下酒杯，捧住祝政的脸，对着祝政的薄唇亲了下去。

口腔里的威士忌也全数度给祝政，祝政猝不及防，辛辣的酒水突然钻进口腔、喉咙，呛得他差点咳出眼泪。

他好不容易缓过来，关洁无视他的狼狈，端着笑脸问他："酒好喝吗？"

祝政手一抖，烟灰落到手背，烫得他直皱眉。

祝政咬牙切齿地回："好喝。"

关洁若有所思地"哦"了一声，凑上去，手指抓住他的头发，偏头凑近他的脸，盯着他眉骨的痣，质问："谁是你老婆？

"你求婚了？

"我答应你了？

"我记得你还在考查期，是没资格宣示主权的，所以——"

落在腰间那只手臂突然收紧，关洁本能顿住，刚想说话，头顶的人忽然正色道："我还欠你一个解释。"

关洁挑眉："嗯哼？"

祝政收起脸上的戏谑，狠狠吸了一口烟，滚动喉结："这个解释我先欠着，等我想通了，再还你。"

见他没开玩笑，关洁"哦"了一声，端起玻璃杯灌完剩下的酒，神色认真道："行，我等着。"

酒吧今夜营业额飙升十几个点：一是因为祝政的表白刺激了消费；二是新晋酒吧老板娘心血来潮，重操旧业，站在吧台调酒惊煞众人。

疯到半夜，关洁又困又累。

等客人散得差不多了，关洁丢下手里的活儿，钻出吧台去找祝政。

他懒懒散散地瘫在沙发上，肩膀上披着外套，合着双眼在打瞌睡。

这样嘈杂的环境都能睡着，关洁还真是佩服他。

关洁无奈地笑笑，掏出手机，点开相机，默默拍了张照片。

照片里，男人合着眼，身上披着深灰色风衣，头发因为睡姿问题翘起好几根，显得慵懒散漫，睡颜安静、英俊，很像偶像剧的男主角。

怕他着凉感冒，关洁收好手机，推他起来。

祝政起床气很大，睡到一半被吵醒，整张脸都是黑的，看见罪魁祸首是关洁，既不能骂又不能打，只能憋屈忍着。

以至于回去路上，陈川开车，祝政时不时朝人骂一句："你是蜗牛啊？"

"……"

没一会儿，他又是一句："你当这是飞机呢，还飙快点，是不是能追上火箭啊？"

"……"

下一秒，他又作起来："得，你是大爷，敢情我花大价钱请你来是专程受气的？"

"……"

陈川被骂得狗血淋头，左也不是右也不是，差点停车罢工。

关洁掐了把祝政的肩膀，提醒他别太过。

祝政这才消停点。

陈川透过后视镜给关洁投以感激的笑。

祝政瞧见这幕，又发癫："你俩是巴不得我死是吧？眉来眼去干吗呢？要不要我把遗产全留给你俩，我去找个角落死了算了？"

关洁："……"

陈川："……"

她发誓，以后再也不去招惹没睡醒的男人。

周二上午，周远鸿亲自上门找祝政。

两人在书房待了将近三个小时，不知道聊了什么。走的时候，周远鸿欲言又止地看了关洁好几眼。

关洁隐约意识到他俩谈的内容里或许有她。

晾好衣服，关洁主动上楼到书房找祝政，推门进去，他正在打电话。

瞥见她进来，祝政顿了半秒，跟电话那头说了句待会儿再聊，便挂了电话。

关洁站在门口，扫了一圈书房的环境，瞥见他桌上摆放的亲子鉴定，关洁下意识地舔了舔嘴唇。

祝政拉开椅子站起身，走到关洁旁边，伸手揉了揉关洁的脑袋，波澜不惊地问："找我有事？"

关洁推开祝政的胳膊，自顾自地走到书桌前，捡起上面的鉴定报告，看都没看，直接问："是我跟潘家伟的亲子鉴定？"

祝政神情滞了一下，抬手摸了摸鼻梁，语气有些不自然："是。刚刚周远鸿连同法院传票一同送过来的，我还没来得及看结果。"

"不用看了，我跟他没有血缘关系。"关洁拿起亲子鉴定报告，对折两下，然后将那份报告撕成碎片。

祝政站在原地没动。

她还不罢休，拿起桌上的烟灰缸，将碎纸丢到烟灰缸里，偏头问他："有打火机吗？"

祝政微微动了动嘴唇，最后什么也没说，从裤兜里掏出打火机递给关洁。

"啪嗒"一声，关洁点燃打火机，将碎片烧了。

火光照在关洁的脸上，红澄澄的一片。

关洁蹲在地上，目不转睛地盯着火堆，直到纸片彻底燃烧殆尽，成了一地黑灰，她才站起身。

她将烟灰缸里的灰烬全都倒到垃圾桶，随后拿纸擦了擦手，转身靠坐在书桌上，双手撑在桌沿，面色平静地说："2017年冬，我在北京做过两份亲子鉴定，一份真的，一份假的。真的那份显示我跟潘家伟毫无关系，假的那份显示我和他是亲子关系。"

祝政隐约意识到她要说什么，面上多了两分难堪。

"我那天在酒吧，偶然听到潘家伟跟他助理周渝商量……如何整你。我录了音，离开时不小心撞到人，他出来看到我了。

"关珍容年轻时跟不少人谈过，潘家伟就是其中一个。关珍容想上位，管不了那么多，一怀孕，就说是潘家伟的，她想坐上潘太太的位置。

"她太蠢了。潘家伟这样的人怎么可能容忍女人骑在他头上，她居然还想用肚子里的孩子威胁。

"潘家伟以前也做过亲子鉴定，不过都被关珍容糊弄过去了。

"他恐怕至今都以为我是他女儿，可惜，不是。当初你跟他做生意，我阻止不了你，却也不想他太得意。

"我拿那份假的亲子鉴定报告威胁他，让他放你一条生路。

"很可惜，没成功，反而让他变本加厉。

"我也没想到柯珍会……成为那场事故的受害者。我内心深受谴责，无法自度。我走南闯北，到处祈福、拜佛，只想让自己好受点。

"我对不起你，也对不起柯珍……我留了一份录音，你要是觉得有用，就拿去用吧。"

关洁首次揭开两年前的真相，内心既忐忑又没底气。

她深知这样的事故背后不只是她一个人的责任，参与这件事的人，除了柯珍，每一个都是罪人。

祝政闭了闭眼，深吸一口气，面带平静地问："你什么时候知道的？"

关洁抿了抿干涩的嘴唇，有些难以开口："就在你跟潘家伟签完合同那天。我想阻止你，但是你看到我跟潘家伟从车里出来，以为我跟他……那天你大发雷霆，我没来得及说。

"等我有机会的时候，悲剧已经发生了。"

祝政没吭声。

他站着几分钟，掏出手机，拨了一通电话出去。没等对方说话，他冷不丁地开口："别等了，尽快安排。"

电话结束，祝政抬头看她一眼，想说点什么，却又说不出口。

到最后，祝政用力搓了搓脸，手忙脚乱地交代关洁："你先忙你的，我冷静冷静。"

关洁无声无息地望了望他，站直身，走出书房。

下午，朱真发微信给关洁，问她能不能回出租屋一趟。

关洁无事可做，朱真的消息正好给了她一个借口。

祝政待在书房一直没出来，关洁到卧室换了套衣服，站在走廊犹豫几秒，还是走到书房门口，敲响门。

"有事？"里头传来一道寡淡的问话。

关洁缓了缓呼吸，出声："我出去一趟。"

"吱呀"一声，书房门打开，祝政手撑在门沿，居高临下地扫视一通关洁，见她收拾得干净利落，边上还放着行李箱，祝政拧眉问："去哪儿？"

"唔，回一趟出租屋。朱真找我有事。"

祝政一言不发地盯着行李箱，追问："要拿行李箱？"

关洁顺手提起行李箱，解释："顺便装点衣服，我晚上回来。"

祝政紧绷的情绪骤然松懈："我让陈川送你？"

关洁摇摇头："我打个车过去就行，不用麻烦他。"

祝政俯身捏住关洁的下巴，低头亲了亲关洁的嘴唇，低声交代："注意安全。"

"没事……别担心。"

祝政伸手将人揽入怀里，大手贴在她的后脑勺，语调平静道："这事儿跟你没关系，别把责任往自己身上揽。这些罪，我一个人受着就好，用不着你替我分担。"

关洁脊背猛地一僵，她伸手环住祝政的腰，脸贴在他的胸膛上，闻了闻他身上淡淡的烟草味，声音低哑道："祝政，你不是一个人。你还有我。"

祝政没说话，只是扶着关洁的肩膀，将她深深嵌入怀里。

抱到最后，祝政右手牵着她的手，左手提着行李箱陪她下楼，将她送上出租车才离开。

关洁降下车窗，回头看祝政。

他站在西风里，站在梧桐树下，站在空荡荡的路口，安安静静地感受着寒冬的离去、暖春的到来。

朱真要搬去跟杨竞文住。

关洁得知这消息，满脸惊讶。

她站在朱真卧室门口，看朱真有条不紊地收拾行李，语气迟疑地问："你跟杨竞文和好了？"

朱真折叠好毛衣，仰起笑脸，语调轻快道："对啊，前几天复合了。

"杨竞文跟我保证这辈子都不会再出轨了。还说今年冬天会跟我父母提亲，要八抬大轿娶我进门。

"他马上参加比赛，我搬过去跟他一起住，好照顾他。

"昨天我们一起去看了套两居室，杨竞文打算买下来做婚房，房产证上写我的名字。还把工资卡给了我，说以后他赚钱养我。

"对了，他去提车了，待会儿过来接我。西西，我们一起吃个饭吧？你还没跟他正式打过招呼，这次就当庆祝我乔迁之喜？

"还有，房租我补付了一年，这次就不用平摊啦。我都替你付了，就当答谢你这两年的照顾。西西，我会很想念你的。无论我们身在何方，你永远是我最好的朋友。"

朱真断断续续说了很多话，其中有关杨竞文的说得最多。她好像很开心，提起杨竞文时声音很轻快。

她面带笑容地描绘她跟杨竞文接下来的幸福生活，想象着搬到新家后的改变，以及她去现场看杨竞文比赛的场面。

甚至提到了林贞贞。

"她现在好像挺不好受的，黑粉天天骂她小三，连带着杨竞文的粉丝也跟着骂她。我其实已经不恨她了。"

说到最后，朱真忽然问关洁："西西，你是不是觉得我挺贱的？杨竞文这么对我，我居然还跟他复合，是不是挺贱的？"

关洁不知如何评价，她从来都觉得，感情是两个人的事。无论结果怎样，一个愿打一个愿挨，只要双方能承受各方面的压力就好。

只是关洁对这个开朗、善良的小公主多少有点私心。

她抿了抿嘴唇，走上前，蹲在朱真身边，偏头望着迷茫、不知所措的小公主，摇头："我认识的真真从来都是一个温暖、善良的人。"

朱真双手抱住关洁的脖子，趴在她肩膀上，"哇"地哭出来。

她哭得很伤心，滚烫的眼泪掉在关洁脖子上，灼得关洁心疼。

关洁轻轻拍着朱真的后背，温和地开口："我只希望真真不要为了报复一个人放弃自我。"

朱真抹了抹眼泪，故作镇定地说："我没有哦，我是真的想给他一个机会。"

关洁见她心意已决，也不再劝她。

朱真的东西多，尤其是化妆品，一大堆。

她把好的全留给关洁，次一点的打包好收进垃圾桶搁在门口，等杨竞文上楼拿去扔了。

收拾一下午，朱真带走的也就两个二十六寸的行李箱，一大部分被她扔的扔、捐的捐，还有的她打包寄回了家。

杨竞文打来电话，说十五分钟左右到达。

这是杨竞文跟关洁第一次正式见面，之前关洁要么在朱真口里听说，要么在视频里看见。

他长得很阳光，小麦色肌肤，五官不算太突出，但是很有型，属于小女生喜欢的长相类型。

单从外形看，杨竞文其实跟朱真很搭。

杨竞文认识关洁，知道她是个小有名气的歌手，也知道她是朱真的室友。

只是第一次见面，他多少有点窘迫。

关洁属于疏离冷淡型，虽然漂亮，但是男生望而却步的类型。

简单来说，就是气场太强，hold 不住。

以至于进门时，杨竞文只跟关洁对视一眼，便习惯性地挪到朱真身边，低声问她还需要帮什么忙。

朱真指了指门口的几袋垃圾、卧室里的两个大行李箱，示意他先把垃圾丢了，再上楼提行李。

杨竞文挠了挠头，将刚点的两杯奶茶搁在茶几，提醒朱真趁热喝，自己下楼丢垃圾。

给朱真点的是她喜欢喝的珍珠奶茶，给关洁的则是中规中矩的原味。

朱真捧着奶茶喝了两口，看了眼空荡荡的门口，声调平和地说：“你说这人贱吧，他又记得我所有喜好。难怪我一而再再而三地原谅他。”

关洁无声地笑笑。

杨竞文跑第二趟时，朱真、关洁也跟着下楼，三人打算去外滩附近的餐厅吃顿饭。

路上祝政打电话过来查问行踪，关洁解释朱真请她吃饭，可能晚点回去。

祝政回了个好，让她吃得愉快。

朱真听到动静，扭过脑袋，小声问她：“保时捷车主要一起吗？”

彼时电话还没挂，关洁想了想，下意识地回绝：“他刚吃，不饿。”

祝政听到关洁的回答，不自觉地笑了声，压着嗓子问她：“你倒是挺会替我安排，我有说我吃了？”

关洁没接茬，飞快地挂断电话，又觉得自己做得太过分，拿起手机，点开微信给他发了条信息：【你可以点外卖或者出去吃。我这儿气氛不行，怕你吃得不开心。】

祝政：【好话都让你说了，我还能说什么。】

关洁：【也可以让陈川给你送，或者等我回家做。】

祝政：【饿死我算了，不用管我。】

关洁：【……那你现在过来？我请你吃？】

祝政：【嗯。】

关洁无语。

她随便客气客气，他还真顺杆往上爬了。

祝政要过来，关洁也不好意思让朱真请。关洁想了想，跟朱真说："待会儿他要过来，这顿饭就我请，下次你再请，好不好？"

朱真眨眼，显然不太赞同："多一个人也不是吃不起呀，说好了我请客啊。"

关洁握了握手机，组织语言："他这人有点难伺候，我怕待会儿吃得不愉快，大家都不开心。"

朱真："唔，那好吧。不过我能理解。"

关洁纳闷："理解什么？"

朱真大谈特谈："开保时捷的男人挑剔点怎么了？还有，他那张脸就是挑出花儿来，我也觉得合理。"

关洁："……"

祝政在上菜前五分钟赶到餐厅，他推门进来时，带了不少凉风。

他出门得急，穿得不算正式。

棕灰卫衣配深色休闲裤，鼻梁上架了副平光眼镜，整个人气质都变了，显得温润、柔和很多。

他一进门，站门口扫了一圈包间环境，而后直奔关洁旁边的位子。

关洁正在拿杯子倒茶水，察觉到动静，扭头看了眼人，略带惊讶道："这么快？"

"南浦大桥堵了几分钟，不然更快。"说着，祝政自来熟地拿过关洁刚倒好的茶，仰头喝了几口。

关洁不着痕迹地瞟他一眼，视线落在他手里的茶杯上，默默摇头。

没看到杯口有口红印吗？

朱真瞪大眼，好奇扫了扫两人的小动作，面带笑容地打招呼："你好，我叫朱真，是西西的室友。这是我男朋友杨竞文。呃，很高兴认识你——保时捷车主。"

祝政掀了掀眼帘，笑问："保时捷车主？"

朱真端起茶杯，微微地抿了两口，不好意思地说："嗯啊，之前在高铁站看到你开着保时捷……又不知道你的名字，所以就用'保时捷车主'代替……"

祝政主动站起身，伸手同朱真握了握，自我介绍："我叫祝政。朱真是吧，很高兴认识你。"

握完，他抬眸扫了眼对面表情尴尬的杨竞文，他态度疏离、礼貌地问了声好。

关洁之前点了一次单，点的全是朱真他们喜欢吃的，怕祝政不喜欢，又让服务员将菜单递给祝政，重新点。

祝政翻了几页菜单，没找到想吃的，随便点了两样，只是这次没碰海鲜。

菜上桌，两位女士边吃边聊，聊的大多是些无聊的八卦，以及影视剧。

祝政插不上嘴，坐在关洁身边，时不时替她夹两箸菜。

不知道聊到哪部电视剧，话题突然转移到了江维的身上。

朱真咬着筷子，满脸可惜地说："上次我看到江维还后悔没找他要签名，没想到两个月不到，他就负面新闻缠身几乎隐退了。

"他演技、唱歌都挺好，妥妥的实力派，落得这么个结果，实在太可惜了。"

关洁并不知道后续，听朱真这么一说，下意识地偏头瞟了眼祝政。

他垂着眼，夹了块排骨，认认真真吃着，从关洁的角度看过去，只能看个侧脸。

这顿饭最终由祝政买单。

关洁连支付码都弄出来了，结果祝政掏出一张黑金银行卡递了过去。收银员笑意盈盈地接过卡，还笑着打趣："男朋友买单天经地义，女士就不用推辞啦。"

付完账，祝政接过卡，伸手揉了揉关洁的后脑勺，揶揄："听到没，男朋友买单天经地义。"

关洁无言以对。

回去的路上。

关洁坐在副驾驶座，手指握着安全带，面带犹豫："江维……"

话还没说完，祝政出声打断："我没工夫管他，计安邦不会让一个演艺圈的做他女婿，这次栽了跟头，自然不会放过江维。"

关洁叹了口气，感慨："挺可惜的。他是个好演员，也是个好歌手。"

祝政偏头瞧了瞧关洁，似笑非笑地问："听你这语气，还挺喜欢他？要不我找个渠道，将他重新送上神坛？"

关洁想都没想，条件反射般地问："真的？"

祝政冷嗤："假的。"

"……"

后来计家垮台，江维真的重新登上顶峰，关洁还跟他合作了几次，写过一两首电视剧主题曲。

也是很久后，关洁才知道，计家倒台、江维东山再起，祝政在背后出了不少力。

关洁将近两周没有直播，今晚趁心情好，打算播一场。

她洗完澡，从行李箱里翻出一条草绿色长裙，戴上同色系大圆耳环，还化了个淡妆。

祝政人在书房打电话，她拎着吉他走下楼，用支架撑起手机，人坐在落地窗前的单人沙发上，调试完角度，摁下开始键。

直播间一如既往很是热闹。

有粉丝认出关洁的视频背景变了，追问她是不是搬了新家。

关洁没承认也没否认，只搂着吉他，问粉丝想听什么歌。

评论区被歌名刷屏。

关洁一一看过去，找了几首她熟悉的。

祝政结束通话时，正好听到关洁在唱《相依为命》。

他退出通话界面，点开直播软件，搜索关洁的账号，果真看到她在直播。

他顺便点进直播间，习惯性地送了几个"嘉年华"。

他送完丢下手机，踩着拖鞋下楼。

楼下，关洁已经唱到最后几句。

她抱着吉他，懒懒散散地坐在沙发上，喉咙溢出深情、沙哑的歌声。

在她嘴里，每个字都有自己的使命。

祝政站在玄关，插着兜，眼神深邃专注地盯着她。

最后一个尾音落下，关洁习惯性地端起水杯喝口水润嗓。

喝完，她刚准备放下水杯，一道高大的身影突然挡在眼前。

下一秒，男人双手捧住她的脸，不管不顾地亲了上去。

吻得很急，关洁只觉自己嘴皮都快被他咬破了。

他单腿跪在沙发上，弓着背，攻势凶猛地抬起她的下巴，力度更重、更深，席卷她的唇齿。

吻到最后，关洁招架不住，伸手想推开他。

没推动，关洁只好出声提醒："还在直播！"

祝政被她这么一吼，理智稍微回了点。只是欲望作祟，他挡在她面前，迟迟不肯动。

评论区早炸了锅。

粉丝叫得晕头转向，纷纷猜测这男人是谁。

有人凭着一个优秀的后脑勺、一双修长匀称的手以及祝政霸道索吻的姿势脑补了一出又一出的小说剧情。

有的甚至大喊继续继续，不要管他们，当他们不存在就好。

关洁呼吸紊乱，趴在祝政胸前，不肯看镜头。

祝政也好不到哪儿去，他单腿跪在关洁身旁，后背挡住摄像头，喘着粗气。

口红弄得到处都是，祝政滚了滚喉结，伸出指腹替她擦干嘴角的口红印。

弄完，祝政俯身亲了亲关洁嘴角，哑声说："我上楼洗个澡。"

等祝政离开，关洁也没脸面对铺盖天地的评论，匆忙结束这场直播。

奈何粉丝热情高涨，这场直播内容很快被转发。

一时间，全网都在发关洁在直播间跟祝政接吻的视频。

掀起不小的波浪，关洁的粉丝又涨了一波。

关洁结束直播，上楼去找祝政。

他还没从浴室出来，关洁没什么事做，转头去书房，打算写歌。

推门进去，关洁绕到书桌前，翻出 A4 纸，找了一支钢笔，掀开笔盖，准备把灵感写下来。

刚要写，关洁就瞧见了祝政摆在书桌上的手机。

屏幕还亮着，手机界面是她刚刚的直播页面。

关洁眨了眨眼，捡起手机看向屏幕，瞥到"赵四"两个字，她瞳孔微微一缩。

所以——

他到底瞒了她多少事？

关洁并没揭穿祝政，只是将手机放回原处，当作不知情。

如果他不想说，那她就把"赵四"当成一个熟悉又陌生的网友吧。

就像"再见赵四"一样，只活在网络，跟她本人始终有一层隔阂。

毕竟，谁都有阴暗面，谁都有不想被别人看见的一角。

祝政洗完澡出来，推开书房门就见关洁歪歪斜斜地坐在椅子上，手里拿着一支钢笔，在空白的 A4 纸上不停写画画。

边上、地上全是废弃的 A4 纸。

估计写得不太满意，每张纸上都划了好几条长痕，全是她舍弃的词句。

祝政轻轻地合上门走进书房，弯腰捡起地上散落的纸张，随便抽出一张瞥了眼。

上面洋洋洒洒写了几行字：

  我从未想过，我这糟糕透顶的一生，会有人心甘情愿为我买单

  如果时光拨回五年前，我依旧愿意选择遇到他

  我曾见过他最惊艳的年华，也曾见过他最糟糕的样子，见过他最难堪、最不为人知的一面

  我听过很多有关他的传闻，好的、坏的各一半

  有人诋毁，有人羡慕，有人恨不能将他打下地狱

  可这又有什么关系

  反正我还是会爱上他，反正大家都会死，爱个恶棍与我做媒成完美情人又怎样

祝政将那摞纸张抚平，小心地放置在书桌上。

关洁写得很投入，并没注意到祝政的到来。她咬着笔盖，姿态自如地坐在办公椅上，盯着写到一半的歌词不停地修改。

直到这首词彻底定下来，她才丢掉钢笔，双手扶住后脑勺，后背瘫在椅背，松懈地打了个哈欠。

等她回过神才发现祝政站在一旁，正拿着她刚写的词在欣赏。

他表情很平静，捏住纸张的手指修长、匀称，看着很像艺术品。

他目不转睛地看完那几行潦草的字迹，掂了掂纸张，评价："很不错。"

"初稿，还没来得及修……"关洁刚要跟祝政讲这词，话音未落，脸颊已经被一双沾着湿气的大手捧住。

紧跟着，一个滚烫、急切的吻朝她铺天盖地地席卷过来。

晚上十点，祝政又将歌词拿出来欣赏了一遍。

他盯着那张纸，兀自笑了一下，揉了揉泛酸的眉心，捡起手机，走到窗边拉开窗帘，抬眸看看不远处被霓虹灯染得五颜六色的天，心平气和地摁了个电话号码出去。

电话铃声持续了将近十秒才被那头接通。

电话里，赵娴温柔、亲近的语调缓缓溢出听筒："小四儿啊，大晚上怎么打电话过来？我刚准备躺下了。"

祝政握了握手机，深吸一口气，一字一句地开口："赵老师，我跟关洁在一起了。"

那头久未出声。

漫长沉默的等待让祝政整个人都陷入焦灼中。

这期间，他咽了三次口水，舔了四五下嘴唇，连手心都冒出几丝细密的冷汗。

他站在窗前，一次又一次地看着路口昏黄的路灯。

赵娴迟迟没有回应，祝政怀疑她是不是已经挂断，连看好几眼手机界面。

上面显示还在通话中，时间一分一秒地过去，谈话却没继续。

祝政站得腿脚发麻，转身走到书桌前，一屁股坐在办公椅上，随手打开抽屉，捡起里面的烟盒、打火机，心情复杂地点了根烟。

迟迟未得到回应，祝政心烦意乱，顺手将手机摁开免提丢在书桌上。他指间夹着烟，动作机械地往嘴里送。

烟蒂刚到唇边，那头忽然传来动静，祝政动作一滞。

电话里，赵娴斩钉截铁地说："四儿，我还是那句话，我不同意。"

意料之中的事情，祝政除了最初脸上划过一丝愣怔，他的情绪马上就恢复了平静。

他慢慢吸了一口烟，捏住打火机，指腹轻轻摩挲几下机身，见怪不怪地说：

"我知道，我早知道您是这个反应。"

赵娴沉默半秒，追问："你既然知道，何必打这个电话惹我不开心？"

祝政掐断烟头，扶着座椅扶手坐直身，他重新捡起手机贴在耳边，无奈地解释："我今儿打这电话，就是想跟您说一声我跟她在一起了，并没想过您会接纳她。

"当然，您如果真要以死相逼，那我也没办法。大不了您儿子这辈子就带着这一身伤，孤家寡人过日子也不是不行。"

赵娴被他说得迷迷糊糊，下意识地反驳："我是不同意你跟那歌手在一起，可没让你孤家寡人过日子！你这条件摆在那儿，有的是姑娘喜欢，还愁找不到媳妇？

"你甭给我偷换概念，当你妈小学毕业，没上过学？"

祝政掀开眼帘，盯着桌上的歌词，扯了下嘴角，语调淡淡地说："您儿子坐两年牢出来，全身上下都是病。除了她，哪个姑娘愿意嫁给一个不知道能活多久的病秧子？"

赵娴震惊："怎么会——"

祝政瘫在座椅上，无声笑笑，面色平和地说："您要不信，您自个儿问徐文远。我的身体状况如何，他一清二楚。我也不是跟您卖惨，就是想说，我这副病体，有人要就不错了。

"您可能不信，我如今还撑着这口气，就是因为她。

"您总说她这不行那不行，可是我出来这几个月，除了她，没谁让我好好活着，没谁让我不要再折磨自己，也没谁提醒我往前看。

"您是不是觉得您儿子是铁打的营盘？是不是觉得您儿子是金刚不坏之身不会难过？赵老师，您儿子也是个人。他也会痛、会难受、会想不开。

"珍珍死的时候，我恨不得把命赔给她。您以为我不愧疚、不痛苦吗？我痛得要死。我在里面整夜失眠，精神一度崩溃到不想活了。

"您能懂吗？您能懂那种——明明可以挽救残局，却硬生生错过的感受吗？珍珍有多无辜，我就有多该死。我受的这些罪又算什么呢？

"可是妈，我也是个人啊。我也想有个人能陪着我啊。

"我就这么一个愿望，可您恨不得亲手斩杀我所有希望。我能怎么办？我能跟您说你死你的、我爱我的吗？您要以死相逼，我能怎么办？"

赵娴被祝政这一番话说得哑口无言。

她压着哭声，问："你非要她不可是吗？"

祝政闭了闭眼，缓慢开口："是，非她不可。"

赵娴似是绷不住了，带着哭腔感慨："四儿啊四儿，怎么会这样呢，怎么会这样呢，怎么会这样啊？你到底都经历了什么啊？到底遇到过什么样的事，让你说出这样一番话啊？

"怎么就活不了多久呢？你明明三十岁都不到。

"你为什么要跟妈这么说呢，是想妈痛苦吗？小四，你让妈如何面对这个事实，如何面对我曾经生龙活虎的儿子变成如今这样。

"你跟妈说实话，你说的这些到底是为了骗我，还是认真的？"

祝政听着赵娴的质问，忍不住心悸。

他口中虽然大部分都是实话，可也存了几分私心，用了点苦肉计。

如今场面失控，他忍不住叹了口气，一边肯定，一边安慰赵娴不用太担心。

这通电话打了几十分钟，电话里赵娴的态度虽然不算明朗，却也没之前那么坚决。

祝政也说不清是好是坏，总觉得心里不怎么踏实。

电话挂断，他甩开脑子里乱七八糟的想法，将歌词顺手夹在书本里，推开椅子走出书房。

回到卧室，祝政脱掉浴袍，掀开被子一角，小心翼翼地躺上床。

屋里只剩床头柜的一盏阅读灯亮着，橙黄色的光打在关洁脸上，熨帖出几分柔和。

她睡得安稳，并没被祝政打扰。

祝政钻进被窝，动作轻而慢地搂过关洁的肩膀，将她一把抱在怀里。

感受到她的气息、体温，祝政那颗七上八下的心忽然踏实下来。

关洁并不知道昨夜发生了什么。

等她醒来，已经第二天中午，身边的位置已经冰冷一片，仿佛没人睡过。

关洁迷迷糊糊地睁开眼，顺手摸了摸旁边的枕头，察觉到枕头中间有凹陷的痕迹，不自觉地笑了一下。

洗漱完，关洁随便选了条裙子套在身上。

祝政出门了，关洁一个人在家，她下楼进厨房准备随便做点菜，却发现微波炉里有热粥、牛奶。

旁边便利贴上写着一行字：

　　趁热吃，我出去办点事，下午回来。

祝政的字写得很好看，练的行楷，跟他本人的气质不太搭。

关洁扯掉便利贴，将鸡肉粥、牛奶从微波炉里取出来端到餐桌。

拉开椅子坐下，关洁一手端着牛奶喝，一手拿着手机给祝政发消息。

关洁：【鸡肉粥你做的？】

那头秒回：【陈川买的。】

祝政：【起来了？】

关洁搁下牛奶，喝了口鸡肉粥，味道还不错，回：【嗯，刚起。你什么时候出去的？】

祝政：【九点。】

关洁瞥了眼时间，哦，现在都上午十一点半了。

祝政：【我中午有个饭局，你要饿了，去酒吧找陈川。车库有辆Q7，钥匙在楼上书房书桌的右边抽屉，你先开着。】

关洁放下勺子，捧着手机，摁了个视频电话过去。

那头秒接。

屏幕对准祝政的脸，镜头放大N倍，居然没有任何瑕疵。

背景似乎在某个公司办公室，背后屏幕上正在展示PPT。

关洁猛然意识到他在开会，话都没说，直接挂了视频。

视频挂断，关洁端着碗，拿着勺子一口一口地喝粥。

喝到第五口，手机振动起来，关洁瞥了眼屏幕，是祝政打了视频电话过来。

关洁犹豫片刻，摁下接听。

这次背景在洗手间，他后背抵在盥洗台，盯着视频里的人问："有事？"

关洁摇摇头："没。随便问问。"

祝政若有所思地看她一眼，主动交代："刚刚在开会。跟邹宇合作开了个公司，前两天刚挂牌，今天过来收拾收拾。"

"哦……好。"

关洁不太懂这些，只觉得他开公司好像挺容易，当初在北京除了开酒吧，也开了几家公司，涉及面还挺广。

"中午跟合作方谈生意，你要过来看看吗？"

"不用，你自己忙。"

祝政看她不感兴趣，转移话题："吃完饭做什么？"

关洁抱住肩膀，想了想，说："把昨晚写的歌词打磨一下，再完善编曲什么的。"

祝政见她有自己的主意，也没说什么。

关洁喝完粥，起身将碗丢在洗碗池。洗干净后，关洁擦了擦手上的水渍，重新捡起手机。

见他还没挂断，关洁挑眉问："晚上还去酒吧？"

祝政点了根烟，抽了两口，反问她："你想去？"

"打算去唱两首，练练嗓。"

"你去，我也去。"

"嗯。"

视频通话结束，关洁抱着吉他在客厅不停修改歌词。

弄完已经将近下午五点。

许久没有消息的厉朗忽然打了通电话过来，电话里，厉朗操着一口流利的上海话跟她寒暄。

厉朗没开酒吧这几个月一直在国外玩，蹦极、潜水、骑马、爬山……他想玩的全玩了一遍。

此时的他刚徒步回洛杉矶。

"西西，我之前忘记将一件事告诉那兄弟了。我也没他电话，你有空跟他说一声，酒吧里的酒，大部分酒价都高于市场价。"

关洁疑惑："嗯？"

厉朗顿了下，重新解释："垄断知道吧。就附近几家酒吧的酒价都是商量好了的。这样也不存在价格差抢生意。

"这是大家都意会的事，之前我也是这么搞的。本来转让的时候就该跟那哥们儿提，我给搞忘了。我刚看隔壁酒吧老板的朋友圈才想起这事。

"你记得让他去跟附近几家酒吧老板商量商量，这样才好做生意。"

这些操作本来就是习以为常的事，关洁也没多意外，打算等祝政回来，再跟他提这事。

只是没等她说，酒吧便出了事。

晚上一群人提着钢管突然闯进DEMON，不管不顾砸了酒柜，还将几个客人打伤。

陈川前去阻拦，也不小心挨了一棍。

关洁那时在外面跟祝政吃饭，接到电话赶过去，酒吧一地狼藉。

祝政打120将几位受伤的客人送进医院，又去调监控。

对方来势汹汹，显然不怕事。

砸完酒吧，领头的还留下一句话——

"别把路走窄了。"

关洁这才想起下午厉朗交代的事，连忙告诉祝政。

祝政处理完酒吧残局，抽了半根烟，拿过关洁的手机给厉朗打了个国际电话。

两人聊了将近半个小时，聊完，祝政扭头跟关洁交代："我去跟几位老板谈谈，你在这里看店？"

关洁皱眉，满脸担忧："会不会……"

祝政抬手揉了揉关洁脑袋，安抚她："不会。我让你朋友帮忙组了个局，亲自跟他们谈。都是生意人，自然希望双赢，砸了我的店，也只是给个警告。这事确实是我做得欠妥当，别担心。"

关洁看他心意已决，没再给他添麻烦："结束后我去接你。"

祝政顺手将车钥匙递给她，告诉她地址，让她两个小时后开车去接他。

关洁接过钥匙，上前抱了抱他，小声嘱咐："别喝太多，有事打电话。"

"好。"

祝政推门进去时，一眼瞧见茶几上摆满的酒瓶。

几个面生的男人坐在沙发，虎视眈眈地看向突然闯进的祝政。

祝政关上门，换上一副虚与委蛇的笑脸，主动伸手同各个老板握手。

前三个和气地握了手，唯独角落里穿花衬衫、有啤酒肚的男人，捏着雪茄，脸色阴沉地盯着他。

祝政垂了垂眼，掩饰住眼底的不耐烦，好声好气地开口："这位是？"

空气陷入短暂沉默，就在祝政下不来台时，旁边玩游戏的赵济突然抬起头，皮笑肉不笑地介绍："清和老板，也就祝老板隔壁那家酒吧，姓张。不过祝老板您是贵人，恐怕也不屑知道对方是谁。"

赵济摆明是想挑拨离间。

他早看祝政不顺眼，自然不会让祝政称心如意，今日这局就是他给祝政准备的鸿门宴。

赵济这一开口，旁边几位老板的眼神纷纷避开祝政，似不愿与他多攀谈。

祝政看透这个局的背后推手，没跟赵济计较，笑着说明他的来意："我刚到上海没多久，承蒙各位老板照顾，不然 DEMON 也不会开起来。

"酒价的事确实是我做得不对。我今日来，就是专程给各位赔礼道歉，顺便重新定一下合同。毕竟，当初的合同是厉老板定的，跟我也没什么关系。"

赵济丢掉手机，坐直身，审视两眼祝政，继续发难："既然是道歉，那总得拿出点诚意吧？这桌上的酒可全是特意为祝老板准备的，您好歹喝了再谈生意，是不是？"

其他几位老板纷纷附和赵济，连没说话的花衬衫也跟着放狠话："不喝酒谈什么生意。在座各位都是开酒吧的，这几瓶酒就是点小意思，祝老板能喝吧？"

祝政抬眼瞧了瞧桌上摆满的烈酒，面不改色地回："喝酒赔礼这事自然是应该的。"

说着，祝政弯腰拿起一瓶开封的威士忌，端起桌上的玻璃杯，倒满，仰头一口灌进喉咙。

连喝三杯后，祝政搁下空了大半的酒瓶，皮笑肉不笑地说："我先罚酒三杯。"

赵济嘲讽一声："就这？"

祝政不带情绪地抬头看了赵济一眼，赵济碰撞上祝政寡淡、冷漠的眼神，不自觉地抿了抿嘴唇。

几家老板都被祝政的气场骇到，大家都有一个共识——这人不是好惹的角色。

潘玥本来是找赵济的，没想到碰到祝政。见他一直被赵济刁难，潘玥忍不住骂了几句赵济，让赵济别再为难祝政。

赵济气得不行，却又拿潘玥没办法。

整个局，全是潘玥捣乱的声音。

祝政没吃晚饭，空腹喝了不少，胃疼得厉害。

酒局结束，祝政瘫在椅子捂着胃，脸色煞白。

赵济去了趟洗手间，包间只剩潘玥、祝政两人。

潘玥吓得半死，急忙找服务员倒了杯温热水给他。

"你没事吧？喝不了就不喝啊，又没人逼你。哦，还是有人逼的。赵济今天发疯了吧，灌你这么多酒。"

"你先喝点热水缓缓，我送你回去。你有没有开车？车钥匙呢？"

潘玥将热水递到祝政手里，准备伸手去他兜里搜车钥匙。

她的手还没碰到祝政，便被祝政推开。

潘玥被拒绝，神情有些受伤，站在祝政身旁质问："你怎么这样啊？我又不占你便宜，就是想送你回去而已。"

祝政头疼、胃疼，潘玥又在耳边叽叽喳喳，他的头更痛了，也没什么好脸色给她："不用。"

"你状态真的很差啊，我要是丢下你，良心难安啊……"潘玥喋喋不休半天，伸手去拉祝政的胳臂，试图将他拽出包间。

关洁赶到酒吧，推门进去就见潘玥扯着祝政的手臂往外拖。

祝政垂着脑袋、瘫在沙发人事不省。

听到动静，潘玥转头看向关洁，大声询问："你是谁啊？"

关洁走进包厢，扫了扫一地狼藉的地毯，再看看桌上横七竖八的空酒瓶，以及祝政面色通红的脸，忍不住皱眉。

到底喝了多少？

"喂，你是谁啊？不会跟我抢男人吧？这可是……"

潘玥话还没说完，合眼睡觉的男人突然跌跌跄跄站起身，上前一把搂住关洁的肩膀，趴在她身上喊："老婆，抱。"

潘玥当场石化。

祝政一凑近，关洁便闻到他身上浓郁的酒味。她顺势搂住祝政的腰，看了眼潘玥，低头问他："你到底喝了多少啊？"

"没喝多少，回去，头疼。"祝政摇摇头，醉醺醺地说。

关洁从头到尾都没搭理潘玥，扶着祝政，抓着他的手臂，有些吃力地往外走。

潘玥盯着他俩的背影，忽然想起什么，指着关洁，神情激动地问："你是不是叫关洁？"

关洁脚步一顿，偏头，疑惑不解地看了眼潘玥。

潘玥像是发现什么新大陆一样，捂着嘴，满脸惊喜道："是你啊！我居然见到你了！

"我叫潘玥，是潘家伟的女儿。姐姐，你知道潘家伟吧？

"这世界真是太小了啊！我爸要是知道他的私生女跟他的敌对在一起，会不会气死呢？

"不过我还是觉得，祝老板跟我在一起的消息对我爸的冲击力更大，姐姐，你说是不是？"

关洁脸色骤变。她也没想到在这里碰到潘家人，甚至这位潘家人还知道她跟潘家伟的"关系"。

年纪不大，心眼挺多。这是关洁对潘玥的第一印象。

祝政紧搂关洁的肩膀，低声呢喃："别搭理她，回家。"

关洁轻声"嗯"了一下，扶着祝政走进电梯。

电梯门关闭前，潘玥突然凑到电梯口，抬手朝关洁挥了挥，笑意盈盈地说："姐姐再见哦，下次见。"

关洁看着潘玥眼里虚浮、不见底的笑，只觉怪异。

路上，关洁一边开车，一边注意祝政的身体状况。

察觉到他胃疼得厉害，关洁临时转变路线，开车送他到最近的医院打点滴。

几瓶药输完，已是后半夜。

中途医生送来检查报告，提了几句祝政目前的身体状况。

关洁这才知道他身体到底差到了什么地步。

她隐约猜到祝政还有很多事没跟她透露，比如他在里面到底经历了什么，比如他跟他父亲的事，比如他跟柯珍之间到底怎么回事。

关洁在等，等他愿意开口那天。

只是她希望这一天不要太久。

祝政这大半个月一直很忙，忙到关洁几乎见不到人。

好不容易等到祝政回家，结果他又忙忙碌碌进了书房，电话一个接一个地打，饭都没时间吃。

关洁见状，忍住打扰他的冲动，一个人坐在客厅沙发上看电影。

电影看完，墙壁上的挂钟已经显示十二点，关洁回头，二楼书房的灯依旧亮着。

关掉电视机，关洁穿上拖鞋，去厨房热了杯牛奶，打算送到书房。

她刚把牛奶从微波炉取出来，祝政忽然出现在厨房门口。

关洁无声笑了笑，提醒祝政喝牛奶。

祝政迈腿走进厨房，一手接过牛奶，一手搂住关洁的细腰。

仰头几口灌下牛奶，搁下玻璃杯，祝政一把将人拉进怀里，大掌扶住关洁的后脑勺，下巴搁在她的头顶，低声喟叹："再等等我，好不好？"

关洁虽然不明所以，却顺从地贴近他的胸膛，闻着他身上熟悉的味道，开口答应："好。"

祝政像是厌倦了这种忙碌、无趣的日子，他抱紧怀里的人，温柔地询问："忙过这段时间，我们就结婚，可以吗？"

关洁脸上露出一丝惊讶，她伸手抓住祝政的衬衫纽扣，疑惑地问："怎么这么突然？"

祝政的手指轻轻滑过关洁柔顺的发丝，捧住她的脸，俯身亲了亲她的眉眼，嗓音低沉道："不想再有别的变故。"

关洁眨眨眼，仰头与祝政对视两秒，笑问："容我想想？"

"别让我等太久。"

"这得看我心情。"

"心情好就同意？"

关洁挑眉，满脸傲娇："不一定。"

祝政无视她的为难，弯腰抱她离开厨房，径自走过客厅，推开卧室门，将她轻放在床尾。

他单膝蹲下，伸手拿过关洁的左手，不着痕迹地瞥了瞥她的中指。

关洁见他一直盯着她的手指看，询问："你干吗？"

祝政与她十指相扣，仰头迎上关洁疑惑的目光，他站起身，弯腰亲向关洁的嘴唇。亲完，祝政不慌不忙地交代："我明天要去见个人。"

"嗯？"

"潘家伟。"

关洁惊讶，下意识追问："怎么这么突然——"

祝政像是知道她要说什么，轻声解释："有些恩怨也该结束了。如果这件事不做，我这辈子都无法心安，也无法面对珍珍、嘉遇。

"你再给我点时间，等我处理好这一切，我把完完整整的祝政还给你。"

关洁很感谢他的坦白，也很感谢他能考虑她的感受。

"好，我等你。"

他们早已约定，约定做彼此肩头的线头、做彼此领口的纽扣，做彼此缺一不可的眼睛。

上海下了场大雨，雨声淅淅沥沥，雨点打在石板上"噼里啪啦"响。

祝政身穿黑色长款风衣，踩着同色皮鞋，手握一把黑伞，站在雨里，神情冷漠地看着眼前的康复中心。

雨水顺着伞面溅落地面，砸出细碎的水花，有的顺势流进下水道，有的溅在他的裤腿。

他抬手看了看腕表，打着伞，面无表情地走进康复中心。

潘家伟的右腿虽然彻底报废，却每周都要去康复中心锻炼。

祝政走进康复中心大楼，收了伞，抬眸扫了眼停车场停放的奥迪车，提着湿漉漉的长伞，面无表情地走进去。

路过前台，祝政脚步停顿半秒，询问前台姑娘："潘家伟是在 201 吗？"

护士猛地抬头，对上祝政那张脸，她下意识地点头："是，您是……"

没等护士说完，祝政已经踏上楼梯。

绕过楼梯转角，祝政一路上楼，直到走到走廊最深处的那间房间才停下。

祝政站在 201 门口看了眼头顶的门牌号，慢悠悠地搁下伞，握住门把，一把拧开门。

潘家伟正在根据医生制订的方案做康复练习，听到动静，他停下动作，扭头看向门口。瞥到祝政，他脸色大变。

报废的那条右腿突然有了知觉，痛如针扎，似蚊虫咬过，密密麻麻遍布全腿，弄得他反应不及。

祝政"嘭"地关上门，抬腿大步走进病房，绕过路中间的仪器，不慌不忙地走到潘家伟对面的单人沙发旁，然后缓缓坐下。

他跷起二郎腿，一手搭着扶手，一手落在膝盖，姿态很是悠闲自在。

似乎时间很多，他没着急出声。

他从兜里取出烟盒，点了根烟，慢悠悠地抽了两口。

抽完，他张嘴吐出烟圈，视线若有似无地落在潘家伟身上。

潘家伟承受不住祝政无声的压迫，率先出声："你怎么来了？谁让你进来的？你是怎么找到这儿的？"

祝政无视潘家伟的无能咆哮，掀眼看他一眼，语调淡淡道："胆战心惊的日子不好受吧？"

"这半个月，潘总活得好像挺不错，居然有工夫康复治疗。怎么，你还指望你那条腿能够完好如初？"

253

被祝政提到痛处，潘家伟也发了狠，指着祝政大骂："姓祝的，别以为你出来就能无法无天了！别忘了，这是上海，不是北京。当年你在北京我能整你，这次——"

祝政弹了弹烟灰，面带嘲讽地问："你怎么老是爱做些损人不利己的事？

"你该不会以为一条腿就能抵一条命？忘记我当初怎么警告你的？

"只要我活一天，你就痛苦一天。潘家伟，你的报应该到了。

"先从你精心打造的潘氏开始，再到你的家人，最后到你。反正都逃不掉，也不用挣扎，你说是不是？"

屋里一股味道，祝政待不下去。

祝政掐断烟头，顺手丢进一旁的垃圾桶，站起身，看了眼气急败坏的潘家伟，抬腿走出病房。

"祝政，狗急了还跳墙，你真不怕遭雷劈吗？"

祝政走到门口，背后突然传出潘家伟咬牙切齿的威胁。

"你可以试试。"祝政背对潘家伟，波澜不惊地说。

潘氏破产那天，是个很平常的日子。

新闻里，警察封了潘家别墅，查封潘家伟名下所有财产。

潘家伟畏罪潜逃，警方发布了拘捕令。

关洁看到新闻时，心头一紧，想起祝政这几天的异常，忽然明白他做了什么。

祝政的电话打不通，关洁转头打陈川的电话。

彼时陈川盯着桌面不停响动的手机，抬头看了眼一旁亲自指挥布置求婚现场的男人，为难道："哥，关姐电话又打来了，我到底接不接？"

祝政挪动完桌椅位置，提醒："接，别说漏嘴。"

"保证不会！"得到允许，陈川兴奋地答应。

响到三十秒，电话终于被陈川接通。

关洁暗自松了口气，没等陈川出声，她率先询问："小川，你哥在酒吧吗？"

"没，他出去办事了。关姐找他有事？"

"今天的新闻……你知道吗？"

"新闻？哦，潘家伟啊，知道啊。他不是罪有应得吗？"

"是，你哥今天状态怎么样？"

陈川小心翼翼地觑了眼忙忙碌碌布置现场的人，委婉地安慰："我哥状态挺不错的，没被影响。对了姐，你今晚要不要过来唱几首？"

"我等你哥回来再说。"

陈川咽了咽口水，迂回解释："哥今晚八点过来，说有点事处理。"

"那行，我八点过去。"

电话挂断，陈川弄得满头大汗，生怕说漏嘴，坏了祝政的求婚计划。

下午六点，久没消息的祝政突然发了条微信过来：

【今晚酒吧有活动，穿好看点。】

关洁低头看看身上的穿搭，放下手机，重新打开衣柜选衣服。

选了半天，最终挑出之前穿过的复古红玫瑰长裙。

换上裙子，关洁简单化了个妆，戴上红色流苏耳坏和祝政送的红宝石项链，换上红色高跟鞋，拎着包下楼。

走之前，关洁特意去书房拿了祝政之前说的车钥匙，打算开车过去。

正要走，一个不速之客突然打断关洁的计划。

关洁看到突然出现在门口的赵娴，白净的脸上闪过一丝慌乱。

她攥紧包，抿了抿唇瓣，站在玄关手足无措地看着赵娴。

关洁只在祝政手机里偷偷看过一次赵娴的照片，觉得这个女人面相很温柔。

但见了真人，她便觉得不好应付。

赵娴的长相确实温柔似水，像江南水乡培养出来的大家闺秀。可从那双桃花眼里，关洁看不到一点温柔，只觉威严满满。

赵娴以主人姿态走进公寓，面色平静地扫了一圈环境，走到沙发旁，丢下包不慌不忙地坐下。

她理了理身上的褶皱，审视的目光落在站在玄关处的关洁的脸上，冷不丁出声："原来已经同居了。"

关洁这才僵硬地点了下头，叫了声"阿姨"。

她脚步迟缓地走到沙发旁，放下手包，转身走进厨房给赵娴倒了杯温开水。

赵娴瞥了眼桌上的水，指着她对面的沙发，面色平和地说："坐下谈谈，不用这么拘束。"

关洁不自在地点了点头，扶着裙子坐下。

她坐在沙发上，一面迎接赵娴的打量，一面思考如何应对眼前的状况。

赵娴来势汹汹，却又隐忍不发，关洁看不透她的来意。

赵娴似是看出关洁的想法，嘴角勾了勾，面色无虞地说："我没别的意思，就是来瞧瞧你。瞧瞧小四儿非要不可的人到底有什么本领，让他这么死心塌地。"

关洁不知道如何回应，只能尴尬地笑了一下。

赵娴端起温开水，慢慢喝一口，不慌不忙地看向她，问："小四儿呢？"

"还在忙。"

赵娴搁下水杯，笑着发问："忙着应付潘家——你的生父？"

关洁瞳孔猛地一缩，她抬起头，满脸惊讶地盯向赵娴。

所以，赵娴来之前就已经对她进行了调查？

关洁有种隐私被人血淋淋揭开的窘迫感，她握住手指，神情多了两分难堪。

赵娴似乎并不罢休。

她拿过沙发上的包，从里取出一个文件袋，慢悠悠地打开，当着关洁的面倒出里面的东西。

关洁顺着赵娴的动作看了过去，只见上面全是她出入各个场合的照片、两大页的背景调查，以及她的黑料和绯闻资料。

"这是你吧？"赵娴随手翻了翻照片，拿起其中一张，指着上面的人问她。

关洁顿感屈辱，眼里蒙上一层难堪、不解。她攥紧手指，咬住嘴唇，难以言喻的目光落在赵娴手指着的人影上，坦荡地承认："是我。"

赵娴丢掉照片，将桌上那堆东西顺势推到关洁面前，语调淡淡地问："这些也都是真的？"

关洁一一扫过照片、文档，扯了扯嘴角，面无血色地开口："是。"

赵娴轻声笑了一下，面带好奇地问："你觉得你这样的条件配得上四儿吗？"

关洁抿住唇，喉咙里发不出一个音。

她之前就有预感，预感这一天会到来。

她想过无数次的场景、无数次的可能，也做无数心理准备。她以为她练习这么多次，可以坦坦荡荡面对赵娴，可是事实发生时，她除了沉默，只剩沉默。

赵娴看了看她，脸上浮出淡淡的嘲讽，接二连三地质问：

"你母亲年轻时不三不四，老了赌博、吸毒，父亲还是杀死珍珍的凶手。自己也被人当成小三暴打进医院，医药费还是四儿拿的。

"大学三年，四儿替你交过两次学费。你母亲去 R 大闹事，四儿亲自去派出所提人，还找关系平息丑闻。

"你俩往来期间送你百万吉他、包包、手表、衣服，还陪你去看演唱会，带你滑雪、蹦极，陪你去全国各地玩。

"四儿出来，又给你公司投钱捧你。他立遗嘱时，将他大半财产给你。

"你呢，你替他做什么了？你除了替他招惹麻烦，除了让他坐牢，你做了什么？

"我们祝家到底欠了你什么，你要这么对他？"

赵娴懂得如何击垮一个人的心理防线，她说的每个字、每个词、每句话都让关洁的心沉一分。

问到最后，关洁捂住嘴，眼眶通红，心脏痛到说不出话。

她呼吸越来越紧，心脏越跳越快，心理防线渐渐被击垮。

"这样看，除了给他带来麻烦，你好像没什么别的本领。

"哦，忘了，你还是个歌手。可是祝家已经出过一个歌手，不需要第二个。

"我其实不大理解，你做这些事的时候不会愧疚吗？你又凭什么怨恨、折磨四儿？

"你们这场关系里，难道不是四儿一直在付出？你为他付出过什么？付出你那高傲、不肯低头的姿态，还是你那高高在上的自尊心？

"我实在想不明白，你身上到底有什么优点值得四儿喜欢。"

关洁捧住脸，红着眼，垂低脑袋一言不发。

赵娴问的每一个问题都让她哑口无言，她无法反驳，甚至在心里羞耻地认同赵娴的话。

赵娴说得没错，她跟祝政的这段关系，确实是她占尽便宜。

赵娴说完，冷眼旁观似乎崩溃的关洁，面不改色地问："关小姐，你认可我这些话吗？"

关洁吸了吸鼻子，捂住脸，嗓音沙哑地说："您说的这些确实对。"

她深吸一口气，抬起头，勉强扯了个笑脸，压着声说："可是……能不能容我辩解几句？"

赵娴抬了抬手，面带微笑道："请说。"

关洁感激地看了赵娴一眼，手指摩挲几下膝盖，有些慌乱地组织语言："我呢，确实出生在一个比较糟糕的家庭，有一个糟糕透顶的母亲。这点我无法反驳，也不打算反驳。

"关于潘家伟的问题，很抱歉我目前没有亲子鉴定报告，但是几年前我亲自做过比对，报告显示我跟潘家伟并无血缘关系。

"至于被当成小三打，以及祝政为我做的这些事，我也无法反驳。它们真实地发生过，我也确实是这些事的当事人、受益人。

"这样想，我确实没理由去责怪祝政，也没资格跟他在一起。但是……阿姨，您可能不信，就算信了也可能不屑，可我确实爱他。

"他为我做过很多事，受过很多伤，替我出过很多次头。我相信每个人都会爱上拯救自己的人。我也不例外，我很爱他，很爱很爱。

"不管您同不同意，只要祝政不跟我说分手，我就不会离开他。

"如果祝家或者阿姨不接纳我，也没关系。祝太太这个名分我也不是非要不可，就这样没名没分和他过一辈子，我也不是不可以。"

赵娴脸色肉眼可见地难看起来，她似乎低估了关洁："你是铁了心地要跟四儿在一起？"

"是。"

"我逼迫也没用？"

"抱歉。"

赵娴见没有谈下去的必要，捡起包站起身，居高临下地看了眼关洁，询问："他在哪儿？我去见他一面。"

关洁看了眼墙壁上的钟表，见时针已经指到七点，说："酒吧。"

赵娴看了她一眼，说："带我过去看看。"

关洁不知道这场谈判到底谁赢谁输，但是见赵娴松动，关洁也配合地点了点头。

路上关洁开车，赵娴坐在后排，神色不明地看着窗外，两人都没说话。

七点四十五分时，祝政打了个电话过来。

关洁连了车载蓝牙，也没回避赵娴，直接按了接听。

电话刚接通，祝政缱绻的嗓音便传出音响，回荡在整个车厢。

"要过来了？"

关洁看了看路况，回复："快到了。"

"在开车？"

"嗯。"

"注意安全，别开太快。"

"好。"

"想你了。你呢？"

关洁透过后视镜看了眼赵娴，见她面色不怎么好看，关洁抿了抿嘴唇，提醒祝政："阿姨……过来了。"

祝政一时没反应过来："哪个阿姨？"

"我妈？"

关洁握住方向盘转出高架桥，开到车少的地方才回复："嗯。"

祝政拧眉，发出疑问："跟你一起？"

关洁抿唇："在车里。"

那头的人顿了半秒，才低声嘱咐："行，到了再说。先挂了，你好好开车。"

电话挂断，关洁认真开车。

五分钟后，关洁将车停在路边，回头看向赵娴："这边不能随便停车，您是跟我一起去车库，还是直接进酒吧？酒吧就在对面。"说着，关洁降下车窗，伸手指向酒吧的方向。

赵娴沉默半秒，开口："下车。"

"那行，您先下去。祝政人在酒吧，您进去就能看到。"

关洁边说边下车准备替赵娴开门。

绕过车头，关洁走到后排，打开车门，耐心等待着赵娴下车。

也是这个时候，一辆没有牌照的面包车突然窜出路口，朝关洁所在的方向直冲过来。

赵娴一只脚刚落地，还没来得及反应，一股力量突然将她推到路边。

258

"嘭"的一声，面包车直直撞上奥迪，撞得车身一震，车灯、车头烂了大半。

关洁站在车门边躲闪不及，"嘭"地被面包车撞倒。

耳边尖叫声不断，她躺在地上，那一刻时针好像转得很慢很慢，她认命地闭上眼，等待着铺天盖地的疼痛席卷过来。

她甚至在想，如果她死了，祝政该怎么办。

只是她好累、好痛，痛到她睁不开眼。

谁能想到，五分钟前，祝政还在想象着关洁看到求婚现场会是怎样的反应，会不会伸手接下他的戒指，会不会抱着他哭。

结果五分钟后，他推门出去，见到的就是这样的血腥场面。

一大堆人围在酒吧门口，几个交警忙忙碌碌寻找证人、隔离事故现场，而关洁满身是血地躺在地上。

旁边还站着手足无措的赵娴。

祝政冲过去，用力推开人群，无视警察的阻拦，发了疯地钻进事故现场。

他双腿跪在地上，望着地上面色惨白、浑身是血的关洁，满脸绝望痛苦。

是这样吗？是这样惩罚他的吗？

让他亲身体会一次珍珍出事的场景，让他亲眼看见爱人消失吗？

他不敢抱关洁，怕一动她，血流得更多。他跪在地上，一个劲地喊关洁，一个劲地跟她说话。

此刻他的思绪混乱，满眼猩红，跪在地上又哭又笑。

他几次想伸手查探关洁是否还有呼吸，每次快要碰到她鼻子时他又收了回去。

他跪在地上，弓着腰，撕心裂肺地呼喊："关洁，你醒醒，你醒醒，醒醒好不好？

"别丢下我，别丢下我，别丢下我……

"你快起来，起来看看我……别这样躺着不动，我害怕……"

祝政望着她身上那条玫瑰裙沾满了血迹，整个人都不好了。他捂住脸，大声哭泣："怎么会这样呢，怎么会这样呢？不是跟你说好穿得漂亮点，酒吧有活动吗？

"怎么全是血，怎么全是血……怎么办？我该怎么办……"

周围人被祝政的哭声惊到，全都七嘴八舌讨论这场车祸。

赵娴是被祝政的哭声惊醒的，她亲眼见证祝政在众人面前狼狈大哭，看着他小心翼翼盯着地上的人却不敢触碰。

关洁疼得实在睁不开眼，她听到祝政号啕大哭，很想告诉他没事，可是她无论怎么用力，喉咙也发不出一个音。

直到救护车来，医生匆忙将她抬进救护车，插上氧气管，祝政听到"病人还有呼吸"六个字，胸中大石忽然落下。

关洁的伤口主要在手臂、大腿、后脑勺。

救护车还算来得及时，手术抢救成功，关洁需要休养几个月。

祝政得知手术成功那刻，整个人才终于从紧绷的情绪中释放出来，一时全身无力，要不是赵娴扶着，他差点栽倒在地。

赵娴望着失魂落魄的儿子，想起关洁之前用力推开她的场景，心口忽然一疼。

她上前握住祝政的胳膊，捂了捂嘴，无力地出声："四儿，你跟这姑娘的事，妈再也不管了。你们好好过吧。"

祝政后背贴在冰冷的墙面，垂头看了看赵娴，哑声询问："您看清司机长什么样了吗？"

赵娴一愣，瞅了瞅祝政铁青的脸，她努力想了想之前的画面，不确定地说："情况那么匆忙，我哪有精力注意这些。只记得是无牌照的面包车，司机年龄四十来岁……额头好像有道刀疤。

"好像是蓄意谋杀，司机撞一次不够，还要撞第二次……"

祝政捂住脸，压抑住情绪，急声阻拦："妈，别说了。我一想到她差点被撞死，我就喘不过气。

"差一点，就差一点，她就跟珍珍一样了。妈，我再也没法承受第二次了，真的，我真的不能承受第二次。"

赵娴见祝政这么痛苦，也忍不住落泪："小四儿，妈的错，妈的错，妈不该下车。要是开到车库，也不会……"

"求您了，赵老师，您别说了，您让我缓缓。"

两天后，关洁迷迷糊糊地醒过来，睁开眼第一件事就要找祝政。

那时祝政在外面打电话，听到关洁找他，急急忙忙挂断电话跑进病房。

关洁全身上下插着管子，腿上、手上都打着石膏动弹不得，只能转转眼珠子。

她先是上下打量一番祝政。

见他满身狼狈，关洁抿了抿干涩的嘴唇，想起失去意识前听到的哭声，喉咙里艰难地挤出一句话："你是不是……哭了？"

祝政走上前，弯腰睃了一圈关洁，反问她："疼不疼？"

"……还好，就是后脑勺有点疼。我头发还好吧？"

"嗯，还好。"

关洁盯着祝政看了半天，出声："我想喝水。"

祝政这才反应过来，转头去找水壶，手忙脚乱地倒了杯温水，找到吸管放进玻璃杯，送到关洁嘴边。

关洁咬住吸管喝了几口水，眼神示意祝政把水杯拿走。

祝政搁下水杯，坐在床边，安安静静地看着关洁。

关洁忍着头疼，想了片刻，犹豫开口："那司机有问题，他当时是想撞死我……我躲开一次，他还撞第二次，见我没死，还想撞第三次……

"我那时很想爬起来躲开，但是太痛了，我动不了。抱歉，让你担心了。"

祝政的手指轻轻划过关洁的额头，指腹温柔地落在她的眉眼、鼻梁，最后落到她干裂的嘴唇。他俯下身，薄唇贴在她的嘴唇，留恋地亲了几下，回复："我知道，已经查出来了。"

关洁迟缓地眨了眨眼，询问："是谁？"

"赵济。"

关洁满脸疑惑："怎么是他？我跟他无冤无仇。"

祝政眼底划过一丝冰冷："潘家伟能躲到现在，有他的功劳。潘家伟能说服赵济动手，估计是因为潘玥。你放心，我不会让他们好过。"

关洁见他满脸阴沉，伸手拉住他的手指，低声安抚："祝政，我还活着，别自责。"

祝政攥紧关洁的手指，后怕道："差一点……差一点我就失去你了。"

关洁勉强笑了一下，说："可是我现在还活着，所以我希望你不要责怪自己。"

祝政没吭声。

他怎么能不责怪自己？差一点，差一点悲剧再次上演。

关洁见他不说话，捏住他的指腹，轻声喊他："祝政。"

祝政回头，迎上她的目光，疑惑："嗯？"

"我不要你难过，也不要你自责。这样的事，只此一次。你别把所有罪揽在自己身上，好不好？"

"好。"

他终究选择安逸，选择顺从，选择听从命运的安排。

他们之间，从始至终都是她在引导他。

无论罪与恶，她都不愿让他再背负任何委屈、骂名、罪责。

第 16 章
我的专属，你的唯一

关洁的右手、左小腿骨折，打着笨重的石膏，吃饭、喝水都得祝政或者护工喂。

祝政忙着处理车祸后续，整日在外面奔波，关洁只有在吃饭时能见到人。

关洁刚开始以为他忙得差不多了，后来才知道他怕她无聊，特意赶回医院喂她吃饭。

潘玥到医院探望关洁，正好碰到祝政。

她站在病房门口，不敢置信看着那个在她面前疏离、冷漠的男人居然会端着碗，小心、体贴地给人喂食。

这样灼热、温柔的爱，即便是她这个外人，都能强烈感受到，可想而知，被爱的那个女人，到底有多幸福。

潘玥攥紧手指，目不转睛地盯着病床前的一对璧人。有那么一瞬间，她脑子里冒出不敢打扰的想法。

关洁最先看到潘玥，她张嘴咽下祝政喂到嘴边的鸡丝粥，抬头便见潘玥踟蹰不决地站在病房门口。

"……我是来找祝政的。"潘玥察觉到关洁的目光，窘迫地抿了抿唇，视线转移到坐在病床、背对她的祝政身上。

关洁闻言，面色平静地看向祝政。见他不闻不问，一副不想搭理的模样，关洁咽下粥，主动出声询问："有事吗？"

潘玥见祝政不搭理她，眼底闪过一丝黯淡，转而将希望寄托到关洁身上："我想请他放赵济一马。我拿我爸的犯罪证据做交换。这件事我爸是主谋，赵济太傻，被当枪使了。

"希望你们可以原谅他，他人不坏，就是傻了点。"

祝政搁下碗，回头冷漠地睨了眼潘玥，满脸不耐烦地回绝："不需要。"

潘玥脸色变了变，抓紧手里的包，走上前迫切地追问："警察就算抓到我爸，但你手里的证据能将他关几年呢？我手上有他各种违法犯罪的证据，保证不是死刑也是无期，你真的不考虑考虑？"

病房陷入寂静。

阳光从窗台爬进病房洒在病床，关洁大半个身子暴露在金灿灿的阳光底下。

祝政肩头也被阳光照到，还能瞧见光柱中细小的尘埃。

关洁坐在病床，打着石膏的右手臂规规矩矩放置在被子上，左手抓着祝政外套的纽扣一下没一下地玩弄。

她有些费解，不明白潘玥为什么要为了赵济而出卖潘家伟。

似乎看出关洁的疑惑，潘玥合上病房门，慢慢走近病床。

在离祝政不到两米的距离停下，她站定脚，朝关洁扯了扯嘴角。

她闭上眼，深吸一口气，然后自我调节地耸了耸肩，说："我这么做好像确实有点奇怪。但是……我有我的理由。

"他犯了这么多错，早该受惩罚了。当然，我也有我的私心，我就是不想看他太好过。

"我本来不想参与上一辈的恩怨中，但是我没想到他为了自己的狼子野心，竟然给我妈下毒。我妈被他弄成脑瘫，外公也被他间接害死。还有我，他居然想让我嫁给一个老头子，就为了一桩生意。

"他为了目的不择手段，连亲生女儿都不放过，我凭什么要替他隐瞒？

"证据是我千辛万苦拿到手的，这些证据完全可以将他打入地狱。我可以把证据给你们，但是我希望你们可以放赵济一马。

"他就是浑了点，本性并不坏，只是一时鬼迷心窍，被我爸利用。他从小替我收拾烂摊子，护着我长大，我不想他卷入这场风波。

"当然，我之前故意跟祝老板贴近，也是因为他是我爸的眼中钉。我就想找个人恶心他。如果你介意这一点，我可以跟你道歉，我虽然对祝老板很感兴趣，但也不是死缠烂打的人。"

最后一句是对关洁说的，关洁明显感觉到了她话里的不甘。

可她懂得权衡利弊，知道如今的处境不利于她，便习惯性地将自己的野心隐藏。

关洁很难将之前的潘玥与现在的潘玥联系在一起。

她之前就觉得潘玥言行举止有些怪异，现在回头想想，好像明白了。

潘玥的城府远比同龄人深，只不过她擅长隐藏，与人交往时习惯性地将自己阴暗面藏起来，故意装出一副天真活泼的模样。

祝政对于潘玥这番话并不感冒，要不是关洁好奇她想做什么，他早把人撵出去了。

至于证据，他有的是时间搜集。

潘玥久未等到回应，手心泛起潮湿，脸上的冷静渐渐龟裂，所剩不多的底气也开始破裂。

她咽了咽口水，咬住下唇，抱以希望地向祝政发问："你确定不要这份证据？你不恨他吗？你不想尽早把他送进监狱，为你妹妹、为你自己报仇吗？"

关洁明显感觉到祝政的情绪波动有些大，她条件反射般地抓住祝政的手指，偏头朝潘玥疏离地笑了笑，反问："你难道不知道车祸这事的受害人是我吗？

"原不原谅赵济是我的事，你不用把矛头转向祝政。再说，你的证据有没有可信度，除了你，谁知道？

"潘小姐，无论你给不给证据，潘家伟都会进去，都会受到法律的惩罚。另外，赵济属于故意撞人，已经是刑事范畴，我们无权干预法院的判决结果。但是，如果你能把这份证据交出来，我或许会考虑选择跟赵济和解，让法院可以依此对他从轻处罚，前提是你的证据值得我和解。"

祝政听到关洁松口，不赞同地看着她。

关洁轻轻捏了捏祝政的手指，朝他摇头，示意先按她的想法来。

潘玥再有城府，也是个二十出头的小姑娘，尤其是她此刻还有求于人。

所以无论从哪个角度出发，关洁都能把这场仗打得漂漂亮亮。

潘玥琢磨半天，还是按照关洁的说法，跟她做了这笔交易。

祝政不愿掺和关洁与潘玥两人的交易，一个人走到窗台，点了根烟抽。

等潘玥离开，关洁将那份文件原封不动地交给了祝政。

祝政不肯接。

关洁强行将证据塞到祝政怀里，抓着他的胳臂跟他解释："祝政，你比任何人都需要这份证据。

"我选择跟赵济和解，除了这份证据，还想尽快将潘家伟绳之以法。我不想你一辈子都陷在这份沉痛的罪责里。

"你这些年受的苦已经足够赎这份罪，可以往前走了。"

祝政没说话，只是紧紧搂住她的肩膀，恨不得将她嵌入骨髓。

潘家伟被判无期徒刑是在一年后，陈川特意到家里告诉关洁这个好消息。

关洁急忙让陈川打开电视机，调到法制频道重新观看这场审判。

她看到电视机里祝政一身黑衣黑裤坐在原告席，看他站起身面不改色地提交证据、陈述事实，看到潘家伟被判无期徒刑时祝政脸上露出久违的笑容，关洁也跟着笑出来。

这场经年的仗，祝政赢得利落彻底，赢得光明磊落。

他身上背负的罪与恶，背负的愧与疚，背负的痛与苦，终于如释重负。

看完庭审，陈川关掉电视机，伸腿钩过椅子一屁股坐下。他想了想，犹豫出声："关姐，还有件事，哥一直没让我跟你说。不过我觉得你还是有知情权的。"

关洁偏过脑袋，静默半秒，问："什么事？"

陈川想了想，说："……你出车祸那天，哥本来打算求婚来着。他布置了一上午，就等你出现。不过，你出车祸以后，哥好像忘了这事似的，再没提过。"

关洁一脸诧异："他那天……准备求婚？"

"是啊。为了那场求婚，他准备了好几天。求婚戒指还是找设计师专门设计的。"

关洁喉咙一哽。

难怪他那天让她穿好看点，难怪他跪在她身边哭，难怪他一直盯着她的手指看，原来是想求婚啊。

所以那天他吓坏了吧？

所以他才责怪自己当天为什么要给她打电话，所以绝口不再提当天的事。连赵娴的事他都一语带过，并不愿意多谈。

陈川想起当天的状况，后怕道："那天场面确实血腥，别说哥，我看到关姐躺在血泊中的时候都止不住发抖。"

庭审结束，祝政拒绝一众媒体采访，直奔家里。

见到关洁那刻，祝政迷茫、空虚的心忽然安定下来。

他上前抱住关洁，急切地吻她。吻到最后，他气喘吁吁地趴在关洁的肩膀上，嗓音沙哑道："真的过去了吗？"

关洁感受到他的不安，轻轻拍了拍他的脊背，语气肯定道："真的。"

"珍珍还会怪我吗？"

"不会。"

"嘉遇呢？嘉遇说他这辈子都不会原谅我。我也不想他原谅，如果他原谅我，他这一生就走到头了。"

关洁没说话，只伸手搂住他的肩膀，无声地安慰他。

这场审判跨时实在太长，已经深入祝政的骨髓，已经刻在他的心里。

现在审判结束，他有迷茫、空虚反而正常。

关洁抱住祝政的头，红唇落在他的脖子上，不着痕迹地转移话题："陈川说你那天打算求婚的。"

祝政脊背一僵："他跟你说了？"

关洁勾了勾唇，低声呢喃："求婚戒指呢？"

"在我兜里。"

"给我戴上吧。"

关洁伸出左手，示意祝政将求婚戒指戴在她手上。

祝政漆黑、深沉的丹凤眼登时锁住关洁清淡的脸颊。

见她满眼认真，祝政静默几秒，从裤兜里掏出戒指，握住关洁的手，单膝下跪，深情地问："关洁，你愿意嫁给我吗？愿意嫁给一个满身污点、坐过牢，还曾伤害过你的人吗？"

关洁："你再说一遍。"

"你愿意嫁给我吗？愿意嫁给——"

没等祝政说完，关洁及时出声打断他："愿意。"

祝政握住关洁的手，将戒指一点一点戴进她的中指。

关洁只觉手指一凉，刚要低头察看，一个急切炙热的吻朝她铺天盖地地席卷过来。

他双手捧住她的脑袋，弯下腰，疯狂地吻她。

良久，他喘着粗气，脸伏在她肩膀上，薄唇贴着她的耳垂，一字一句地说："我爱你。"

关洁答应祝政求婚后的第三天，朱真打电话约她出门逛街。

因为车祸，这一年关洁一直在家养伤，人都闲出病来了。朱真一约，她立马答应。

反正祝政忙着新公司上市，也分不开身管关洁。

约定的地方不方便停车，上次车祸事件对祝政影响太深，他不让她轻易碰车。

关洁拒绝司机的接送，出门打了一辆出租车。

到了约定地方，关洁一眼瞧见站在路口等待的朱真。

她身穿淡粉的复古针织长裙，长发绾了个丸子头，戴了同色系发箍，远远看去，跟从迪士尼逃出来的小公主似的。

可爱又漂亮。

看到人，关洁及时出声让师傅靠边停车。掏出手机扫码付了车费，关洁拿起包包，推门钻出出租车。

朱真看到关洁，立马取下耳机线，笑容灿烂地跑到关洁身边，双手握住关洁的胳膊，热情地寒暄："伤完全好了吗？"

"都这么久了，早好了，是祝政小题大做总让我在家休养。"

关洁之前休养在家，朱真去探望过几次。每每提起那次车祸她都要愤愤不平骂至少两个小时。

要不是祝政出声阻止，她估计还要继续发挥。

关洁每次都哭笑不得，安慰她肇事的人已经受到处罚。

朱真翻了翻大众点评，指着手机屏幕上的图片问："这边新开了家烤肉店，我们去吃烤肉吧？好久没吃肉了！我快馋死了！"

关洁吃什么都可以。

见关洁不反对，朱真立马点出店名，打开导航，定位烤肉店的位置。

就在她们对面的那栋大楼的四楼。

朱真点了一大桌肉，牛肉、五花肉、鸡皮……全点齐全了。

桌上都快摆不下了，服务员还在不停上菜，关洁喝了口柠檬水，皱着眉问："点这么多吃得完？"

朱真忙着烤五花肉，闻言立马抬头，满眼兴奋道："能！"

"我减肥快一个月了，这一个月我连肉沫都没见到过。再不吃肉，我要死了。杨竞文烦死了，我每次说想吃肉，他都不答应。"

关洁望着眼前生龙活虎，丝毫不受之前出轨影响的朱真，忽然觉得只要朱真开心就好，其他的，都不重要。

朱真拿着烤肉夹将五花肉一一翻了个面，五花肉溢出的油"嗞嗞"响。

有几滴溅到关洁放置在桌面的手机，关洁抽了张纸巾，细细擦过油点。

朱真搁下烤肉夹，双手撑在桌上，手掌托住下巴，神色迷茫道："西西，我跟杨竞文上周去看了套三居室的房。除了位置有点偏，其他都还不错。买房的钱，全是杨竞文出的，房产证只写了我的名字。

"复合以后，他在我面前挺小心翼翼的。就好像在呵护一个摔碎后又粘起来的花瓶，他生怕我提起林贞贞，每次说话都得仔细斟酌。

"他之前懒死了，但是现在居然在学做饭，还给我洗衣服、洗脚……有点回到大学的感觉。那时候的他，懦弱自卑是真的，爱我也是真的。

"现在估计也是爱的吧，不然也不会低到这个份儿上。甚至跟我说，如果我真的不喜欢他打游戏，他可以放弃，重新找工作。我没同意，他现在打游戏成绩还不错，前两天打比赛还赢了，奖金将近一百万。从碌碌无名到现在还挺厉害。

"他想今年年底结婚，我还没同意。再等等看吧，等我想明白再说。"

提起杨竞文，朱真一半无力一半好笑。他们纠缠七八年，早将对方刻入骨髓，关系黏黏糊糊好像也正常。

很多人把出轨当成底线，不会给对方第二次机会。朱真之前也信誓旦旦地说，她绝对不会原谅杨竞文。

可真到了抉择的时候，她还是选择原谅。

关洁无法评判朱真这段感情，只能默默祝福她开心快乐。

吃到尾声，祝政打电话过来询问关洁人在哪儿。

关洁回复他在外面跟朱真吃烤肉，祝政沉默片刻，问："吃完了吗？"

"快了。"

"地址发我，我过来接你。"

关洁一愣，捏着纸巾问他："你忙完了？"

祝政轻轻"嗯"了声，说："忙得差不多了。我过来接你去医院复查。"

关洁这才想起下午约了医生去复查。

电话结束，朱真擦了擦嘴，睁着湿漉漉的鹿眼问："祝老板？"

关洁故意忽视朱真眼底的戏谑，笑回："嗯，催我去医院复查。"

朱真听到是去医院复查，立马催促关洁："那赶紧去吧，我就不打扰了。我们改时间再聚。"

这顿饭朱真请，关洁本来要付款，被朱真严词拒绝，说上次就是关洁请，这次该她了。

关洁闻言笑笑，不再跟她争。

走出烤肉店，祝政还没到，朱真又陪着关洁站在路口等他。

两人站在路口聊了点杂七杂八的日常，气氛格外和谐。午后阳光照在两人身上，浑身暖烘烘的。

关洁偏头看着一旁笑意盈盈的朱真，伸手碰了碰朱真的额头，轻声说："真真，一定要幸福快乐。"

朱真立马抱住关洁的手臂，脸蹭了蹭她的肩膀，语气坚定道："我会的啊，别担心。"

站了差不多十分钟，祝政的保时捷无声息地停在两人身侧。

祝政降下车窗，同朱真友好地打了声招呼，示意关洁上车。

等关洁系好安全带，祝政礼貌地询问朱真："现在去哪儿，我送你一程？"

朱真立马摆摆手，拒绝："不用啦，我还要逛逛，你们先走吧。"

祝政闻言点了点头，启动引擎离开。

关洁坐在副驾，透过后视镜看了看不断变小的朱真，偏头跟祝政说："她是不是很可爱？"

祝政猝不及防，一脸不解地问："谁？"

关洁扬起下巴："朱真啊。"

祝政思考几秒，喉咙溢出一句疑问："你那室友？"

关洁点头，祝政沉思片刻，挤出一句："挺单纯一姑娘。"

"回上海这些年她一直陪在我身边，是我为数不多的朋友之一。反正挺可爱的，无论做人做事。除了太重情，其他都好。"

祝政反问："重情还不好？"

关洁想起朱真这两年的经历，摇头说："太重情的人很吃亏。"

祝政听出她话里有话，笑着认同。

送走关洁，朱真独自走进烤肉店旁边的商城。

商场比较老旧，一楼到处都是杂物，商品摆放得也乱七八糟、没有规划。

年代久远，电梯摁键上的数字都被磨没了，商场总共六楼，女装在六楼，朱真跳过底下几楼，直奔六楼。

电梯抵达六楼，她走出电梯站在走廊扫了圈破旧的店面，忍不住想走。

刚摁下行键，就见斜对面有家古着店，朱真立马改变想法，抬腿朝古着店走。

老板是个年轻姑娘，瞥见朱真进来，立马放下手机，走出收银台热情招呼朱真，给她讲解店里的古着服饰、首饰。

朱真挑了半天，选了件复古牛仔外套和一双棕色长靴，还选了一条项链。

付完款，朱真提着纸袋往外走。

五楼突然起火，人群慌慌张张地全都往下跑。朱真听到商城着火，立马放弃乘电梯的想法，跟着人群往逃生楼梯走。

五楼全是易燃物品，火势越来越大，朱真刚逃到五楼就感受到巨大的热浪朝她喷涌过来。

人群慌慌张张，大家挤来挤去，朱真脚背被人踩了好几脚，人也被推倒在角落。

等她爬起来，火势已经燃到跟前。

楼梯全是茫茫白烟，朱真捂住口鼻想要一鼓作气跑下楼。

她刚跑两步就听到女孩撕心裂肺的哭喊声。

朱真脚步一顿，本能的求生欲催促她快跑，可脚步始终踏不下去。

犹豫两秒，朱真低声咒骂一句，转头去找小女孩。

女孩人就在火海中，她蹲在还没燃至的墙角一个劲地找妈妈。

朱真已经感觉到灼热的火浪无情舔舐她的皮肤，浑身被灼得滚烫，朱真想要逃跑。

可是看到小女孩睁着一双仓皇失措的大眼睛盯着她，朱真忽然失语，闭眼咬了咬牙，裹住刚买的外套，一头钻进火海。

火舌无情涌向朱真，找到女孩，朱真话不多说，直接抱住女孩往外跑。

五楼已经被火海湮灭，楼梯烟雾迷雾，朱真只能凭着本能抱着女孩往六楼跑。

火已经烧到六楼另一头，朱真放下哭个不停的女孩，一边安慰，一边寻找逃生的可能。

消防员在尽力搜索被困人员，朱真听到动静，大声呐喊。

消防员听到她的声音，急忙寻找她的位置。朱真头发被烧焦、衣服被烫了几个大洞，手背被烫出血淋淋的水泡。

朱真带着女孩躲在一处墙角，从包里翻出只剩下一点的矿泉水，又从衣服上撕下来一块布，用仅剩的一点水沾湿捂在小女孩的口鼻上。她一边安慰小女孩，一边静静等待消防员的到来。

眼前浓烟遍布，空气中的氧气含量越来越低，呼吸越来越困难，不知道为什么消防员还没找到她们，她隐隐约约有种预感，觉得自己大概撑不下去了，于是趁着最后的清醒，翻出手机打字……

关洁得到消息，已经是一个小时后的事。

她刚拿到复查报告，听到朱真出事了，差点没撑住。

祝政带着关洁赶到朱真被送去的医院，里面很多都是从失火的商场救过来的人。医生和护士忙成一锅粥，祝政带着关洁问了半天才找到朱真所在的手术室。

等他们赶过去已经太晚了，看到杨竞文跪在地上抓着医生的手哭得稀里哗啦。

关洁本不相信，直到护士推着盖了白布的朱真从手术室出来，她才如遭雷劈，整个人腿脚发麻，惊得说不出话。

明明之前还好好的人，怎么突然变成一具尸体了？

杨竞文放开医生，转而去抓着朱真的手，早已泣不成声。

几个小时前，他还在畅想他打赢比赛后带她出门旅游的场景。

他抓住朱真的手，贴在自己的脸颊上，痛苦不堪地说："真真，我没出轨，我没出轨。我就是跟她看了个电影，那天她只是到我家洗个澡，我们什么都没做。

"我以后再也不让你难过了，你快起来，快起来继续报复我。

"真真，我错了，我错了……"

杨竞文哭到眼泪都流不出，声音颤抖，跪在地上，一身狼狈。

关洁感到一阵眩晕，倒在了祝政怀里。

她醒过来时，发现祝政把她安排在了一间病房里。

"醒了？"祝政坐在旁边低声询问。

"朱真呢？"她问。

祝政没说话，只是把一部手机递给她，关洁一看就认出这是朱真的。

"医生说她被送来医院的时候死死攥着手机，杨竞文状态也不太好，所以护士把手机给了我。"

关洁坐起来，接过手机尝试开机。

手机还能用，关洁试了几个密码都不对，翻出自己手机找到之前朱真说要给杨竞文过生日那条聊天记录，看了下日期。

关洁摁下 1202 四个数字。

刚按下，手机立马弹出主页，密码就是杨竞文生日。

关洁心里有些不是滋味。

主页还停留在短信界面，上面写了一大段话——

【西西，不知道你能不能收到这封信。我现在好热好烫好痛……我好害怕活不下去，但是我一点都不后悔回头救人。

【我跟杨竞文复合，就是想恶心他、报复他，就是想让他尝尝我的痛苦，我真的没想过他会做那么多。我后悔了，后悔跟他复合。因为中途我居然改变想法，想跟他结婚。

【西西，如果我死了，你不要难……】

最后一个字没打完。

关洁望着这段话，心理防线猛然崩塌，握着手机，不受控制地哭出来。祝政起身将她抱进怀里，告诉她："朱真救的那个小女孩脱险了。"

朱真火化那天，关洁见到了朱真的父亲，这才知道她父母已经离异三四年。

母亲定居国外赶不回来，父亲早已另娶新妻，不太管她。

关洁一直以为她出生在一个幸福、富裕的家庭，从小拥有很多很多爱才养出这样自信、开朗、活泼的性格。

到头来才发现，备受冷落的小公主，只是习惯性将所有苦楚吞进肚子，将所有快乐分给周围人。

她之前怎么就没发现呢？怎么一直觉得朱真除了在爱情上吃点苦头，其他方面一路顺遂呢？

关洁无法接受这个事实。

她趴在祝政怀里，泣不成声。

小公主有多善解人意呢？

大概是善解人意到，自己活不下去了还在担心周围人的感受，所以临死前还在发短信安慰她不要难过。

祝政那天丢下所有工作，开车带关洁去了趟静安寺，为朱真祈福。

关洁接过住持递过来的香，双腿跪在蒲团，低头朝佛祖磕了三个响头后，将香插进香炉。

供奉结束，她站在佛祖面前，低声呢喃："佛祖啊，保佑小公主下辈子长命百岁、幸福快乐吧。"

佛祖睁着眼，似朝她慈善地笑着。

两个月后，祝政在新天地附近开了第二间连锁酒吧。

剪彩那天，朋友纷纷来酒吧捧场。

邹宇、周远鸿、徐文远，跟祝政比较亲近的朋友都到了现场。

祝政一直在门口招呼客人，关洁在酒吧帮忙调酒。

令关洁惊讶的是，北京的几个老朋友也来了上海捧场。

看到傅津南、唐晚、丁嘉遇出现的时候，关洁一脸蒙。

祝政也好不到哪儿去。

他看到丁嘉遇，整个人僵硬地站在门口，目光呆滞。

关洁丢下手里的东西，迫不及待地钻出吧台，快步走到酒吧门口跟他们打招呼。

唐晚一如既往地漂亮温柔。看到关洁，唐晚热泪盈眶地上前抱住关洁，喉咙哽咽道："我还以为这辈子再也见不到你了。

"要不是傅津南告诉我，你跟祝哥和好了，我都不敢打探你的消息。

"关关，见到你真好！你一定要一直幸福下去！"

关洁回搂住唐晚，抬手摸了摸她的后脑勺，笑着答应："我也很高兴再见到你，看你这样子，这两年应该过得挺不错。"随后吐槽，"不过怎么还是这么爱哭？"

唐晚吸了吸鼻子，满脸娇嗔："见到你开心嘛，怎么这么不解风情！"

关洁刚要说话，久未吭声的傅津南突然发问："你俩抱够了？该松手了？"

唐晚："……"

关洁："……"

抱了几秒，关洁受不住傅津南的眼神控诉，主动放开唐晚，将她推进傅津南怀里。

祝政跟丁嘉遇有话要说，关洁没打扰他俩，以主人姿态邀请唐晚夫妇进酒吧休息。

休息室里，祝政摩挲着膝盖，忐忑不安地看着丁嘉遇。

丁嘉遇表情很淡，情绪看不出好坏，祝政无法判断他此刻的状态。

"我是替珍珍来的。"丁嘉遇从兜里掏出一个正方形的黑色盒子，俯身将盒子推到祝政面前。

"这是她之前没送出去的礼物，现在物归原主。"

祝政眼皮一颤。

他盯了几秒礼物盒，动作迟缓地捡起盒子，费力打开。

是块玉观音吊坠，用红绳串起，观音打磨得光滑精致，细节一丝不苟，看得出雕刻的人很用心。

柯珍平时喜欢鼓捣些小玩意，对玉、石头有研究，也爱雕刻。

祝政不用猜都知道这是柯珍亲手雕刻的，背后还有个"祝"字，显然是她费了心思的。

"她生日那天，说以后找机会让我送你。怕你不要，她嘱咐我不要说是她刻的。

"她怕你脾气太暴躁，做生意得罪人，特意找了块和田玉给你雕观音，磨合你的脾气。"

丁嘉遇说这些时，眼尾下垂，人瘫在沙发，整个人有些力不从心。

潘家伟判刑那天，他去墓地陪了柯珍一整天。

这份礼物被他扣了这么多年，终于还是物归原主了。

他抹了把脸，抬头望着缄默不语的祝政，满脸无奈道："珍珍都不恨你，我这个外人又有什么资格怨你。

"祝哥，以后好好过日子吧。都要结婚的人了，别再折腾自己。

"这场恩恩怨怨，从此一笔勾销。"

柯珍死后第四年，丁嘉遇最终还是提出了和解。

祝政心中大石轰然倒塌，他埋低脑袋，捂住嘴，泪流满脸。

老友重逢，恩怨解除，关洁很替祝政开心，在台上一连唱了七八首。

几个人叙旧到半夜，除了两位女士，其余几人都醉得不省人事。

关洁本想替他们安排住处，唐晚笑着拒绝，说来之前就订了酒店。

将唐晚几人送走，关洁叫保镖帮忙将祝政扶上车。

回去的路上，祝政趴在关洁身上，醉醺醺地说："他原谅我了。"

关洁："嗯。我知道。"

"珍珍给我刻了玉，希望我磨掉戾气。"

关洁拿起祝政脖子上的玉瞧了瞧，笑着说："很漂亮。"

祝政搂住怀里的人，迷迷糊糊地问："我们领证结婚吧？"

关洁皱了皱眉，说："民政局关门了。"

"明天早上去，好不好？"

关洁怀疑这人没醉，不过她还是爽快地答应："好。"

只是她希望，祝政第二天早上清醒过来时不要忘了自己说的话。

事实证明，男人要是想要做一件事，醉酒也不会忘。

第二天天没亮，关洁就被祝政从被窝里捞了起来。

关洁睡意正浓，忍不住发起床气："祝政你有病吧，天还没亮呢。"

祝政不为所动，捡起拖鞋替关洁穿上，面不改色地说："早点排队早点领证。"

关洁："……"

领完证出来，太阳正好落在头顶的梧桐树上，阳光透过树枝缝隙洒在地面，映出斑驳的树影。

关洁捏着手里还散发余温的结婚证，忍不住问祝政："你现在什么心情？"

祝政揣好结婚证，面不改色地说："没什么心情。"

"我怎么觉得有点……失真，感觉有点突然。"

祝政拧眉："嫁给我突然？"

"……"

向来不怎么发朋友圈的祝政，拿过关洁的结婚证，仔细拍了张照片，上传朋友圈，并配上文案：【.在我这贫瘠的土地上，你是最后的玫瑰。】

关洁看到，也配合地发了条：【玫瑰+[结婚证照片]】

发完，关洁目光专注地看着一旁的祝政，仰头说："祝政，我也爱你。"

他们的爱，跨过漫长岁月，经过千锤百炼，遇过难堪狼狈，最终破茧而出，成为永恒。

你还敢吗？还敢重新出发爱一个恶棍吗，还敢在涅槃重生后选择踏入火海吗？

我敢，敢不管不顾爱一个恶棍，敢压上所有赌注去赌一个不确定的未来。

就算失败又怎样，反正人都会老，都会死，还不如趁早疯狂。

同学聚会那天，关洁经班长多次邀请，还是去了现场。

阔别将近十年，大家都变得陌生，有的身材变样，有的容貌变美。

关洁不算最后一个到场，进去那刻却赚足了目光。

同学们都对网上那场拉锯战历历在目，他们有的曾亲自下场替她澄清，有的暗地辱骂，也有的漠不关心。

讨论最多的还是她跟林昭那段往事。

他们大多惊讶，没想到距离这样遥远的两个人私下居然关系这么好。

最先说出这桩事的是班长陈琦，他这次有任务在身，想撮合关洁和林昭，所以故意在同学会上讲述关洁和林昭的往事。

关洁那时刚从洗手间出来，她站在角落里，无人注意。

这是她第一次从别人嘴里听说他俩的事，不过她很抱歉，他们已经错过，再也不能回头。她如今对林昭唯一的期待，便是希望他有一天可以释怀这些往事。

林昭是跟高明秀一起来的。

高明秀拿着点名册——点完名，视线最后落到关洁脸上，笑着说："我这几年一直良心不安，这次是专程为你而来。这句道歉埋藏了这么些年，也该有个安放处。当初的事是高老师对不住你，实在抱歉，让你跟林昭错过这么多年。"

高明秀已经退休四五年，身体大不如前，这次过来还拄着拐杖。

关洁其实从未怪过高明秀，只觉得造化弄人。

她笑着摇头，说："您好好休息，别再想这些事，都过去了。"

高明秀抓着关洁的手握了握，扶着老花眼镜问："跟林昭还有可能吗？"

关洁看向林昭，他也低头看她，桃花眼里裹挟几分无奈，似乎并不知道高明秀会这么问。

关洁抿了抿嘴唇，抬起左手，露出手指上的戒指，低声说："抱歉，高老师，我已经结婚了。"

林昭登时愣住。

他看着她，满眼惊疑，似乎不相信。

高明秀见状，只能无声叹气。

中途，祝政给关洁发消息询问地址，关洁默默给他发了定位。

祝政赶到现场，大家吃完饭正要去 KTV 唱歌。

他刚开完会，一身商务打扮，他没进去打扰，只在包厢门口问关洁还有多久结束。

关洁刚要回复，包厢门被人打开，大家纷纷看向门口的人。

祝政收好手机，抬眸看向包间，瞥到关洁，他无声打了个招呼。

关洁看到祝政，快步走出包厢，主动挽住他的手臂，笑着跟同学介绍："我老公。"

众人一愣，纷纷惊讶关洁竟然真的结婚了。

惊讶完，大家有意识地看向包厢里的林昭，同学一场，肯定向着林昭。

祝政隔空与林昭对视几眼，礼貌地打了声招呼。

离开前，祝政特意为他们买了单。

两人走到电梯，林昭跟着走了出来。

关洁、祝政夫妻同步回头，祝政最先反应过来。

他握住关洁的手，上前与林昭礼貌地打了声招呼。

关洁倒是没从他脸上看出醋意。

两人对峙几秒，祝政掌握主动权，先声夺人道："很感激您曾经照顾过她、关心过她。不过以后有我，我会努力做一个好丈夫，给她最好的爱与安全感。"

祝政给足林昭体面，这番话却让林昭哑口无言，只勉强点了个头。

回去的路上，祝政一言不发，关洁好几次搭话他都只淡淡地应声。

关洁看不下去，挑挑眉，故意问他："你是不是吃醋了？"

祝政秒回："没有。"

关洁若有所思地"哦"了声，慢悠悠地开口："没有啊，那有点可惜，刚刚班长讲了不少我跟他……"

祝政斜眼看她，差点气笑："吃没吃你不知道？这么浓的气味你闻不出来？"

关洁象征性地捂住鼻子，满脸揶揄地问："现在闻出来了。刚刚那么大方，全是装的？"

祝政找了个位子停下车，解开安全带，偏过脑袋，神色不明地看她几眼，声调平静地说："没装。感激是认真的，吃醋也是真的。

"感激他在你最无助、黑暗的岁月陪你一起度过，感激他对你这样好、这样温柔，却又遗憾自己未能这么早遇到你、爱上你。"

关洁喉咙里的打趣忽然说不出口了，她松开安全带，爬起身，越过操作箱，一把抱住祝政的脖子。

她低头亲了亲祝政的下巴，安抚道："没关系。生命中每个人的出现都有它的道理。没有早晚之分，只有对错之分。

"无论现在，还是未来，我只爱你。"

祝政无声叹了口气，表示被她说服。

六月，关洁出了新歌，风格跟以往大相径庭。新歌出来，占据几大音乐平台新歌榜首。

词曲依旧是她本人亲自操刀，不过中间发生过一个插曲。

那天晚上她洗完澡去书房找她第一版的歌词，不小心翻到一封信。

封面写着"致关洁"三个字，关洁认出是祝政的字迹，想都没想，直接打开。

整整两页 A4 纸，字迹潦草，有些语句逻辑不通，可见写信的人当时的状态并不好。

信件内容如下：

2020 年 3 月 25 日 凌晨三点二十一分 阴天

我不知道你是否会看到这封信，也不知道你什么时候看到。这封信写在你睡觉后的一个夜晚。

我有很多事要与你交代，却又不知如何开口，只能通过写信的方式告诉你。

这是我第一次写信，多少有点局促，也不知如何开头，姑且原谅我这样啰唆。

如你所见，我生在一个钟鸣鼎食的家庭，从小吃穿不愁，能用钱满足的都不是事。

在外人眼里，我肆意妄为、横行霸道，想做什么便做什么。

却不知，我得到的每一件礼物，都是明码标价过的。

我父亲是个掌控欲极强的人，家里大大小小的事都必须按照他的标准来。

我从小生活在高压下，稍有不慎便是一顿暴打。

皮带、木棍、椅子、砚台……什么顺手，他用什么。

我各个方面都必须拿到第一名，连吃喝玩乐方面都必须拿到名次，否则便不配活着。

十八岁以前，我没有自主权利，我的人生只有一味服从。

他像驯服军犬一样，试图将我打造成机器人，以期将来将我用在他最需要的地方。

我六岁那年曾亲眼见证他与别的女人厮混。

彼时我跪在床前，一边低头背家训，一边听那些污秽的声音。

那女人长得很像我母亲，与我父亲结束后，她总会穿着丝绸睡裙，赤着脚走到我面前，给我递一束白玫瑰。

她说，女人都喜欢白玫瑰。以后要是遇到喜欢的人，一定送白玫瑰。

这段屈辱曾被我封存许多年，我刻意不去触碰，不去回忆。

现在回想起来，我依旧觉得屈辱。

这样的状况我后来见过无数次，由最初的无知、愤怒再到最后的麻木，已经过了很多年。

我花了很长时间遗忘，这样的场景却在珍珍到来那年再次上演。

我母亲是个多愁善感，甚至懦弱的女人，别的女人找上门，她除了保持沉默，没有任何手段。

她的记忆其实有很大偏差，珍珍最初到祝家，我其实并不喜欢她，甚至厌恶。

珍珍让我想起了很多屈辱的瞬间，直到她遇到跟我一样的处境，我才明白，她何其无辜。

她有次生日，买了蛋糕请我吃。我那天忙着处理我妈的事，不小心将她推进泳池，差点淹死她。

从此以后，我不敢再提她的生日，也畏惧那个日子。

她跟你一天生。我那时总以为你生日是5月21日，大概是因为珍珍。

当然，很大一个原因，或许是我不够重视、在意你。那时的我，潜意识里并没把你当成一个很重要的存在。

我很抱歉，抱歉让你在意这么多年的事，我却没有任何记忆。

母亲最初被关进精神病院那几年，我无法接受这个结果，一直排斥珍珍的靠近，却又无法拒绝她带来的温暖。

我知道，她也讨厌祝家。

她爱自由，爱外面广阔的天地，她经常与各地朋友出去旅游、冒险。

祝淮安想把她培养成第二个我，想让她助他的宏伟蓝图更上一层楼，想让她成为另一个帮他晋升的工具人。

我做恶人将她赶出北京，在外人面前与她水火不容。

或许我周边的人都不解我为何对她如此苛刻，我也承认这点对她极度不公平，也不后悔做这决定。

前三十年，我在反抗中成长，在压迫中爆发，在屈辱里形成我独有的价值观。

我从来不是一个好人，甚至可以说是一个恶人。

我做过许多错事，错付很多人，也亏欠很多人。

我无法为自己辩解，也无从辩解。

珍珍车祸事件，我至今难以释怀。我的累累罪行，恐怕这辈子都无法被洗清。

我却还有一个妄想——我与你纠缠这么些年，不管以后如何，至少在你面前，我想做个清白人。

我心存侥幸，想你可以原谅我、理解我。

进去两年，我经历过很多的事。

我将自己定格为"罪人"，任由自己在里面自暴自弃，蹉跎时间。

我彻夜失眠，每次梦到珍珍，场景都是她站在我面前，浑身血迹斑斑地追问我："为什么是我死，不是你死？"

我几度撑不下去，却又苟且偷生，试想活着出去的场景。

我曾有过几次不太好的念头，我尝试过很多方式，也想过任何死去的可能。

最严重的一次是，我差点……濒临死亡的感觉我至今难忘。

我瘫在地上，目光呆滞地盯着天花板，脑子里一片空白，想不起任何事。

直到有人起来上厕所，发现我的不对劲，疯狂叫狱警，我才捡回一条命。

那次之后，里面特意给我安排了心理医生。他每次提及那些我不愿触碰的场景，我就头痛欲裂，只有撞墙让自己好受点。

这段日子，是我人生最灰暗、最无助也最痛苦的日子。

我试图将这段过去封存，任由时光侵蚀。

我也从未向人提起这段屈辱，你是唯一一个看过我如此难堪面貌的人。

关洁，我就是这样一个人，这么糟糕透顶、令人作呕的人。

我的余生注定要带着这些无人问津的屈辱苟且度日，但我却奢求你能毫无芥蒂地接纳我。

我深知我没资格挽留、祈求，却还是想问你一句，能不能不要抛弃我？

关洁攥着信，蜷在书桌前泣不成声。

她有预感，预感祝政在里面的日子不好过，却没想到如此艰难。

而祝政所承受的痛苦，远远不止这些。如果用文字来表达，大概是——太宰治式的绝望，张爱玲式的悲哀以及浪漫主义式的毁灭。

祝政洗完澡出来，头发湿漉漉的，还在往下滴水。

他裸着上半身，从浴室里拿了干毛巾，擦拭头发。

他意识到关洁不对劲时，是在两分钟之后。

他一进书房就看到关洁哭得泪流满面。

看到他，关洁哭得更凶，像是经历了什么惨痛的事。

祝政被她哭得心疼，急忙丢下毛巾，走过去，单膝跪在她面前，一边替她擦眼泪，一边问她怎么了。

关洁一言不发，只是揪着心口的衣服，哭得稀里哗啦。

祝政哄了好半天她才回过神，她一把搂住祝政的脖子，任由滚烫的眼泪落进他的脖子。

她恨不得嵌入他的怀里，她整个人都贴在祝政身上。

见她哭得上气不接下气，祝政搂住她的肩膀，大掌轻轻安抚她的后背，低声询问："怎么了？"

关洁哭得说不出话。

她泪眼汪汪地看着他，捧住他的脸吻他。

从他的额头到眉眼、鼻梁再到嘴唇，她吻得用力，恨不得将所有的力气都用在他身上。

她边吻边哭，最后断断续续地开口："祝政，抱抱我，抱抱我，求你了。"

祝政连忙将人一把抱住。

关洁抓住他的手臂，思绪混乱道："祝政，我爱你，我爱你，我爱你，爱你，爱你……"

她双手搂住祝政脖子，急不可耐地贴上他的脸颊。

祝政闻言，皱眉看向她。

见她满脸认真，祝政拦腰将她抱在怀里，起身放在书桌上。

他搂住她的腰，双手捧住她的脸，与她对视几秒，轻声细语地问："到底怎么了？"

关洁不说话，只是埋头靠在他的肩膀，无声哭泣。

祝政不禁叹了口气，将她抱进卧室。

中途，关洁捂住胸口，仰头盯着头顶的天花板，眼泪止不住地往下流。

泪水顺着脸颊流到枕头，沾染一片冰凉。她用力拽住祝政的肩膀，一遍又一遍地说："祝政，我爱你……我爱你……"

她像被困孤岛的人，急需祝政的安抚，需要他的肯定回答。

祝政抱紧关洁，耐性十足地替她擦掉眼泪，低声安慰她："遇到什么不开心的事了吗？能告诉我怎么了吗？"

祝政想了无数种可能，唯独没想到，关洁会看到那封信。

她抱住祝政的腰，脸贴在他胸膛，无声无息听着他有力的心跳声，却缄默不语她刚看到的信。

她不愿让祝政再想起那些于他而言可以称作羞辱的回忆。

很长一段时间后，关洁掀开被子，坐起身，扭头问他："你想听我唱歌吗？"

祝政察觉出她情绪不大对劲，顺着点头："好。"

她打开灯，抱起吉他，走到落地窗旁的单人沙发坐下。她抬眸看了看祝政，嘴角勉强扯出一个笑，说："你之前不是想听我唱吗？我特意为你写了首，唱给你听。"

祝政站起身，晦涩不明地看着关洁。

关洁舔了舔干涩的嘴唇，闭了闭眼，抱住吉他，开始弹唱——

> 呼吸在发紧，灵魂在震颤
> 你翻过山头，拐过万水，虔诚葡匐，与我共度黄昏
> 你拥住我，吻住我，与我交换余生
> 心墙早已坍塌在你掌心，无处逢生
> 我遇见你，成为你，爱上你
> 明明这么远，这么难，却这么相似
> 快来吧，快来占有我，与我陷入爱的沉沦
> 我要抱住你的颈与你交错呼吸，与你尝尽浪漫，丧失理智
> 你翻过山头，拐过万水，虔诚葡匐，与我共度黄昏
> 灵魂在山头深叹，你我在深谷呼唤
> 你是我的，我的，我的专属
> 我也是你的，你的，你的唯一
> 这样契合的我们，我们，怎能不天长地久

没关系，都没关系，她会陪着他度过余生，陪他永永远远。

这首歌只唱到一半，她便被祝政的吻封唇，他发了疯地扑向她，眼里心里只剩她。

他们疯狂、颠覆、叛逆，他们自认是一对恶贯满盈的罪人，也是彼此余生唯一挚爱。

只是，如果真有神佛，请保佑他，保佑他此后余生顺遂无忧。

第 17 章
这样契合的我们

祝政知道关洁看了那封信是在半个月后的一个晚上。

他跟合作方沟通完工作已经将近十点，休息的时候，他偶然想起那封信，本想趁关洁没看到，把那封信烧了。等他拿过那本书才发现信已经被人取走。书里只剩那张写着歌词的A4纸，纸上多了几行字：

> 我也不知道你是否会发现我已经看到信，但是我想说，我永远在。
> 既然我们都曾经历过无法言说的难堪，那以后就一起往前走吧。
> 祝政，我从未嫌弃过你，从前不会，现在不会，以后也不会。
> 你在我这儿永远醒目、坦荡、耀眼。我也希望我们可以一辈子到老。

祝政看完留言，将纸张小心翼翼夹在书里，放回书架。

放好书，他推开椅子站起身，迫不及待地走向卧室。

彼时关洁刚洗完澡，头发湿嗒嗒地贴在头皮，正要拿吹风机吹头。

瞥到祝政进来，关洁偏头看他一眼，边插插头边问："处理好了？"

祝政站在门口，神情恍惚地盯了关洁几秒，而后主动上前接过关洁手里的吹风机，扶着她的肩膀让她坐下，亲自替她吹头发。

吹风机"嗡嗡"作响，他的手指慢慢穿过她的发丝，沾了一手水。

祝政举着吹风机，为她服务。

不知不觉，关洁的头发长到了肩膀，发梢的水滴落惹得她不自觉地缩了缩脖子。

祝政顺手替她抹掉脖子上的水渍，温凉的指腹划过皮肤，掀起阵阵战栗。

结束后，他关了吹风机。

关洁仰起头，伸手抓住祝政的衣袖，抬眸望着缄默不语的男人，略带疑惑地问："你是不是有什么事？"

祝政反握住关洁的手指，轻轻捏了几下，嗓音沙哑地问："什么时候看到信的？"

没等关洁回复，祝政自顾自地陈述："你哭得稀里哗啦那天？难怪我怎么哄也哄不好，原来是看到了。"

"看到便看到了，怎么还哭得那么厉害？有这么难过？"

"我后来想了好几天，想了很多答案，却怎么也没想到你是因为信。如果是因为我写的那些话，并不值得你哭，也不用替我难过。"

关洁脊背一僵，猛地爬起身，一把搂住祝政的脖子，脸贴住祝政的脸，无声安慰他。

祝政怕她摔，顺势搂住她的腰，语调温和道："没事了，已经过去了。

"曾经的我或许怨恨过、埋怨过，也觉得不公过，甚至以为我这辈子完了。不过现在都无所谓了，都没关系了。

"或许这一切，只是为了遇见你。"

关洁听到他这样平和、安静地讲述自己的过去，忽然鼻子一酸。

这不是释怀，也不是宽恕，而是刻意遗忘。

他在努力寻找理由、借口，试图将这场遭遇美化。

关洁很想认同，但是她清楚地知道，他从未遗忘、从未过去，只是强迫自己去接纳。

可是现在，她只有顺着他往下说，才能让他好受点。

她用鼻尖蹭了蹭祝政的鼻头，轻声说："好，都过去了。"

祝政知道关洁是在安慰他，也没揭穿，只用力抱了抱她，笑说："在我面前不用这么小心翼翼，想说什么便说什么，不要藏着掖着。"

关洁仰起脖子，凑上唇亲了亲他的下巴，说："我难受是因为我之前从未真正了解过你，从未体会过你的感受，也难受我们错过太多太多。

"所幸还有时间去了解，去弥补。"

祝政喉咙一噎，抬起手摸了摸关洁柔顺的头发，低声呢喃："好。"

关洁的新歌歌名是祝政起的，名字叫《黄昏的你》。

新歌一上线，立马成了各个音乐平台榜单前三。

关洁的热度一高再高。

新歌发表第三天，关洁开了场直播。

直播间人数太多，网络一度崩溃。

中途关洁还被挤出直播间，等她再次进直播间，直播间里的网友全在笑她被弹出去了。

关洁无可奈何地笑笑。

她只直播了三十分钟，原因是她唱新歌时，祝政突然出声问她："老婆，我那件黑衬衫去哪儿了？"

直播间猛地火爆起来。

关洁见状，没再隐瞒，直接承认自己已婚的事实。

弹幕有人询问是不是上次那个跟她接吻的男人？

关洁抬头望了望楼梯口等待回应的男人，笑着说是。

怕网络再次崩溃，关洁关了直播间，合上电脑，上楼给祝政找衬衫。

没多久，关洁结婚的消息也上了热搜。

热搜后，好几家媒体、电视台都递来采访邀请，关洁选了家口碑不错的杂志社接受采访。

采访安排在周三，关洁应邀采访当天，主持人看到送她到录影棚的祝政，询问关洁能不能让祝政一起接受采访。

关洁本想拒绝，祝政忽然询问主持人："采访内容涉及隐私吗？"

主持人一听有希望，立马将台本递给祝政。都是些寻常问题，偶有几个刁钻的。

关洁见祝政看得认真，凑他跟前，低声询问："你要接受采访吗？"

祝政看完采访问题，将台本还给主持人，松口说可以接受采访。

主持人连忙吩咐工作人员准备录制采访，又临时修改台本。

一番操作下来，正式采访推迟了足足十五分钟。

关洁不算头一次接受采访，但是第一次跟祝政一起，心里既忐忑又期待。

她之前看过台本，问的问题中规中矩，除了围绕她的歌便是她身上一些未被证实的绯闻。

问得最多的便是有关祝政的。

现在祝政陪同参加，估计问的问题更多。

比起关洁的不自在，祝政反而显得比较轻松。

主持人临时调整了方案，将采访重点转移到关洁的私生活。

以下为采访内容——

陈楠：大家好，这里是 MM 杂志，我是主持人陈楠，欢迎大家留言。今天的嘉宾是大家期待已久的关洁女士以及祝政先生。麻烦请两位给大家打个招呼。

关洁：MM 杂志的读者好，我是关洁。

祝政：MM 杂志的读者好，我是祝政。

1. 请问两位的年龄是？

关洁：1995 年 4 月 21 日。

祝政：1990 年 10 月 2 日。

2. 请问两位是什么星座？

关洁：金牛座，据说是个守财奴，但是我怎么觉得我一直缺钱。

祝政：不清楚。

关洁：你应该是天秤座。

祝政：？

关洁：之前去查了星座……天秤男跟金牛女只有 40% 的匹配度，所以我俩就星座这一块，挺不合适的。

祝政拧眉：信这玩意儿还不如去烧香拜佛。

关洁：……

陈楠：插个题外话，我觉得你俩挺般配的。

祝政：谢谢，我也觉得。

3. 看你俩都挺高的，能不能问问身高？

关洁：我一米七二，穿高跟鞋直逼一米八了。走在路上，弟弟们都不敢跟我搭讪。

祝政：你还想被弟弟搭讪？

关洁：随口一说。

陈楠：那祝先生有多高？

关洁：他一米八八吧。

祝政：一米八九。

关洁：就一厘米你也争？

祝政：怕你嫌我矮。

关洁：……

4. 对方有没有小习惯是你不能理解的？

关洁：……没有。

祝政：她写歌的时候，总爱咬笔头。我好几支钢笔盖，上面全是她的牙印。

关洁怒瞪祝政一眼，抢答：他睡觉老抢我被子！还有起床气！好几次我叫他起床都被他骂。

祝政：她早上四点半就爬起来练嗓子，自己练就算了，还要拉我起来站院子里看。那个点，正常人谁起了？

陈楠：？？？为啥四点就爬起来练嗓子？我也不理解。

关洁：早起的鸟儿有虫吃。说正经的，早上空气好，对嗓子好。而且早睡早起对身体好。

祝政：她有时候那个点才睡。还有谁练完嗓子还睡回笼觉的？她就是。自个儿吼完就回去睡觉，我睡眠浅，醒过来就睡不着。早上六点去公司，员工上班战战兢兢，生怕我骂他们偷懒。谁能想到，我是大半夜被老婆叫起来陪她折腾？

关洁：难怪你秘书上回发朋友圈号叫，问老板能不能不要这么勤奋，搞得她精神不正常了。

祝政：你什么时候加了周娇？

关洁：上次去你公司接你，你在开会，你秘书给我送咖啡，顺便加的。

祝政：我为什么没看到那条朋友圈？

关洁：……可能你被屏蔽了吧。

祝政：……

陈楠：看来夫妻生活挺愉快。

5. 能不能讲讲对方的初印象？

关洁：这我有发言权！我第一次正式见他是在酒吧，他那时跩死了。他面相很凶，长得很像港剧里的反派。我推门进去，他坐在包间沙发上抽烟，看到我，直接对我三连问：会喝酒吗？很能唱吗？能豁得出去吗？

我那时候其实已经蒙了，但还是冷静回答。本以为他会习难我，结果他冷酷无情地说一句，明天来上班吧。

祝政：……我有这么跩？

关洁：是吧。

祝政：我第一次见她，脑子里只有一个念头——这女的有点意思。

关洁：……什么意思？

祝政：长得不错，身材也好，也挺有个性。

关洁：你脑子里装的什么废料？

祝政：装的全是你。

陈楠：我快吃饱了……

6. 用三个词形容对方？

关洁：脑子突然短路……呃，三个词啊？我想想。唔，真诚、幼稚、不善言辞。

祝政：漂亮，心软，善良。不过我哪儿幼稚了？

关洁：比如现在。

祝政：？

7. 最喜欢对方身上哪一点？

关洁：喜欢他的淡然，这点我得向他学习。他不太在意别人的评价，我却相反，我可能嘴上说不在意，其实心里是非常在意的。我们都是遭遇过很多抨击、负面东西的人，但是他一直守住了底线，也很少跟人诉苦，他总是给人风轻云淡的感觉。这点我其实既心疼又羡慕。

祝政：欣赏她的坚强。她可能看着脆弱，但其实很有生命力。

8. 最喜欢的一个歌手？

关洁：江维。他的声音挺有辨识度，词曲方面也厉害。不过很可惜，他现在只专注表演了。

祝政：她。

陈楠：听说江维最近有新戏要上，你可以关注关注。

祝政：关注他干吗？

关洁：是吗？我以为他退圈了呢，毕竟好几个月都没他的动静了。我还偷偷把他的歌全都下载在了网盘，就怕听不到了。

祝政：……

9. 现在最想对对方说的话？

关洁：采访结束，我想去吃火锅。

祝政：就这？

关洁：那你想对我什么？

祝政：我想吃烤肉。

关洁：石头剪刀布，谁输听谁的。

祝政：行。

关洁：我出石头，你出什么？

祝政：布。

关洁：好的，夫妻感情破裂。

祝政：……

最终，祝政出了剪刀，关洁合理合法地提议结束后去吃火锅。

10. 对方做过什么事让你很感动？

关洁：我想想……挺多的。我印象比较深的是 2017 年冬天我俩去哈尔滨看雪。雪下得挺大的，一脚踩下去，雪都陷小腿了。我跟他住的酒店房间有壁炉，我俩晚上躺在壁炉前的沙发，一边看雪，一边听壁炉里"噼里啪啦"的柴火声，挺浪漫的。

祝政：她前不久给我写了首歌。歌词挺不错，我喜欢。

关洁：你就没有别的感动吗？

祝政：这个更直观。

关洁：……

11. 最想对方为自己做的一件事？

关洁：希望他戒酒戒烟，锻炼身体。

祝政：早上不要叫我起床。

关洁：看来你对我叫你早起的事怨气挺深。

祝政：你问问主持人，你这是早起？

陈楠：……确实有点早了。

关洁：那我明天五点叫你起床。

祝政：我要八点起。

12. 有什么特别喜欢的食物吗？

关洁：作为肉食主义者，肉肯定是不能少的。

祝政：没什么特别喜欢的，都行。

关洁：我之前去新疆，那边的羊肉串和椒麻鸡还不错，有机会再去一次。

祝政：想吃明天就去。

关洁：这么突然？

祝政：你不是想吃？

关洁：好吧，那明天去吧。你记得订票。

陈楠：这么随意吗？都不制定个计划啥的？

关洁：我都习惯了，他一直说走就走，一点都不给人考虑时间。

祝政：这种事越考虑越犹豫。

关洁：说得有道理。

祝政：嗯。

12. 听说祝先生是开酒吧的，酒吧里有遇到什么好玩的事或者人吗？

关洁：这点我有发言权。他其实不怎么待酒吧里，我比他更像老板。

祝政：好玩的人没遇到过，奇葩倒遇到不少。

陈楠：能详细说说？

关洁立马抢答：上周有个大哥喝醉酒，当着所有客人的面脱裤子、脱衣服，还大声唱《忐忑》。他当时刚好在酒吧，上去阻止，差点被大哥吐一身。

祝政皱眉：……

关洁：还有一回，不过那时是在北京。他们几个玩得好的玩游戏，他输了。惩罚是对着包间外第一个路过的人喊我是大傻子。他出门时正好撞上他兄弟。

他忍着气喊了声我是大傻子，他兄弟差点笑岔气。后来逮着机会就调侃他。

13. 最近阅读的一本书是？

关洁：《步步沦陷》。

祝政：市川忧人的《蓝玫瑰不会安眠》。

陈楠：能具体说说书的内容吗？

关洁：一个爱情故事，还挺有意思。

祝政：你还看这种小说？

关洁：嗯。

祝政：哦。

关洁：《蓝玫瑰不会安眠》讲的什么？

祝政：推理小说，找杀手。

关洁：……

14. 如果只剩一天时间，你会做什么？

关洁：唱歌，跟他去看星星。

祝政：跟她待在一起。

关洁：你可以有点追求吗？

祝政：听她唱完歌，看完星星，跟她待在一起。

关洁：……

15. 之前的负面新闻对你们的生活有没有影响？你是如何度过的？

关洁：没有太大影响。只是那个帖子涉及的人很多，所以看到的时候有点生气。本来没打算处理，但是有人替我发了律师函。我的朋友们纷纷替我澄清，所以觉得自己还是有必要亲自出来澄清。

祝政：律师函是我递的。那时候我俩还没复合，看到那个帖子我挺生气的。

16. 帖子里提到的林昭是你生命中比较重要的人吗？

关洁：他曾经对我来说是很重要的朋友。现在我依旧感激他。

陈楠：不担心祝先生生气吗？

祝政：不会生气。只是遗憾没有早点遇到她、爱上她。

17. 热度高了以后，对你生活、工作有影响吗？

关洁：还好，没受多大影响。

祝政：很多人关注她的私生活，这点挺烦。

18. 目前为止，最想做的一件事？

关洁：想去哈尔滨看雪。

祝政：陪她去。

19. 想对喜欢你们的人说什么？

关洁：好好生活，努力赚钱。

祝政：感谢喜欢。

20. 未来有什么计划吗？

关洁：想开场演唱会。当然，只是想想，还不确定。可能去参加

live，刚认识了几个乐队，对方邀请我去现场，我还挺感兴趣。

祝政：陪她去 live 现场。

陈楠：好的，今天的采访到此结束，感谢配合。现在时间还早，可以去吃火锅。

采访结束，关洁两人手挽手走出录影棚。

关洁找了家评分比较高的火锅店，祝政吃不了辣，点的鸳鸯锅。

两人吃到一半，刚好碰上邹宇，关洁又找服务员加了菜。

邹宇过来相亲，相亲对象是个女博士，邹宇一进去就被女博士从头批到尾批评了个遍，女博士简单粗暴地总结："跟你相亲还不如去实验室做实验。"

邹宇一听这话，立马来气，跟女博士来了场口舌之争，结果到现在气都没消。

邹宇喝了口啤酒，"啪"地放下筷子，扭头对祝政诉苦："这女的是不是有病？谁相亲来火锅店，这也罢了。她不想相亲直说就是，还整出这么多幺蛾子。

"先是说我穿的衣服不行，又说我太高，还说我看着不像个好人。这也就罢了，居然还说我面相看着像什么犯罪分子！

"我好歹也当了几年兵，怎么就像犯罪分子了？这要不是她眼瞎，我还真不能接受。"

祝政闻言，偏头上下扫视一圈邹宇，见他穿得破破烂烂，浑身透着一股穷酸样。

祝政拧眉："你就穿这去相亲？"

邹宇拧眉："我穿这怎么了？"

祝政垂了垂眼，煞有介事地说："她怎么不骂你是乞丐？我看挺像的。"

邹宇气笑，差点丢了筷子跟祝政干起来。

"要不是我爹逼我，谁爱相这破亲，还整一女博士。生怕我学历不高，给咱邹家智商拖后腿？"

祝政夹了块牛肉片放关洁碗里，波澜不惊地说："也可能是大号养废，提前准备养小号。"

邹宇看他一眼，笑骂："你闭嘴行不行？"

祝政耸耸肩，没再说话。

吃完火锅，邹宇去处理相亲后续，关洁两人去菜市场买菜。

祝政最近在学做菜，关洁偶尔打下手，刚开始做得不怎么样，现在至少卖相差不多了。

关洁以为他不会买菜，等到菜市场，看他娴熟地挑拣新鲜的西红柿，忽然觉得他身上有人气了。

他今日穿得比较正式，在这充满烟火气的菜市场显得格格不入。

关洁本来想帮忙，见他全程自然，也就没出声，默默跟在他身后看着他。

买了点土豆、西红柿，一条鲤鱼和两斤生蚝，临走前还买了几样水果。

回去路上，关洁想开车，被祝政严词拒绝。

关洁知道她出车祸这事对他有后遗症，却没想到这么深。

"我总不可能一辈子不开车，是吧？"关洁犹豫半天，笑着询问。

祝政握住方向盘，神情严肃地说："我在，不用你开车；我不在，有司机。"

关洁见他态度坚决，抿了抿嘴角，点头："那行，我以后不开了。"

祝政无声无息地看她一眼，意识到自己说得太绝对，换了个委婉的说法："你要想开，可以去郊外车少的地方。到时候我陪你。"

"行。"

"对了，你今天怎么突然愿意接受采访了？"

祝政握住方向盘，转了个弯，面色平静地说："顺手的事。"

关洁轻轻"嗯"了声，又问："你最想对我说的话是什么？"

"之前想说感谢有你，现在想说有你真好。"

"我也是。"

祝政尝试做酸菜鱼的第一天，浪费了足足三条黑鱼。

最后出锅那条，味道并不怎么样。

关洁喝了小半碗汤，给足他面子，让他以后再接再厉。

祝政闻言，搁下碗筷，一本正经地看她一眼，询问："有这么难吃？"

关洁摇摇头，很是善良地说："没有，只是你擅长的地方不在这儿。"

最后那锅汤还是被祝政倒进了垃圾桶，他俩最后点的外卖。

家里没请阿姨，只叫了钟点工。这段时间，祝政一有空就钻进厨房，估计是想把家庭煮夫的名声坐实。

关洁不怎么爱做饭，见祝政把活儿揽下来，她也没拒绝，却没想到祝政在这方面一点天赋都没有。

祝政尝试了几次黑暗料理后，主动请了个营养师，一是解救她，二是为了自己的身体。

她之前对营养师的印象一般，以为营养师做出来的饭菜少盐少油少糖，只注重营养，并不好吃。

吃了一顿后，她快成营养师的忠粉了。

祝政对她的中途叛变很不解。

有次吃完营养师做的饭，他瘫在椅子上，满脸疑惑地看着关洁，问："你为什么不喜欢我做的？这营养师的手艺一般吧。"

营养师是位女性，从业很多年，在业内也有一定威望。

所以祝政这话说得没有一点说服力。

关洁端起柠檬水喝了一口，盯着他，波澜不惊地问："你自己没点数吗？"

祝政瞅了瞅她，揪着不放："你这意思是我做得难吃？"

关洁被他弄烦了，耸肩，直言不讳："就这么说吧，你做的跟营养师做的，就不能比。"

祝政有好一阵儿没说话，关洁以为他生气了，下意识地觑了觑他，见他稳稳当当坐在椅子上，脸上摆满不解、反思。

关洁看他有些可怜，抿了抿嘴唇，找补一句："也没到难以下咽的程度，就是还欠点火候。"

祝政惊奇地"哦"了一声，笑眯眯地问："你这意思是我还有进步的空间？"

关洁愣了，他这角度找得也是清奇："……也可以这么理解。"

祝政翻了翻兜，想抽根烟，翻了半天才想起最近在戒烟，烟和打火机早被关洁收走，不知道到哪个犄角旮旯去了。

他收回手，嘻着笑说："那改天我换别的菜。"

关洁无言以对，默默灌了口柠檬水表示她知道了。

下午祝政有个会要开，关洁在家里待着没事，跟着他一起去公司。

公司规模不算大，弄的产品是跟高科技沾边的东西。关洁不懂这块，很少参与公司会议。

祝政为了让她有参与感，给她挂个闲职，让她有事没事去公司走走。

公司员工十来个人，个个都是名校毕业，最低学历也是"985"的。

祝政的秘书周娇是美国斯坦福大学毕业的，是个漂亮大美女。

不过周娇被祝政折磨得不轻，高强度、高难度的工作让她差点成了枯萎的狗尾巴。

碰到过来探班的关洁，周娇跟见到了活佛似的。

祝政在里面开会，关洁在外面听周娇诉苦。

周娇泡了杯茶搁关洁面前，抱着文件夹，很是烦恼地说："老板娘，再这么下去我人要没了。能不能让老板别这么拼命，搞得底下一众员工也要加班，我已快一个月没睡过美容觉了。再这么下去，人要枯萎了。"

自从上次她俩加了微信，私下聊了不少次。周娇工作能力强，私下性子却大大咧咧的，跟公司里的女强人不是一个样。

之前在国外，周娇听过关洁的歌，还把她列入宝藏歌手列表。

没想到回国后，老板的老婆就是她喜欢的歌手，见到面，周娇连说好几句喜欢关洁的歌。

关洁不是第一次私下遇到歌迷，但是周娇是她唯一一个合眼缘的。

"你们最近在忙什么？"关洁端起茶慢慢抿了一口，抬头望着站在一旁的周娇。

"融资一项目，已经在做第三轮方案了。不过再这么下去，我估计我回去，我妈都认不出我了。"

关洁失笑，说："嗯……那我待会儿问问他，看他能不能早点下班。"

周娇当场表示："老板娘的大恩大德，我三生难忘。"

关洁："……"

周娇缓过气，一脸严肃地说："这事我就跟您开个玩笑，工作还是要做的。等忙完这轮，估计能调休两天。老板也挺累，他都能坚持，我们底下的哪个不能熬。"

这话关洁赞同，祝政最近一直早出晚归，很少有空去酒吧。

大部分时间都是她和陈川看店，后来连陈川都被祝政抓回公司做苦力了，酒吧生意全靠她管。

说管也没怎么管，营业额一直是陈川在做，酒吧生意也是祝政在管，她就帮忙调个酒，兴致来了就去台上唱几首。

他俩结婚后，酒吧找了新的驻唱歌手，附近的大学生兼职，每周四天。

是个男生，二十出头，某音乐学院的学生。

一杯茶喝完，关洁看了眼时间，已经过去一个小时。她搁下茶杯，站起身，走到落地窗前，低头看着底下川流不息的车流、对面钢铁铸造的高楼以及辽阔的黄浦江，还有那璀璨的东方明珠。

有股说不清道不明的感觉充盈胸腔，转眼间，时间过去大半。

这一年多来，发生天翻地覆的变化。

要是放以前，她怎么也不敢想，她会跟祝政结婚。

祝政开完会出来，就见关洁站在落地窗前发呆。

他关上办公室的门，将手里的文件搁在办公桌，走向关洁。

见她一副失魂落魄的模样，祝政伸手碰了碰关洁清冷的脸，低声问："怎么了？"

关洁摸了摸脸，摇头说："感觉有点不真实。"

祝政滚了下喉结，询问："什么不真实？"

关洁叹了口气，抱着肩膀，轻声说："这一切都挺不真实的。

"关珍容进戒毒所，真真去世，杨竞文离开北京，以及我俩重逢，再到结婚。我以为过了好几年，可算算时间，也才六个月。

"祝政，这一切是真的吗？"

祝政轻轻弹了一下关洁的脑门，笑着问她："是真的吗？"

关洁捂着泛疼的额头，无言以对。

祝政沉思片刻，说："人生就是这样变化无常，什么都有可能发生。"

关洁认同地点了点头，随后跟他开玩笑："看不出来啊，你挺有当哲学家的天分。"

祝政："你看不出来的地方还多了去了。"

"比如？"

"比如我这副破旧的皮囊下还有很多有趣的东西。"

关洁努努嘴，仰头笑问："这么自负吗？"

祝政沉默两秒，否认她的话："自负这个词用得不准确，应该是自信。"

关洁笑了笑，配合地说："了解了，自信。"

话音落下，关洁继续问："能告诉我，很多有趣的东西到底是什么？"

"不想说。"

"不，你想。"

"看心情。"

关洁挑眉："心情好的时候就说？"

祝政看了她一眼，说："心情差的时候。"

"……那你现在？"

"心情很好。"

关洁皱眉："这话说得一点意义都没有，还不如我自己猜。"

祝政表现出很有兴趣的样子，耐着性子跟她说："那你猜，我听着。"

关洁耸耸肩，勾唇拒绝："我现在心情也很好，不想说。"

所以是故意逗他？

祝政今天难得没加班，还放了员工半天假，原因是要陪老婆逛街。

公司十几个员工恨不得当场给关洁下跪表演个"老佛爷吉祥"。

周娇更是夸她是活菩萨，让她以后有事没事天天来公司。

祝政一听，很不理解地问："工资我发、假我放，怎么还感谢你了？"

彼时关洁在跟周娇约周末去看展览，闻言，两个女生同时抬头看向祝政。

周娇敢怒不敢言，关洁则是满脸好笑。

她舔了舔嘴唇，指着一旁的周娇说："你可以问问你的秘书，问她为什么感谢我。"

祝政的目光落在周娇身上，询问："嗯？"

周娇摸了摸鼻子，大有破釜沉舟的姿态，她咳了两声，一字一句地说："老

294

板娘比较亲和，看着讨人喜欢。"

祝政冷嗤："我不亲和？"

"也……亲和，就是有点不近人情。"

"是吗？"

周娇眨眨眼，无辜地问："除了您，还有哪家公司老板六点就到公司折腾人的？"

祝政睨她一眼，波澜不惊地说："那你问问你亲和、讨人喜欢的老板娘，她四点半爬起来练嗓子，为什么要拉我一块儿起床？我后面睡不着，只能到公司上班了。"

关洁莫名躺枪，有点尴尬。

周娇闻言瞳孔放大，猛地回头看向尴尬到摸鼻子的关洁。

深吸一口气，周娇近乎咬牙切齿地说："老板娘，希望您下次晚点起床，让我们老板多睡会儿安稳觉。"

关洁无奈笑笑，诚恳道："好的。我这就回去修改作息。"

祝政无声无息看她一眼，表示赞同。

七夕当天，酒吧举办了一个"有缘人"的活动。

祝政难得休息，放了员工半天假，他也陪同关洁去酒吧凑热闹。

酒吧本身客流量就大，活动当天更是翻了一两番，一晚上流水账就几十万。

关洁本来没准备上台，见驻唱歌手唱得上气不接下气，她放下手里的活儿，找陈川拿了自己备用的吉他上台唱歌。

祝政人就坐在老位子，拿着手机，偏身靠在沙发，边拿手机拍台上的人边听她唱。

自从他俩结婚后，祝政的手机相册里几乎全是关洁。

她唱歌的、发呆的、睡觉的、工作的，各种各样的姿态都有。

视频录到一半，邹宇几人走进酒吧。瞥见认真录视频的祝政，邹宇立马"啧"了一声，抱着胳膊揶揄："啧啧啧，这就是结了婚的男人？望妻石，还是妻管严？"

祝政录完像，凉飕飕地睨他一眼，没搭理。

邹宇自然不肯放过这个机会，嘴里唏嘘一声，漫不经心道："前两天约你喝酒，你跟我说你要回家；上个月约你打牌，你跟我说你老婆心情不好……上午我问你去不去酒吧，你说你头疼。这会儿怎么不见你头疼？敢情你还跟我看人下菜碟呢？"

祝政嫌他吵，招呼一旁的陈川打发他。

邹宇气不打一处来，当即坐在祝政对面，表示他今天不走了。

祝政寡淡地睨他两眼，似笑非笑地问："听说你家老头子又给你介绍了一门亲事，结果怎么样了？"

他还有脸说这事？

"你还敢提这事？要不是你多那句嘴，他能把一麻烦丢给我？"

"可别提了，那千金大小姐我可伺候不了。"

女博士没了后续后，邹父又替邹宇找了门亲事。

女方是个矫揉造作的千金大小姐，人家喝水要喝什么欧洲进口的矿泉水，一顿饭少于四五位数不吃，出门还要人伺候。

简单来说，人不咋样，屁事一大堆。

邹宇当兵那几年什么苦没吃过，能忍女方这大小姐脾气才怪。

奈何大小姐对他一见钟情，两家家长一撮合，这门亲事就这么成了。

邹宇反对无用，被迫顺从，却又不想女方太好过，干脆搞了个离家出走，让女方找不到他的踪影。

这事说来还跟祝政有点关系，那女方父亲是祝政的生意伙伴，本来对方看上的人是祝政，奈何他已婚。

祝政当时忙着签合同，直接把邹宇丢了出去，理由还说得特冠冕堂皇，说什么他在公司既然是股东，也该为公司的利益做出点小小的牺牲。

邹宇对牺牲倒是没意见，却没说要出卖自己的身体，还要赔上自己的婚姻。

想起这事，邹宇看祝政的眼神里多了两分审视。

他冷不丁地问："这样的事你出卖我几回了？"

祝政难得心虚，瞥了邹宇一眼，貌似认真地想了想，煞有介事地说："也就两三回，不多。"

"得，你是真觉得你结了婚，有人要了，所以这么信誓旦旦是吧？"

祝政双手合十，将手搭在膝盖，点头道："你也可以这么理解。"

关洁唱完下台，见到的就是这样的场面。

祝政、邹宇两人面对面坐着，一个脸色黢黑，一个面色平静，眼神交汇的瞬间关洁总能察觉到杀意。

关洁舔了舔嘴唇，将吉他搁在一旁，无声无息地坐在祝政身边，抬头在两人之间睃了一圈，询问："你俩吵架了？"

"没有。"

"没有。"

两人异口同声回应。

关洁："……"

"那是？"

邹宇："你可以问问你那缺德老公，到底怎么回事。"

祝政："别理他，他发神经。"

邹宇当场暴走："谁发神经？你把这事给我讲清楚。"

祝政波澜不惊地看他一眼，下巴指向他："你。"

邹宇横他两眼，憋着气说："滚蛋，我可没神经病到把兄弟推入火坑。某人搞得我不得不离家出走，还粘了块牛皮糖甩不掉。"

祝政冷冰冰地回复："谁让你长得丑，被她看上了。"

"骂谁丑呢？"

"你。"

"爷比你帅多了。"

"哦。"

"腹肌比你多几块，你没点数？"

"放屁。"

"来，咱脱衣服比比。"

关洁看他俩越说越起劲，忍不住出声打断："……你俩可以再幼稚点？"

祝政闻言，解了一半的衣服立马扣了回去。

瞥到邹宇脱了一半的T恤，祝政抬手盖住关洁的眼睛，拧眉："谁要看你那破腹肌，留给你那千金大小姐行不行？辣眼睛。"

邹宇也意识到环境不对，默默放下衣服。

祝政等他彻底穿好衣服才将手从关洁眼睛上拿开。

后半场，周远鸿、徐文远也加了进来。

几人闲着无聊，打完牌，找来骰子玩真心话大冒险。

关洁被迫加入。

祝政今晚运气不大好，几乎把把输。

关洁不让他喝酒，又不想破坏游戏规则，替他挡了好几杯酒。

等游戏结束，已经后半夜了。

关洁困得不行，就着抱枕，靠在沙发上迷迷糊糊睡了过去。

祝政找来毯子盖在她身上，弯腰将她抱在怀里，又吩咐陈川收拾残局，他先送她回家。

中途关洁转醒，缓了好几秒才意识到自己在车里。

她靠在祝政的肩膀上，低声问："你跟邹宇吵架了？"

祝政摇头："没，闹呢。"

关洁见他表情轻松，没把这事当回事，也没再多问。

祝政见她没再多问，沉思两秒，将来龙去脉给她讲了一遍："他爹给他找了门亲事，女方是我合作伙伴的女儿。这姑娘有点作，他看不上。结果人家姑娘黏着他不放，把他惹烦了。

"找我诉苦来着，我懒得理。"

关洁眨了眨眼，条件反射般地问："那他必须娶？"

"娶个屁。他那性子，谁逼得了他？他爹就是看不惯他整天无所事事，故意折腾他。"

"他不是跟你合开公司？"

"在他爹那儿，只要不是公职，干什么都是胡扯。"

"他们家……"

祝政顿了下，解释："祖祖辈辈都是吃的公粮，他爹有那想法也不足为奇。不过我要是他爹，也这么干。不让他吃点苦，对不起他这句兄弟情。"

"……"

所以就互损呗？

半夜，祝政突然胃疼得厉害，关洁被吵醒，连忙打120。

祝政疼得死去活来，整个人脸色煞白、满头大汗、浑身冰冷，连话都说不出来。

关洁紧张得心都提到了嗓子眼。

医生连夜安排手术，关洁签字时，手都在抖。

手术长达五个多小时，这五个小时，关洁穿着睡衣蹲在医院走廊，面如死灰地盯着手术室。

这几个月关洁虽然有意替他调养身体，可祝政身体实在太弱，好几次检查，各方面机能都低于常人。

徐文远也隐晦地跟她提过几次，说祝政身体太差。

关洁总把这事藏在深处，不愿回想。

却不想，该来的总会来。

这一晚，她蹲坐在地板上，想了很多事。

她在想，如果祝政这次手术成功，她就跟他出去旅游，去吃任何他想吃的东西，去看任何他想看的风景。

也可以在家躺着晒太阳，她躺在他怀里，什么都不做。

或者她搂着吉他给他唱歌，又或者她为他做饭、写情书。

当然，如果他愿意，她想跟他做很多情侣应该做的事。

比如去迪士尼打卡，比如拍婚纱照，比如一起去跳伞。

她想跟他走在南京路的街头看路上匆匆忙忙的行人，想跟他手挽手肩并肩地走在花园，想跟他坐下来好好喝一杯茶……

如果手术不成功，她也会冷静处理祝政的后事，会替他完成他所有的心愿，

298

会找人每年去他坟头送一束红玫瑰。

她会一个人跑去雪山、去沙漠、去山川，会在游走完大半个中国后回到祝政身边，然后看着他的照片随他而去。

当然，这只是最坏的结果。

她依然对这场手术抱以期待，会对参与手术的每一个医生、护士祈祷，祈祷他们救他一命。

事实证明，关洁的祈祷生效了。

五个小时后，医生满脸笑意地走出来，告诉她手术成功，病人已经转到病房。

只是医生离开前，面色凝重地提醒她："病人现在身体状况很糟糕，随时有危险，需要用心调理，家属要做好心理准备。"

关洁紧绷的心忽然松懈下来，像吹得鼓鼓的气球被针扎了一下，气体全都泄漏，最后只剩一个瘪掉的气球苟延残喘。

她用力咬着手指，弯下腰，泪流满面地同医生道谢。

祝政人还在昏迷状态，病房里没开灯，关洁孤零零坐在椅子，借着窗外稀薄的月光，抬头安安静静看着床上躺着不动的人。

刚做完手术，他还在昏迷中，鼻子里还插着氧气管。

他脸色很白，白到看不到血色。窗外月光洒在床头，关洁望着床上白茫茫的人影，她恍惚以为她在停尸房。

也不是不能面对死亡，只是多少觉得上天对她不太公平。

她一路走来，好像经历了太多太多难以言说的苦楚，明明已经跨过这么多的困难，为什么还要遭此一劫？

还有祝政，祝政又做错了什么？

他所经历的痛苦远比快乐多得多，为什么还要如此对他？

关洁趴在床边，伸手握住祝政冰冷的手指，已经哭到眼泪流不出。

她睁着眼，眼神呆滞地望着窗外清冷的明月，嘴里满是化不开的苦涩。

她走到现在也未曾埋怨为何命运如此不公，可是现在，她忍不住问天："为何这般咄咄逼人，为何让她无时无刻不活在忐忑里，为何让她随时随地都得接受祝政可能会面临生命危险？"

难道他们不配拥有幸福吗，难道他们不配活着吗，难道他们不配为人吗？

是不是曾经走错过路、认错过人、做错过事，就再也没法回头，就再也没有补救、没有乞求原谅的机会了？

关洁不理解。

她在想没有祝政的日子她该如何度过，在想她跟祝政接下来的每一天是不是都活在恐惧里，在想她该如何跟祝政坦白他的身体状况。

这一夜，关洁彻夜难眠，瘫坐在椅子上，想了无数个可能，想了无数种选择，最终只能认命地说一句："顺其自然吧。"

祝政彻底清醒是在第二天中午，醒来没见到关洁。

他扯掉氧气罩，掀开被子想要下床找关洁。

刚握住被子，关洁就提着保温壶走了进来。

看到祝政清醒，关洁朝他无声笑笑，面色平静地举了举手里的保温壶，轻声说："刚让营养师炖的鸡汤。我刚下楼拿上来，你什么时候醒的？"

祝政深沉的目光锁定在关洁的脸上，见她情绪平静，祝政艰难地抿了抿干涩的嘴唇，配合地回："刚刚。"

关洁走到病床前，将保温壶搁在床头柜，慢吞吞地打开盖子，捧住保温壶，拿起勺子舀了口汤，轻轻吹了两下递到祝政嘴边。

祝政顺势喝完汤。

"味道怎么样？"

"还不错，你也尝尝。"

关洁"哦"了一声，重新舀了一勺喂进自己嘴里。

香味浓郁的鸡汤在唇齿间弥漫，关洁点点头，笑着认同："周姐手艺真不错。"

祝政胃口不大好，关洁喂了一小半碗鸡汤他便吃不下别的了。

关洁也不勉强，放下保温壶，装作什么也没发生地坐在他身旁。她从包里翻出祝政未读完的《蓝玫瑰不会安眠》递给他，让他打发时间。

祝政接过书，随手翻到自己之前读的那页。

他精神状态还不错，看了将近二十页才放下书。

关洁见祝政看累了，提醒他休息会儿，祝政无比乖顺地点了点头。

闭眼睡觉前，祝政忽然抓住关洁的手不放。

关洁回握住祝政没什么温度的手指，耐着性子询问："怎么了？"

祝政攥紧她，偏过头故意不看她，他沉默片刻，喉咙里艰难地挤出一句话："关洁，我不想死。"

关洁没撑住，眼泪"哗啦"一下砸出眼眶。

她咬紧牙关，强行咽下所有痛苦，用最坚定、轻松的语气回答他：

"你不会死。"

第18章
你不会死

祝政出院以后，他俩提前体会了一把退休养老的日子。

祝政在郊外买了套全新的院子，关洁强迫祝政丢下手里的工作，搬去郊外养身体。

院子水电等设施齐全，只需拎包入住。

关洁提前找阿姨打理完卫生，第二天就搬进了院子。

院子大约三百多平方米，两进两出的结构，中式庭院装修，类似北京四合院。

游廊挂着红灯笼，庭院旁建了间露天茶室，头顶玻璃罩，四周用竹帘隔开。茶室里摆了两张红木躺椅、一张茶桌，四周摆了几个蒲团。

祝政这两天有事没事都去茶室泡泡茶，晒晒太阳。

关洁嫌院子里太过单调，找人送了玫瑰花种子和山茶花树苗，打算将院子里种满花。

家里没请阿姨，就他俩，吃穿全靠自己。

关洁找附近邻居借来要用的工具，一上午都在花园里忙活。

祝政见状，进屋换套衣服，戴上手套，拿过关洁手里的锄头，跟她一起干活。

顺着关洁挖过的地方补了几锄，祝政握着锄头顶端，低头看了看脚下的黄土，又瞧了瞧关洁手边的树根，好奇地询问："这是什么树？"

关洁将杂草清理干净，回头看他一眼，解释："山茶花。"

祝政"哦"了一声，又指着另外一堆问："那是什么种子？"

关洁顺着看过去，耐性十足地回："红玫瑰。"

"今年能开花？"

关洁扯了几把草，将它们团成团扔在垃圾桶，沉思半秒，回："等明年吧。"

祝政挖了一锄土，默默看了眼蹲在地上清理杂草的关洁。

她眉目低垂，脸色平静，看不出半点情绪，仿佛刚刚那句感慨不是出自她的嘴。

自打从医院出来，关洁有意避开死亡这样的话题，也拒绝跟祝政讨论病情。

他吃药时，她总会躲得远远的，装作没看见。

夜里，祝政翻来覆去睡不着，喉咙痒到咳嗽不停。

关洁听了，小心翼翼地爬起来给他倒水、喂药。

等他缓过气，想跟关洁说说话，关洁却不给他机会，直接闭着眼装作睡熟的模样。

要不是看到她眼角的泪痕，祝政恐怕真以为她睡着了。

祝政渐渐明白，关洁害怕他死、害怕他突然消失，所以不敢听、不敢说、不敢看。

那晚以后，祝政也刻意避开关洁咳嗽、吃药，他也怕她承受不了，所以有意拜托徐文远不要让他死太早。

"祝政，帮我弄一下头发。"两边头发掉下来挡住了眼睛，关洁两手都是泥，不好弄，下意识地叫了声祝政。

祝政"嗯"了一声，放下锄头，蹲在关洁身边，伸手将她脸颊两边的头发握住，拿过手腕的头绳替她扎起来。

扎好头发，关洁大半张脸露了出来。

她在家没化妆，素颜也够漂亮，比起之前，眉目间多了两分柔和。

她的嘴唇颜色很淡，嘴角还沾了两根头发，祝政伸出手替她拈开嘴角的发丝。

他温凉的指腹落在她柔软的皮肤，掀起阵阵涟漪。

关洁摊开泥手，仰头看向祝政。

见他神情认真、柔和，关洁不自觉地移开眼，盯着不远处的墙角转移话题："那个角落种蔷薇怎么样？"

祝政顺着关洁指的方向看过去，墙角孤零零的，只剩一堵白墙，没有任何美感。

他想了片刻，点头："可以。"

"那我明天叫陈川去一趟花鸟市场，送点种子过来。"

"好。"

关洁抿了抿嘴唇，偏头看向祝政，问他："你有想种的花吗？"

祝政本想说没有，对上关洁期待的目光，他兀自怔了一下，换了个答案："种点向日葵？"

"种后面？"

"听你的。"

两人忙活一上午，也只开垦了一小块地。

松完土，关洁将玫瑰花种子全都撒在了茶室附近，山茶花则种在墙根。

祝政没怎么干过苦力，上午挖完土，手臂酸得不行。

吃完午饭，祝政便上楼午休。

这一觉睡到下午四点，起来时太阳挂在天边，隐隐有下落的姿态。

祝政浑身没劲，缓了好几分钟才爬起来。

穿好鞋，祝政下楼寻找关洁。

见她抱着吉他，躺在茶室的躺椅，一个人孤零零地盯着头顶的蓝天白云发呆，祝政止不住地心疼。

他在台阶上站了好几分钟才抬腿走进茶室。听到动静，关洁揉了揉发酸的眼，扭过脖子看向祝政。

"睡醒了？"

祝政走近关洁，弯腰将她抱在怀里，摸着她的肩头问："饿了？"

关洁枕在祝政的膝盖上，仰头瞧着祝政的下巴，摇头："还好。"

祝政手掌贴住关洁的脸，俯身吻了吻她的额头，耐心地询问："想吃什么？"

关洁翻过身，伸手搂住祝政的腰，往他怀里蹭了蹭，瓮声瓮气道："晒会儿太阳吧，今天天气不错，我想在这里待会儿。"

祝政扶住她的肩膀，点头说好。

太阳透过玻璃照进茶室，晒在两人身上暖烘烘的。

祝政靠在躺椅上，垂眸细细打量关洁，阳光打在她脸上、发丝上，将她头发染得金黄，平日清淡的脸也被晒得红红的。

她耳垂上的耳孔也变得透明、清晰。

祝政手指落在关洁耳垂，沿着纹路轻轻捏了两下。

关洁怕痒，条件反射般地缩了缩脖子。

祝政稳住她的后背，俯下身，认真打量她的每一寸皮肤。

见她脖子后侧有颗红痣，祝政略带惊奇道："这里怎么还有颗痣？"

位置太偏，关洁也没注意，闻言眨了眨眼，扭过脖子想看痣的位置。

奈何因为视角问题，她怎么弄都没看见。

祝政见她好奇，掏出手机打开摄像头，对着她的脖子拍了张照片。

拍完将手机递给关洁，关洁放大照片看了两遍，还是没看见。

关洁满脸疑惑地问："在哪儿？"

祝政哭笑不得，拿过手机放大屏幕，替她指位置。

关洁这才看见。

她重新找了个舒服的姿势躺下，眼睛盯着屏幕说："……我还是第一次看见红痣，听说脖子后长痣是有靠山的意思。你信不信这些？"

祝政点点头，回应："嗯，我是你的靠山。"

关洁顿了半秒，低声问："一辈子的吗？"

"有生之年。"

"那你活久点，不然没有你，我被欺负了怎么办？"

"好。"

祝政戒烟戒酒后迷上了喝茶，有事没事到院子里泡壶茶喝一下午。

书房里有很多书，关洁时不时拿两本书，披一条披肩下楼，边陪祝政喝茶边看书。

偶尔兴致来了，关洁会找几段她喜欢的句子给祝政念。

或者将书递给祝政，找到一段对话，让他念给她听。

日子过得充实又舒适，关洁甚至在想，如果能一直这么下去就好了。

可天不遂人愿。

九月中旬某天晚上九点，北京那边打来电话通知祝政，赵娴泡澡时不小心溺水身亡。

这通电话是关洁接的，得知消息，关洁急忙通知祝政。

祝政听到消息，人都傻了，差点没缓过来。关洁怕他身体出问题，急忙给他喂了两颗药，又安抚他不要太激动。

事情太过紧急，关洁来不及多想，随便收拾了点行李，跟祝政连夜赶回北京奔丧。

这一路，祝政的情绪始终很平静，看不出他有任何不对劲。

关洁想要安慰他，却又明白此刻说什么都是白费口舌，便只握住他的手，告诉他，她还在。

本来是关洁安慰祝政，他反而笑着拍了拍她的手背，让她不要担心，他还撑得住。

关洁反而不好说什么，只能点点头，安安静静地等待飞机降落。

他俩赶到已经将近凌晨，刚走出机场便看到等在国内到达出口的傅津南夫妇。

两人脸上俱是担忧，看到祝政，傅津南收好手机，主动迎上前，面带凝重地说："用人说是不小心，可——"

祝政拍了拍傅津南肩膀，宽慰道："回去再说。"

傅津南顿时卡住，将没说完的话吞了回去。

场面太过严肃，关洁也没工夫跟唐晚叙旧情，几人上车便往祝宅赶。

车厢沉寂、冷清，除了导航声，没有任何声响。

关洁两人坐在后排，祝政坐得端端正正，攥紧关洁的手指贴在膝盖，目不斜视地看着前方。

车子开过几座高架桥、走过内环、沿着长安街，一路开到祝宅。

一到门口，祝政便瞧见门口的红灯笼换成了白的。

他盯了几秒白灯笼，扭头看着关洁，不太确定地问："那灯笼是白的？"

关洁顺着祝政的视线瞭了眼白花花的灯笼，抿唇承认："白的。"

祝政笑了笑，说："没事，我就问问。"

车子开进祝宅，一路全挂了白灯笼，黄灿灿的光配上刺眼的白，怎么看怎么悲凉。

关洁怕祝政崩溃身体受不住，一直注意着他的情绪变化。

可从进门到看到赵娴的遗体，他没有泄露任何情绪。

他全程表得理智、冷静，没有一丝一毫的慌乱。

无论是安排帮忙的人员，还是采买葬礼需要的东西，以及草拟宾客名单，他都考虑得很齐全、妥当。

连墓地位置、埋葬时间，他都请了专人看。

日子选在三日后，这三天，祝政除了喝几口水，几乎不吃不眠。

关洁不大了解葬礼习俗，只能帮衬着做点小事。

家里办过事的都知道有多累，别说祝政这个主事的，就连关洁这个帮衬的，三天下来都累得够呛。

祝政的好友全都接二连三到齐帮忙，尤其是从小一起长大的兄弟，几乎时时刻刻陪在祝政身边。

连守夜，几人也是轮番上阵。

祝政连跪三天，时不时还得折腾别的事，几乎没闭眼的机会。

葬礼前一天晚上，灵堂里只关洁、祝政两人。

关洁陪着祝政跪在灵堂前，目光盯着灵堂上赵娴的照片，暗自祈祷："如果您在天有灵，请您保佑祝政平安无事。"

跪到下半夜，关洁的腿疼得厉害。

祝政怕她第二天走不了路，催她睡觉。关洁不肯，祝政将人拉起来，送她回房间休息。

关洁本想陪祝政，却被他严厉阻止。他坐在床边，揉了揉泛疼的膝盖，低声说："别让我担心，我这几天分不出精力照顾你。"

关洁这才打消念头，闭上眼睡觉。

师傅约的是第二天早上五点半，关洁那时还没醒，祝政独自送了赵娴最后一程。

等关洁醒过来，葬礼已经结束，用人们正在忙忙碌碌拆家里的白灯笼。

客人一走，祝宅瞬间冷清下来，没了人气。

关洁懊恼自己睡过头，没陪祝政走那最后一程。

初来乍到，她对祝家的结构并不熟悉，找了好几圈才在书房找到祝政。

书房门未关严实，关洁握住把手推开门，一眼瞧见坐在书房发呆的祝政。

关洁轻手轻脚地走进书房，绕过书桌，凑到祝政身边。

见他手里拿着一沓书信，最上面一封写着"致小四"。

关洁猜测是赵娴写给祝政的，信封已经开启，露出其中一角，隐约可以看到赵娴的钢笔字迹。

祝政已经看过信了。

"她是故意的。"关洁后背刚靠到檀木书桌桌角，就听祝政冷不丁地开口。

关洁一时没反应过来："什么？"

祝政将手里的信递给关洁，面色平静地说："她终究还是去找祝淮安了。"

关洁下意识接过祝政递过来的信，在他的注视下，慢慢打开信封。

　　小四，我不是个好母亲。原谅我做这个决定，也原谅我的不称职。如果有来生，别再选我做你母亲。

　　我这一生都是为你父亲而活，如今你父亲不在，你也离我越来越远，我活着好像也没什么意义。

　　我阻止不了你娶妻，也强迫不了自己接纳。我从上海回来就在想，什么才是爱，什么才是喜欢。

　　我想来想去也不愿承认你父亲移情别恋，或者从未爱过我。我曾经的追逐、喜欢、疯狂，好像成了一场笑话。

　　我实在难以接受这个事实，实在难以想象你父亲不爱我的样子。难道我跟你父亲曾经经历的全是假的吗？

　　这怎么可能呢，怎么能这样呢？小四，我想亲自下去问问你父亲，问问他到底有没有爱过我……

　　小四，原谅我这个不称职的母亲。我死后，请将我葬在你父亲身边。

关洁不忍细看，这里面的每一个字每一句话对祝政的伤害都太大了。

字字句句都是他，字字句句都不是为他。

这让祝政如何释怀母亲的突然去世？

关洁从未恨过谁，此刻却有些憎恨赵娴。

明明知道祝政有多爱她，为什么要如此对他呢？为什么这般自私地离去，让他独自忍受这一切痛苦、自责？

关洁丢掉信，弯腰抱住祝政的脖子，脸颊贴住他的脸，一字一句地说："祝政，我还在，我一直在。"

祝政勉强扯了扯嘴角，伸手抱住关洁的腰，笑着安抚她："我没事，我就是想不通，想不通她为什么这么草率地离开。

"我和祝淮安之间，她没有一次选过我。"

关洁眼泪再也憋不住，顺着眼眶流出来。她捧住祝政的脸，红唇贴在他的唇上，急切地说："祝政，我选你，我选你……"

祝政伸手替她擦了两把眼泪，哑着嗓子回应："我知道，别哭。"

关洁心疼地抚摸祝政的脸，再次强调："祝政，我爱你，很爱很爱很爱。"

祝政勾了勾嘴角，回应："我也爱你，很爱很爱很爱。"

他们在北京待到第四天才回上海。

葬礼结束后，祝政精神很差，时不时地发高烧、咳嗽，十天进了四趟医院。

这几天祝政大部分时间都在昏迷，一天清醒的时间不超过五个小时。

每次醒来，等待他的一定是各种各样的药。

有时候吃药吃得太频繁，祝政胃疼得浑身冰凉，差点喘不过气。

祝政胃口不好，吃什么都吐。

短短半个月，瘦了五六斤，每次关洁喂他吃东西都忍不住红眼。

看他折腾得这么难受，她甚至在想，死了会不会好点。

这个想法刚冒出头便被她强制压了下去，原谅她自私，她真的不想他死。

她有好多好多事没跟他一起做，好多好多地方没跟他一起去，好多好多歌没跟他一起听，他怎么能丢下她一个人走呢。

祝政似乎也怕关洁难过，药再难喝、再苦，他每次都喝得精光。

只是喝一次吐一次，有时候吐到黄胆水都出来了。

关洁见不得他这样，每次喂完药都跑出去哭一场。

哭完又重新倒一碗药喂他喝，他每次都笑着接过药，然后攥住她的手指安慰她："我没事，你别哭。"

话是这么说，可情况越来越糟糕。

关洁有次喂完药，见他吐得上气不接下气，抱头蹲在地上，哭着说："祝政，怎么办怎么办怎么办啊？

"怎么就喝不下去了，怎么这么痛苦呢？我好难过，好难过，好难过，我真的好难过。我不想你死，我真的不想你死。可是……你这样痛苦地活着，我更难受……

"我真的看不得你这样痛苦，这样的你让我更难过，我知道你很尽力，我知道你在努力强撑，我也知道你现在很痛苦、很痛苦。

"我真的……真的……好难过。我每天晚上都睡得不踏实，害怕你突然离开我，我每隔两个小时探一次你的呼吸……触及你有温度的身体，我既高兴又难过……高兴的是你还有呼吸，难过的是你睡觉的时候都很痛……

"祝政，如果你真的撑不住了，别担心，我会下去陪你。"

祝政那天缓了好久都没说出一句话。

不知道是不是关洁的祷告奏效了，还是祝政真的坚持住了，又或者是希望还没熄灭。

祝政的身体在关洁的照顾下慢慢好了起来，之前连床都下不了，现在能走路了，还能陪她到花园浇浇水、松松土。

真正让关洁放心下来，是去医院检查，医生宣布祝政的病情暂时稳定下来。

只要恢复好，慢慢调理，他还能再活三十年。

关洁听到这消息，差点在医生面前哭出来。

祝政生日那天，关洁简单邀请几个朋友过来替他庆祝生日。

几人在院子里支了个烧烤摊，关洁去附近超市买完需要的菜、肉，便忙碌地扎进烧烤堆。

祝政胃口不好，吃不了太多。

关洁把控着他的饮食，只给他递了几串让他尝尝味。

祝政也乐得清闲，没跟关洁争论什么，乖乖拿过她给的烤串尝了两口。

陈川吃得最多，到最后吃撑了，瘫在椅子上说不出话。

那天天气不错，阳光洒在身上，整个人都暖烘烘的。

吃完烤肉，大家坐在茶室，你一杯我一杯地喝茶。

从前几个人聚在一起不是烟就是酒，现在只喝茶，又处在郊外的环境，倒是有几分世外桃源的感觉。

聚会结束已经接近傍晚，朋友们一走，关洁便将烧烤架收回储藏室，又进卧室拿条披肩，走进茶室替祝政盖上腿。

游廊的灯笼刚被点亮，红色的光晕染在横七竖八的倒影里，平白多了一丝宁静祥和。

关洁进了一趟屋，从里拿出一个淡黄色的礼物盒递给祝政。

"生日快乐。"关洁找了个位子坐下，面带微笑地祝福。

祝政笑了笑，垂下脑袋，不慌不忙地打开盒子。

是一款定制的打火机，墨绿色机身，图案是"青衣"，看着格外赏心悦目。

祝政只看了一眼便喜欢上了这礼物，打开机盖，手指用力摁下，"啪嗒"一声，橙黄的火苗忽然冒出头。

关洁抿了口茶，抬眸看了看心情颇好的祝政，出声提醒："留个纪念，不是让你用来点烟的。"

祝政熄灭打火机，握着机身，手指摩挲几秒上面的青衣，笑着答应："好，留个纪念。"

关洁不知想起什么，条件反射般地皱了皱眉，说："我实在想不起你缺什么，所以就找人专门给你定制了一款。"

"我挺喜欢。"

"当然，你要不喜欢，我干吗给你弄。"

"是。"

祝政性子变了很多，从前脾气很暴躁，一不小心就会点燃他的脾气，现在几乎不会了。

他变得淡然，对什么事都保持平静，变得理智、冷静，目前好像没多少事能引起他的情绪变动。

他偶尔着急也是因为关洁。

关洁也调侃祝政最近越来越像老头子了，祝政听完这话，总是笑着回："老头不好？"

"挺好，就是感觉太平静了，没有什么情绪起伏。"

祝政沉默半秒，态度平和地说："经历了这么多，已经掀不起太大的波澜。也看淡了生死，所以无论眼前摆着什么样的问题，都觉得是小事一桩。

"就算大事来临，也要自己面对。索性冷静点，还能想想应对策略。"

这话关洁倒是赞同。

不过针对他的老年人作息，关洁还是提出了一两点反驳。

一是保持朝气，别太死气沉沉。

二是可以适当发发脾气。

祝政对此表示赞同，可除了第一条他认真履行诺言，第二条在他那儿几乎形同虚设。

他对她没有任何脾气。

不管关洁做饭多难吃，他都一一吃完，不管关洁多折腾他，他也一一收下，搞得关洁跟个无理取闹的人似的。

两人决定去旅游那天是个很平常的日子，天气不温不凉，没出太阳。

关洁在网上看了川西的宣传视频，着急忙慌想去，但是又担心祝政的身体吃不消，又默默打消这个念头。

祝政知道她想去，当天就订了机票，第二天早上飞成都。

关洁当即竖起大拇指，夸他真是厉害，旅游从不看攻略，直接来一场说走就走的旅行。

祝政无奈地笑笑，说他今晚就做攻略。

关洁之前去过川西，这次过去也算是轻车熟路。

晚上收拾行李，关洁特意翻出来了羽绒服、冲锋衣塞进行李箱，又给祝政准备了必要的药品。

怕他高反，临走前她拿了高反药给他服下，又去银行取了点现金揣身上。

收拾完行李将近晚上十一点，关洁洗漱完，祝政已经躺在床上，手里拿着一本诗集在看。

关洁吹完头发，掀起被子卷进祝政怀里，仰头盯着他的下巴看了两秒，不经意地问："我们玩个游戏？"

祝政搁下书，揉了揉泛酸的眉心，低声问："玩什么？"

关洁挑挑眉，说："你问我答。"

祝政一听，立马明白她想问他什么事，却又不好意思开口，只能通过游戏来表明态度。

"可以。"

关洁勾了勾嘴角，得逞地笑了下，正儿八经地宣布游戏规则："骰子点数大的问，小的答，行不行？"

祝政点头应下："行。"

关洁见他没有异议，立马掏出手机，翻到微信里的骰子表情包发给祝政。

祝政也跟着发给她。

骰子转了几圈，慢慢出现点数。

关洁五点，祝政六点。

关洁撇撇嘴，挪了个舒服的位置，懒洋洋地说："让你一局，你问吧。"

祝政想了想，沉声问："最害怕什么？"

关洁想都没想，脱口而出："害怕你出意外。"

祝政怜惜地碰了碰她的额头，承诺道："我会尽量照顾好这具身体，不让你担心。"

"好，下一局。"

"……"

下一局关洁赢。

关洁"啧啧"两声，颇有几分得意地问："你爱我什么？"

"爱你的放荡不羁爱自由？"

"……我劝你好好说话。"

"漂亮，善良，心软。"

"这跟采访时说的有什么不一样？"

"证明我专情。"

"……不接受这个答案，重新想。不过漂亮这点我承认。"

祝政满脸歉意道："那抱歉了，我找不到别的形容词。"

关洁狠狠瞪他一眼，咬牙切齿地说："可以啊，那明天早上我们吃番茄鸡蛋面吧？"

祝政脸一僵。

关洁做菜虽然不算好吃，却也没烂到吃不下的地步，唯独番茄鸡蛋面她做得一塌糊涂。

祝政看了两遍就学会了，她反而越简单的越做不好。

每次做出来的面特酸，酸得他牙齿痛。

好汉不吃眼前亏，祝政选择投降："喜欢你的一切。"

"敷衍。"

"那是因为所有美好的词都可以用在你的身上。"

"比如？"

"善良，漂亮，心软。"

"你词穷吗？"

"证明这几个词最适合你。"

"你下次要挑别的，不然我给你做一个月的番茄鸡蛋面。"

"我可以申请点外卖吗？"

"不可以。"

"……"

关洁懒得再继续这个话题，捧起手机继续摇骰子。

这次是祝政赢。

"目前最想做的事？"

"我之前有没有跟你讲过我去过一次西昌？然后跟我一个彝族朋友流浪过几天，他是唱民谣的，听说他最近在稻城。"

"没有说过。"

关洁狐疑地看他一眼："没有吗？"

祝政坚决否认："没有。"

"哦，那我可能跟别人讲过。"

"……"

"这次去稻城，我想跟他见一面，到时候我把他介绍给你认识？"

"好。"

沉默片刻，祝政想起什么，突然问："你朋友是男的女的？"

"男的。"

"你异性朋友还挺多。"

关洁眨眨眼，感慨："或许这就是我的烦恼吧。"

"你还很骄傲是吧？"

"被人喜欢当然骄傲了。"

"离婚吧，你去找你的骄傲，我自己一个人过也行。"

"真的？那现在就去？"

"假的。"

"……"

"关洁。"

"嗯？"

"什么时候给我写情书？"

"我给你写过啊。"

"没有。"

"《救你做个坦诚恶棍》《黄昏的你》不是吗？你的记忆去哪儿了？"

"不算。"

关洁拧眉："就这样吧，我俩恩断义绝。"

"你给林昭写过情书。"

"没有吧，我顶多给他写过歌。"

祝政猛地皱眉，扬声问她："你还给他写过歌？"

关洁耸耸肩，一脸无畏："……他是我第一个写进歌里的人。我之前好几首歌的灵感都是出自他。"

祝政冷笑："我不玩了。"

关洁"哈哈"笑了两声，激他："别这么输不起！"

祝政瞥她一眼，慢悠悠地说："我现在心情不大好，不想陪你玩。"

"哦。本来我准备告诉你一个秘密的，既然你不想玩，那就算了吧。"

"……我俩之间还有秘密？"

"本来没有的，现在有了。"

"我现在好多了，继续玩？"

"你心情好了？"

"……"

最后一局，关洁赢。

关洁咬着唇，犹豫好几秒才问祝政："你想不想要小孩？"

祝政猝不及防，半天没反应过来。

养孩子的事对他来说太遥远了，他之前从未往这方面想。

不过没有他也接受，有他也欢迎。

"怎么突然提小孩？"

"就问问，觉得有个小孩家里好像热闹点，我其实不怎么喜欢小孩。"

"顺其自然吧。"

关洁见他不怎么反感，点了点头，表示有了就生，没有算了。

"你想要男孩还是女孩？"

312

"女孩吧。"

"为什么？"

"我重女轻男？"

"……你这思想不大对啊。"

"都行。"

关洁爬回自己的位置躺下，催促："睡觉吧睡觉吧，明早还得赶飞机。"

早上六点，关洁叫醒祝政，洗漱完，独自出门买了几样早餐。

航班是上午九点五十分的，两人吃完早餐赶过去时间刚刚好。

关洁出门特意带了相机，打算到那边拍点照片。

考虑到祝政的身体，关洁在成都订了酒店，打算休息一晚再自驾去稻城。

祝政全程听从关洁的安排，航班抵达成都双流机场，关洁给酒店接待打了电话，将行李递给接待人员，他们则找地方吃饭。

吃完饭，关洁找到租车的地方，交了定金，开车回了酒店。

怕祝政的身体出状况，关洁又去商店买了氧气瓶、退烧药、感冒药，还有些杂七杂八的东西。

祝政甘心当个陪衬，陪在她身边走走停停，时不时接过她手里的袋子，一手提东西，一手牵着她走。

关洁一个人东走西走，也算积攒了不少经验。

回到酒店，祝政看她把吉他也带了过来，笑着打趣："你要到荒野去唱歌？"

关洁脱掉衣服，换上睡衣，扭头对他说："我的爱在荒野，在大漠，在你心里。"

祝政单手抹了把脸，无声笑了笑。

忙忙碌碌一整天，祝政今晚睡得还算踏实，没失眠、没做梦、没不舒服。

反倒是关洁精神兴奋，睡不着。

见祝政睡得安稳，关洁小心翼翼靠了过去，仔细打量着他的五官，最后看着他的睡颜渐渐涌出困意。

第二天。

关洁没让祝政开车，她自己坐进驾驶座，扣上安全带，打开导航径自往稻城开。

路程比较遥远，两人在路上几乎没怎么停留。

开到康定附近，车子轮胎爆了。关洁忘了带千斤顶，附近又找不到修车店，再加上来往的车辆比较少，只能坐在车里等。

祝政见状，推开车门打算自己置换。

刚要动手，就碰见一辆白色路虎迎面开来。

关洁急忙下车招手示意，车主见状，将车缓慢停靠在路边，解开安全带，推开车门走下车。

对方是对容貌出众的男女，关洁看到两人，脸上划过一丝愣怔。

陆烟取下墨镜，随手扣在兜里，扯了扯衣袖，走过去询问："轮胎爆了？"

关洁顺着陆烟的目光瞧了过去，语气有些无奈道："没带千斤顶，不好换。"

陆烟半跪在地上，俯身摸了摸爆了的轮胎，转头对一旁站着的男人喊："周驰，你把千斤顶拿过来一下，我帮他们把轮胎换了。"

男人淡淡看了眼陆烟，转身去后备厢拿千斤顶。

关洁见状，摸了摸嘴角，神情感激地说了声"谢谢"。

陆烟这两年一直在川西奔波，早习惯了路上出现的各种问题。

闻言她朝关洁摆摆手，表示不是大事。

拿来千斤顶，陆烟撬起轮胎，单膝跪在地上，扭过脖子询问："你们有备用轮胎吧？"

关洁急忙从后备厢里取出轮胎递给她。

祝政本来想帮忙，结果见她们两个女孩子轻松置换了轮胎，一时间不知道该看哪儿。

周驰见祝政不太自在，从兜里翻出烟盒，取出两根烟，给了祝政一根，一根咬在自己嘴里，慢悠悠地说："不是什么大事，她经常在外面跑，这样的情况见多了，能处理。"

祝政看了周驰一眼，想起之前的新闻，道出他的名字："您是周氏集团，周驰周老板？"

周驰取下烟，略带诧异地瞥向祝政："知道我？"

祝政捏着没点燃的烟，目光锁在关洁身上，轻描淡写地说："酒桌上听人提过两句。"

周驰点了点下巴，反问："您贵姓？"

"祝政。"

周驰诧异地看了看祝政，一副不大确定的模样问："北京那位？"

祝政秒懂他的意思："是。"

周驰捧着打火机点燃烟，又将打火机递给祝政。祝政摆了摆手，表示自己戒了烟酒。

周驰也不勉强，笑着开口："百闻不如一见，两年前听过你的事迹，没想到会在这儿相遇。听说你最近在弄白酒生意？"

祝政波澜不惊地点点头，回："是有这么回事。"

周驰伸手与祝政握了握，客气疏离道："以后有机会合作。"

大家都是生意人，生意场上多一个朋友比多一个敌人好，自然不会打对方的脸面。

再加上周驰能力确实强，祝政虽然没跟他接触过，却也听到一点风声。

两人这一握手，算是达成某种共识。

这边，陆烟换好轮胎，关洁起身打开车门，从车里取出矿泉水，拧开瓶盖蹲在陆烟身边给她倒水洗手。

陆烟顺着水流搓掉手上的污渍，又接过关洁递过来的纸巾擦干水渍。

擦完，陆烟将纸巾丢进垃圾袋，抬眸打量儿眼关洁，笑着开口："我认识你。"

关洁一愣："认识我？"

陆烟勾勾嘴角，解释："听过你的歌，挺不错的。之前还说有机会去听你的 live，没想到在这儿碰到了。你们过来旅游？"

关洁嘴角露出一丝笑，语气温和道："嗯，在上海待久了，出来透透气。"

陆烟抬头望了望路虎车旁聊得融洽的男人："打算到哪儿？"

"稻城亚丁。"

"好巧，我们也到那儿。我去给朋友拍婚纱照。对了，忘了自我介绍，我叫陆烟，是一名社会新闻记者。"

关洁眼底划过一丝惊讶，略带好奇地问："那个……报道了'125'事件的陆烟？"

这篇报道是陆烟历时一年半，走访二十多个地方才拿到的新闻，也让她职业生涯上升至下一个阶段，更是解救了上千人。

提起这篇报道，陆烟既自豪又欣慰，她点了点头，承认："嗯。是我。"

"我看过这篇报道，很……深入人心，我看完很受感动。你是个很不错的记者。"

"谢谢，你也是个很不错的歌手。"

既然路线一致，几人便决定一起走，正好互相照应。

陆烟跟关洁聊得挺融洽，后半段路，她俩开一辆，祝政、周驰开一辆。

路过折多山，陆烟提议下车去观景台看看。

关洁顺势将车停在路边，从后排取了条披肩披在身上。

周驰两人开得比较稳当，晚几分钟到。

陆烟算是这几人里最专业的摄影师，沿途拍了几张照，等他们抵达。

几人一起上观景台，风很大，五色风马旗随风飘荡，与这广袤的山、湛蓝的天交相辉映。

从观景台往下看，能瞧见连绵起伏的山坡，在金灿灿的阳光下折射出波光粼粼的星星点点。

陆烟拍完风景，扭头看了眼趴在栏杆看风景的关洁夫妇，礼貌地询问："要不要给你们拍两张？"

关洁本想说不用，话还没说出来，就听祝政笑着应下："麻烦您了。"

两人站在迎风飘扬的风马旗下，背后是广阔的天、连绵的山，前方是蜿蜒曲折的山路，镜头定格的瞬间，祝政偏头看向关洁，目光深情又温柔。

陆烟飞快摁下快门，又找了几个角度拍了几张。拍完，陆烟加了关洁微信，告诉她，等把照片修好以后发给她。

关洁笑着说谢谢。

附近有个简陋的饭店，几人拍完照，走进饭店，随便点了几样菜，打算吃完再走。

越逼近晚上，温度越低。

祝政有点轻微高反，发了低烧。趁吃饭的工夫，关洁从包里翻出感冒药、退烧药，倒了杯热水将药喂给他服下。

米饭没太熟，炒的土豆丝也比较生。

祝政胃口不大好，吃了几口便没吃了。

陆烟倒是习惯这样的生活，一手端着汤，一手握着筷子，"咕噜咕噜"喝了几口热汤，喝完解释："这里海拔比较高，米饭得用高压锅蒸，吃不惯也正常。不过这松茸鸡汤不错，可以尝尝。"

关洁重新拿了个没用过的碗，替祝政盛了碗汤搁他手边，让他喝点汤。

祝政看到汤，默默端起来喝了小半碗。

吃完饭，陆烟放下碗筷，主动搭话："你俩都是上海人？"

关洁搁下筷子，摇头："我是，他是北京人。"

陆烟眨眨眼，一脸惊奇："北京人？他一朋友也是北京人，姓沈，叫沈行，你们听过吗？"

关洁没听过，脸上有些迷茫。

祝政搁下汤碗，抽了张纸巾擦擦嘴角，冷不丁地说："听过，不过不算太熟。他跟我一朋友是校友，以前一起喝过酒。他妻子好像是演员？"

陆烟点点头，简单评价："叫姜玫。跟我一起做过公益，挺酷的一个女人。"

关洁顺势接了一句："我好像看过她的电影，不过很可惜，她后来息影了。"

陆烟勾勾嘴角，笑说："为爱丢弃好不容易得到的名与利，也算伟大了。"

关洁掀了下眼皮，端着酥油茶，低声问："据说他们婚后很幸福？"

陆烟想起她前不久看到的朋友圈，笑回："找不到比他们更幸福的人了。"

关洁也跟着笑了笑，为那对未曾谋面的夫妻高兴、祝福。

说完，陆烟缓缓看向对面沉默的夫妻，笑着祝福："也祝你们幸福长久。"

关洁举起茶杯，同陆烟碰了碰杯，礼尚往来地说："共勉。"

几人相视而笑，各自为安。

第 19 章
黄昏的你

后半段路很顺畅，没发生什么意外。

到达稻城已经晚上十点，晚上风大，"呼哧呼哧"吹来，恨不得将人掀翻。

陆烟在这边有朋友，见祝政夫妇没订酒店，直接将他们带到"拾荒客栈"入住。客栈老板叫罗生，据说在稻城待了快十年。

他还娶了个藏族姑娘，姑娘名字很好听——央吉。

央吉是个很漂亮可爱的女孩，穿着宝蓝色的藏服飞奔出客栈大门，满眼星星地跑向陆烟。

"阿佳，你来了啊。"

关洁那时靠在车门在回陈川消息，听到央吉稚嫩又单纯的声音，猛地抬头看向女孩。

只见女孩穿着宝蓝色斜领外袍，里面是一件明黄色内襟，外袍绣着月亮等图案，脖子上挂着几串长短不一的琥珀、珊瑚、璎珞项链，长发梳成几条细辫子，对半分开，头顶挂着三角形的巴珠头饰，顶髻上有一颗硕大的松耳石。

配上女孩不加修饰的笑容、精致的五官，像极了神明少女。

关洁第一次这么直观地见这样的藏族姑娘，一时有些蒙。

陆烟跟央吉认识了四五年，一年见面三四回，这次过来就是给她和罗生拍照。

听到央吉叫她，陆烟抬起头，笑着同央吉打招呼："央吉，好久不见，又长高了啊？"

央吉小脸一红，捂住嘴，不好意思地说："阿佳，我都二十一岁啦，已经不长啦。"

陆烟笑出声，上前抱了抱央吉，掌心轻轻拍了两下央吉的后背，欣慰地说："我们央吉都长这么大了，时间过得真快啊。"

"阿佳，我好想你。知道你来，我给你准备了糌粑、牛肉干，还有……"

还没说完，客栈里突然走出一个男人，男人站在不远处，慢吞吞地喊："央吉，让客人进来，外面风大，天冷。"

央吉这才从陆烟怀里钻出来，回头湿漉漉地看了看客栈门口的男人，乖巧地点头："知道啦。"

"快进去吧，外面很冷哦。车就停在院子里，记得锁好车门，带好自己的东西哦，虽然晚上院门会锁，也有监控。但是……有些客人只住一天……难保不会丢东西。"

她这话是对着关洁说的，关洁见她满脸纯真，心里顿生好感。

祝政锁完车门，拎着行李箱从侧边走过来站在关洁身边。

他没参与女孩子的话题，只拿了条披肩披在关洁肩膀保暖。

"阿佳，这个姐姐是你跟周驰哥的朋友吗？"央吉偷偷瞟了几眼关洁，见她气质疏离，不太敢跟她搭话，只轻轻拽着陆烟的手臂，低声问。

陆烟顺着央吉的目光瞟过去，视线与关洁的视线在空中相撞。对视几秒，陆烟点头："这两位是我的朋友。这位姐姐叫关洁，是个很厉害的歌手；这位哥哥叫祝政，是姐姐的丈夫。"

介绍完关洁夫妇，陆烟又朝关洁介绍央吉："她叫央吉，是藏族女孩。这家客栈的老板是山东人，姓罗，叫罗生，是央吉的男朋友。不过他们马上要结婚了。"

关洁朝央吉笑了一下，率先出声："央吉你好，很高兴认识你。"

"姐姐好，央吉也很高兴认识你。"

祝政默默找了个位置，跟周驰站一块儿，一边注意着女孩们的动静，一边跟周驰聊些有的没的。

罗生站了好半天都没见央吉有动静，皱了皱眉。

罗生大步走到院子，伸手拉过央吉的胳膊，礼貌地看了几眼客人，略带歉意道："抱歉，我们家央吉遇到喜欢的人就忘了别人的感受。晚上风大，几位折腾这么久，先进去办理入住后休息？"

陆烟见旁边几位脸上写满疲倦，也没再折腾，招呼关洁两人进去办理入住。

几人的房间都在一楼，不过一个最东边，一个最西边。

关洁两人的房间在最东边。

罗生将行李送到房间门口，简单提醒几句注意事项，便转身离开。

央吉将陆烟夫妇送到房间，便站在楼梯口等罗生。

罗生发完消息看到鬼鬼祟祟的央吉，"扑哧"一声笑出来，笑眯眯地问："央吉，你又打什么坏主意？"

央吉尴尬地探出脑袋，捂脸说："没啊，我就随便看看。"

罗生几步走到央吉面前，居高临下地瞧了瞧蹲在地上的央吉，伸出一条手臂，示意她扶他站起来。

央吉看出罗生意图，立马抓住罗生的手臂站身，还不忘凑上去扒住他的脖子。

罗生顺手搂过央吉的腰，提醒她："今晚不许打扰客人，知道吗？"

"我没有啊。我就是喜欢他们。"

"喜欢也不能凑太近。"

"为什么？"

"因为你烦啊。"

"罗生，你再这样说话，我不跟你玩了哦。"

"那你回去吧，客栈有我就行了。"

"……才不走。"

关洁那时刚要关门，听到两人的对话，无声笑了笑。

看得出来，这客栈老板是个面冷心热的男人。

怕高反，关洁没洗头，只简单洗了个澡。

洗完出来，她看见祝政蹲在行李箱前在整理衣服。

他先洗澡，这会儿穿着睡衣，踩着一次性拖鞋，头发湿嗒嗒，还在滴水。

关洁走到沙发边，拉开背包拉链，从里翻出退烧片、红景天，就着房间里的烧水壶烧了壶开水，又找了个玻璃杯。

简单烫了烫杯子，关洁倒了一小杯开水搁在一旁，撕开药盒、取出几粒药，将药粒搁在纸巾上面。

见祝政还在整理，关洁出声提醒他待会儿记得吃药。

祝政闻言回头看了看矮桌，瞥见那杯热气腾腾的开水。祝政起身走到关洁身边，弯腰端起开水，捡起十几粒药，仰头一口吞进嘴。

关洁见状，急忙提醒："开水烫，你注意别烫到。"

祝政嘴里满是苦涩的药，闻言点了点下巴，拿过桌上的矿泉水，兑了点冷水。

兑完，将玻璃杯里的水一口闷完，连同那些药粒全都吞进了喉咙。

两人坐了十几个小时的车，多少有些累。

简单收拾完，两人钻进被窝，准备睡觉。

祝政一进屋就将电热毯插上电，这会儿被窝里暖烘烘的。

关洁窝在祝政怀里，想睡却睡不着，祝政也是。

窗口未关严实，风一个劲地往里钻。

关洁下意识起身想要关窗，刚有动静便被祝政一把拉住："留点风，怕缺氧。"

关洁"哦"了一声，又乖乖躺回被窝。

闭着眼躺了一阵儿，关洁翻身凑到祝政面前，低声问："你睡了？"

黑暗中，祝政回："没。"

关洁凑上前，脸颊贴在祝政的肩膀，轻声说："说说话吧，睡不着。"

"说什么？"

"都行。"

"喜欢川西？"

"挺喜欢。你呢？"

"嗯。"

"你觉不觉得这家客栈的老板挺有意思的？感觉有故事，跟央吉这样的姑娘在一起好像挺搭的。"

"不觉得。"

"嗯？"

"不觉得那老板有意思，没我有意思。"

沉默片刻，关洁不死心地问："我感觉他们每个人都有故事。你觉得呢？"

祝政哼哼两声，嗤笑："你关心别人干吗？"

"出来旅游，不就是交朋友、看风景的？不然你出来干吗？"

"出来透气。"

"……"

久未说话，祝政叹了口气，伸手搂紧关洁，语气温和地问："睡觉？"

"祝政。"

"嗯？"

"好好享受这趟旅程。"

"好。"

过了一阵儿，祝政低头亲了亲关洁的额头，轻声细语道了声："谢谢。"

关洁已经睡着，并未听见这句话，祝政却满心舒畅。

有些话有些事，说出口做出来就好了，当事人知不知道无所谓。

第二天一大早，关洁就被窸窸窣窣的脚步声吵醒。

醒来旁边的位子已经空了，关洁摸过去，一阵冰凉。

关洁躺在床上仰头看了看天花板，默默掀开被子起床收拾。

今天要穿的衣服被祝政整理好搁在床头柜，她只需要穿好。

祝政越来越了解关洁的需求，逐渐知道她喜欢什么，不喜欢什么。

关洁知道他在有意侵占她的生活，也不阻止，任由他发挥。

洗漱完，关洁擦了擦手上的水渍，脱掉睡衣，换上祝政替她挑选的衣服。

橙黄色紧身棉麻上衣加卡其色牛仔材质的阔腿裤，还配了条银杏叶吊坠项链，外套是一件纯白短羽绒服。

关洁换好衣服，边出门边给祝政打电话，电话却没接通。

走到前台，见老板坐在一旁的沙发上喝茶，关洁顿住脚，礼貌地询问："看见——"

没等关洁说完，罗生用下巴指了指门口，说："出去了。"又说，"估计去吃早餐了，就客栈对面那条街，有两家早餐店，你过去就能看见。"

关洁笑着应下。

昨晚天太黑，关洁没来得及注意，跨出门槛才瞧见院子里种着格桑花。

这季节正是格桑花开的季节，红橙黄的格桑花争相开放，一簇又一簇地凑一堆儿，构成一幅五颜六色的油画。

关洁挺喜欢，蹲在格桑花前拍了好几张照片。

拍完，她收好手机，出门找祝政。

罗生说的那条街就在客栈对面，关洁沿着青杨林走过去，一眼瞧见路口处的早餐店。

她进去转了一圈，没看见祝政的身影，又去斜对面那家看了两眼，也没瞧见他。

关洁眨了眨眼，正准备回去，就见祝政从一家民族首饰店走了出来。

他手里拎着两袋东西，一袋是早餐，一袋是首饰店里的包装。

关洁站在路中间，双手插在衣兜，安安静静地看着他。

祝政走出首饰店，抬头便瞧见关洁站在对面看他。

"别站路中间，小心车。"祝政皱了皱眉，出声提醒。

关洁"哦"了一声，手插着兜，慢悠悠地走向祝政。

祝政将手里的早餐递给关洁，解释道："买了包子和粥。是去店里吃，还是——"

关洁偏头看向五十米外的石凳，说："坐那石凳上吃，刚好看风景。"

祝政顺着视线看了过去，瞥见石凳背后的青杨林，跟着关洁一同走过去。

路上，关洁扒拉开袋子，从里取出一个包子，捏着要往祝政嘴里送，听到祝政出口拒绝："我刚吃了，给你买的。"

"哦。"

关洁没再客气，自顾自地吃了起来。

其实没等走到石凳，关洁便吃得差不多了。只是时间还早，两人没找到去处，便坐在上面休息了一阵儿。

看看眼前渐渐变黄的青杨林，看看远处光秃秃的山，远处的雪山或者瞧瞧路过的行人，有本地人，也有来旅游的。

旅游的大多来去匆匆，反而是当地人慢悠悠地走来走去，日子过得缓慢舒适。

这里的生活节奏，这里的人，这里的花草树木，真让人向往。

她双手撑在石凳，偏头看着缓缓走过来的藏族老婆婆，兴致勃勃道："我之前去布拖，那边大多是彝族。

"那里的人生活条件可能苦一点，大多是在地里干活。不过很淳朴，每个人都很善良。

"我那朋友生活得很自在，即便物质条件不好，也依旧活得精彩。他跟我说过一句话——人的价值不能用金钱衡量，爱也不能。

"我听完很感动，觉得他说得很有道理。他生活很简单，每天除了音乐，几乎没有别的事。

"他走过很多个城市，去过很多青旅，参加过节目。不过只唱了一首就被淘汰了。原因是他的歌太小众，不受观众喜欢，他本人没有流量。我当时还安慰他，还有机会。他反过来安慰我，说这些都不算什么，只要方向对了就行。"

祝政认真听完，罕见地给出评价："是个有哲理的人。"

"确实，他有个外号叫'布拖苏格拉底'。"

"……"

关洁见他一脸蒙，"扑哧"一下笑出来。

"意思是他活得很有道理？"

关洁憋住笑，点头承认："是的。"

"挺不错，毕竟我活到这个岁数还没弄清楚很多事。"

"比如？"

"比如生与死，比如赎罪，比如爱与恨。不过最近有了点感悟。"

"什么感悟？"

"生活就是这样一波三折，谁都无法预料明天和意外谁先到来。不过，在明天到来之前，过好今天就好。"

关洁挑挑眉，一脸欣赏道："哲理家啊。"

"……"

两人坐了差不多半个小时，回到客栈正好碰到陆烟。

她拿着相机要出去拍东西，央吉换了身更漂亮的衣服。

新换的藏装以红色打底，额头挂的都是红宝石，裙摆绣着各种各样的吉祥图案。

路过大厅，关洁看了几秒央吉，夸赞："央吉今天很好看。"

"阿佳要给我拍结婚照，这是藏族的婚服，我阿妈亲手替我缝制的。"

关洁笑着祝福。

陆烟整理好镜头，抬头看了看关洁，询问："你们想拍吗？如果要拍，可以去藏服店租或者买衣服。

"我拍完央吉还有时间。"

关洁犹豫地看了眼祝政，她有点想拍，就是不知道祝政适不适应。

祝政注意到关洁的表情，出声问："附近哪儿有藏装店？"

陆烟："前面那条街走到头，往右转，走几步就有一家。换完可以让店家给你梳头。"

前半句是对祝政说的，后半句是说给关洁听的。

关洁见祝政愿意，回房间拿了车钥匙，打算开车过去找藏装店。

开了七八分钟，祝政便指着对面的店，告诉她具体位置。

停好车，关洁牵着祝政的手走进藏装店。

一进去就被五颜六色的藏服吸引，只是太多，有些眼花缭乱，半天选不出一套合适的。

祝政看她选不出来，提议店主将橱窗那件藏服取出来给她换上。

是一套红色藏服，样式大致一样，图案不同。白色打底，大面积红色吊坠，腰间挂着一条绿松石宽带。

关洁换完衣服，整个人的气质都变了。

她头发比较短，无法扎辫，店主用假发混合着编了两条长辫。发辫间夹着几根红线、金线。又给她脖子上戴了条红白绿搭配的星月菩提，头上挂着一顶珊瑚帽。

虽然配饰挺多，但是看着很和谐。

为了配合关洁，祝政也选了套藏装，蓝色调为主。

祝政第一次穿，不大习惯，穿出来效果却不错。他五官深邃，穿着藏装，不能再合适了。

祝政出来那刻，关洁眼睛都看直了。

"有这么好看？"祝政见她眼神灼热，笑问。

关洁不加掩饰地夸赞："挺好看。"

他们回去，陆烟刚拍完。

见到两人从车里出来，陆烟眼底划过一丝惊艳，当即指挥他们站在合适的位置，替他们拍照。

拍了两个多小时。

关洁坐在陆烟旁边，选了七八张比较好看的原片，请陆烟修完以后发给她。

本来关洁准备了红包，但陆烟没收，说是送给他们的结婚礼物。

关洁也没再坚持。

回上海没两天，陆烟就将照片寄到了上海。

关洁将照片取回来，嵌在相框，将它们全摆在卧室。祝政晚上回来看到照片，默默拿了两张摆在书房。

照片里，两人深情对视，眼里满是对方的身影。

祝政看着照片，勾起嘴角，兀自笑出来。

他猛然意识到，他爱这个女人，已经爱到骨子里。

当我爱你时，风中的松树，要以它们丝线般的叶子唱你的名字。

十二月底，关洁"大姨妈"已经将近一个多月没到访。

她经期一直不大准，所以之前没在意，以为过两天就来了，结果左等右等都不见来。

这会儿肚子不舒服，关洁脑子里陡然冒出一个不大可能的想法。

她跟祝政虽然没有刻意避孕，却也没想到这么突然。

从稻城回来，祝政便回到公司正常上班。

关洁现在大多时间都在酒吧，偶尔直播一两次，日子过得还算清闲。

郊区生活不大方便，他俩只偶尔过去住两天或者过节邀请朋友一起去院子度假。

上班太远，两人还是搬回外滩附近的公寓。

关洁怕出错，出门去附近的药店买了验孕棒。

回来就一头扎进了厕所，她买了两三根，三根都显示了两条杠。

还是怕测不准，关洁又去医院测了一趟，医生证实怀孕。

关洁拿到验孕报告，心情多少有些激动。路上她给祝政发了条短信，让他下班早点回家，她有事要说。

祝政当即问关洁什么事，她没说，打算给他一个惊喜。

那是个很平常的日子，从医院回来，关洁忙完手里的活便坐在客厅等祝政。

她侧坐在落地窗前，抱着膝盖，目光平静地看着窗外的天。

又是一年冬天，上海的天气进入低潮期，天空灰蒙蒙的，云层压得又低，看不到一丝阳光，挤满的云层好似下一秒便要坠落。

屋里开了暖气，关洁穿着一条卡其色吊带长裙，安安静静地等待祝政。

下午五点，祝政提前到家，进门扑了关洁一身冷气。

祝政脱掉鞋袜，换上拖鞋，一脸好奇问："什么事还要等回家说？"

关洁抱着双臂，抬着下巴指了指不远处的茶几："在茶几上，自己看吧。"

祝政迷茫地看她一眼，疑惑地走向茶几。

捡起茶几上的报告，祝政慢条斯理地打开文件袋。

一秒、两秒、三秒——

五秒后，祝政手指颤抖地捏着手里的报告单，转过头，满脸惊喜问："你怀孕了？"

关洁顿了半秒，回他："……刚检查出来。"

祝政唇瓣微抿，呼吸肉眼可见地急促起来。他滚了滚喉结，异常激动地问："你掐我一把，看看是做梦还是真的。"

关洁哭笑不得。

走上前，她伸手掐了把祝政的手臂，低声问他："真吗？"

祝政情绪很激动，一把抱住关洁，脸伏在关洁肩膀，嗓音带了点哭腔问："这是给我的礼物吗？特意赶在 2020 年的末尾，2021 年的开头，给我这个惊喜。她来得怎么这么——"

关洁回搂住祝政的腰，坚定回他："是。是给你的礼物。"

"高兴吗？"

"高兴。关洁，我很高兴。我现在高兴得说不出话。"

祝政哭了。

关洁心疼又好笑，他哭得跟个小孩似的，坐在沙发，攥紧报告单，捂住脸，喜极而泣。

他不太擅长表达爱意，每次想要发表意见，说到一半却又停了下来。

最后，他只结结巴巴地说了五个字："老婆，谢谢你。"

关洁知道他现在激动得语言系统都失效了，没再逗他，只上前站在他腿边，弯腰捧住他的脸，低头亲了亲他的额头。

"祝政，你当爸爸了。"

祝政听到这话，激动到手足无措。

他想抱紧她，又怕伤害到肚子里的孩子，只敢轻轻触碰她的脸，手掌小心翼翼地划到她的肚子，然后透过一层布料感知肚子的温度，试图与肚子里的孩子来个亲密接触。

关洁不禁好笑，抓了两把祝政的头发，跟他科普："现在才四十多天，还没有动静。"

祝政点头，混乱道："我知道，我知道，我就是想碰一下。"

祝政怕关洁出什么意外，第二天请了阿姨居家照顾。

关洁本想说不用，奈何祝政态度坚决，关洁也不好拒绝。

满三个月的时候，祝政发了朋友圈宣布关洁怀孕的喜讯。

底下的评论全是恭喜。

那天祝政对每条消息都回了谢谢。有私发祝福的，祝政也一一回复。

关洁自怀孕后没怎么用手机，她孕反比较严重，前三个月吃什么吐什么。

祝政心疼，后来索性请了一年的假，陪她待产。

营养师见她孕反严重，变着法地给她做吃的。祝政也学了几道菜，还买了一大堆与怀孕相关的书籍。

怕关洁孕期长妊娠纹不开心，祝政每天晚上都给她擦精油。

月份大的时候，关洁手脚发软，腿经常抽筋，祝政又去请教按摩师，学了专门的手法，每天给她按摩。

关洁孕期脾气很暴躁，时不时拿他出气，他也不生气，还变着法地哄她。

预产期前几天，关洁忽然想起小孩的名字没取。

祝政也没提这事，关洁以为他忘了，提醒他别忘了取名。

祝政听完，语气平和地说："名字我想好了。"

关洁一脸蒙："嗯？什么时候想的？"

"还没确定，怕你不喜欢。"

"说来听听？"

"小名'开心'，大名'关熙'。"

关洁诧异地看他一眼："跟我姓？"

"嗯。"

关洁仔细想了想，还是把关熙改回祝熙。

最终小孩的名字确定为"祝熙"。

关洁琢磨几遍，忍不住问："你觉得是男孩还是女孩？"

祝政看她一眼，波澜不惊地说："女孩。"

关洁："万一是男孩呢？"

祝政想都不想，直接否认："不可能。"

关洁无奈地抚额："不是说好不重女轻男吗？所以你取这名字，压根儿没想过是男孩吧？"

祝政顿了一下，不情不愿地说："男孩也能用。"

"如果生出来是个男孩，等他长大，问你为什么取这个名字，你回他，这名字本来是取给女孩的？"

"……"

祝熙出生那天是中秋节，日子挑得很不错。

是个女孩。

羊水破了的那天，祝政紧张到满头大汗，却又强迫自己保持冷静去处理事情。

他站在产房门口，目不转睛地盯着紧闭的大门。

关洁孕期保养得好，生产时没受多少罪，很顺利地生下了宝宝。

听到孩子的哭声，关洁瘫在产床，浑身无力地勾了勾嘴角。

产房门打开，祝政急忙凑上前询问关洁的情况。

326

等关洁清醒过来，追问孩子在哪儿，他才想起孩子的事。

护士将小孩抱过来看了眼，皱巴巴的，很难看。

关洁只看了一眼便挪开目光，然后很不理解地问："为什么这么丑？"

祝政也皱着眉问："能丢吗？"

祝熙听到父母的嫌弃，直接"哇哇"大哭。

夫妻俩见状，互相对视一眼，各自尴尬地摸了摸鼻尖。

祝熙长到一岁已经开始说话，最先叫的妈妈。

那天关洁抱着她在院子里整理花园，她坐在玩具车里，拿着祝政送的小玩具，朝关洁喊了声妈妈。

发音并不准确，甚至不大像，关洁却听稀奇似的，丢掉手里的剪刀，凑到祝熙面前，伸手将她抱在怀里，一脸惊喜地问："小开心，你刚刚叫我妈妈了？"

祝熙睁着一双湿漉漉的大眼睛，一脸迷惑地看着母亲。

她穿着粉色小熊连体衣，脑袋光溜溜的，样子既可爱又滑稽。

关洁盯了几秒，"扑哧"一声笑出来。

也是够可爱了。

晚上祝政回来，关洁将祝熙塞到祝政怀里，得意道："你女儿叫我妈妈了。"

祝政小心抱住祝熙，伸手替她理了理衣服，询问："什么时候？"

"下午在院子里，我整理花园，她突然叫了我一声。"

说着，祝熙忽然睁眼看向关洁，奶声奶气地叫了声"妈妈"，好似在应和关洁刚刚说的话。

祝政听到祝熙叫妈妈，开心地捏了捏祝熙嫩嫩的耳垂，感慨："我们家小开心都会叫妈妈了。小开心什么时候叫爸爸呢？"

祝熙没应声。

祝政以为等不了多久，却不想这声爸爸祝政等了足足半年。

那天祝政带祝熙去医院打预防针，针头扎进去，原本笑得开心的祝熙忽然瘪嘴哭出声。

祝政哭笑不得，抱着她走到医院走廊，哄了好久才不哭。

回去的路上，关洁抱着祝熙坐在后排，祝政在前面开车。

等红绿灯的间隙，祝熙忽然开口叫了声"爸爸"。

祝政没反应过来。

要不是关洁提醒，他可能都以为那声爸爸是错觉。

回到家，祝政抱着祝熙亲了好几口。

祝熙三岁时已经长成了小霸王，天不怕地不怕。

有客人到家里，她每次都蹲在门口，奶声奶气地叫人，叫完还不忘伸手找客人要糖。

她不知道从哪儿学了一套哄人的话术，每次有人来，她就抱着一堆玩具凑到客人面前，然后睁着圆溜溜的大眼睛，将自己玩腻的玩具递给客人，随后一脸天真地说："阿姨长得好漂亮哦。除了妈妈，阿姨最漂亮啦。这么漂亮的阿姨应该有糖吧。小开心想吃棉花糖，阿姨会给小开心买吗？"

客人被祝熙哄得晕头转向，当即抱着她去楼下商店买糖。

祝熙拿到糖就谁也不爱了。

回到家，祝熙将棉花糖藏在怀里，偷偷摸摸上楼，回到自己的儿童房蹲在角落开始吃糖。

至于客人，早被她抛之脑后了。

关洁怕她牙痛，不允许她吃太多糖。

祝政虽然是个女儿奴，但在吃糖的事上也跟关洁战线一致。

祝熙在祝政那儿骗不到糖，也长了个心眼，绕开他去找别人要糖。

等关洁发现这事，祝熙已经在喊牙痛了。

去牙科医院检查才知道祝熙糖分摄入太多，牙齿已经坏了大半。

关洁给祝熙喂了药，祝熙痛到话都说不利索。

关洁很严肃地处理了这事，让她自己上楼面壁思过，长个教训。

三岁的小孩哪会长记性。

牙疼的时候说再也不吃糖了，牙好了又嚷嚷着要吃糖。

祝政为了让她戒糖，特意在糖果外抹了层苦瓜汁。

祝熙吃到"呸呸"吐出来，哭着说糖苦，她再也不吃了。

祝熙五岁上一年级，随着年龄的增长，她脾气、胆子也越来越大，开学第一天就把一个男生扑倒在地上，抓了他一脸。

祝熙当天就被叫了家长。

关洁那天有事，是祝政去了学校。

祝熙看到父亲来了，又着腰，跟男孩说："我爸爸来了。你欺负我要被他打哦。"

睁眼说瞎话这事，祝熙也是学得十成十。

男孩父母也是生意人，见自家小孩被抓成那模样，有些生气。只是看到祝熙长得奶嘟嘟的，又长着一张会说话的嘴，他们也不好说重话。

祝熙有两副面孔，在小男孩面前是小恶魔，知道他怕她，偷偷抓着他的衣袖，威胁："不许告诉你爸爸妈妈我打你哦，不然下次我还抓你。很疼的哦。"

她在男孩父母面前又是小天使，顶着一张无辜的小圆脸，睁着圆溜溜的眼睛，异常懂事道："叔叔阿姨，我真的不是故意的。我就是看他脸上有蚊子，想替他拍掉，不小心抓到他的脸了。"

祝政对自己的女儿还是比较了解的，知道她故意抓人，态度很坚决地让她道歉。

对方父母说只是小事，小孩还小不懂事。

祝政跟对方父母赔完礼，又跟小男孩说了对不起。

处理完，祝政牵着祝熙走出办公室，让她站在走廊面壁思过。

祝熙想反驳，祝政不容置喙道："没想明白就继续想。"

祝熙委屈巴巴地站在走廊面壁思过。

小男孩路过，偷偷看了眼祝熙，似是不忍心，慢吞吞地走到祝政面前求情："叔叔，我的脸不疼了。不要罚祝熙面壁思过了行不行啊？"

祝政蹲下身，轻轻拍了拍男孩的脑袋，余光瞥了眼不肯承认错误的祝熙，摇头拒绝："祝熙做错事就要受到处罚，不能惯着。"

小男孩嗫嚅嘴唇，没再说话。

祝熙站了不到半个小时就红着眼眶，向祝政承认错误。

说她以后再也不欺负同学了，希望爸爸原谅她，不要生气。

祝熙是个能屈能伸的姑娘，知道不认错，爸爸会一直生气，所以小脑子转了两圈，立马道歉。

祝政见她道歉，也不再为难她。

他抱着她，软硬兼施地安慰："爸爸不是故意罚你。欺负同学是不对的，以后不能再欺负人，知道吗？"

祝熙眨了眨圆溜溜的大眼睛，似懂非懂地说："熙熙知道哦，以后熙熙不欺负同学啦。但是爸爸，如果有同学欺负熙熙呢？

祝政："找老师，或者找爸爸。"

"那如果老师和爸爸都不在呢？"

"找警察叔叔。"

"好的哦，熙熙知道啦。"

祝政垂眸瞧了瞧满脸坏心思的祝熙，拧眉吐槽："能欺负你的，估计也是个能人。"

祝熙睁大眼睛，无辜地看向祝政，好像在说：爸爸，我没有欺负人哦。

祝熙的成长道路不算曲折，却也经历过几桩不大不小的事。

六岁那年滑雪把门牙磕没了。

七岁玩烟花不小心把手给炸了。

八岁跟小朋友玩游戏头发烧没了一小撮，关洁气得不轻，半夜拿祝政的刮胡刀把她头发全剃了。

祝熙第二天上学看到自己头发没了，哭得稀里哗啦，趴在地上说自己丑死了，不要去上学。

关洁就这事问她，谁让你玩游戏把头发烧了？

祝熙吸了吸鼻子，可怜道："……我把周晃的暑假作业本剪烂了，然后我躲他，一不小心撞到他们家煤气灶上了……他妈妈炖了排骨汤，可香了。"

关洁无言以对，怎么想也没想明白祝熙是怎么把自己头发烧了的。

祝政本来没插手关洁教育小孩，结果听到一个人名，皱眉问："周晃是谁？"

祝熙忽然忘了哭，擦了擦眼泪鼻涕，抬头对着祝政介绍周晃："就是一年级时……我抓了他脸被叫家长的男孩，他现在还跟我一个班。"

祝政回忆半天，脑子里浮出男孩的面貌，吐槽："那周晃还挺惨，被你从小欺负到大。"

祝熙当场皱眉："爸爸你怎么能这么说呢？你也太伤熙熙的心了。我哪有欺负周晃，都是他自愿的。"

关洁瞥了眼墙壁上的钟表，从楼上找了顶帽子戴在祝熙头上："你要嫌光头难看，戴帽子上学。"

祝熙扯下帽子，满脸嫌弃："我要粉色的，不要这个蓝色。"

关洁看她一眼，不咸不淡地说："那你顶着光头好了，反正也丑。"

祝熙敢怒不敢言，最后还是不情不愿地戴了那顶丑帽子。

戴了一学期的帽子，祝熙的头发终于长到了耳朵。

关洁替祝熙剪了个妹妹头。

祝熙集合了祝政、关洁两人所有的长相优点，剪了妹妹头，她在学校更受欢迎，包里被塞满了各种各样的零食。

祝政意识到情况不对，对她进行了一次教育。

祝熙听完父亲的话，一脸严肃地说："爸爸，班里的男孩都太笨了。我才不要跟他们玩，我要认真学习，找个更好的。"

祝政一时间不知道该夸还是该笑。